LA VÉRITÉ NUE

VI KEELAND

La Vérité nue

Traduit de l'anglais par Esther Dujolier pour Valentin Translation

Mannequin de couverture : Simone Bredariol - D'men - www. dmanagementgroup.com

Crédit photo : Mondadori Portfolio/Paolo Stella, ARTeProduction/Jonathan Segade

Graphiste de couverture : Sommer Stein, Perfect Pear Creative

LA
VÉRITÉ
NUE

Il faut de la force pour pardonner.

Quand vous faites du mal à une femme que vous aimez,
elle vous pardonnera... Mais seulement *après*
vous l'avoir fait payer.

Chapitre 1

Layla

— Je suis désolée, je n'ai pas eu le temps de te prévenir, mais je ne pourrai pas aller déjeuner, aujourd'hui, soupirai-je en soulevant la multitude de papiers éparpillés sur mon bureau. Pittman m'a demandé de faire une présentation pour un nouveau client.

— « Pittman »... le père, ou Joe ?

— Pittman père, précisai-je avec un regard qui exprimait tout ce que cette information impliquait. Enfin... *demandé* n'est pas vraiment le mot juste. Il a débarqué dans mon bureau sans frapper alors que j'étais en pleine conférence téléphonique, m'a obligée à mettre mon client en attente sans me laisser le temps de terminer ce que j'étais en train de dire, et m'a aboyé dessus pour me dire que ça devait être prêt à quinze heures, avant de disparaître. Une vraie tornade.

— Vois le bon côté des choses, ironisa Oliver. Tu es de nouveau dans les petits papiers des grands associés ! Je savais que tu finirais par y arriver, ajouta-t-il en riant et en s'approchant de moi pour m'embrasser sur la joue. Je te ramène des tacos au thon, ceux que tu adores, déclara-t-il en se dirigeant vers la sortie.

— T'es le meilleur ! répondis-je avec gratitude.

Oliver et moi étions ensemble depuis maintenant un mois, même si nous étions amis depuis près de cinq ans. Spécialisé dans les droits d'auteur, il était associé junior du cabinet d'avocats dans lequel je travaillais également. Je ne doutais pas qu'il gravirait rapidement les échelons car, sans exagérer, il était le meilleur dans son domaine.

Mais, surtout, il me faisait du bien. Avec lui, je me sentais soutenue. Lorsque j'avais été malade, la semaine précédente, il m'avait amené chaque soir de la soupe au poulet qu'il achetait chez le meilleur traiteur de la ville. Et, à chaque fois que je baissais les bras – ce qui arrivait régulièrement tant notre travail était difficile – il me redonnait le moral en me faisant voir les choses positives. Même avant que nous ne sortions ensemble, il avait toujours été d'une aide précieuse – c'était lui qui m'avait encouragée à tenir le coup lorsque j'avais failli être rayée du barreau et virée de Latham&Pittman, quelques années auparavant. Beau, intelligent, et brillant, il était l'homme dont toutes les filles rêvaient – et leurs parents aussi, d'ailleurs. Je devais admettre qu'il me plaisait beaucoup, même s'il était l'exact opposé du type d'homme qui m'attirait habituellement.

La semaine précédente, alors qu'il me disait que son bail allait bientôt arriver à échéance, il m'avait même laissé entendre que nous pourrions prendre un appartement ensemble. Beau, intelligent, brillant, et… n'ayant pas peur de l'engagement, visiblement. Je finissais presque par me demander si tout cela n'était pas trop beau pour être vrai…

Mais, pour l'heure, je devais me concentrer sur mon exposé. J'avais plusieurs fois assisté à ceux faits par les associés, mais c'était la première fois que j'allais devoir en effectuer un moi-même. Or, je n'avais que quelques heures devant moi, et, surtout, je ne savais pas grand-chose sur la société d'investissement que je devais présenter, à part le fait qu'il s'agissait d'une start-up qui avait bénéficié de financements énormes. Elle avait certainement été fondée par l'un de ces traders richissimes et arrogants, qui s'était lassé de son entreprise et l'avait quittée en convainquant, au passage, des investisseurs de lui verser un milliard de dollars pour sa nouvelle lubie. Exactement le type de client dont les associés de notre cabinet raffolaient ! Certes, les entreprises d'investissement traditionnelles étaient de bons clients, car elles assuraient une facturation régulière pour la révision de leurs contrats, de leurs prospectus, et de leurs innombrables interactions avec la SEC, mais les nouvelles sociétés d'investissements, dirigées par de jeunes loups suffisants et ambitieux, payaient nos honoraires faramineux avec une facilité déconcertante. Ils étaient sans cesse poursuivis en justice pour harcèlement contre leurs employés, discrimination, rupture abusive de contrat, ou fraude boursière. Même notre département fiscal était mis à contribution, car tous ces petits jeunes jouaient en bourse comme on joue au Monopoly et pensaient – souvent à tort – qu'ils étaient plus intelligents que le fisc...

Quelques heures plus tard, à l'heure de ma présentation, je pris l'ascenseur et montai jusqu'au dernier étage, celui des associés, là où nous recevions nos nouveaux clients. Notre cabinet avait beaucoup d'argent. Personnellement, je n'avais pas à me plaindre : mon bureau était spacieux et meublé avec goût. Cependant, il n'avait rien à voir avec le luxe ostentatoire qui régnait à l'étage des associés : comptoir de réception en acajou, lustres en cristal, tapis persans, et œuvres d'art originales mises en valeur par un éclairage maîtrisé. Le tout avait un aspect classique, légèrement rétro, mais impressionnait les visiteurs.

Les employés aussi d'ailleurs. La dernière fois que j'étais venue à cet étage, c'était deux ans auparavant, lorsque j'avais été convoquée pour m'expliquer sur mes actes. Je m'étais alors sentie toute petite face à tant d'opulence. Peut-être était-ce à cause de cela mais, de toute évidence, je n'avais pas été suffisamment convaincante car j'avais écopé d'une plainte par le comité de discipline du barreau de New York. Autant dire que ce n'était pas l'un de mes meilleurs souvenirs, et je ne pouvais m'empêcher de ressentir une certaine angoisse tandis que je me dirigeais vers la salle de conférence.

Sarah Dursh, l'une des associées seniors, sortit de son bureau et me rejoignit.

— Tu es prête ? me demanda-t-elle, en marchant à côté de moi.

— Autant que je peux l'être, répondis-je avec une pointe d'angoisse. Je ne sais quasiment rien sur le client...

— Comment cela tu ne sais quasiment rien ? s'inquiéta-t-elle en fronçant les sourcils.

— Disons que j'ai les informations de base, mais le prospectus de l'entreprise n'était pas encore disponible, donc je ne sais pas grand-chose sur les acteurs clés, expliquai-je. Je ne me sens pas super bien préparée...

— Pourtant tu as déjà travaillé avec leur PDG, apparemment. C'est pour cela qu'il t'a demandé de faire cette présentation.

— *Il* ? Qui ça *il* ? demandai-je.

En arrivant près de la lourde porte vitrée de la salle de conférence, j'aperçus Archibald Pittman, debout, au fond de la salle, en train de rire avec l'un des clients dont je ne vis pas immédiatement le visage car il nous tournait le dos.

Je ne compris pas non plus immédiatement lorsque Sarah me renseigna sur son identité.

— C'est monsieur Westbrook. C'est lui qui a demandé que ce soit toi qui diriges la réunion.

Comme j'avais les mains chargées de dossiers, de mon ordinateur, et d'un café, Sarah m'ouvrit la porte et me laissa entrer dans la salle en premier. À peine la porte se ferma derrière moi que l'homme auquel Pittman était en train de parler fit demi-tour. Lorsque je découvris son visage, ce fut comme un tremblement de terre.

Je me figeai, incapable de bouger ou de dire quoi que ce soit.

Sarah, qui était derrière moi, me bouscula par inadvertance en se retournant. Les dossiers que je tenais dans les bras tombèrent au sol, et mon café se renversa sur la moquette épaisse. Je ne réussis, sans bien savoir comment, qu'à sauver mon ordinateur portable.

Aussitôt, je me baissai pour ramasser mes dossiers et ma tasse de café vide. C'est alors que je le vis : il était accroupi devant moi, tenant mon coude tremblant pour m'éviter de tomber à mon tour. Je le regardai fixement, incapable de détacher mon regard du sien.

J'avais l'impression de rêver.

Pourtant, la scène était bien réelle. Il était là, devant moi, et l'intensité du lien qui nous unissait était toujours aussi forte. Mon pouls s'accéléra, mon cœur battait à tout rompre, tandis qu'il m'aidait à me relever, sans que je n'aie pu récupérer les dossiers et la tasse de café.

— Content de te revoir, ma Coccinelle, murmura-t-il avec un sourire, en soutenant mon regard.

———

Je commençai ma présentation, malgré le regard de tous les associés seniors sur moi, et – surtout – de Westbrook, qui continuait de me fixer depuis l'autre bout de la grande table. Son léger sourire narquois m'exaspérait autant qu'il m'intimidait. Mais, ce qui me déstabilisait davantage, c'était qu'il était encore plus magnifique que dans mon souvenir. Sa peau était plus mate, ses yeux verts plus perçants, et sa silhouette plus grande et plus musclée. Quant à son costume, visiblement hors de prix, il était aussi harmonieux que les traits de son visage. La puissance qu'il dégageait faisait naître en moi une chaleur intense. Jamais un homme ne m'avait impactée physiquement de cette façon.

J'essayais de l'ignorer, mais il rendait cela presque impossible. Il ne cessait de me poser des questions pour m'obliger à interagir directement avec lui. À chaque diapositive, il intervenait ; au début, cela m'avait intimidée mais, au fur et à mesure que j'avançais dans ma présentation, son insistance commençait à m'agacer sérieusement.

— Notre département investissement travaille en étroite collaboration avec la SEC, la FINRA, le ministère de la Justice, et l'Autorité de régulation financière de l'État de New York, pour superviser et...

— Qui dirigera mon équipe ? m'interrompit-il, une fois de plus.

— Comme j'allais le dire, le département investissement est composé d'un associé senior qui a travaillé au ministère de la Justice, notamment sur des dossiers de fraude boursière pendant onze ans...

Alors que j'étais en train de lui répondre, Gray regarda sa montre, puis m'interrompit à nouveau — ce devait être au moins la vingtième fois en moins d'une demi-heure qu'il me coupait la parole.

— Je suis désolé. J'ai une réunion à l'autre bout de la ville ; je vais devoir vous quitter... lança-t-il d'un ton glacial.

Je ne comprenais pas son attitude. Essayait-il de se venger de la façon dont les choses s'étaient terminées entre nous ?

— N'avons-nous pas été suffisamment clairs sur le fait que ce genre de présentation prenait au moins une heure ? lui demandai-je en le regardant avec sidération.

Bien que je garde les yeux rivés sur Gray, je sentis tous les regards de tous les associés me fusiller. Ils devaient probablement tous être au bord de la crise cardiaque. Parler ainsi aux clients était tout simplement interdit !

Mais je n'en avais rien à faire.

Gray esquissa un léger sourire. Clairement, il se moquait de moi.

Le connard !

— Bien sûr, vous avez absolument raison, fit-il mine de s'excuser. Mais il s'agit d'une réunion qui n'était pas prévue et qui requiert absolument mon attention.

— Vraiment ? Je me demande bien ce qui peut être si urgent... rétorquai-je d'un air dubitatif.

— *Layla !* m'avertit monsieur Pittman.

Il ne dit rien d'autre que mon prénom, toutefois je sentis, au ton de sa voix, qu'il était prêt à me tuer pour me faire taire.

— Je suis désolé, monsieur Westbrook, dit-il d'un ton affable en se tournant vers Gray. Nous comprenons bien évidemment que vous soyez très occupé. Peut-être pouvons-nous reporter cette réunion ? Nous serons ravis de continuer cette présentation et de répondre à vos questions une prochaine fois, lorsque vous serez disponible.

Gray se leva et boutonna sa veste de costume.

— Ce ne sera pas nécessaire, répondit Gray d'un ton poli, mais ferme.

Monsieur Pittman commença à balbutier une phrase d'un air obséquieux, mais Gray l'interrompit.

— Peut-être que Layla pourrait finir sa présentation ce soir, autour d'un dîner ? suggéra-t-il en me regardant droit dans les yeux, depuis l'autre bout de la table, ignorant complètement Pittman.

Je soutins son regard d'un air défiant.

— Je suis désolée, répondis-je. J'ai déjà un engagement avec un client.

Pittman me fusilla du regard.

— Ne soyez pas ridicule, Layla ! s'exclama-t-il. Je vais m'occuper de vous faire remplacer, et vous pourrez naturellement terminer votre présentation, ce soir, auprès de monsieur Westbrook.

Malgré son ton faussement aimable, je compris qu'il s'agissait d'un ordre et que je ne pouvais pas rétorquer quoi que ce soit sans prendre le risque de me faire virer.

Je gardai donc le silence, me contentant de regarder Gray pour lui faire comprendre qu'il venait peut-être de remporter une bataille, mais pas la guerre.

Tandis que les associés saluèrent Gray tour à tour, je rangeai les dossiers et mon ordinateur portable, déterminée à ne pas me déplacer pour serrer la main de *monsieur Westbrook*. Je n'avais qu'une seule hâte : qu'il disparaisse.

Mais c'était sans compter son arrogance sans limite.

— Mademoiselle Hutton... dit-il en s'approchant de moi.

Tous mes patrons me regardaient avec attention, et je n'eus d'autre choix que de serrer la main qu'il me tendait. Il en profita pour me tirer vers lui.

— Tu peux essayer de le cacher tant que tu veux, murmura-t-il à mon oreille, son souffle chaud caressant ma peau, ton corps parle pour toi... Je sais que tu es aussi heureuse que moi de me revoir.

— Tu es complètement cinglé ! m'indignai-je en retirant ma main de la sienne et en m'écartant de lui.

Il regarda d'un air amusé mes tétons durcis qui pointaient à travers ma chemise en soie légèrement transparente. Je me détestai, autant que je le détestai, *lui*.

— Chez Logan, dix-neuf heures ? suggéra-t-il d'un ton narquois. Je m'occupe de la réservation et te ferai envoyer une voiture.

— Ce n'est pas la peine, je peux très bien me débrouiller toute seule ! répliquai-je sèchement.

— Ton petit air renfrogné m'avait tellement manqué, lança-t-il en riant.

C'est ça, rigole ! Rira bien qui rira le dernier...

Bien sûr, j'étais la seule de nous deux à être à l'heure. Je regardai mon téléphone : dix-neuf heures dix. Je décidai d'appliquer les mêmes règles qu'à l'université et de ne lui accorder que cinq minutes supplémentaires. S'il n'était pas là à dix-neuf heures quinze, je me jurai de rentrer chez moi.

— Puis-je vous offrir quelque chose à boire en attendant ? me proposa le serveur.

La bienséance aurait voulu que j'attende Gray pour commander quelque chose. C'est ce que j'aurais fait avec n'importe quel autre client. Mais il ne méritait pas que je respecte les règles de politesse.

— Je vais vous prendre un Cosmopolitan, s'il vous plaît, répondis-je avec un large sourire, heureuse de cette marque d'irrespect envers Grayson.

Je devais également admettre que j'espérais que la vodka m'aiderait à libérer une partie de la tension que je ressentais et qui me donnait un début de migraine.

Lorsque le serveur s'éloigna, je sortis mon téléphone pour me donner une contenance, et me mis à faire défiler la longue liste de mes e-mails.

— Je suis sincèrement désolé d'être en retard ! lança Gray en apparaissant tout à coup devant moi.

En levant le regard vers lui, je sentis mon cœur battre plus vite que d'habitude, et je tentai de contenir l'euphorie qui s'empara de moi.

— Vraiment ? rétorquai-je avec ironie. Je croyais pourtant que tu n'étais pas du genre à être désolé de grand-chose, à en croire la manière dont tu n'as cessé de m'interrompre aujourd'hui !

Il ignora complètement ma remarque, et s'assit en face de moi.

— Le trafic est de plus en plus dense, j'ai l'impression. La prochaine fois, nous dînerons chez moi, ce sera plus pratique.

— Il n'y aura pas de prochaine fois, précisai-je.

Il me regarda fixement avec ce même sourire supérieur qu'il avait affiché pendant toute ma présentation.

— Bien sûr que si, il y aura de prochaines fois. Tu le sais très bien. Tu en as autant envie que moi, d'ailleurs.

Le pire, c'était qu'il avait raison. Dès le début, l'alchimie entre nous avait été flagrante. Je faisais de mon mieux pour dissimuler mon attirance pour lui mais, de toute évidence, ce n'était pas suffisant.

— À quoi tu joues, Gray ? soupirai-je. Pourquoi est-ce que tu as choisi le cabinet dans lequel je travaille ?

— Ça ne te paraît pas évident ? me demanda-t-il en posant sa serviette sur ses genoux. J'ai besoin de conseils juridiques...

— Et tu choisis mon cabinet parmi tous ceux qui existent à New York ? En demandant en plus à ce que ce soit moi qui m'occupe de ton dossier, alors que n'importe quel associé était prêt à le faire, avec beaucoup plus d'expérience ?

— Qu'est-ce que tu veux... j'ai toujours été loyal, fit-il mine d'admettre avec un clin d'œil. Je veux quelqu'un en qui je puisse avoir confiance, ajouta-t-il plus sérieusement.

— Et tu as décidé que c'était *moi* ? Une jeune avocate avec seulement cinq ans d'expérience et contre laquelle le barreau a porté plainte pour violation du secret professionnel ? m'étonnai-je.

Le serveur arriva avec ma coupe.

— Voilà, Madame, dit-il doucement en posant le cocktail rouge devant moi. Puis-je vous apporter quelque chose à boire ? demanda-t-il en se tournant vers Gray. À moins que vous ne préféreriez attendre que la troisième personne soit arrivée ?

— Nous ne serons que tous les deux, précisa Gray. Je vais prendre un Macallan, sans glace, s'il vous plaît.

— Bien, Monsieur, dit le serveur en commençant à débarrasser les troisièmes couverts.

Je l'interrompis en posant ma main sur son avant-bras.

— En réalité, nous serons effectivement trois, lui indiquai-je.

Le serveur me regarda d'un air interloqué.

— Très bien, finit-il par acquiescer.

— Je n'ai invité personne d'autre, chuchota Gray lorsque nous fûmes à nouveau seuls.

Je pris le temps de siroter mon cocktail en le regardant d'un air machiavélique.

— Mais moi, si, répliquai-je en posant mon verre. J'ai pensé qu'un client aussi important que toi n'aurait pas trop de deux avocats pour répondre à ses questions...

C'est alors que je vis Oliver entrer dans le restaurant. Je levai ma main dans sa direction pour lui indiquer où nous nous trouvions. Gray se tourna en direction de l'entrée et vit Oliver se diriger vers nous. Lorsqu'il me regarda à nouveau, ce crétin avait davantage l'air amusé qu'énervé.

— C'est mignon, dit-il. Tu as invité un chaperon parce que tu avais peur d'être seule avec moi...

Chapitre 2

Gray

— Donc, vous êtes le patron de Layla ?

Je bus une gorgée du Macallan que le serveur venait de m'apporter.

— Non, je ne suis pas son patron. Je travaille dans le département des droits d'auteur, en fait. Mais je suis associé junior chez Latham&Pittman. Je suis dans le cabinet depuis quinze ans, et je peux répondre à toutes les questions que vous pourriez avoir.

Je voulais lever l'embarras qui s'était installé entre Layla et moi.

— Êtes-vous en train d'insinuer que Layla n'est pas capable de répondre à mes questions ?

— Non, pas du tout !

— Alors pourquoi êtes-vous ici ?

Cette face de raie regarda Layla pour qu'elle réponde.

— C'est moi qui ai invité Oliver, intervint-elle. Comme je vous l'ai dit, vous êtes un client important, et j'ai pensé que nous ne serions pas trop de deux pour répondre à vos questions.

— Vous avez mal pensé, rétorquai-je. Vous pouvez y aller, dis-je à Oliver. Je suis sûr que Layla saura parfaitement se débrouiller toute seule.

Layla me fusilla du regard.

— Il est hors de question qu'Oliver s'en aille, siffla-t-elle, les dents serrées. Son expertise sera très utile ; vous allez vite vous en apercevoir.

Le serveur nous apporta les cartes.

— Je suis sûr que non, marmonnai-je pour moi-même.

Après avoir commandé nos plats, le chaperon de Layla s'excusa et se leva de table pour aller aux toilettes.

— J'ai besoin de te parler, Layla. Seuls, déclarai-je dès que l'autre fut suffisamment éloigné. Demande-lui d'aller se balader...

— Quoi ? Non !

Je me levai, excédé.

— Très bien. Dans ce cas, je vais m'en occuper moi-même !

J'ignorai les implorations de Layla qui me suivit jusqu'aux toilettes des hommes où j'étais déterminé à retrouver « monsieur associé senior ». Lorsque j'entrai, laissant Layla derrière la porte, Face de raie était à l'urinoir. De toute évidence, son visage n'était pas la seule partie de son anatomie qui ne ressemblait à rien...

Je m'approchai de lui, et fixai son regard gêné en attendant qu'il termine. Dès que ce fut le cas, je sortis dix billets de cent dollars de mon portefeuille et les lui tendis.

— Allez dîner ailleurs ! C'est pour moi.

Face de raie regarda la liasse de billets, releva les yeux vers moi, et se dirigea vers le lavabo, sans rien dire. Je le suivis et le regardai en silence se laver les mains. Lorsqu'il eut terminé, il s'appuya contre le lavabo en croisant les bras.

— Je suppose que nous parlons d'homme à homme, et non d'avocat à client potentiel, n'est-ce pas ?

— Bien vu, confirmai-je avec un agacement non dissimulé

Il me sourit, ce qui m'exaspéra.

— Très bien... Dans ce cas, laissez-moi vous dire que vous perdez votre temps si vous vous intéressez à Layla.

— Vraiment ? Et pourquoi ?

— Pour trois raisons. D'abord, Layla ne sortirait jamais avec un client. Ensuite, j'ai fait quelques recherches sur vous : certes, vous êtes intéressant comme client ; en revanche, votre passé sentimental vous range dans la catégorie des connards. Et puis, surtout, Layla et moi sommes ensemble.

Mon sang ne fit qu'un tour. Je ne m'étais pas attendu à cette dernière information. Mais, si Oliver pensait pouvoir m'effrayer, il se mettait le doigt dans l'œil. Même s'il m'avait intimidé – ce qui n'était de toute façon absolument pas le cas –, je sortais de trois ans de prison, et j'avais appris à dissimuler mes émotions. Ce qui me donnait un avantage sur lui.

— Permettez-moi de vous dire franchement les choses, répondis-je en souriant et en posant une main aussi condescendante que menaçante sur son épaule. D'homme à homme, comme vous dites : aucune de ces trois raisons n'a vraiment d'importance pour moi.

———

Au moins, Face de raie était assez intelligent pour avoir compris ce que je lui avais dit. Oliver – *le petit ami* –

se tut pendant presque tout le dîner, laissant parler Layla. Contrairement à mon comportement lors de sa présentation, je ne l'interrompis pas et la laissai me dire tout ce que je devais savoir sur le cabinet. Je savais déjà que j'allais les embaucher. Non pas que je faisais particulièrement confiance au vieux, parmi les associés, qui allait prendre en charge mon dossier. Mais pouvoir regarder les lèvres de Layla bouger pendant qu'elle parlait, observer ses taches de rousseur qu'elle essayait de dissimuler avec son maquillage, et plonger mon regard dans son décolleté lorsqu'elle tournait son attention vers Face de raie, était un argument convaincant. Je prenais la situation comme un jeu dont le but était de séduire Layla, de la faire se tortiller sur sa chaise...

Cela faisait plus d'un an que je ne l'avais pas vue. Je ne pensais pas que cela soit possible, mais elle était devenue encore plus belle. Ses cheveux bruns avaient poussé, et elle avait troqué les brushings trop lisses contre un mouvement naturel et plus d'épaisseur, ce qui lui allait à ravir. En la regardant, j'imaginai à quoi ressembleraient ses cheveux après avoir fait l'amour pendant des heures. C'était quelque chose que je m'étais souvent imaginé après qu'elle eut coupé toute communication avec moi.

Ce soir-là, malgré la présence de l'autre imbécile, je me concentrai sur ses lèvres rouge vif, et imaginai passer ma langue dessus. En observant son long cou délicat, j'imaginai son parfum délicatement sucré. Mais c'étaient ses yeux qui m'attiraient, surtout. Ils avaient une couleur bleu-vert pâle qui – je m'en souvenais parfaitement – devenait plus foncée lorsqu'elle était excitée.

— Vous m'écoutez ? me demanda Layla en clignant deux fois des yeux.

Merde. Je n'avais pas entendu un mot de ce qu'elle venait de dire.

— Bien sûr ! Je suis tout ouïe, la rassurai-je.

— Alors qu'est-ce que je viens de dire ? s'enquit-elle en se penchant légèrement en avant d'un air dubitatif.

Donc, ses yeux s'assombrissent également lorsqu'elle est énervée. J'avais hâte de la baiser lorsqu'elle serait en colère, et de voir à quoi cela ressemblait.

— Vous me parliez du cabinet...

Elle me regarda dans les deux en plissant les yeux, à la recherche de la vérité. En vain.

— Peu importe ! conclut-elle. De toute façon, j'ai suffisamment parlé pour ce soir. À votre tour ! Dites-nous plutôt ce que vous attendez de nous. Cet après-midi, vous avez évoqué l'obtention d'une licence auprès de la SEC pour votre nouvelle société. Mais je ne sais pas grand-chose de plus, vu que vous n'aviez même pas une heure à nous consacrer...

Face de raie nous observait, un peu déstabilisé. Je voyais qu'il ne comprenait rien et qu'il ne savait pas ce qu'il devait penser de l'attitude de Layla. J'étais certain qu'il se réjouissait de sa froideur vis-à-vis de moi, mais il semblait se demander ce qui s'était passé entre nous pour qu'elle se permette de me parler ainsi. Je décidai de tester cette théorie...

— Votre visage me dit quelque chose, Oliver, mais je ne parviens pas à savoir où je vous ai vu. Avez-vous déjà été incarcéré à la prison d'Otisville ?

C'était la première fois que je m'adressais à lui directement depuis les toilettes des hommes.

— Moi ? Euh... Non, absolument pas, balbutia-t-il en me regardant d'un air supérieur. Mais c'est là que vous avez fait une partie de vos études, n'est-ce pas ?

— En effet, répondis-je.

Layla me lança un regard d'avertissement. De toute évidence, Oliver était moins bête qu'il n'en avait l'air.

— C'est également là que vous avez purgé votre peine ? Je portai mon verre à mes lèvres et souris.

— Encore gagné !

Il nous regarda l'un et l'autre en essayant de comprendre la situation.

— Vous vous connaissiez déjà ? finit-il par demander. Layla dissimula sa panique. Elle était très forte...

— Non ! s'empressa-t-elle de répondre, n'hésitant pas à lui mentir.

Intérieurement, j'étais ravi de sa réponse. C'était comme si elle me donnait un avantage : je partageais avec Layla un secret dont Face de raie était exclu. Fou de joie, j'offris à Oliver mon premier sourire sincère. Avant cela, je ne savais pas si Layla était prête à envisager une histoire avec moi ; son mensonge m'en apprit plus que ce qu'elle aurait été capable d'admettre. Car, à moins d'être complètement tordu, on ne ment jamais sans raison. Or, il n'y avait qu'une seule raison qui pouvait pousser une femme à mentir à l'homme qu'elle aimait : faire en sorte qu'il ne soit pas jaloux. Et cela voulait donc dire qu'il y avait quelque chose susceptible de le rendre jaloux...

Je regardai Layla d'un air entendu. Aussitôt, elle fronça les sourcils et ses yeux s'assombrirent encore davantage.

— Donc, reprit Layla après s'être éclairci la voix,

qu'attendez-vous exactement de nous, Monsieur Westbrook ? Quel type de société démarrez-vous ?

— Une société de capital-risque. Nous souhaitons nous concentrer sur les investissements dans les domaines de la technologie et de la communication. J'ai donc besoin d'un avocat pour faire une diligence raisonnable sur les exigences en matière d'obtention d'une licence auprès de la SEC, pour gérer les contrats d'achat, rédiger les accords de prêt, et veiller à ce que nous ne fassions pas de transaction avec des escrocs.

— Je vois, commenta Layla d'un air intéressé.

Elle but une gorgée de Cosmopolitan.

— Vous avez donc besoin de récupérer votre licence pour cela, confirma-t-elle en posant son verre.

— En effet, acquiesçai-je. Mais, avant de la demander, nous devons finaliser la création de notre nouvelle société et mettre toutes les chances de notre côté pour l'obtention de cette licence.

— Vous savez, me prévint-elle, les chances que la FINRA vous redonne une licence après une condamnation pénale sont très minces. En théorie, vous n'êtes plus autorisé à exercer dans ce secteur pendant dix ans.

— Techniquement, je n'ai pas été condamné, précisai-je. J'ai accepté une négociation de peine afin d'éviter un procès.

— Certes, sauf que, aux yeux de la loi, une négociation de peine revient à une condamnation.

— Je comprends les conséquences d'une négociation, mais j'ai lu qu'il était possible d'obtenir une dérogation pour l'octroi d'une licence malgré les dix ans de non-éligibilité…

— C'est possible, en effet. Ceci dit, ce n'est pas facile. Nous en avons déjà demandé quelques-unes et n'avons jamais eu gain de cause...

— J'ai l'impression que le futur nous réserve de nombreuses premières fois ensemble, dans ce cas ! déclarai-je en levant mon verre.

Après le dîner, nous quittâmes le restaurant et rejoignîmes ensemble le voiturier. Je pris mon temps pour chercher le ticket de ma voiture dans ma poche. Heureusement pour moi, la première voiture à arriver fut celle d'Oliver. Il tenta néanmoins de gagner du temps, espérant probablement que la voiture de Layla arriverait, et que nous ne puissions pas rester seuls après son départ. Mais ce ne fut pas le cas.

Le couple propriétaire de la voiture derrière la sienne monta alors qu'il était encore sur le trottoir avec nous.

— Il semblerait que vous empêchiez ces personnes de partir, lui rappelai-je.

Il nous regarda, Layla et moi, avec suspicion.

— Ne vous inquiétez pas, lui dis-je en souriant. Je veillerai à ce qu'elle monte dans sa voiture en toute sécurité.

Je devais reconnaître que, à sa place, j'aurais détesté laisser la femme que j'aimais en compagnie d'un ancien taulard ayant clairement laissé entendre qu'il s'intéressait à elle pour des raisons non professionnelles – qu'il soit ou non un client potentiel important. Je comprenais, donc, l'inquiétude d'Oliver. Si j'avais été lui, je ne serais jamais parti. Pourtant, c'est ce qu'il fit.

— On se voit au bureau demain ? dit-il à Layla en lui serrant affectueusement l'épaule.

Puis il se tourna vers moi et me tendit une main molle.

— Ravi de vous avoir rencontré. J'espère que nous aurons la chance de vous compter bientôt parmi nos clients.

— Bonne nuit, rétorquai-je en faisant exprès de ne pas répondre à sa question, et en lui serrant la main avec une fermeté exagérée, le secouant comme une petite chose fragile.

Il monta dans sa voiture, et Layla attendit qu'il soit suffisamment loin pour se tourner vers moi avec un regard noir.

— Oliver est mon petit ami ! siffla-t-elle avec colère.

— Je sais, il me l'a dit tout à l'heure, dans les toilettes des hommes, lorsque j'ai essayé de le payer pour qu'il aille dîner ailleurs. En tout cas, quel baiser passionné ! ironisai-je.

— Tu n'as pas fait ça ? explosa-t-elle. Tu es vraiment un connard !

— Ta bouche quand tu es en colère m'avait manqué, répondis-je calmement avec un léger sourire.

J'eus envie d'ajouter que j'avais hâte d'y fourrer ma queue, mais je m'abstins. Ce n'était pas le bon moment...

— Tu es complètement fou ! continua-t-elle. Et il ne m'a pas m'embrassée car, devant un client, cela aurait été complètement non professionnel, je te signale ! Mais je ne suis pas étonnée que tu ne comprennes pas cela !

— Je crois au contraire que le fou, c'est ton petit ami. À sa place, jamais je ne t'aurais laissée seule avec moi. D'ailleurs, si j'avais été lui, je t'aurais embrassée – que ce soit professionnel ou non ! C'est ce qu'on appelle marquer son territoire...

— Sauf que nous préférons la confiance ! rétorqua-t-elle, les poings serrés. Ce sont les chiens qui marquent leur territoire. Tu pisses aussi dans le caniveau, peut-être ?

Je décidai de ne pas réagir à sa provocation, et de maintenir mon attention sur Face de raie.

— Avoue qu'il est quand même complètement idiot ! Comment a-t-il pu te croire lorsque tu lui as dit que nous ne nous étions jamais vus auparavant ?

Je fis un pas en avant et pénétrai dans son espace personnel. Pourtant, elle ne recula pas, se contentant de me fixer. Peu m'importait la lueur de colère dans son regard, le fait qu'elle ne recule pas suffit à me rassurer quant à ses sentiments pour moi.

— Il n'avait aucune raison de ne pas me croire. Et tu sais pourquoi ? Parceque ce n'était tellement rien entre nous que c'est presque comme si je ne t'avais jamais rencontré avant !

— Tu peux te raconter ce que tu veux, tu sais parfaitement que ce n'est pas vrai...

— Tu es tellement arrogant ! siffla-t-elle.

J'ignorai son commentaire et passai une main dans ses cheveux.

— J'aime beaucoup ta nouvelle coiffure, murmurai-je. C'est plus naturel, plus sexy... Dommage que tu continues de couvrir tes taches de rousseur... *ma Coccinelle !*

— Tu m'écoutes ? hurla-t-elle en repoussant violemment ma main.

— Oui. Il te fait confiance. Il n'y a jamais rien eu entre nous. Et je suis un connard arrogant...

Elle était si énervée qu'elle émit un grognement. C'était adorable.

— Vos clés, mademoiselle, intervint le voiturier tandis que sa voiture venait d'être avancée sans que nous nous en apercevions.

Prenant les clés que le voiturier lui tendait, elle tourna les talons et se dirigea vers sa voiture. Elle commença à monter puis, alors qu'elle avait une jambe à l'intérieur, elle se tourna vers moi.

— Adresse-toi à un autre cabinet, Gray ! Je ne sais pas ce que tu as exactement derrière la tête, mais je t'assure qu'il ne va rien se passer entre nous !

Chapitre 3

Layla

— Elles sont magnifiques !

Becca, la réceptionniste, qui était aussi mon amie et la collègue de travail avec laquelle j'allais le plus souvent déjeuner, entra dans mon bureau avec un énorme bouquet de roses jaunes. Il y en avait au moins deux douzaines. Elle les posa sur le bureau en soupirant.

— J'aimerais pouvoir trouver un mec comme Oliver. Cet homme est fou de toi !

Je souris et tentai de dissimuler ma crainte que ces roses ne soient pas de lui...

— On déjeune ensemble ? suggéra-t-elle.

— Bien sûr ! Vers treize heures ?

— Parfait ! Je t'appelle tout à l'heure ! lança-t-elle. Je te connais, si je ne le fais pas, tu es capable de ne pas quitter ton bureau avant minuit.

Elle avait raison. Lorsque j'étais plongée dans le travail, j'avais tendance à perdre la notion du temps.

Juste au moment où Becca sortait de mon bureau, Oliver arriva.

— Pourquoi tu n'as pas de frère, Oliver ? le taquina-t-elle.

Il sourit, semblant ne pas comprendre pourquoi elle lui disait cela. Jusqu'à ce qu'il aperçoive le bouquet de roses sur mon bureau. Son sourire se fana.

Merde. Elles ne sont pas de lui !

— Un admirateur secret ? J'ai des raisons de m'inquiéter ? s'enquit-il.

— Écoute, je ne sais pas. Becca vient de me les déposer, je ne vois pas de qui elles peuvent être...

— J'aurais aimé qu'elles soient de moi, commenta-t-il.

Depuis que nous sortions ensemble, Oliver et moi n'avions jamais réellement évoqué notre relation. Il faut dire que ni lui ni moi n'avions beaucoup de temps. Nous déjeunions ensemble dès que nous le pouvions mais, en quatre semaines, nous n'avions passé que quelques soirées ensemble. L'un comme l'autre, nous travaillions dix heures par jour, six jours par semaine. C'était aussi pour cela que nous n'étions pas jaloux : implicitement, nous savions qu'aucun de nous deux n'avait le temps d'entretenir une autre relation.

Pourtant, en regardant le bouquet de roses jaunes, Oliver semblait douter, pour la première fois. Il ne me posa aucune question, mais fixa la carte qui était agrafée sur la cellophane transparente. La situation était extrêmement gênante. J'espérai de tout mon cœur que le téléphone sonne ; cela n'arriva pas, malheureusement. Je dus donc me résoudre à décrocher la carte. Je fus la plus lente possible, tentant de réfléchir à ce que je pourrais dire si les fleurs avaient effectivement été envoyées par Gray, tandis qu'Oliver m'observait avec une attention pesante.

J'ouvris la petite enveloppe, me forçant à afficher un sourire forcé.

— C'est une amie que j'ai aidée sur un dossier, prétendis-je avec l'air le plus naturel dont je fus capable. Elle me les a envoyées pour me remercier.

Oliver eut l'air soulagé.

Ouf !

Je pliai la carte dans la paume de ma main transpirante.

— Qu'est-ce qui t'amène ? lui demandai-je pour changer de sujet. Tu viens voir comment vivent les collaborateurs ?

Le bureau d'Oliver, situé deux étages au-dessus du mien, avait récemment été rénové. Si mon bureau était beau, le sien était désormais luxueux.

— J'avais juste envie de te faire un coucou, répondit-il. Et de te parler de la conversation que j'ai eu la chance d'avoir hier soir avec notre client potentiel, entre l'urinoir et le lavabo...

Merde !

Intérieurement, je préparais les mensonges que j'allais devoir raconter. Je ne savais même pas exactement pourquoi je ne disais pas la vérité, mais il était de toute façon trop tard. J'étais obligée de continuer à mentir. Quoi qu'il en soit, techniquement, prétendre que je ne connaissais pas Gray était davantage une omission qu'un mensonge.

— Oh... Euh... Une conversation ? Comment cela ? balbutiai-je.

Omission ou mensonge, je ne pouvais m'empêcher de culpabiliser et de craindre la réaction d'Oliver s'il découvrait la vérité.

— Figure-toi que cet imbécile m'a carrément proposé une liasse de billets pour que je vous laisse en tête-à-tête !

De toute évidence, il ne s'intéresse pas seulement à toi pour tes qualités de juriste.

— Qu'est-ce que tu lui as dit ?

— Que tu ne sortirais jamais avec un client, et encore moins avec un ex-détenu.

— Oh...

— Je sais que ce serait formidable pour ta carrière au sein du cabinet que tu l'aies comme client, mais je ne peux pas m'empêcher d'espérer que ce connard se trouve un autre avocat et qu'il se tienne loin de toi.

— Tu n'as pas à t'inquiéter, le rassurai-je. Même si je l'ai comme client, je saurai très bien le gérer.

— Je sais, et c'est d'ailleurs l'une des choses que j'aime chez toi : ta force. Mais je te rappelle que ce type vient de sortir de prison...

— Oui, enfin, il a été accusé de délit d'initié. Ce n'est pas non plus un violeur...

— Même ! Je déteste l'idée que tu travailles avec un type sans scrupules.

— Si je décidais de ne fréquenter que les personnes qui ont une morale et une éthique, je n'aurais plus aucun client ! lui rappelai-je d'un air amusé. Je travaille dans le département pénal et finance, pas dans celui des droits d'auteur, comme toi. Nous n'avons pas tout à fait les mêmes clients...

— C'est vrai, admit Oliver. Bon, je dois filer. Je vois un client à dix heures ; il faut que je me prépare. On dîne cette semaine ?

— D'accord !

Je lui demandai de fermer la porte derrière lui, prétextant une fausse conférence téléphonique. Une fois seule, je m'effondrai sur ma chaise, et relus la carte de visite froissée que je tenais dans le creux de ma main.

Coccinelle,

Mauvais départ.

Accorde-moi une seconde chance.

Je t'embrasse.

Gray

Je détestais tout ce que cet homme avait fait au cours des dernières vingt-quatre heures. Il s'était incrusté sur mon lieu de travail sans me prévenir, insistant pour que je prenne en charge son dossier. Il m'avait invitée à dîner devant tous mes patrons. Et, en plus, il s'était montré désagréable envers Oliver, m'obligeant à mentir en prétendant que je ne le connaissais pas. Comment, après tout cela, pouvait-il avoir le culot de m'offrir des fleurs ?

Mais, ce que je détestais surtout, c'était les papillons que je ressentis dans le bas de mon ventre en lisant son mot.

L'odeur des roses imprégnait l'air. Je ne faisais que penser à Gray, alors que j'essayais de me concentrer sur un contrat de vente d'actions. Au lieu de me prendre une ou deux heures, j'y passai toute la matinée et une grande partie de l'après-midi. Au bout d'un moment, n'y tenant plus, je retirai mes lunettes et pris ma tête dans les mains en regardant le bouquet.

— Tu sais, tu lui ressembles beaucoup.

Je devenais complètement folle. Voilà que je me mettais à parler à un bouquet de roses !

— Tu es beau, tu sens bon... Mais tu piques ! Exactement comme lui.

De toute évidence, tant que ce bouquet serait devant moi, je n'arriverais à rien. Je me résolus donc à le jeter à la poubelle. Il valait certainement une petite fortune, et cela me fit mal au cœur, mais je n'avais pas le choix.

D'ailleurs, c'était la bonne décision car, une fois le bouquet hors de ma vue, je parvins enfin à me concentrer et à travailler. Je terminai la correction du contrat en une demi-heure, et portai mes notes manuscrites à mon assistante pour qu'elle les mette au propre.

Je revins dans mon bureau, et, tandis que j'étais en train de chercher un dossier dans l'une de mes armoires, on frappa à la porte. Je me retournai et découvris maître Pittman, le père.

— Maître ! m'exclamai-je en refermant la porte de mon armoire. Qu'est-ce que je peux faire pour vous ?

C'était la deuxième fois en deux jours qu'il descendait de sa tour d'ivoire pour me parler. Je savais qu'il voulait probablement discuter de Gray, et je réalisai alors que mon agressivité de la veille lui était peut-être parvenue aux oreilles. Je paniquai, sachant parfaitement que si les associés apprenaient que j'avais fait perdre au cabinet un client important, je serais virée sur le champ. Depuis la plainte du barreau contre moi, la confiance qu'il m'accordait était fragile...

— Nous voulions vous annoncer la bonne nouvelle, Layla ! lança Pittman avec un sourire aussi large que rare.

— La bonne nouvelle ? repris-je, médusée.

— Tout à fait !

Il entra dans mon bureau, et je découvris alors qu'il n'était pas seul. Gray lui emboîtait le pas, se pavanant comme s'il était le maître des lieux. Il me lança un sourire sadique.

— Monsieur Westbrook vient de signer avec nous, m'annonça Pittman d'un air satisfait. Il m'a dit que vous vous étiez montrée très persuasive, hier soir.

— Oh... Bien, formidable ! C'est vraiment fantastique ! répondis-je machinalement, me forçant à ne pas laisser exploser ma colère.

— Vous avez fait le bon choix, Monsieur Westbrook, dit Pittman en tapotant l'épaule de Gray. Layla est une excellente avocate et elle défendra parfaitement vos intérêts.

— Je n'en doute pas, répondit Gray en posant sur moi un regard lascif.

— Bien ! Je vous laisse parler tous les deux, déclara Pittman. Et ne vous inquiétez pas, Layla : je vais demander à Charles de vous remplacer pour l'audience dans le dossier Barag. Monsieur Westbrook est un client important, et je veux que vous soyez disponible pour lui à tout moment.

— Barag ? Mais l'audience est demain ! m'insurgeai-je.

— Je sais, mais ne vous inquiétez pas, me rassura Pittman. Si Charles n'a pas le temps de se préparer, nous la décalerons. Votre voyage avec monsieur Westbrook est plus important...

— Un voyage ?

— Ah oui, je ne vous l'ai pas dit, excusez-moi. Vous accompagnez monsieur Westbrook à Greensboro.

Je me forçai à sourire jusqu'à ce que Pittman, qui avait des dollars dans les yeux et aucune idée de mon envie d'étrangler notre nouveau client, quitte mon bureau.

— À quoi est-ce que tu joues ? sifflai-je à l'attention de Gray, dès que la porte de mon bureau fut fermée.

— Comment cela ? J'ai juste besoin d'un avocat, se défendit-il, faisant mine de ne pas comprendre où je voulais en venir.

— Je pensais avoir été claire, hier soir ! Je refuse de te représenter. Qu'est-ce que tu n'as pas compris dans « Adresse-*toi à un autre cabinet* » ?

— Je suis un bon client. Tes patrons vont te remercier d'avoir réussi à me convaincre. C'est bon pour toi, tu sais…

— Tu n'as aucune idée de ce qui est bon pour moi, lui fis-je remarquer avec défiance. *Tu* n'es pas bon pour moi !

Gray s'avança vers moi et je retins mon souffle. Malgré moi, sa présence me bouleversait ; mais j'étais déterminée à ne pas le laisser paraître. Il était hors de question que je lui fasse ce plaisir.

— Je suis désolé de t'avoir menti, Layla, dit-il d'une voix douce qui me surprit autant qu'elle me troubla.

— Ce qui s'est passé il y a plus d'un an était une erreur, répondis-je en me forçant à rester impassible. Et cela n'a rien à voir avec le fait que tu m'aies menti ; je n'aurais de toute façon pas dû commencer quoi que ce soit avec toi.

Il ne répliqua pas, mais je vis dans son regard que ma remarque l'avait touché.

— Nous devons être à Greensboro à midi pour rencontrer mes nouveaux partenaires, déclara-t-il. C'est important que tu assistes aux négociations ; ce sera plus facile pour toi de rédiger les contrats ensuite.

La demande en elle-même n'était pas étrange. J'avais accompagné plusieurs clients dans leurs négociations avec leurs partenaires. Mais, dans ce cas, ce qui me gênait, c'était de me sentir coincée. Gray savait parfaitement que je n'avais d'autre choix que de l'accompagner. Car, si j'allais voir les associés pour leur dire que je ne voulais pas accompagner notre nouveau client dans son voyage d'affaires, je devrais leur donner une explication. Or, je n'avais aucune raison valable – ou avouable – pour ne pas aller à Greensboro.

Qu'aurais-je bien pu dire ? *Vous vous souvenez lorsque j'ai dû travailler bénévolement dans le cadre des sanctions qui m'ont été imposées pour violation du secret professionnel ? Vous savez, cette fois où vous m'avez presque licenciée pour faute grave ? Eh bien, alors que je travaillais en tant qu'avocate bénévole dans une prison pour hommes, j'ai rencontré Grayson Westbrook et je suis tombée amoureuse de lui. Parfois, nous nous cachions dans les rangées de la bibliothèque et nous nous embrassions. Tout allait bien – jusqu'à ce qu'il me mente. Vous me direz que j'aurais dû me méfier... Mais comment pouvais-je savoir qu'entamer une liaison avec un détenu écroué pour délit d'initié était une mauvaise idée ?*

— Je vais demander à mon assistante de faire les réservations, et je te tiendrai informé, finis-je par abdiquer.

Il afficha son sourire le plus arrogant, celui qui me donnait envie de le gifler.

— Parfait ! Dis-lui que nous descendrons au Langham.

— Un hôtel ? Je pensais que la réunion était l'après-midi ?

— En effet. Mais certains investisseurs viennent de loin et ne seront disponibles qu'au dîner.

— Dans ce cas, je te laisserai dîner avec eux. Tu n'as pas besoin de moi pour ça.

— Le dîner sera organisé tout de suite après la réunion de l'après-midi, précisa-t-il.

— Eh bien, tu prendras des notes et me les enverras. Moi, je rentrerai à New York le soir même, répondis-je du tac au tac.

À mon grand étonnement, Gray n'insista pas.

— Très bien ! Très heureux de vous avoir dans mon équipe, Maître ! lança-t-il en me tendant la main.

Mes yeux se posèrent sur sa main. Je repensai alors à la première fois qu'il m'avait embrassée, mon visage dans ses mains, et me faisant fondre. Je ressentis le même trouble et me détestai pour cela. Je ne devais pas laisser le passé me contrôler. Je devais être plus forte que lui – et que moi-même.

Espérant ne pas trembler, je saisis sa main. Aussitôt, une chaleur s'empara de moi, et me brûla presque. Je retirai ma main rapidement et retournai vers mon bureau.

— Envoie-moi par e-mail les noms de tes partenaires afin que je puisse faire une recherche rapide auprès de la SEC et de notre enquêteur, lui demandai-je en essayant de reprendre le contrôle de mes émotions.

— Ce n'est pas nécessaire.

Protégée par mon bureau, je repris confiance en moi et parvins à le regarder dans les yeux et à lui parler à nouveau avec fermeté.

— Écoute, Gray, je vais être très claire : je veux bien être ton avocate, mais tu dois accepter de faire les choses à ma manière. Une diligence raisonnable est non négociable.

— Bien, Maître ! rétorqua-t-il avec amusement.

— Je te laisse donner tes coordonnées à mon assistante avant de partir ? répondis-je sans entrer dans son jeu. Bonne journée.

Il ouvrit la porte de mon bureau mais se retourna avant de sortir, posant son regard sur le bouquet dans ma poubelle.

— Allergique ?

— Malheureusement, oui, répondis-je avec un sourire narquois.

— La prochaine fois, je te ferai livrer des chocolats ! lança-t-il sans sourciller.

— La prochaine fois, fais-les plutôt livrer à ta femme.

Chapitre 4

Layla

2 ans plus tôt

— Vous allez devoir changer de chaussures.

— Changer de chaussures ? m'étonnai-je.

Certes, mes sandales rouges à lanières Brian Atwood ne collaient pas exactement à mon image d'avocate stricte. Mais, si j'étais forcée de travailler dans cette prison le samedi, j'avais besoin de quelque chose pour m'aider à me sentir humaine. Je n'étais donc absolument pas prête à me séparer de mes chaussures, aussi féminines et sexy soient-elles.

— Quel est le problème avec mes chaussures ? fis-je mine de ne pas comprendre en m'adressant à la gardienne.

— Les bouts ouverts ne sont pas autorisés dans les prisons fédérales, répondit-elle froidement.

J'étais estomaquée face à des règles aussi stupides qu'incohérentes.

— Personne ne me l'a dit, me défendis-je. J'ai fait près de cinq heures de voiture ce matin pour venir jusqu'ici. C'est mon premier jour de bénévolat. Je ne vais quand même pas rentrer chez moi pour une simple histoire de bouts ouverts ?

Elle me fixa avec un sourire pervers.

— Qu'avez-vous fait de mal ?

— De mal ?

— Les avocats qui font du bénévolat ici le week-end ne sont généralement pas de *vrais* bénévoles...

— Oh...

J'hésitai à répondre, mais la gardienne continuait de me fixer, les bras croisés sur sa poitrine. De toute évidence, elle attendait une réponse.

— Okay, soupirai-je. J'ai violé le secret professionnel et ai été condamnée à deux cents heures de travaux d'intérêt général.

Elle siffla, exagérant son étonnement.

— Deux cents heures ! Même ici les sanctions imposées ne sont pas si lourdes.

Elle semblait s'amuser de ma situation.

— Ah bon ? m'agaçai-je. Et quelles sont les sanctions que vous imposez dans ce cas ?

— Les mouchards, on leur casse la gueule, m'informat-elle d'un ton menaçant.

Génial. Vraiment génial...

— Vous avez une paire de rechange ? me demanda-t-elle en tendant ma carte d'identité, le regard noir.

— Non. Est-ce qu'il y a un magasin dans le coin où je pourrais en acheter ?

— Il y a un Walmart à une trentaine de kilomètres d'ici.

Je regardai ma montre.

— Je suis censée commencer dans trente minutes, déclarai-je en espérant qu'elle me laisserait travailler exceptionnellement avec mes chaussures à bouts ouverts.

— Il va falloir faire vite, dans ce cas...

J'étais à l'intérieur de la prison, pas dans un parloir avec une vitre séparant le visiteur du détenu, avec un téléphone de chaque côté pour leur permettre de communiquer. Je marchais au milieu des détenus qui circulaient librement. Car la prison d'Otisville, dans laquelle j'allais devoir donner des cours tous les samedis, était un centre de détention avec une sécurité minimale, réservée à des détenus jugés peu dangereux. Finalement, j'avais presque l'impression d'être dans une université : il n'y avait pas de clôtures autour du bâtiment, et les détenus ne vivaient pas dans des cellules verrouillées mais dans des dortoirs ouverts avec des armoires personnelles. En regardant les détenus vêtus d'un pantalon de costume en coton et d'une chemise habillée – la plupart ressemblant à des hommes d'affaires ou à des enseignants, propriétaires d'une résidence secondaire –, il était impossible de savoir qu'il s'agissait d'une prison si on ne le savait pas.

— Combien de détenus compte la prison ? demandai-je au garde qui m'escortait jusqu'à la bibliothèque.

— Le chiffre change tous les jours, mais disons qu'il y en a une centaine.

Nous traversâmes un long couloir vitré. Les hommes à l'extérieur riaient et semblaient s'amuser.

— C'est... un terrain de pétanque ?

— Oui, répondit-il avec un petit rire. Il y a aussi un terrain de baseball plus grand que celui qui se trouve dans le lycée de mon fils. Ce n'est pas pour rien qu'on surnomme ce genre de prison des Clubs fédéraux...

L'endroit était, en effet, bien plus agréable que ce à quoi je m'étais attendue. La bibliothèque, notamment, était absolument magnifique, avec un nombre de livres bien plus important que dans ma bibliothèque publique locale. Il y avait de grandes tables avec des chaises en bois qui me rappelaient celles de l'université de droit, et un mur en verre délimitait un espace réservé aux cours, dans lequel chaque bureau était équipé d'un ordinateur à écran plat.

— C'est magnifique ! m'exclamai-je en regardant autour de moi.

— Ce n'est pas ce à quoi vous vous attendiez, je suppose.

— Pas du tout !

Le garde me conduisit dans la salle de cours.

— La bibliothèque sera fermée à toute personne qui n'est pas inscrite à votre cours, m'informa-t-il. Vous pouvez donc utiliser la salle de classe ou la bibliothèque, comme vous le souhaitez. Quatorze gars se sont inscrits à votre cours, en plus de Westbrook. Vous aurez donc largement assez de place.

— Westbrook ? repris-je, l'interrogeant du regard.

— Oui, c'est celui qui coordonne tous les cours qui sont donnés ici, m'indiqua le garde.

— Oh. Très bien...

— D'ailleurs, quand on parle du loup, ajouta-t-il en regardant par-dessus mon épaule.

Je me retournai et aperçus un homme grand, ténébreux, qui se dirigeait vers nous. Il était accompagné d'un autre, et il garda la tête baissée jusqu'à ce qu'il atteigne la porte de la bibliothèque. Lorsque, enfin, il releva le visage, je fus comme saisie, incapable de détacher mon regard de lui. Je n'avais jamais vu un homme aussi beau. Il était absolument magnifique. Presque trop, d'ailleurs : cela lui conférait, malgré lui, une certaine arrogance.

Nos regards se croisèrent, et il me sourit. Il était aussi impertinent qu'attendrissant, avec des fossettes profondes et terriblement séduisantes.

Finalement, peut-être que ma peine n'allait pas être si difficile...

— Westbrook, je te présente Layla Hutton, déclara le garde lorsque l'homme fut près de nous. C'est elle qui animera le cours de droit.

— Ravi de vous rencontrer, lança l'homme en me tendant la main. Je suis Grayson Westbrook. Les gardes, ici, n'utilisent que le nom de famille, mais, sinon, tout le monde m'appelle Gray, précisa-t-il en me dévorant du regard. Je vais devoir vous surveiller. Je suis sûr que beaucoup des hommes qui sont ici n'ont jamais vu une femme aussi belle...

— Tu ne rates pas une occasion, Westbrook ! commenta le garde en riant. Comme je vous l'ai dit, reprit-il en se tournant vers moi, nous sommes dans un centre de détention avec des mesures de sécurité très limitées. Nos portes ne sont pas verrouillées, et nous faisons confiance aux détenus qui s'engagent à ne pas s'évader. Aucun d'entre eux n'est dangereux ni violent ; ils savent de toute façon qu'ils ont tout à perdre s'ils font des conneries car, dans ce cas, ils sont incarcérés dans des prisons moins agréables... Bref, tout ça pour dire que vous ne risquez pas grand-chose !

Il marqua une pause, et j'acquiesçai en me contentant de sourire.

— Bien ! Est-ce que je peux vous laisser entre les mains de notre Casanova ? Nous n'avons pas beaucoup de personnel et je dois aller me chercher quelque chose à manger. Quoi qu'il en soit, nous gardons un œil sur vous, déclara-t-il en désignant les caméras placées au plafond et sur les murs. Et puis, la porte de la bibliothèque sera verrouillée puisqu'elle est fermée aujourd'hui.

— Euh... Oui, bien sûr, balbutiai-je en essayant de dissimuler ma nervosité.

Lorsque le garde fut parti, le fameux Gray me fit à nouveau son magnifique sourire à fossettes, et m'accompagna jusqu'à la salle de cours qui se trouvait juste à côté.

— Dites-moi, vous tirez à la courte paille dans votre cabinet pour désigner celui ou celle qui va se coller au bénévolat, ou vous purgez une peine ?

Je ne voyais pas comment je pouvais échapper à la vérité. L'homme n'avait pas l'air dupe : il avait compris qu'aucun avocat ne se serait porté volontaire pour venir donner des cours dans cet endroit paumé ; encore moins une petite avocate comme moi !

— Je purge une peine, en effet, admis-je. Aujourd'hui est mon premier jour.

— Ça aurait pu être pire, tenta-t-il de me rassurer. Vous auriez pu être condamnée à dormir ici...

— C'est vrai... admis-je, embarrassée.

— Je peux me permettre de vous demander ce que vous avez fait pour être envoyée ici ?

— On ne vous a jamais dit qu'il était impoli de demander à une femme son âge, son poids, ou la raison pour laquelle elle a failli être radiée du barreau ?

Il sourit en me regardant, et je priai pour qu'il fasse cela le moins souvent possible.

— Je suis désolé, s'excusa-t-il.

— Je vous en prie...

Gray alluma l'ordinateur portable qui se trouvait sur le grand bureau, à l'avant de la salle de cours.

— Il y a le Wi-Fi, mais la connexion est limitée. Si vous avez besoin d'aller sur un site non autorisé, dites-le-moi et je vous donnerai l'accès.

— D'accord. Génial.

— Le cours ne commence que dans deux heures environ. Je vous laisse vous installer. Si vous avez besoin de quoi que ce soit, je serai dans la bibliothèque, juste à côté. Vous n'aurez qu'à me faire signe à travers la vitre.

Je passai la demi-heure suivante à vérifier que j'avais accès à toutes les ressources dont j'allais avoir besoin pour ma première présentation, et à passer en revue les diapositives que j'avais préparées.

Gray s'était assis sur une chaise de la bibliothèque et lisait un livre, des lunettes sur le nez. Comme à mon habitude, je m'étais parfaitement préparée pour mon intervention, et j'avais donc beaucoup de temps à tuer. Aussi, curieuse de voir de près à quoi ressemblait l'Adonis à lunettes, je le rejoignis dans la bibliothèque.

Gray, qui était absorbé par sa lecture, ne m'entendit pas entrer, et leva la tête, l'air surpris.

— *Sables mouvants,* d'Henning Mankell... lis-je à haute voix sur la couverture. C'est un roman ?

Il me regarda. La monture épaisse et noire de ses lunettes le rendait encore plus sexy, mettant en valeur sa mâchoire carrée. Lorsqu'il les retira, je fondis littéralement.

— Non, c'est un essai, plutôt, m'informa-t-il. Après que l'auteur a appris qu'il était atteint d'un cancer du poumon, il a écrit ce livre – une sorte de rétrospective sur sa propre vie et ce que signifie vivre.

Je ne pouvais m'empêcher de le regarder et de me demander s'il était plus beau avec ou sans ses lunettes. Je fus incapable de trouver une réponse à cette question.

— Ça ne semble pas très réjouissant…

— C'est vrai, mais c'est à la fois très drôle. Il porte un regard critique sur les derniers jours de sa vie, et en arrive à la conclusion que les moments où il a été le plus heureux sont ceux qu'il a passés avec les personnes qu'il aimait. Des moments simples.

Je m'assis à la table en face de lui, et plongeai mon regard dans le sien. Je venais à peine de le rencontrer, ne savait quasiment rien de lui, mais j'avais malgré tout pleinement conscience que j'étais en train de vivre un moment important. C'était fou.

Nous nous sourîmes en silence pendant de longues secondes. L'alchimie entre nous était palpable, hors du commun, et ne fut interrompue que par le garde qui revint de sa pause déjeuner.

— Je viens voir si tout va bien… lança-t-il en s'approchant de nous.

— Oui, oui. Tout va très bien, je vous remercie, le rassurai-je.

— Parfait ! Je reviendrai plus tard, avant l'arrivée de vos élèves.

— D'accord.

Gray ne m'avait pas quittée des yeux pendant mon échange avec le garde. Il ne fit même pas semblant de regarder ailleurs lorsque je me réinstallai devant lui. J'avais l'impression d'être redevenue adolescente et d'être observée par le plus beau garçon de la classe pendant le cours de mathématiques – je ressentais une sorte d'excitation très forte et réjouissante. Mais ma façon de cacher ma nervosité avait toujours été l'offensive. C'est ce que j'utilisai à nouveau, ce jour-là, face à Gray.

— Vous me fixez, dis-je d'un ton de reproche.

— En effet, rétorqua-t-il avec un large sourire. Je vous trouve très belle. Cela ne vous dérange pas, j'espère ?

— Pas du tout, répondis-je en soutenant son regard. Vous n'êtes pas mal non plus, d'ailleurs. J'ai le droit de vous regarder en retour ?

La lueur dans ses yeux s'intensifia et son regard devint plus clair.

— À vos propres risques et périls, commenta-t-il avec un léger sourire.

Nous continuâmes de nous fixer en silence, et cela ne me mettait pas mal à l'aise. Je venais à peine de le rencontrer, et j'avais pourtant l'impression que je ne m'étais jamais sentie aussi bien avec un homme.

— Parlez-moi de vous, Layla Hutton, finit-il par dire. Sans me révéler ni votre âge, ni votre poids, ni la raison pour laquelle vous avez frôlé la radiation du barreau, évidemment !

— J'ai vingt-neuf ans, je pèse cinquante-trois kilos, et j'ai dénoncé à la police l'un de mes clients qui battait sa femme, rompant ainsi le secret professionnel.

Il sourit et se frotta doucement le menton.

— On aurait plutôt dû vous décerner une médaille pour avoir fait cela, fit-il remarquer.

— Eh bien... c'est aussi ce que je pense. Mais le comité de discipline et les associés du cabinet dans lequel je travaille en ont jugé autrement...

Je soupirai. Je me sentais bien, légère. C'était très agréable de me débarrasser de ce poids dès ma première rencontre avec quelqu'un. En général, je faisais tout pour éviter le sujet et révéler la vérité le plus tard possible. Mais, avec lui, c'était différent.

— Vous savez quoi ? Les premières rencontres entre un homme et une femme devraient toujours se dérouler ainsi, déclarai-je. Vous rencontrez un homme. Il vous avoue qu'il vous trouve attirante. Vous lui dites que c'est réciproque. Ensuite, vous révélez tous vos secrets, et s'il vous regarde toujours de la même manière, alors vous continuez. Sinon, vous vous éloignez. La vie est trop courte pour perdre du temps.

— Je suis tout à fait d'accord. Dites-moi, comment est-ce que je vous regarde après que vous m'avez révélé votre secret ?

J'étudiai son regard en me penchant plus près de lui, et il haussa un sourcil. Ce que je découvris dans ses yeux me fit frissonner de désir.

— Vous me regardez comme si vous aviez envie de me voir nue, indiquai-je en me reculant sur ma chaise.

— Vous êtes très forte ! admit-il en riant.

— À votre tour, maintenant, le défiai-je. Dites-moi quels sont vos secrets...

Son regard s'assombrit et il redevint sérieux.

— J'ai trente et un ans, la dernière fois que je me suis pesé, je faisais quatre-vingt-cinq kilos, et...

Il marqua une pause et se pencha en avant, les coudes sur la table, me regardant dans le fond des yeux.

— ... et j'ai été condamné pour un délit d'initié que je n'ai pas commis.

Mon sourire disparut en entendant cette dernière partie. Je ne comprenais plus rien.

— Vous êtes un détenu ?

— Je suis le coordinateur des programmes pédagogiques, Layla. C'est mon travail. Mon travail de *détenu*.

Gray se pencha plus près de moi et sonda mon regard.

— Alors, comment me regardez-vous, maintenant ?

Chapitre 5

Layla

J'essayais de réduire ma consommation de café, mais, ce matin-là, je m'autorisai une seconde tasse. J'avais passé toute la nuit à tourner dans mon lit, incapable de trouver le sommeil. En me préparant, dans ma salle de bain, je bénis l'inventeur du fond de teint et de l'anticerne.

Je retournai dans la chambre, et regardai par la fenêtre. J'habitais au troisième étage et bénéficiais d'une vue panoramique sur la ville, que j'adorais. Il me restait une demi-heure avant que la voiture vienne me chercher pour me conduire à l'aéroport. Je n'avais plus qu'à m'habiller, et je pris donc le temps de réfléchir, à nouveau, aux événements de ces deux derniers jours, les yeux rivés sur le ballet incessant des voitures.

C'est alors que je vis une voiture noire se garer devant mon immeuble. Je regardai l'heure sur mon réveil, à côté de mon lit : six heures trente. Le taxi que j'avais commandé était en avance. Bien sûr, j'aurais pu le faire attendre jusqu'à sept heures, l'heure qui avait été convenue, mais ce n'était pas mon style. Je terminai mon café d'une traite et me ruai vers mon dressing.

Alors que j'étais en train de chercher la robe que j'avais décidé de porter ce jour-là, je m'interrompis, réalisant que les taxis, généralement, s'ils étaient en avance, préféraient rouler ou attendre plus loin jusqu'à l'heure de rendez-vous. Jamais ils ne se garaient devant l'immeuble du client pour faire savoir qu'ils étaient là.

L'interphone sonna.

— Oui ? dis-je en décrochant.

— Bonjour, beauté !

Gray !

Sa voix était reconnaissable entre toutes.

Je me figeai.

— Qu'est-ce que tu fais ici ? sifflai-je.

— Nous sommes venus te chercher pour t'emmener à l'aéroport ! répondit-il le plus naturellement du monde.

— *Nous* ?

— Mon chauffeur et moi.

— J'ai commandé un taxi, l'informai-je. Tu peux y aller, je te retrouverai directement à l'aéroport.

— J'ai annulé ton taxi.

— Tu as *quoi ?* m'insurgeai-je.

— Nous devons voir certaines choses avant la réunion, se justifia-t-il. Et puis ça ne sert à rien d'aller au même endroit avec deux voitures. Ta secrétaire m'a donné le numéro de ta société de taxi, et je les ai tout simplement appelés pour annuler.

— Mais tu n'as pas le droit de faire ça, Gray !

— Nous sommes garés en bas de ton immeuble, descends !

Je fermai les yeux et comptai jusqu'à dix pour me calmer. Je savais parfaitement ce que Gray essayait de faire : il ne voulait pas seulement partager une voiture avec moi pour aller à l'aéroport, il cherchait aussi à me piéger.

Je voyais d'autant plus clair dans son jeu que je faisais moi-même la même chose, parfois, pour déstabiliser des adversaires : je leur posais toute une série de questions qui n'avaient rien à voir entre elles, faisais exprès de rendre mon écriture illisible... Tout ce qui pouvait les rendre vulnérables permettait de gagner du terrain.

Je n'avais aucune intention d'être son pion. S'il pensait pouvoir jouer avec moi, il se trompait !

— Je serai en bas dans quelques minutes, finis-je par déclarer.

— Tu peux me laisser monter ? Je voudrais utiliser tes toilettes...

— Non !

— Tu ne vas quand même pas me laisser pisser dans la rue ?

— Si ! conclus-je avant de raccrocher.

Je me précipitai dans ma chambre pour m'habiller. Je n'aimais pas faire attendre les gens, et je ne voulais pas que le chauffeur de Gray soit victime de l'arrogance de son client.

Une fois prête, je me dirigeai vers la porte d'entrée. Mais, en passant devant le miroir de l'entrée, je me surpris à retoucher ma coiffure et mon maquillage. Je m'en voulus, mais c'était plus fort que moi. Pourtant, je devais absolument considérer Gray comme n'importe quel autre client.

Je plongeai mes dossiers dans mon cartable, y ajoutai un bloc-notes et des stylos, puis, après avoir pris une profonde inspiration, je descendis. Gray se tenait juste devant la porte d'entrée de mon immeuble, appuyé contre la balustrade.

— Tu as trouvé un endroit ? lançai-je de but en blanc.

— Non, je me suis dit qu'il valait mieux ne pas prendre le risque d'être arrêté pour exhibition. Je te rappelle que je suis en liberté conditionnelle.

— Il y a un café au coin de la rue, lui indiquai-je.

— J'ai essayé, mais le propriétaire m'a dit que les toilettes étaient hors service.

Je roulai des yeux et gémis en tournant les talons en direction des escaliers.

— Okay, tu montes chez moi, mais je te préviens : uniquement pour aller aux toilettes !

Dans l'ascenseur, je fis de mon mieux pour ne pas croiser son regard que je sentais pourtant sur moi avec insistance. Malheureusement, la cabine était entièrement faite de miroirs, et il me fut impossible de ne pas le voir. Il portait un costume Brioni parfaitement ajusté – le genre qui avait dû lui coûter cinq mille dollars chez l'un des meilleurs tailleurs de la ville. Il mettait en valeur sa taille fine et ses larges épaules, révélant son élégance naturelle. Malgré moi, je le trouvai incroyablement sexy. Un costume m'avait toujours fait plus d'effet qu'un jean et un tee-shirt. Je le trouvais tellement beau que j'en oubliai presque qui il était vraiment.

Presque.

Dès que les portes de l'ascenseur s'ouvrirent, je me précipitai sur le palier de mon appartement, impatiente de respirer un air différent de celui de Gray Westbrook. J'ouvris ma porte et me mis sur le côté pour le laisser passer.

— Au bout du couloir, première porte à droite, lui indiquai-je sans le regarder. Je te préviens, tu as deux minutes !

Alors qu'il passait devant moi, je le sentis me regarder avec un sourire amusé. Je me forçai à ne pas lever les yeux. Pourtant, dès qu'il me tourna le dos, je m'autorisai à le regarder marcher. Décidément, le tailleur avait fait un excellent travail : le costume lui allait aussi bien devant que de dos...

Tandis que je l'attendais impatiemment devant ma porte d'entrée, un téléphone portable sonna. Il me fallut quelques secondes pour réaliser que la sonnerie provenait de la salle de bain. Quelques minutes plus tard, Gray réapparut à nouveau, traversant le couloir d'un pas pressé. Lorsqu'il fut à ma hauteur, son téléphone sonna à nouveau. Il le sortit de sa poche et leva un doigt en me regardant, comme pour me demander de garder le silence.

— Allô ? Tout va bien ?

Il avait l'air inquiet. J'entendais une voix de femme à l'autre bout du fil, mais j'étais incapable de comprendre ce qu'elle disait.

— Mais tu sais bien que tu ne me déranges jamais, insista Gray. Que se passe-t-il ?

Tandis que la femme lui répondait, il ferma les yeux, visiblement accablé.

— Tu es blessée ? Qu'est-ce qu'il s'est passé exactement ?

Je compris que quelque chose de grave venait de se produire, et commençai à partager son anxiété.

— Qui conduisait ? demanda-t-il en passant une main dans ses cheveux.

Une autre pause.

— Bon, où es-tu ? La police est encore là ? s'enquit-il.

J'entendis des sanglots à l'autre bout du fil. Gray commençait visiblement à paniquer.

— J'arrive tout de suite. Ne parle à personne, Etta, c'est compris ? Pas un mot !

Il mit fin à l'appel et me regarda d'un air désolé.

— Changement de plan.

— Qu'est-il arrivé ?

— Une amie de la famille a eu un accident. Elle a soixante-dix-sept ans et son permis lui a été retiré l'année dernière par son médecin. Mais elle continue de conduire... Je dois la rejoindre le plus vite possible. Elle est dans le Queens.

— Je viens avec toi !

━━━━━━

Gray regardait par la fenêtre alors que nous nous dirigions vers le Queens.

— Ça va aller, ne t'inquiète pas, tentai-je de le rassurer. Elle va juste avoir une amende pour conduite sans permis, c'est tout...

Il acquiesça en silence, mais n'avait pas l'air moins inquiet.

— Elle s'appelle Etta, c'est ça ? Il me semble que tu m'as déjà parlé d'elle quelques fois...

— C'est le diminutif de Henrietta. Mais ne l'appelle pas comme ça ; elle déteste son prénom ! Elle a beau avoir plus de soixante-dix ans, elle a toujours le même caractère de cochon...

Je commençai à rire, mais m'interrompit aussitôt, comprenant qu'il ne plaisantait pas.

— Qui est-elle exactement pour toi ?

— Elle a été la femme de ménage de mon père pendant près de trente-cinq ans. C'est elle qui s'occupait de moi, quand j'étais petit. On peut dire que c'est elle qui m'a élevé, car mon père n'était jamais là.

J'étais tellement émue, que je ne sus que répondre et gardai le silence quelques secondes.

— Et elle vit dans le Queens ?

— Ouais. Elle a un appartement dans l'un des immeubles qui appartenaient à mon père. Il s'est comporté comme un con avec beaucoup de femmes, mais il s'est toujours occupé d'Etta.

Lorsque nous arrivâmes sur place, deux voitures de police étaient garées en diagonale dans la rue, et les ambulanciers étaient en train d'installer un homme âgé, allongé sur une civière, à l'arrière d'une ambulance.

Gray sauta de la voiture avant même qu'elle ne soit arrêtée complètement et se précipita vers celle d'Etta. Je le suivis aussi vite que possible.

Etta était assise sur le siège du conducteur, les jambes sortant de la voiture. Un officier se tenait à côté d'elle, et prenait des notes sur un petit calepin.

— Etta ! Est-ce que ça va ? s'inquiéta aussitôt Gray.

— Je vais bien, Zippy. Je suis désolée de t'avoir dérangé, mais je ne savais pas qui appeler...

Zippy ?

Gray s'agenouilla et regarda Etta, cherchant à savoir si elle allait bien.

— Est-ce qu'elle a vu un médecin ? demanda-t-il à l'officier.

— Oui, le SAMU l'a examinée. Tout allait bien et elle ne voulait pas aller à l'hôpital.

— Tu as mal quelque part ? insista-t-il auprès d'Etta.

— Non, en tout cas pas plus que d'habitude.

— Tu devrais quand même aller à l'hôpital, Etta. Juste par précaution...

— Oh, arrête ! s'emporta-t-elle en lui faisant signe de s'éloigner. Les gens de mon âge vont à l'hôpital pour un petit bobo et finissent par mourir une semaine plus tard d'une infection nosocomiale...

— Est-ce que tu as eu un choc à la tête ?

— À peine, le rassura-t-elle. Mon Henry faisait plus de dégâts en faisant cogner ma tête contre le lit. Cet homme était un lion !

L'officier nous regarda d'un air surpris, puis secoua la tête avec un petit rire.

— En parlant de cogner la tête de lit, qui est cette charmante jeune femme ? demanda Etta en posant le regard sur moi.

— Etta, je te présente Layla Hutton, l'informa Gray. Layla est...

— Je suis l'avocate de Gray, l'interrompis-je en m'approchant.

— Layla... prononça Etta, les yeux pétillants. Je suis tellement heureuse de vous rencontrer enfin, ma chère !

Elle se tourna vers Gray.

— Elle est beaucoup plus belle que cette crétine qui t'a mis dans la merde !

— C'est vrai, concéda Gray. Bon, raconte-moi. Que s'est-il passé, Etta ?

— Je rentrais chez moi après être allée acheter un journal télé. Je soupçonne le facteur de me voler le mien...

— À six heures trente du matin ? s'étonna Gray.

— Quand tu auras mon âge, tu verras que Dieu nous donne moins sommeil pour nous permettre de profiter pleinement du temps qu'il nous reste !

Gray prit une profonde inspiration et ferma les yeux un instant. Je voyais bien qu'il était à la fois frustré et bouleversé, mais il faisait de son mieux pour ne pas le montrer.

— Ok... Continue...

— Je n'ai pas grand-chose à ajouter. Je me suis arrêtée au stop, au carrefour, et un bonhomme à qui on aurait dû retirer le permis il y a longtemps m'est rentré dedans.

Le flic cessa d'écrire dans son bloc-notes et pointa son stylo sur Etta.

— Il avait un permis, Madame Bell, contrairement à vous...

— Oui, bon... fit Etta en levant les yeux au ciel.

Je me tournai vers l'officier.

— Puis-je vous parler rapidement ?

— Bien sûr ! Laissez-moi juste un instant, je vais aller vérifier que les ambulanciers ont tout ce qu'il leur faut et qu'ils peuvent y aller.

Il me fallut dix minutes pour dissuader l'agent de remettre à Etta une citation à comparaître. Je lui dis qu'elle avait du mal à se souvenir qu'elle n'avait plus de permis et dus lui promettre de lui retirer ses clés dès que nous serions rentrés.

— C'est bon, il accepte de fermer les yeux pour cette fois, dis-je avec un large sourire en rejoignant Etta et Gray à la voiture, le rapport de police à la main. Mais vous devez absolument obtenir le permis ou arrêter de conduire, Madame Bell.

— Appelez-moi Etta ! Et je vous signale que j'ai eu le permis de conduire bien avant que ce flic soit né. Et bien avant que ce petit con de médecin qui a décidé de ne pas me le renouveler ne voie le jour, d'ailleurs. Quand une personne a un droit de vie ou de mort sur votre capacité à conduire, elle devrait au moins avoir la décence d'avoir plus de trente ans !

Gray secoua la tête, d'un air à la fois amusé, triste, et rassuré.

— Merci de t'en être occupée. La voiture n'a pas grand-chose ; elle roule toujours. Je vais ramener Etta chez elle avec sa voiture, et tu nous suis avec mon chauffeur, ça te va ?

— Bien sûr !

Je jetai un coup d'œil à l'heure indiquée sur mon téléphone.

— Par contre, nous allons rater notre vol...

— J'appellerai la compagnie aérienne et verrai si nous pouvons prendre le prochain, quand nous serons chez Etta.

Lorsque je m'installai à l'arrière de la voiture de Gray, et après avoir expliqué au chauffeur ce qu'il se passait, je constatai qu'il n'y avait aucune information sur une quelconque compagnie de chauffeurs privés, ni aucune des références légales obligatoires affichées.

— Excusez-moi, vous travaillez pour quelle société ?

— Aucune, Madame. Je travaille pour monsieur Westbrook. Je m'appelle Al !

Cela faisait seulement deux semaines que Gray avait été libéré. J'avais vérifié.

— Enchantée, Al ! Depuis combien de temps travaillez-vous pour monsieur Westbrook ?

Le conducteur me regarda dans le rétroviseur. Ses cheveux blancs indiquaient qu'il avait un certain âge, probablement la soixantaine.

— Ce n'est pas toujours régulier, mais je dirais depuis huit ans maintenant...

— Pas régulier ?

— En effet, Madame. Lorsque monsieur Westbrook était... à l'étranger... je travaillais pour d'autres. Mais maintenant qu'il est de retour, j'ai repris mes fonctions !

Tout cela me faisait réfléchir. Gray avait purgé une peine de trois ans, il avait été libéré depuis à peine deux semaines, or, il sauvait déjà son ancienne nounou, et réembauchait son chauffeur...

L'immeuble dans lequel vivait Etta n'était qu'à quelques rues du lieu de l'accident. Le chauffeur se gara sur le trottoir, tandis que Gray entrait sur le parking réservé à la résidence. Je descendis, et les rejoignis à pied pour leur proposer mon aide. Mais il s'avéra qu'Etta n'avait pas besoin de beaucoup d'aide. Elle avait ouvert la portière de sa voiture et était descendue toute seule avant que Gray ne puisse couper le moteur et faire le tour du véhicule pour l'aider.

— Vous prendrez bien une tasse de thé avec moi, Layla ? me demanda Etta lorsque nous fûmes chez elle.

— Et à moi, tu ne le proposes pas ? fit mine de s'insurger Gray en riant.

— Toi, je te propose de *faire* le thé, répondit Etta d'un air malicieux. Tu viens chez moi depuis que tu portes des couches ; tu es ici chez toi, tu le sais bien ! Alors va vite mettre la bouilloire en route et apporte-nous quelque chose à grignoter avec le thé. Il doit y avoir des biscuits dans le placard à gauche du réfrigérateur.

Gray nous regarda, Etta et moi, d'un air amusé.

— Bien, Mesdames ! À votre service !

Je trouvai amusant de voir Gray redevenir un petit garçon devant cette femme qui était comme sa mère, et pour qui son argent et son apparence n'avaient aucune importance.

— Asseyez-vous, ma chère, me dit-elle en me désignant l'un des deux fauteuils qui faisaient face au canapé. Nous n'avons pas beaucoup de temps.

Quelque chose me dit qu'elle ne voulait pas dire que le temps était limité parce que Gray et moi devions aller travailler, mais plutôt que Gray allait bientôt revenir de la cuisine et qu'elle voulait pouvoir me parler avant qu'il nous rejoigne.

Je pris place sur le fauteuil en face d'elle, tandis qu'elle me sourit chaleureusement avant de commencer à parler.

— Débarrassons-nous de l'évidence. Gray peut être un vrai connard.

J'éclatai de rire.

— Je ne m'attendais pas à ce que vous me disiez quelque chose en particulier, mais encore moins à cela ! lançai-je, médusée.

— Il y a longtemps que j'ai passé l'âge de m'encombrer avec ce qu'il faut dire ou ne pas dire, rétorqua-t-elle.

— Et cela me convient très bien. Je suis moi-même assez directe.

— Je sais. C'est la première chose que Zippy a aimée chez vous.

J'avais compris, lorsque Gray nous avait présentées, qu'Etta avait déjà entendu parler de moi, de mon histoire avec Gray. J'en avais maintenant la confirmation.

— Je vois que Gray vous a parlé de moi...

Elle ouvrit le tiroir de la petite table qui se trouvait au bout du canapé, à côté d'elle, et en sortit une épaisse liasse d'enveloppes entourée d'un élastique.

— Vous étiez dans chacune de ses lettres depuis le jour où il vous a rencontrée, dans cette bibliothèque. Et il m'écrivait toutes les semaines, vous savez. Je ne pouvais pas lui rendre visite. Pour cela, il aurait fallu que je sois sur la liste des visiteurs autorisés, mais la petite merde qui donnait les autorisations a toujours refusé d'y mettre mon nom. De toute façon, Gray n'aurait pas voulu que je le voie en prison.

— Je ne savais pas, répondis-je devant son regard dans le vague. Il a l'air de beaucoup vous aimer...

— Oui, nous sommes très attachés l'un à l'autre. Vous savez, Grayson est profondément gentil. Il a parfois fait de mauvais choix, parce qu'il n'a pas eu les meilleurs modèles dans la vie, mais ce n'est pas l'homme que vous pensez.

— Je ne veux pas vous manquer de respect, Etta, mais comment savez-vous ce que je pense ?

Elle hocha la tête avec un sourire.

— J'ai été mariée pendant plus de quarante ans avec mon cher Henry, commença-t-elle en regardant une photo de son défunt mari accrochée au mur, les yeux emplis de tendresse. C'était un homme charmant. D'ailleurs, toutes les femmes l'adoraient, moi la première ! Nous nous sommes rencontrés à l'hôtel Plaza : nous nous sommes littéralement rentrés dedans dans le hall de l'hôtel. Il venait d'arriver à New York. Nous nous sommes tout de suite plu. Il m'a dit qu'il n'avait jamais eu de relation sérieuse avant. Mais, environ un mois après notre rencontre, j'ai découvert qu'il était marié. Je pense qu'on peut dire qu'il s'agissait d'une relation sérieuse, n'est-ce pas ?

— En effet, confirmai-je, amusée.

— Bref, pour faire court, j'ai cessé de voir Henry après avoir découvert qu'il m'avait menti. Plus tard, j'ai appris que, seulement quelques semaines après leur mariage, Henry et sa femme avaient eu un accident de voiture. Il était au volant, et elle a été tuée sur le coup. Henry a beaucoup culpabilisé, même s'il n'était pas responsable de l'accident. Pour tenter d'oublier, il a emménagé à New York, d'où il était originaire. C'était trop douloureux pour lui d'en parler, et il préférait faire comme si ça n'avait jamais existé...

— C'est tellement triste...

— En effet. Et vous savez quoi ? La meilleure chose que j'ai jamais faite a été de donner une seconde chance à Henry et de l'écouter. Il m'avait menti, c'est vrai. Mais, parfois, les gens ont de bonnes raisons de mentir. Il arrive que le mensonge soit une manière de se protéger...

— Je ne sais pas, Etta. La femme de Gray n'est pas morte. Un tel mensonge n'était pas justifié dans son cas. Et ce n'est pas non plus comme si nous avions eu une relation normale. Nous ne pouvions pas aller au restaurant ni au cinéma. Tout ce que nous pouvions faire, c'était parler, longuement, et nous dire la vérité. C'est pour cela que j'ai eu beaucoup de peine lorsque j'ai appris qu'il était marié. Après la fin de ma mission de six mois, j'ai continué à lui rendre visite, pendant un an, tous les samedis. Il a eu mille fois l'occasion de me dire la vérité ; mais il ne l'a jamais fait...

Je m'interrompis, et pris une longue inspiration.

— Tout cela est derrière moi, désormais, repris-je. Il m'a fallu beaucoup de temps, mais j'ai fini par tourner la page. Et, aujourd'hui, je suis en couple avec un homme formidable.

— Je comprends tout à fait, Layla, dit-elle en posant sa main sur mon genou. Je ne cherche pas à vous forcer la main. Je voulais simplement que vous sachiez que je connais Gray comme si je l'avais fait et que c'est un homme bon – loyal. C'est d'ailleurs sa loyauté qui l'a mis dans le pétrin.

Elle me regarda en souriant un instant.

— En tout cas, vous êtes aussi charmante qu'il me l'a dit dans ses lettres. Et je vous souhaite sincèrement d'être heureuse.

Gray entra à ce moment-là, muni d'un plateau sur lequel se trouvaient les tasses de thé et les biscuits qu'Etta lui avait demandé d'apporter.

— Je t'en prie, ne crois pas toutes les conneries qu'Etta te raconte sur moi ! lança-t-il en plaisantant.

Etta fit mine de le gronder pour son vocabulaire, mais posa sur lui un regard qui trahissait toute l'affection qu'elle lui portait. De toute évidence, elle l'aimait comme son fils.

Lorsque nous finîmes notre thé, Gray annonça à contrecœur que nous devions partir. Il prit Etta dans ses bras et lui promit de revenir la voir dans le week-end.

Lorsque ce fut à mon tour de saluer Etta, elle me serra chaleureusement contre elle.

— Ce fut un plaisir de vous rencontrer, Layla.

— Pour moi également, Etta.

— Gray, est-ce que tu pourrais m'apporter mon journal télé qui est resté dans la voiture, avant de partir ? lui demanda-t-elle.

Lorsque nous fûmes seules, elle prit mes mains dans les siennes.

— Je vois la façon dont il vous regarde, commença-t-elle. Je sais qu'il tient beaucoup à vous. Je suis très heureuse pour vous que vous ayez rencontré quelqu'un. Mais je connais mon Zippy ; il a beaucoup de volonté. Il continuera de vous courtiser tant qu'il pensera qu'il a encore une chance. Il vient de perdre trois ans de sa vie, alors qu'il ne le méritait pas. Si vous en avez le cœur, laissez-le vous expliquer, vous raconter son histoire. Voir que vous n'êtes pas intéressée par lui une fois que vous saurez tout de lui l'aidera à passer à autre chose, lui aussi. Je vous le demande comme un service. Il a perdu suffisamment de temps, vous savez...

Chapitre 6

Layla

— Merci pour ce matin, me dit Gray tandis que nous nous installions dans l'avion.

Nous étions assis l'un à côté de l'autre, en première classe. Je compris que Gray avait fait en sorte que cela soit ainsi, car, d'après la réservation faite par mon assistante, je devais normalement être assise à la rangée vingt-trois. Mais je ne me plaignis pas de ce changement.

— Je t'en prie. Etta est formidable. Elle a l'air de beaucoup t'aimer...

— Elle est plus maternelle envers moi que ne l'a été ma propre mère. D'ailleurs, quand j'étais enfant, tous mes professeurs pensaient qu'elle était ma mère. C'était elle qui venait aux réunions parents-profs et à mes spectacles de fin d'année. Mon père, lui, ne venait jamais.

Malgré moi, il me touchait. Je ressentais à nouveau envers lui cette même proximité que celle qui nous avait rapprochés pendant plus d'un an. En l'écoutant me parler d'Etta, je me sentis incapable de le tenir à distance. Mais je ne voulais pas non plus le laisser utiliser son passé pour m'attirer à nouveau dans ses filets.

Je me forçai donc à détourner les yeux et regardai le tarmac à travers le hublot. Je devais reconnaître une qualité à Gray : sa finesse. Il comprit ce que je ressentais et resta silencieux durant le reste de l'embarquement et le décollage. J'avais pris avec moi mes écouteurs et avais prévu de les mettre pendant le vol pour éviter de devoir discuter avec Gray. Mais, après la matinée que nous venions de passer, cela me semblait plus difficile que je ne l'avais prévu.

Quelques minutes après que nous avions atteint notre altitude de croisière, Gray se tourna vers moi.

— Maintenant que nous sommes bloqués dans cet avion et que tu n'as plus d'autre choix que de m'écouter, je veux t'expliquer.

— Je pourrais sauter de l'avion, rétorquai-je en plaisantant, réalisant, comme lui, que je n'avais pas d'autre option que celle de l'écouter.

Il sourit avant que son visage ne redevienne sérieux.

— Je ne vais pas y aller par quatre chemins. J'ai un poids sur la poitrine, depuis trop longtemps maintenant.

Nous nous regardâmes en silence quelques secondes.

— J'ai été marié, c'est vrai. Brièvement. Mais, techniquement, je ne t'ai pas menti quand tu m'as posé la question. En fait, j'ai tout de suite fait annuler le mariage, ce qui signifie qu'il n'a jamais existé.

Je ressentis à nouveau la déception qui m'avait dévastée lorsque j'avais découvert son mensonge. Plusieurs fois, pourtant, j'avais eu envie de le rappeler, de lui pardonner, mais je finissais toujours par renoncer, regrettant d'avoir accordé ma confiance à un homme en prison.

L'année où j'avais rencontré Gray n'avait été qu'une succession de mauvais choix de ma part. J'en étais arrivée à douter de toutes mes décisions. Si Gray avait été un homme ordinaire, après avoir découvert qu'il était marié, je serais allée le voir pour lui demander de s'expliquer. Mais il n'était pas un homme ordinaire et, au fond, j'avais eu peur de lui demander des explications. J'étais tombée follement amoureuse de lui, mais n'avais cessé de me répéter que c'était une mauvaise idée.

— Elle était pourtant déclarée comme étant ta femme auprès de l'administration pénitentiaire.

— Je te l'ai déjà dit, Layla. Lorsque j'ai donné la liste de mes visiteurs autorisés, la situation était différente : elle était encore ma femme.

— Pourquoi, dans ce cas, lorsque je t'ai demandé si tu avais été marié, ne m'as-tu pas simplement répondu que tu l'avais été mais que le mariage avait été annulé ? Tu m'as aussi dit que tu n'avais jamais eu de relation sérieuse. Or, tu seras d'accord avec moi que le mariage est, pour beaucoup de gens, considéré comme une relation sérieuse...

Gray passa sa main dans ses cheveux et soupira.

— J'avais peur.

— Peur ? Mais de quoi ? Tu n'aurais pas été le premier à avoir eu une vie avant. Alors qu'en me mentant, tu m'as trahie pendant plus d'un an. C'était horrible.

— Je sais. Je l'ai compris lorsque les lettres que je t'avais envoyées me sont revenues, non ouvertes, et que tu as cessé de venir me voir.

— Je ne comprends pas, insistai-je. Pourquoi as-tu eu peur de me dire la vérité ?

— Parce que tu m'aurais posé des questions, et je n'avais pas envie de t'expliquer que j'avais été idiot. Je te sentais déjà mal à l'aise d'entretenir cette relation avec moi alors que j'étais en prison. Je ne voulais pas en rajouter.

Je regardai à nouveau à travers le hublot pour prendre le temps de réfléchir sereinement. Devais-je le croire ? Qu'est-ce que cela changerait, de toute façon ? S'il avait été honnête avec moi un an auparavant, où en serions-nous aujourd'hui ? Et Oliver, dans tout ça ?

Au fond, je n'avais pas envie d'entendre ce que Gray avait à me dire. Je ne voulais pas lui donner une chance de paraître honnête. Je me sentais incapable de lui faire confiance. Quelque chose s'était rompu entre nous ; il m'avait brisé le cœur.

Mais l'avocate que j'étais avait besoin d'aller au fond de ce qui s'était passé. Si je voulais travailler avec lui, je devais clarifier la situation ; partir sur des bases saines. Je ne pouvais pas laisser cet épisode peser sur notre relation professionnelle. Et puis, peut-être qu'Etta avait raison : que le fait de me donner sa version lui permettrait d'aller de l'avant ? Peut-être avait-il autant besoin que moi de laisser éclater la vérité ?

Je pris une profonde inspiration, et me tournai à nouveau vers lui.

— Très bien, je t'écoute, lançai-je.

Surpris, il me fixa un instant, et se lança.

— Max et moi avons créé la société d'investissement ensemble.

— Tu m'en avais parlé, en effet. Tu m'as dit qu'il t'avait piégé.

Gray ferma les yeux et prit quelques secondes avant de reprendre.

— Max n'est pas un homme. C'est ce que tu as supposé et je ne t'ai pas contredite. Mais, en réalité, Max est une femme. Elle était mon associée, et ma femme, pendant une courte période.

— Tu t'es marié avec ton associée ?

— Oui, je n'ai rien vu venir, admit-il en baissant les yeux.

— Combien de temps avez-vous été mariés ?

— Suffisamment de temps pour foutre en l'air ma vie, répondit-il avant de marquer une pause. Deux ans après la création de notre société, nous gérions déjà plus d'un demi-milliard de dollars d'investissements. Un jour, alors que nous venions de conclure une affaire monumentale, nous avons décidé de prendre quelques jours de vacances en République dominicaine pour fêter notre succès. Nous étions tous les deux des bourreaux de travail ; nous passions douze heures par jour ensemble, mais les choses entre nous étaient strictement professionnelles. Jusqu'à ce voyage...

— Que s'est-il passé ?

— Nous avions fait la fête tout le week-end. La veille de notre départ, nous avons bu, beaucoup bu. Nous étions complètement saouls et avons décidé de nous marier. Comme ça, sur un coup de tête. Pour moi ce n'était rien qu'un jeu. Je n'avais alors pas conscience que cette décision un peu folle allait faire voler ma vie en éclats.

— Et tu as annulé le mariage dès que tu es rentré à New York ?

— Non. Mais c'est ce que j'aurais *dû* faire. Au lieu de cela, j'ai commencé à m'habituer à l'idée d'être marié. À l'époque, je travaillais tout le temps ; je n'avais ni le temps ni l'envie de m'engager dans une relation. Chaque fois que je sortais avec une femme, je lui disais clairement que je ne voulais pas m'engager. Au départ, cela ne posait pas de problème, mais, avec le temps, toutes finissaient par se lasser et par me quitter. Être avec Max rendait les choses plus faciles.

— Tu l'aimais ?

— Je ne sais pas. Je croyais l'aimer. Pas en tant qu'épouse, mais en tant qu'associée et amie, en tout cas.

— Combien de temps êtes-vous restés mariés ?

— Presque deux ans.

— Tu m'as dit que tu avais été piégé et que tu avais accepté la négociation de peine car les preuves contre toi étaient si accablantes que tu aurais pu prendre dix ans de plus en cas de jugement. Mais tu n'avais aucune preuve contre elle ?

Gray expira profondément avant de me répondre.

— J'ai accepté d'être condamné à sa place, finit-il par admettre. C'est une longue histoire, mais, pour résumer, Max a fait en sorte de faire croire que l'un de nos employés nous avait piégés tous les deux, elle et moi. Nous avons donc tous les deux fait l'objet d'une enquête. J'ai été inculpé en premier. Elle aurait dû être inculpée à son tour, mais j'ai accepté l'accord que l'on me proposait car notre avocat nous a dit que nous risquions d'écoper de dix ans supplémentaires chacun si je refusais. J'étais prêt à prendre le risque, car je savais que j'étais innocent. Mais je ne pouvais pas laisser Max – *ma femme* – aller en prison. J'ai donc dit à mon avocat que j'acceptais, à condition qu'il obtienne que je sois reconnu intégralement responsable, et que Max soit innocentée.

Il s'interrompit, détournant le regard.

— J'ai compris, depuis, que la trahison ne vient pas toujours de nos ennemis. Elle vient aussi, parfois, des personnes que l'on aime...

— Tu es en train de me dire que tu es allé en prison pour éviter à la personne qui t'avait trahi d'y aller ? m'étonnai-je.

— En effet, acquiesça-t-il en souriant tristement. Plutôt ironique, non ?

L'émotion me submergea. Je ressentais un mélange de tristesse, de culpabilité, de colère, de pitié, de surprise, et... de *peur*. J'avais *peur* de le croire, même si, quelque part au fond de moi, je savais qu'il me disait la vérité.

— Tu aurais pu me le dire...

— J'étais gêné. Encore une fois, je te sentais déjà tellement mal à l'aise avec le fait que je sois en prison, je ne voulais pas ternir encore davantage l'image que tu avais de moi avec mes histoires d'ex-femme et ma crédulité. Et puis, je ne pensais qu'à une chose : avancer et oublier ce qu'il s'était passé.

— Quand as-tu compris que c'était Max qui t'avait piégé ?

— Environ un mois après le début de ma peine. L'un de mes amis est venu me rendre visite. Il avait vu Max dans le métro : elle était en train d'embrasser Aiden Warren.

— Qui est Aiden Warren ?

— Le mec qui nous avait piégés...

Mes yeux s'écarquillèrent.

— Ça veut donc dire qu'elle était de mèche avec lui ?

— Tu as tout compris... Ils ont transféré plus de dix millions sur un compte à mon nom que je n'ai jamais ouvert. Mais, surtout, cet argent, qui a été gagné par délit d'initié, s'est entièrement volatilisé. J'ai demandé à mon pote d'engager un détective privé pour enquêter sur Aiden. Apparemment, lui et Max étaient déjà ensemble avant qu'il ne travaille pour nous.

— Tu as des preuves de tout cela ? Tu aurais pu demander à ton avocat de faire annuler l'accord avec le juge.

— Je l'ai fait, mais mon avocat m'a dit qu'il était difficile d'annuler un accord une fois que la peine avait été négociée, et que cela devenait presque impossible une fois la peine purgée. Nous avons des preuves, et je continue d'en chercher d'autres. Mais je ne suis pas sûr de vouloir perdre du temps à mener cette bataille.

— Mais si tu réussissais à faire annuler l'accord, tu pourrais facilement obtenir une licence de la SEC.

— Je sais, acquiesça-t-il. Pendant trente-neuf mois, je n'avais rien d'autre à faire que de réfléchir à ma vie. Je suis né dans une famille qui avait de l'argent. Mon père était à la tête d'une société d'investissement florissante et je me suis toujours dit que je suivrais ses traces. Travailler sans cesse, ne jamais rentrer chez soi, vouloir toujours plus d'argent. J'ai épousé une femme qui ne m'empêchait pas de suivre mes ambitions, au contraire. Mais mon père, lui, ne s'est jamais mis en couple avec ses collaboratrices. Après la mort de ma mère, il a toujours été avec des femmes qui n'en avaient rien à faire qu'il soit à la maison ; tout ce qui les intéressait, c'était de pouvoir dépenser son argent. Mais, au bout d'un moment, elles ont toutes fini par se lasser d'être seules, et ont voulu divorcer. Alors qu'il n'avait que cinquante ans, mon père avait déjà été marié cinq fois. Pourtant, il est mort seul, d'une crise cardiaque, à cinquante-neuf ans, alors que je purgeais mon dernier mois de prison.

— Je suis désolée.

— Merci, me dit Gray en me regardant d'un air triste. Ces trois ans à Otisville m'ont fait comprendre que je ne voulais pas finir comme lui. De toute façon, les affaires finissent toujours par avoir raison de tous ceux qui s'y frottent – je n'aurais pas fait long feu. Heureusement, mon père m'a laissé suffisamment d'argent pour payer ce que je dois et créer une nouvelle société. J'ai une chance de recommencer. Je vais la saisir.

— Bravo ! J'ai l'impression que tu as fait un véritable travail d'introspection...

— Je n'avais que ça à faire. Tu sais, la prison te fait prendre conscience de ce qui est vraiment important.

Je ressentis une peine immense pour lui. Si tout ce qu'il me disait était vrai – ce dont j'étais convaincue – cela signifiait qu'il avait perdu trois ans de sa vie, sa société, son père, et qu'il avait été trahi par la femme à laquelle il était marié et en qui il avait confiance. Pourtant, il n'avait pas l'air amer. Le dicton disait : « *quand la vie vous donne des citrons... faites de la citronnade* », mais, à sa place, j'aurais jeté les citrons à la tête de tout le monde pour me défouler, évacuer ma rage.

Je m'appuyai sur l'accoudoir entre nous. Gray tendit la main et me caressa doucement le bras.

— Je suis désolé de t'avoir blessée, Layla. Je sais qu'il te faudra du temps pour me faire confiance à nouveau. Mais j'attendrai.

Je ne savais pas quoi répondre, et décidai de garder le silence. Néanmoins, je m'approchai encore davantage de lui, ce qui signifiait certainement davantage que tout ce que j'aurais pu dire.

— Est-ce que tu aimes ce type, Oliver ? me demanda-t-il, le regard empli de regret.

— Il est gentil. Nous sommes bien ensemble.

Il observa mon visage avec intensité.

— Je ne te demande pas si tu es bien avec lui, je te demande si tu *l'aimes*…

— Cela n'a pas d'importance, répondis-je en me redressant pour m'éloigner de lui. Oliver n'est pas le problème entre nous. Nous ne serons jamais ensemble, Gray.

Il continua de me fixer et un large sourire illumina son beau visage.

— Bien sûr que si nous le serons. Tu peux lutter tant que tu veux, ça ne changera rien, déclara-t-il en appuyant son visage sur le mien.

Son souffle réchauffait ma peau, et me provoqua des frissons.

— En fait, je veux te voir lutter, murmura-t-il. Lutter de toutes tes forces. Ce sera encore meilleur entre nous lorsque tu céderas, enfin.

Chapitre 7

Gray

Toute la journée, je fus incapable de me concentrer.

Je ne faisais que regarder Layla à l'autre bout de la table. Je n'écoutais pas un mot de ce qu'elle disait, uniquement concentré sur le mouvement de ses lèvres épaisses recouvertes d'un rouge vif qui mettait en valeur le blanc nacré de ses dents. J'adorais son petit sourire en coin qui creusait un léger sillon sur sa peau de porcelaine.

Heureusement, l'un de mes deux associés réussissait à se concentrer. Franklin Marks avait toujours travaillé avec mon père. Âgé d'une soixantaine d'années, il avait accepté de m'accompagner dans la création d'une société d'investissement. Il n'avait pourtant plus besoin de travailler. Il avait tellement d'argent que ses enfants et ses petits-enfants étaient à l'abri pour le restant de leurs jours. Mais il aimait plus que tout les affaires ; c'était presque un hobby pour lui. J'étais ravi de m'entourer d'un professionnel tel que lui : il apportait une expérience et un savoir-faire précieux, des choses que l'on n'apprend pas dans les programmes de MBA de l'Ivy League. Il avait un côté très conservateur, mais ce n'était finalement pas si mal car cela ferait contrepoids à Jason, mon autre associé.

Jason et moi étions amis d'enfance. Je lui aurais confié ma vie les yeux fermés si on me l'avait demandé. Au fil des années, nous avions créé ensemble une multitude de petits projets, plus pour le plaisir de travailler l'un avec l'autre que pour gagner véritablement de l'argent. Jason aimait prendre des risques, tant dans les affaires que dans sa vie personnelle, mais il avait une capacité de travail extraordinaire. Au moins équivalente à sa capacité à charmer les femmes. C'est pourquoi, après notre réunion, je le pris à part pour lui faire savoir que l'avocate sur laquelle il avait salivé toute la journée était intouchable.

J'avais organisé cette réunion surtout pour avoir une raison de voyager avec Layla – être seul avec elle pendant une journée entière. J'avais même exceptionnellement refusé de dîner avec mes associés, préférant rentrer à New York sur le même vol que Layla afin de profiter de quelques heures supplémentaires en sa compagnie. Néanmoins, sur un plan professionnel, je ne regrettais pas ce voyage qui s'était avéré productif. Layla avait désormais tout ce dont elle avait besoin pour finaliser les contrats, et Franklin avait été si impressionné par son travail qu'il lui avait assuré qu'il la recontacterait pour d'autres mandats.

Alors que nous étions dans la voiture en direction de l'aéroport, mon téléphone bipa. Je le sortis de ma poche et découvris le plus beau texto que j'avais jamais reçu. Incapable de réfréner mon sourire, je montrai le message d'American Airlines à Layla.

— Le vol a été annulé.

— Quoi ? Mais ce n'est pas possible ! s'exclama-t-elle en m'arrachant le téléphone des mains pour vérifier par elle-même que ce n'était pas une blague. Ils nous ont mis sur un vol de demain ? Hors de question ! Je dois absolument rentrer ce soir ! Il y a forcément un autre vol !

— Malheureusement non, lui annonçai-je d'un air faussement désolé. C'était le dernier vol de la journée.

— Ce n'est pas possible ! répéta-t-elle en fermant les yeux, accablée.

— Nous sommes à Greensboro, je te rappelle. Pas à Atlanta. Il n'y a pas des vols toutes les trois minutes, toute la journée et toute la nuit !

Elle sortit son propre téléphone et vérifia par elle-même qu'il n'y avait plus de possibilité de retour pour le soir même. Tandis qu'elle tentait vainement d'échapper à ma compagnie, j'en profitai pour chercher un hôtel à proximité, avec un bon restaurant – de préférence romantique.

J'avais déjà séjourné à l'hôtel O. Henry. Je me souvenais qu'il était agréable, et que leur restaurant était excellent. J'appelai l'hôtel et regardai les photos de leur site en même temps : c'était aussi beau que dans mon souvenir et, mieux encore, le restaurant avait l'air calme, avec une ambiance tamisée et chic. Exactement ce qu'il me fallait. Layla cherchait toujours un vol lorsque je réservai deux suites.

— Je n'arrive pas à croire que nous soyons bloqués ici, ce soir, soupira-t-elle.

— Je nous ai réservé des chambres dans un hôtel que je connais et qui est très bien, l'informai-je, sans préciser que nos deux chambres étaient à côté l'une de l'autre.

— Je n'ai même pas de vêtements de rechange, ni de brosse à dents !

— Il y a un centre commercial juste à côté. Tu trouveras tout ce qu'il te faut !

Elle me regarda d'un air renfrogné.

— Je vois bien que tu es content de la situation ! Ton petit sourire est vraiment insupportable !

— Je me suis promis que je ne te mentirais plus jamais, donc oui, en effet, je suis ravi d'être coincé ici avec toi !

Je demandai au chauffeur de nous conduire à l'hôtel O. Henry, et Layla appela son bureau pour les informer du changement de programme. Lorsque nous arrivâmes à l'hôtel, il était déjà tard et les magasins étaient sur le point de fermer.

— Nous devrions aller directement acheter ce qu'il nous faut avant que ça ferme, conseillai-je.

Hasard ou chance, le premier magasin sur lequel nous tombâmes fut *Victoria's Secret*. Je connaissais Layla depuis plus d'un an, mais je ne savais pas quel type de lingerie elle préférait. Malheureusement, elle mit rapidement fin à mon espoir de le découvrir enfin.

— Pourquoi ne vas-tu pas acheter ce dont tu as besoin, de ton côté ? me suggéra-t-elle d'un ton ferme. Je pense pouvoir me débrouiller toute seule...

— Tu es sûre ? Tu auras peut-être besoin d'un deuxième avis quand tu seras dans la cabine d'essayage ?

— Pars ! répondit-elle en éludant ma question.

— Okay, souris-je. On se retrouve directement à l'hôtel ?

— Parfait ! soupira-t-elle en ouvrant la porte du magasin et en me tournant le dos.

— Ma couleur préférée est le rouge ! lançai-je avant que la porte ne se referme.

Elle se retourna et leva les yeux au ciel. Néanmoins, elle souriait – ce qui était déjà un progrès.

Je savais qu'elle s'appelait Layla parce que sa mère était une grande fan d'Éric Clapton. Je savais qu'en troisième année, elle s'était disputée avec un garçon, l'avait frappé, et lui avait cassé le nez. Mais je ne l'avais jamais vue en jean, ni partagé un dîner avec elle. Assis au bar du restaurant, je la regardai s'approcher de moi, appréciant la vue de ses hanches moulées dans le tissu bleu clair, et se balançant de droite à gauche à chacun de ses pas.

— Tu peux arrêter de me regarder comme ça ? lança-t-elle en arrivant.

Je bus la dernière gorgée du scotch-soda que j'avais commandé. Une autre chose qui m'avait manqué.

— Te regarder comment ?

— Tu le sais très bien...

— Comme si j'avais envie de te dévorer ? demandai-je avec un clin d'œil.

L'hôtesse s'approcha de nous pour nous dire que notre table était prête, empêchant Layla de me répondre avec son humour cynique habituel. Je fus déçu...

— Après toi ! murmurai-je en me levant et en lui faisant signe de me précéder.

Elle plissa les yeux.

— Okay, mais n'en profite pas pour regarder mon cul !

Elle me connaissait bien...

Lorsque nous fûmes assis, Layla commanda du vin, mais je me contentai d'un verre d'eau. J'avais déjà bu en l'attendant et, après trois ans sans alcool, je supportais moins bien. Or, je tenais à être parfaitement concentré durant tout le dîner.

Je la regardai depuis l'autre côté de la table. Nous ne nous étions pas vus pendant une longue période, mais je me sentais pourtant plus proche d'elle que de quiconque dans ma vie. Un lien fort existait entre nous, et malgré le fait qu'elle essaye de le nier, j'étais déterminé à tout faire pour le maintenir, voire le renforcer.

— Tes nouveaux associés ont l'air sympas, me dit-elle pour entamer la conversation.

— C'est vrai, confirmai-je. Plus sympas que mon ancienne associée ! Depuis combien de temps est-ce que tu sors avec Face de raie ? lui demandai-je de but en blanc, conscient que je n'avais que peu de temps pour arriver à mes fins.

Elle fronça les sourcils, semblant ne pas comprendre.

— L'avocat qui a dîné avec nous l'autre soir, précisai-je. Les relations entre collègues ne sont-elles pas interdites dans votre cabinet ?

— Tu sais très bien qu'il s'appelle Oliver. Et tout cela ne te regarde pas !

La serveuse apporta le vin de Layla et une bouteille d'eau, et prit notre commande. Regarder Layla porter le verre à ses lèvres et suivre le liquide couler à l'intérieur de sa gorge élancée était un spectacle extraordinaire.

Elle perçut mon regard et changea de position sur son siège, visiblement mal à l'aise.

— Tu as raison, dis-je. Moins je connais de détails, mieux c'est. Tant que tu ne baises pas avec lui...

— Je baise avec qui je veux !

— Tu as couché avec quelqu'un depuis que nous avons commencé à sortir ensemble ?

— « Sortir ensemble » ? railla-t-elle. C'est un bien grand mot pour décrire ce qui s'est passé entre nous...

— Je ne trouve pas. Nous avons quand même passé trois heures ensemble, chaque semaine, avant ton travail au centre de détention, et tous les samedis après que tu n'étais plus obligée de venir. Sans parler des longues lettres que nous échangions. Bien sûr, ce n'étaient pas des conditions idéales – il n'y avait pas de dîner dans de bons restaurants – mais je considérais quand même que nous sortions ensemble.

— Chacun ses fantasmes...

Je savais qu'elle mentait. Qu'elle niait la vérité pour pouvoir tourner la page plus facilement. Je décidai de ne pas insister.

— Parle-moi de ton travail. Ça se passe bien ? Lorsque nous nous sommes... séparés...

Je marquai une pause et la regardai en souriant.

— ... tu ne savais pas trop à quelle sauce tu allais être mangée. Mais je vois que tout s'est finalement bien terminé puisque tu fais toujours partie du cabinet.

— J'ai facturé près de trois mille heures l'année dernière – ce qui est beaucoup plus que tous les autres collaborateurs. Cela aurait été insensé de la part des associés de se débarrasser de moi ; je leur fais gagner trop d'argent.

Je fis quelques calculs rapides.

— Trois mille heures... ça représente soixante heures par semaine, c'est ça ? Si on prend en compte les quelques pauses que tu as dû prendre, ça veut dire que tu as travaillé douze heures par jour, sept jours sur sept ?

— C'est ça. Mais, cette année, j'ai baissé le rythme ; j'étais au bord du *burn out*...

— J'y vois au moins l'avantage que cela devait laisser peu de place à ta vie personnelle.

Elle leva les yeux au ciel en buvant une autre gorgée de vin. Elle finit presque son verre, ce qui sembla la détendre. Son ton devint moins offensif.

— Et toi ? Tu es sorti depuis, quoi… ? Deux semaines, maintenant ?

— Quinze jours, pour être précis. J'avais besoin de régler plusieurs choses avant de prendre rendez-vous avec ton cabinet. J'ai notamment dû quitter New York une semaine pour gérer certaines affaires de mon père.

— Je suis vraiment désolée pour ton père, me dit-elle à nouveau. J'imagine que sa mort a été très difficile pour toi…

— Mon père et moi avions une relation tendue. Mais j'ai tenu à respecter ses dernières volontés. Il avait eu cinq femmes différentes, mais a tenu à être enterré avec ma mère.

— Elle est morte quand tu étais petit, c'est ça ?

— C'est ça. Un cancer du sein à trente-huit ans. Elle a été enterrée en Californie avec sa mère et sa sœur, toutes les deux décédées avant quarante ans de la même maladie.

— Oh…

— Ma mère était fleuriste. C'est dans son magasin qu'elle a rencontré mon père : il était venu pour faire envoyer des fleurs à sa petite amie de l'époque et l'a draguée. Elle aurait dû se dire que c'était mauvais signe…

— Mais tu as quand même fait enterrer ton père à côté de ta mère ?

— Oui. De là où elle est, ma mère doit me détester pour ça, mais je l'ai fait. J'ai tout organisé depuis la prison.

Layla sourit.

— Je n'avais que neuf ans quand ma mère est morte, repris-je. Elle et mon père étaient séparés depuis déjà quelques années, même s'ils n'ont jamais divorcé. Elle disait toujours qu'il était l'amour de sa vie, et qu'elle ne pourrait jamais le remplacer car on ne rencontre l'amour qu'une seule fois.

— C'est magnifique... Et je suppose que ton père ressentait la même chose s'il a voulu être enterré avec elle ?

— J'imagine. Ils ne pouvaient pas vivre ensemble, mais ils n'ont jamais cessé de s'aimer.

Nos regards se croisèrent, mais Layla détourna rapidement les yeux.

— Après être sorti de prison, tu es allé sur leur tombe, en Californie ?

— Oui. J'ai même aménagé un jardin géant.

— Un jardin ? s'étonna-t-elle en fronçant les sourcils.

Je ris en réalisant ce que j'avais fait pendant toute ma première semaine de liberté.

— Quand mes parents se sont mariés, ma mère voulait une maison dans une banlieue calme. Mais mon père, lui, voulait être près de son bureau et continuer de vivre dans la maison du centre-ville qu'ils habitaient déjà. Ils sont donc convenus de rester en ville pendant quelques années, puis de déménager à Westchester ou à Long Island. Ma mère avait alors imaginé un jardin énorme pour sa future maison, avec ses fleurs et ses arbres préférés. Je me souviens qu'elle passait son temps à travailler sur les plans ; elle prévoyait le moindre détail, et ne cessait de faire des ajouts ou des modifications. Mais elle n'a pas eu le temps de concrétiser son projet ; ils se sont séparés avant de déménager et elle est tombée malade peu de temps après.

— Alors tu as planté un jardin pour elle ?

— Pas n'importe quel jardin, *son jardin* ! Mon père avait joint à son testament le plan qu'avait dessiné ma mère. Il l'avait gardé toutes ces années et avait laissé des instructions pour que le jardin soit planté là où ils seraient enterrés.

— C'est tellement romantique…

— Il m'a fallu une semaine pour trouver tout ce que ma mère avait prévu de planter. J'ai encore des courbatures à force d'avoir creusé la terre ! dis-je en riant.

— Tu as tout planté toi-même ?

Je hochai la tête.

— Ma mère avait souhaité que nous fassions le jardin ensemble, elle et moi. Nous n'en avons malheureusement jamais eu le temps, mais c'était le moins que je puisse faire. Et même si j'ai souvent ressenti du mépris pour mon père, j'espère aujourd'hui que mes parents sont réunis et profitent du jardin ensemble.

Nous fûmes interrompus par la serveuse qui apporta nos plats. Lorsque nous fûmes à nouveau seuls, Layla me regarda d'un air étrange.

— Qu'est-ce qu'il y a ?

— Rien… J'aime beaucoup t'écouter, tout simplement, répondit-elle.

Je souris.

— Je suis sûr qu'il y a bien d'autres choses que tu aimerais… rétorquai-je avec un clin d'œil.

Chapitre 8

Layla

Depuis que nous étions arrivés à l'aéroport, je n'avais pas quitté mon ordinateur. J'avais tellement de travail que j'aurais pu travailler vingt-quatre heures sur vingt-quatre, sept jours sur sept. Mais, ce jour-là, si j'étais honnête, je me réfugiais dans le travail pour éviter de parler à Gray. La soirée s'était terminée tard et, sentant que j'étais en train de retomber sous son charme, j'avais décidé de prendre un peu de distance afin de ne pas me laisser aller à mes émotions et réfléchir sereinement à la situation.

La veille, nous avions prévu de prendre le petit-déjeuner ensemble, mais je m'étais réveillée avec une énorme migraine et ne l'avais finalement pas rejoint. C'était mieux ainsi, de toute façon. Je venais à peine de remettre ma vie sur la bonne voie, ce n'était pas pour tout gâcher en me replongeant dans les choses du passé.

Pourtant, je devais admettre qu'il m'avait touchée. Mais il m'avait fallu presque un an pour passer à autre chose, pour l'oublier. Nous n'avions jamais couché ensemble, mais le lien qu'il y avait entre nous était très fort, à la hauteur de ma déception lorsque j'avais découvert qu'il m'avait menti. Je ne voulais pas replonger, en particulier maintenant que Gray était l'un de mes clients. La situation aurait été trop compliquée.

Je n'avais jamais été douée dans le choix des hommes dont je tombais amoureuse. Pas plus que ma mère, d'ailleurs. Mais j'étais déterminée à ne pas finir comme elle : attendre toute sa vie qu'un homme se libère. Je devais résister, même si mon attirance pour Gray était indéniable.

Lorsque notre avion atteignit son altitude de croisière, je sortis mon ordinateur portable pour tenter d'ignorer Gray à nouveau. Mais il tendit le bras et le referma doucement.

— Ça va finir par me coûter cher si je dois t'enfermer à dix mille mètres d'altitude chaque fois que je veux te parler, dit-il en souriant.

— Je suis désolée, m'excusai-je. Je dois rattraper le retard que j'ai pris hier soir. Tu voulais me parler du contrat, peut-être ?

Il fit non de la tête.

Je pris une profonde inspiration et expirai de manière audible.

— Gray, tu es en train de créer une nouvelle société. Tu donnes une nouvelle orientation à ta vie... Tu devrais passer à autre chose. Tu peux avoir n'importe quelle femme rien qu'en claquant des doigts. Tu as vu les regards que t'a lancés l'hôtesse quand elle est passée tout à l'heure ? Elle est très jolie ; tu n'as qu'à lui demander son numéro...

— Parce que toi, tu sors avec tous les mecs pas mal qui te lancent des regards enamourés ? me demanda-t-il en levant les sourcils, soulignant le ridicule de ce que je venais de dire.

— Non. Mais, moi, je suis avec quelqu'un, je te rappelle...

— Avec quelqu'un qui n'est pas fait pour toi...

— Comment peux-tu dire ça ? Tu ne l'as vu que le temps d'un dîner au cours duquel tu n'as pas cessé de le ridiculiser, alors que lui a tout fait pour rester poli et respectueux envers toi.

— Peu importe. Il n'est pas moi, et cela me suffit pour dire qu'il n'est pas fait pour toi...

Nous nous fixâmes pendant de longues secondes. J'avais le sentiment que rien de ce que je pourrais dire ne le détournerait de son objectif.

— Gray, je suis passée à autre chose. Tu dois l'accepter si tu veux que nous travaillions ensemble...

— Et si tu n'étais pas avec Petite bite ?

— Tu ne l'appelles plus Face de raie ? ironisai-je.

— Je l'ai suivi dans les toilettes des hommes. Crois-moi, « Petite bite » lui sied à ravir !

— Tu es vraiment idiot !

— Peut-être, mais tu ne me contredis pas. Ce qui signifie que je suis le seul de nous deux à avoir eu la malchance de voir son handicap. Ou alors, tu sais que c'est vrai et que le sujet est indéfendable.

— Bon, Gray, cette conversation est ridicule. Je ne vais certainement pas m'abaisser à parler des parties génitales de mon fiancé avec toi ! s'emporta-t-elle.

— Tant mieux, car, à vrai dire, je préférerais que l'on parle des miennes ! lança-t-il en riant.

— Sérieusement, Gray. Que dirais-tu de changer de sujet pour revenir à des choses plus sérieuses ? Ton contrat de partenariat, par exemple ?

— Je veux bien parler de choses que tu peux faire pour moi, mais pas de celle-là.

— Je ne vois pas ce qu'il pourrait y avoir d'autre, tranchai-je.

Le visage enjoué de Gray devint plus sérieux.

— En fait, il y a une chose que tu pourrais faire pour moi...

— Je t'écoute ?

— Accepte de tout recommencer à zéro. Oublions le passé, et faisons comme si nous nous rencontrions pour la première fois.

Ce n'était pas du tout ce à quoi je m'étais attendue.

— D'accord. Je pense, en effet, que c'est une excellente idée si nous voulons travailler ensemble correctement. Mais je dois dire que je suis assez surprise que tu me demandes cela, si je considère que tu as passé les dernières vingt-quatre heures à essayer de me rappeler ce qui s'est passé entre nous dans le passé.

Gray posa sa main sur la mienne et me regarda dans les yeux.

— Je voulais simplement m'expliquer. Clarifier les faits. Mais je suis prêt à repartir de zéro pour te reconquérir.

— Gray...

— Je vais te laisser un peu tranquille. Je sais que tu en as besoin, m'interrompit-il en plongeant son regard dans le mien. Mais je te promets que je ne te mentirai plus jamais. Je sais que notre histoire n'est pas terminée. Au contraire, elle ne fait que commencer. Car ce qu'il y a eu entre nous ne peut pas disparaître, même si tu le voulais. C'était trop beau. Trop fort...

Chapitre 9

Layla

2 ans plus tôt

— Dis-moi quelque chose sur toi que personne d'autre ne sait.

Gray réfléchit en passant ses doigts sur menton.

Cela faisait plusieurs heures que nous étions assis à la table de la bibliothèque, prétendument pour préparer le cours que je devais donner. C'était le prétexte que nous avions utilisé chaque samedi, pendant huit semaines, pour passer du temps ensemble.

— Je ne mange pas de pastèque, répondit-il.

— Et c'est top secret ? demandai-je en plissant les yeux.

— Non. Mais personne ne sait *pourquoi* je n'en mange pas.

J'appuyai mes coudes sur la table, et approchai mon visage du sien d'un air intéressé.

— Continue...

— Okay, mais promets-moi de ne pas rire !

— Je ne suis pas certaine de pouvoir tenir cette promesse...

— Quand j'étais en maternelle, la maîtresse nous a lu l'histoire de *Jack et le haricot magique*. Ce jour-là, j'ai intégré l'idée que de petites graines pouvaient donner vie à des choses géantes si elles étaient plantées au bon endroit. Et puis, un jour, peu de temps après, ma mère a acheté une pastèque – une ronde, alors que, d'habitude, elle en achetait plutôt des ovales. Elle me paraissait énorme. Il n'y avait aucun pépin à l'intérieur. Elle était délicieuse. Après avoir mangé mon troisième morceau, j'ai dit à ma mère que j'aimais mieux les pastèques rondes que les ovales qu'elle achetait habituellement car elles étaient plus croquantes.

— C'était croquant ?

— Oui, sauf que, en fait, c'était à cause des graines qu'il y avait à l'intérieur mais que je n'avais pas vues parce qu'elles étaient blanches, et pas noires comme celles que l'on trouve généralement. J'avais donc ingurgité toutes ces graines, et je me suis imaginé que des pastèques géantes allaient pousser dans mon ventre, et que je finirais par exploser. Les jours qui suivirent, en allant me coucher, je touchais mon ventre pour voir s'il avait grossi. J'étais tellement sûr que ça allait arriver que j'avais réellement l'impression qu'il grossissait.

J'éclatai de rire.

— Et c'est à cause de cela que tu as arrêté de manger de la pastèque ?

— Exactement. Ça fait vingt-cinq ans maintenant.

— C'est fou !

— Tu comprends maintenant pourquoi personne ne connaît la raison pour laquelle je ne mange pas de pastèque. Je dis que je n'aime pas, tout simplement.

Il s'interrompit et me fixa avec intensité. Je regardai ses yeux errer sur mon visage.

— Tu as des taches de rousseur sur le nez, remarqua-t-il. Mais tu essayes de les couvrir.

— Il faut croire que je ne suis pas très douée, rétorquai-je en cachant mon nez avec ma main, gênée.

— Mais je les adore ! répondit Gray. On dirait une coccinelle. Elles me rappellent que tu es réelle. Car, parfois, après ton départ, je me demande si je t'ai rêvée ou si tu existes vraiment.

Je me sentis bouleversée et le regardai fixement, ne sachant quoi répondre.

Un garde nous interrompit.

— Tout se passe bien, ici ? demanda-t-il en passant la tête par la porte.

— Très bien ! répondis-je en faisant un signe de la main. Merci, Marcus.

— Parfait ! Je repasse dans une demi-heure pour le début du cours, dit-il avant de s'éloigner.

Mon cœur devint lourd. Ces quelques heures passées seule avec Gray, chaque samedi, étaient devenues le meilleur moment de ma semaine. Mais, ces derniers temps, elles semblaient défiler de plus en plus vite. À peine avais-je le temps de me convaincre que je n'étais pas complètement folle de tomber amoureuse d'un détenu qu'il était déjà l'heure de mon cours. J'avais pris l'habitude d'arriver de plus en plus tôt, pour passer plus de temps avec lui. Je prétextais que je devais préparer mon cours avec Gray, et en profitais pour échanger avec lui, parler de tout et de rien, et apprendre à mieux le connaître. À chacune de nos rencontres, je me préparais comme pour un rendez-vous amoureux, et je sentais l'adrénaline monter quand, enfin, je le voyais en face de moi. Le plus difficile était de lutter contre l'envie que nous avions de nous toucher, de nous embrasser. Nous y étions à peu près parvenus jusqu'à ce que, la semaine précédente, Gray me décrive en détail le baiser qu'il aurait aimé me donner. Pour la première fois de ma vie, je découvrais la puissance érotique des mots.

— À ton tour, maintenant, me dit Gray.

— Comment ça ? demandai-je, ne comprenant pas ce qu'il voulait dire.

Les yeux de Gray s'attardèrent sur mes lèvres, et il sourit, comme s'il avait lu dans mes pensées.

— À ton tour de me dire quelque chose sur toi que personne d'autre ne sait...

Je réfléchis un instant, cherchant ce que je pourrais lui répondre, tandis que Gray me fixait avec un large sourire.

— Je fais des listes, finis-je par avouer.

— Des quoi ?

Visiblement, il ne comprenait rien à ce que je racontais.

— Des listes. Dans un cahier. Enfin... Aujourd'hui, j'en ai même sept, pour être précise.

— Mais quel cahier ? Je ne comprends pas...

— C'est un cahier dans lequel je note les « pour » et les « contre » lorsque je dois prendre une décision. J'ai commencé à faire cela lorsque j'avais sept ans. Un jour, j'ai demandé à mon père si nous pouvions prendre un chien. Il m'a répondu qu'un chien avait besoin de beaucoup d'exercice, qu'il fallait le laver régulièrement, et que c'était cher, ce à quoi j'ai opposé qu'il pourrait nous protéger, et qu'il m'apprendrait à devenir plus responsable. Mon père s'est alors mis à rire, disant que c'était bien tenté mais que les avantages étaient moins nombreux que les inconvénients. Ce soir-là, j'ai donc pris un cahier tout neuf et, sur la première page, j'ai tracé une ligne au milieu afin d'obtenir deux colonnes : une pour les avantages, et une autre pour les inconvénients. Le lendemain, je suis retournée voir mon père : j'avais trouvé vingt-cinq avantages à avoir un chien, et seulement dix inconvénients.

— Il y avait déjà l'avocate en toi, me fit remarquer Gray en souriant.

— C'est vrai. Sauf que ma liste n'a pas eu l'effet escompté sur mon père. En revanche, j'ai réussi à convaincre ma mère, et nous avons finalement adopté un chien. Depuis, j'ai gardé l'habitude de lister les avantages et les inconvénients des choses pour lesquelles je dois prendre une décision. Ça m'aide à organiser mes pensées.

— Pour quelles choses, par exemple ?

— Je ne sais pas... N'importe quoi. *Tout*, en fait. Est-ce que je dois embrasser Danny Zucker alors que je ne suis qu'au collège ? Est-ce que je dois aller à l'université ? Vaut-il la peine de dépenser mille quatre cents dollars pour une paire de bottes en cuir ?...

— Et alors, tu as embrassé Danny Zucker ? s'amusa à me demander Gray.

— Alors... Il était populaire. Il avait une belle bouche. Il avait déjà embrassé plusieurs filles et avait donc de l'expérience. Mais... Il avait échangé sa salive avec...

Je fis une pause et plissai les yeux d'un air répugné.

— ... Amanda Ardsley. En plus, tout le monde connaissait toutes les filles qu'il avait embrassées avant, et il était donc fort probable que tout le collège serait au courant que je l'avais embrassé. Cela voulait en outre dire que j'allais récupérer ses germes. Il avait un appareil dentaire... Et une mauvaise haleine !

Gray se mit à rire franchement.

— J'imagine que le pauvre Danny n'a pas eu gain de cause...

— En effet, admis-je en souriant.

— En revanche, tu es allée à l'université ?

— Oui ! C'était probablement ma liste la plus inégale. Les inconvénients étaient que ma mère et mes amis me manqueraient. Et que j'avais peur. Pour le reste, je ne voyais que des avantages.

— Et les bottes ? s'enquit-il.

— Je les mettrai la semaine prochaine, pour que tu puisses les admirer ! répondis-je avec un clin d'œil.

Il me regarda avec un sourire enchanteur et enchanté qui illumina son visage et me réchauffa le cœur.

— Et tu as gardé tous ces cahiers ? s'étonna-t-il.

— Oui. Il y en a sept. Le premier date de plus de vingt ans... Ils sont une sorte de journal intime, désormais. Ils renferment tous mes souvenirs.

— Tu continues ? De faire des listes, je veux dire.

Je me mordis la lèvre inférieure, hésitant à lui avouer pour quel sujet j'avais fait une liste la semaine précédente.

— Parfois, finis-je par répondre. Je crois que ça m'apaise...

Ses yeux parcouraient mon visage. C'était comme s'il avait le pouvoir de lire en moi, ce qui m'agaçait autant que ça me fascinait. Lorsque nos regards se rencontrèrent, je sus qu'il avait deviné la réponse avant même de poser la question.

— Tu en as fait une pour savoir si tu devais continuer de me voir ?

Le cours était terminé depuis dix minutes, mais plusieurs détenus attendaient pour me poser des questions. Plus je leur en apprenais sur les procédures d'appel et la jurisprudence, et plus ils m'interrogeaient sur leur propre cas.

Un garde que j'avais vu une ou deux fois, mais à qui je n'avais jamais parlé, mit fin aux consultations privées.

— C'est terminé, Messieurs ! lança-t-il.

Mes yeux se tournèrent vers ceux de Gray. Il se dirigea vers le garde, et tous deux parlèrent pendant quelques minutes, l'un et l'autre regardant parfois dans ma direction. Quand ils eurent fini, Gray revint dans la classe et s'adressa à ceux qui attendaient encore pour me parler.

— Kirkland doit nettoyer la pièce avant la fin de son service. Vous allez devoir poser vos questions la semaine prochaine, les gars.

Sans trop se plaindre, tous quittèrent la pièce. La plupart d'entre eux étaient des cols blancs, et beaucoup avaient même fait plus d'études que moi. Je n'avais pas l'impression de m'adresser à des détenus, mais plutôt à des clients.

— Vous avez dix minutes ! lança le garde en direction de Gray. Après cela, je devrai escorter mademoiselle jusqu'à la sortie...

— Que se passe-t-il ? demandai-je à Gray dès que le garde fut parti.

— Quatrième rangée à partir de la porte de la bibliothèque, répondit Gray. C'est une zone qui n'est pas couverte par les caméras. Prends un livre avec toi, l'un de ceux que tu as utilisés pour ton cours, et fais comme si tu allais le ranger.

— Mais ils viennent de la bibliothèque de mon cabinet. C'est moi qui les ai amenés.

— Ça ne fait rien, me dit-il en me regardant dans les yeux. Je te retrouve là-bas dans deux minutes !

À la dilatation de ses pupilles, je compris ce qui allait se passer. Aussitôt, une vague de désir me submergea tandis que je me dirigeais vers la quatrième rangée, comme il me l'avait indiqué. Mon visage chauffait. Mes doigts et mes orteils étaient engourdis. Ma tête tournait. Mes jambes vacillaient. Mon cœur battait à tout rompre.

Lorsque j'arrivai à l'endroit en question, je ne savais pas quoi faire de moi-même. Je tâchai de me donner une contenance en lisant les titres des livres, mais j'étais incapable de comprendre ce que je lisais.

Je sentis Gray s'approcher de moi. Je n'avais pas besoin de me retourner, son odeur, fraîche et masculine, suffisait à me signaler sa présence. Tandis que je l'entendais avancer vers moi, je restai le dos tourné. Soudain, il posa l'une de ses mains sur ma hanche et, de l'autre, dégagea les cheveux de ma nuque. Haletante, je fermai les yeux. J'avais l'impression d'être sur des montagnes russes et d'être en train de monter doucement vers le sommet, avec cette excitation à la fois si douce et si terrifiante dans le bas de mon ventre.

— Si tu ne veux pas que j'aille plus loin, tu dois me le dire maintenant, Layla.

Sa voix basse chatouilla mon cou.

— Et les caméras ? demandai-je dans un souffle si rauque que je reconnus à peine ma voix.

— Fais-moi confiance, dit-il simplement.

Fais-moi confiance...

Aussi fou que cela puisse paraître, c'est ce que je fis. En fait, j'étais dans un tel état que les éventuelles conséquences de ce que j'étais en train de faire n'avaient plus aucune importance pour moi. Tout ce que je voulais, c'était le toucher.

Je me tournai vers lui et plongeai mon regard dans le sien. Il soutint mon regard, semblant m'accorder une dernière chance de faire marche arrière. Incapable de prononcer le moindre mot, je me contentai d'un léger hochement de tête pour lui signifier mon consentement.

Sans me laisser le temps de changer d'avis, Gray prit mon visage entre ses mains et se pressa contre moi, me plaquant contre la bibliothèque derrière moi. Puis il baissa sa tête et posa ses lèvres sur les miennes.

La sensation de son corps contre le mien me fit oublier tout ce qui était autour de moi. Lorsqu'il introduisit sa langue à l'intérieur de ma bouche, je frissonnai et émis un léger gémissement. Jamais auparavant je n'avais ressenti un tel désir, une telle envie de quelqu'un. Mon entrejambe vibrait et me poussa à me coller contre lui, fort, de plus en plus fort, avec pourtant la sensation que nous n'étions jamais assez proches.

Comme en écho à mon désir, Gray mit ses mains sur mes fesses et m'attira plus près de lui encore, plaçant l'une de ses cuisses entre les miennes. Je sentais son érection contre mon clitoris gonflé, et me frottai légèrement contre lui. J'étais tellement excitée que j'aurais pu jouir, juste comme ça.

Je glissai mes doigts dans ses cheveux soyeux, m'agrippant à lui pour ne pas sombrer. Il gémit, et le son rauque de sa voix fit naître en moi une vague de désir encore plus forte. Il fit glisser l'une de ses mains jusqu'à ma nuque, et plaqua mon visage contre le sien, m'embrassant de plus en plus passionnément. L'intensité de son baiser était si forte que j'avais l'impression de ne plus être moi – j'étais littéralement transportée, presque hors de mon corps. J'étais à présent au sommet de la montagne russe, et prête à dévaler la longue pente. Rassurée par ses mains sur moi, sa bouche contre la mienne, je me laissai porter par mes sensations et mon désir pour lui, et m'abandonnai à une chute merveilleuse.

Lorsqu'il détacha ses lèvres des miennes, j'étais fascinée par l'effet que cet homme avait sur moi. Il prit à nouveau mon visage entre ses mains, tendrement, et caressa doucement mes lèvres avec son pouce en plongeant son regard dans le mien.

— C'est réel, murmura-t-il.

Je le fixai sans rien dire, ne comprenant pas exactement ce qu'il voulait dire.

Nous fûmes interrompus par la voix du garde.

— Les dix minutes sont écoulées, Westbrook ! lança-t-il depuis la porte de la bibliothèque.

Gray appuya son front contre le mien.

— Je dois y aller. Souviens-toi de ce que je viens de te dire lorsque tu commenceras toi aussi à douter, dans quelques jours.

Chapitre 10

Gray

2 ans plus tôt

— Le solde de mon compte est mystérieusement passé de zéro à deux cent quatre-vingt-dix dollars, me dit Rip, mon codétenu. Tu ne sais rien de ce qui s'est passé, n'est-ce pas ?

Je lui tournai le dos et n'osai me tourner vers lui, préférant continuer à plier le linge que je venais de sortir du séchoir, sur mon lit.

— Comment veux-tu que je sache ? mentis-je.

Quelques semaines auparavant, j'avais écrit à Etta pour lui demander d'envoyer de l'argent à Rip. Elle avait procuration sur tous mes comptes.

— C'est peut-être ma Katie qui m'a envoyé de l'argent ?

Je culpabilisai de lui donner l'espoir que sa fille ait fait quelque chose pour lui. Mais je savais qu'il n'aurait pas accepté que je lui donne de l'argent. Or, je n'en pouvais plus de le voir écrire toutes ces lettres à sa fille sans avoir les moyens de les lui envoyer. Il ne pouvait même pas acheter des timbres.

Rip et moi partagions la même cellule depuis mon arrivée. Il avait été incarcéré quelques mois avant moi, et il m'avait tout de suite pris sous son aile, m'apprenant les règles à respecter.

— Peut-être. En tout cas, maintenant, tu as de quoi t'acheter les produits d'épicerie fine que tu aimes tant, le taquinai-je. Nouilles lyophilisées, pruneaux, gaufrettes...

— Tout le monde n'a pas grandi avec une cuillère en argent dans la bouche et du caviar à tous les repas, mon petit gars, rétorqua-t-il sur le même ton badin.

Je ris.

— Qu'est-ce que tu as prévu aujourd'hui, après ta dialyse ?

— Je vais probablement aller à la rétrospective des films de John Wayne cet après-midi, dans la salle de cinéma.

— Ouais... Donc tu vas dormir, quoi !

Il jeta sa serviette dans mon dos.

De son vrai nom, Rip s'appelait Arthur Winkle. Mais tout le monde l'appelait Rip [1] à cause de son penchant pour la sieste. *Rip Van Winkle*. Quoi qu'il fasse, il ne pouvait s'empêcher de piquer du nez : pendant une conversation, en mangeant et, surtout, en regardant la télévision. À chaque fois que l'on se moquait de lui, il niait s'être endormi, prétextant fermer les yeux pour les reposer. Personne n'y croyait, évidemment, en particulier parce qu'il ronflait bruyamment, au point que plus personne ne voulait qu'il assiste aux séances de cinéma qu'organisait la prison et durant lesquelles il empêchait tout le monde d'entendre les dialogues.

— À quelle heure vient ta petite amie aujourd'hui ? me demanda-t-il.

---

1   Ndlt ; Rip est l'acronyme de *Rest in peace* (« Repose en paix »).

— À dix heures.

Rip savait tout sur Layla et moi. Ce n'était pas difficile, je parlais tout le temps d'elle. En fait, les jours de la semaine n'étaient qu'un compte à rebours jusqu'au samedi suivant, le jour où Layla me rendait visite. Il ne restait plus que deux semaines avant la fin de sa mission, et j'hésitais à lui demander de continuer de me rendre visite après. D'un côté, je ne voulais pas l'obliger à parcourir tous ces kilomètres uniquement pour me rejoindre, mais, de l'autre, l'idée de ne plus la voir avant ma sortie, prévue un an plus tard, m'était insupportable.

— Je crois que je vais écrire à Katie pour la remercier de m'avoir envoyé de l'argent, déclara Rip. Je vais aussi lui envoyer toutes les lettres que je lui ai écrites et que je n'ai pas pu lui envoyer.

Rip écrivait à sa fille chaque semaine, avec une régularité sans faille. Pourtant, elle ne lui avait jamais envoyé la moindre lettre.

— Tu as raison, répondis-je d'un air distrait.

Je regardai ma montre. Il était bientôt dix heures.

— Nous ferions mieux d'y aller, dis-je à Rip. Sinon nous risquons d'être en retard.

——————

— Dis-moi quelque chose que tu détestais quand tu étais petite.

Je reculai sur ma chaise et croisai mes mains derrière la tête.

Dis-moi quelque chose était devenu un rituel hebdomadaire pour Layla et moi. Chaque semaine, l'un de nous posait une question au hasard à l'autre. J'adorais ce jeu ; jamais je n'avais eu autant envie de tout savoir d'une femme.

Bien sûr, avec les autres femmes que j'avais eues dans ma vie, je discutais et les écoutais. Mais, la plupart du temps, les conversations étaient superficielles, centrées sur le travail, les vacances, ou encore l'actualité. M'intéresser à l'intimité d'une femme, notamment son enfance, était quelque chose de nouveau pour moi. Il ne m'était même jamais venu à l'idée de poser ce genre de questions.

— Les jeudis. Je détestais les jeudis quand j'étais petite.

J'arquai un sourcil.

— Parce que tu avais des contrôles à l'école ?

— Non. Parce que c'était le jour où mon père quittait la maison, chaque semaine.

Elle m'avait dit qu'elle ne parlait plus à son père, mais ne m'avait jamais expliqué pourquoi. Nous n'avions que quelques heures à passer ensemble chaque semaine, et je ne voulais pas gâcher ce temps avec l'évocation de mauvais souvenirs qu'elle n'était pas prête à partager.

— Toutes les semaines ? Il partait pour son travail ?

— Non. Il allait dans son autre famille...

— Comment ça ? Tu veux dire son ex-femme avec laquelle il avait eu des enfants ?

Elle baissa les yeux et garda le silence quelques secondes.

— Non, reprit-elle en me regardant à nouveau. Il avait une femme et des enfants. Il vivait avec nous du lundi soir au jeudi matin, puis passait les quatre jours restants chez sa femme et ses enfants, sur la côte ouest.

— Attends... Tu es en train de me dire que ta mère était sa maîtresse ?

— Exactement.

— Combien de temps cela a-t-il duré ?

— Plus de vingt ans. Jusqu'au décès de ma mère.

— C'est fou ! Mais ta mère savait qu'il était marié ?

— Oui. Et sa femme savait qu'il avait une maîtresse. Tout le monde, sauf moi, semblait d'accord avec cet arrangement. Ce n'est qu'à l'adolescence que j'ai réalisé que ce n'était pas normal. Je sais que ça peut sembler bizarre, mais, avant cela, mon père était pour moi un père génial. Même s'il n'était chez nous que trois jours par semaine, il passait plus de temps avec moi que n'importe lequel des pères de mes amis. Pour moi, il avait juste deux familles ; c'était comme ça. Mais, en grandissant, je n'ai plus compris qu'il puisse aimer deux femmes à la fois et avoir besoin de deux familles.

— Il était mormon ?

— Non, catholique.

Je restai bouche bée.

— Je comprends pourquoi tu détestais les jeudis.

— Tu es la première personne à qui je le dis, me confia Layla. À part ma meilleure amie que je connais depuis que je suis petite et qui connaît tout de ma vie...

— Je suis très honoré, répondis-je avec un petit sourire.

Elle me rendit mon sourire en soutenant mon regard.

— À toi, maintenant ! lança-t-elle finalement.

— Après ce que tu viens de m'apprendre, tout ce que je pourrais te dire va te paraître ennuyeux ! plaisantai-je.

— Dans ce cas, je vais te poser une autre question, suggéra-t-elle en tapotant ses lèvres avec son doigt d'un air songeur.

Elle était magnifique et je mourais d'envie de l'embrasser.

— Quel est le dernier mensonge que tu as dit ?

— Facile ! J'ai menti à mon codétenu il y a seulement quelques heures.

— À Rip ?

— Ouais. J'ai réapprovisionné son compte mais lui ai dit que ce n'était pas moi lorsqu'il me l'a demandé. Je savais qu'il n'aurait jamais accepté que je lui donne de l'argent.

— C'est adorable, murmura-t-elle en souriant.

— Sauf que, maintenant, il croit que c'est sa fille qui lui a envoyé cet argent...

— Ils sont fâchés ?

— Elle ne lui a pas parlé depuis son arrestation. Elle n'est jamais venue le voir au parloir. Personne ne vient jamais le voir, d'ailleurs. Sa femme est décédée quelques années avant son arrestation.

— C'est tellement triste...

— C'est vrai. Surtout quand on sait à quel point il est gentil. La plupart des hommes qui sont ici ont été inculpés à cause de leur cupidité. Lui, c'est à cause de son altruisme.

— Tu m'avais dit qu'il fabriquait et vendait de faux papiers, c'est ça ?

— Oui, c'est ça, confirmai-je. Il a eu un magasin d'impression pendant quarante ans. Sa petite-fille était très malade, et sa fille devait payer beaucoup de frais médicaux. Alors il s'est mis à fabriquer de faux documents pour un type qui en faisait commerce. Il faisait de tout : des passeports, des permis de conduire... Et il envoyait l'argent qu'il gagnait à sa fille. Mais de manière anonyme, car il ne voulait pas la mettre en danger.

— Oh... Et sa fille ne lui parle plus à cause de ça ?

J'acquiesçai d'un signe de tête.

— Les gens ont de drôles de réactions quand les problèmes arrivent, tu sais...

— C'est-à-dire ? me demanda-t-elle d'un air espiègle.

Soudain, je sentis son pied nu remonter le long de ma jambe, sous mon pantalon, tandis qu'elle me regardait avec gourmandise. Mes yeux tombèrent sur son nez.

— Tu n'as pas couvert tes taches de rousseur, aujourd'hui. C'est pour moi ?

Elle sourit.

— Peut-être... Ça te plaît ?

— J'adore ! C'est déjà très sexy en soi, mais le fait que tu l'aies fait pour moi est encore plus séduisant.

Elle remonta son pied plus haut sur mon mollet.

— J'ai tellement envie de toi, murmurai-je.

La lumière dans ses yeux s'intensifia.

— Il nous reste une heure avant le début du cours... On pourrait en profiter !

Je la regardai en plissant les yeux, ne sachant pas exactement où elle voulait en venir.

— Tu te souviens la fois où tu m'as décrit la manière dont tu avais envie de m'embrasser ?

— Oui, très bien. En fait, je me souviens absolument de chaque instant passé avec toi...

— Eh bien, que dirais-tu si je te décrivais la manière dont j'aimerais t'embrasser, mais sous la ceinture ? suggéra-t-elle avec un sourire chargé de sous-entendus.

Chapitre 11

Layla

— J'ai absolument besoin d'un verre !

— Et moi qui pensais que tu étais venue me voir parce que je te manquais...

Quinn, ma meilleure amie, était propriétaire du O'Malley's, un pub qui se trouvait à seulement quelques rues de mon bureau. Elle en avait hérité de son père lorsque ce dernier avait décidé d'aller prendre sa retraite en Floride. Initialement, elle avait voulu le vendre, mais, après quelques mois, elle comprit pourquoi son père était tant attaché à cet endroit et décida finalement de le garder et de le gérer elle-même.

Les lieux n'avaient pas beaucoup changé depuis que son père les lui avait confiés. On aurait dit un bar pour personnes âgées en mal de compagnie. Mais cela en faisait l'endroit idéal pour venir se détendre après le travail – aucun mec pour penser qu'une femme seule au bar était forcément là pour se faire baiser... J'adorais venir y traîner mes guêtres dès que j'en avais le temps – pas suffisamment, malheureusement.

Quinn posa sur le comptoir deux verres à liqueur et prit une bouteille dont le contenant n'avait de l'eau que la couleur. Il n'y avait pas d'étiquette, mais je savais pertinemment de quoi il s'agissait ; il était hors de question que j'avale cette chose-là.

— Pas pour moi, merci, l'arrêtai-je en posant ma main sur le verre avant qu'elle ne puisse le remplir. J'ai eu mal à la tête pendant une semaine après avoir bu ce truc, la dernière fois.

— Mais ce n'est pas le même que l'autre fois !

— C'est toi qui l'as fait ?

— Évidemment ! déclara Quinn en souriant fièrement.

— Alors non merci.

Quinn avait trop regardé la série *Alcool de contrebande* à la télévision, et se croyait désormais capable de fabriquer elle-même sa propre liqueur. Elle le pouvait, certes, mais elle était imbuvable et avait un goût de vernis à ongles.

Quinn fit la moue et se versa un verre avant d'aller chercher une bouteille du vin que j'aimais et qu'elle gardait spécialement pour moi, derrière le bar.

— Journée de travail difficile ? me demanda-t-elle. Attends ! Commence par les choses intéressantes : est-ce que tu as enfin arrêté de te mettre en jachère et as couché avec ton nouveau petit copain ? Comment il s'appelle, déjà ?

— Oliver, l'informai-je en traçant le bord de mon verre à vin avec mon doigt. Et non, nous n'avons pas couché ensemble. Mais nous dînons en couple ce soir ; il passe me prendre ici dans une heure.

— Ça n'a pas l'air de te réjouir tant que ça… commenta-t-elle en arquant un sourcil.

Quinn me connaissait par cœur. Il faut dire que nous étions amies depuis des années. Nous nous étions rencontrées en CM1 – un 2 février exactement. J'avais été envoyée chez le directeur pour accueillir la nouvelle et l'amener en classe. Elle portait des chaussettes dépareillées et gardait serrée contre elle une boîte à lunch dans laquelle se trouvait une énorme grenouille – son sandwich au beurre de cacahuètes était, quant à lui, écrasé au fond de son cartable.

— C'est vrai, soupirai-je. Je ne suis pas super excitée à l'idée de le retrouver, mais je l'aime beaucoup. Je me sens bien avec lui...

Quinn posa ses coudes sur le comptoir et me regarda droit dans les yeux.

— Bon, chérie... Crache le morceau. Que se passe-t-il ? Tu étais tout heureuse de sortir avec lui, pourtant ? Attends... laisse-moi deviner. Il a mauvaise haleine ? Il parle tout le temps de sa mère ? Il a des animaux en peluche sur la plage arrière de sa voiture ?

— Non ! rétorquai-je en riant. C'est juste que... Eh bien... En fait... Je viens de prendre un nouveau client.

Les yeux de Quinn s'illuminèrent. Elle avait épousé son amour de lycée à dix-neuf ans, et elle vivait à travers moi – même si, la pauvre, n'avait rien entendu de particulièrement trépident ces dernières années.

— Et il est canon, je suppose ?

J'acquiesçai d'un signe de tête, avec un sourire qui en disait long.

— Eh bien, vas-y, qu'est-ce que tu attends ? Il ressemble à quoi ?

— Grand, les yeux verts – le genre de vert qui te réchauffe même si tu es perdue dans la neige car il te rappelle que le printemps va bientôt revenir.

— Ouuuuh… Madame est poète ! se moqua-t-elle. Continue…

— Bâti comme un dieu grec, grand, mince et musclé, des bras extrêmement sexy… Le genre qui rassure, quoi.

Quinn soupira d'un air rêveur et ferma les yeux.

— Avant-bras veineux ?

— Un peu oui, confirmai-je, amusée. Mais pas trop non plus, tu vois : juste assez pour que ce soit viril et classe en même temps.

Elle ouvrit les yeux.

— Je vais te dire un truc, dit-elle d'un ton sérieux. Tout le monde dit que grands pieds égale grosse queue. Moi je crois que tout est une question d'avant-bras. S'ils sont épais et veineux, tu peux y aller les yeux fermés. S'ils sont maigres, tu n'as plus qu'à prendre tes jambes à ton cou !

Je ris.

— Malheureusement, je ne suis pas certaine de pouvoir tester ta théorie…

Quinn afficha une expression alarmée.

— Il est marié ? C'est ça ?

— Non… Ce n'est pas ça…

— Alors pourquoi est-ce que tu dînes avec Oliver ce soir, et pas avec ce nouveau gars ? Comment il s'appelle ?

— Grayson, répondis-je en la regardant droit dans les yeux.

Elle plissa le front.

— Grayson… Grayson… Comme le connard ?

Je hochai lentement la tête mais ne répondit rien, sachant qu'elle comprendrait.

— Attends… Ton nouveau client, c'est Gray ? Le gars de la prison ? s'exclama-t-elle.

Je me réfugiai dans mon verre de vin et but une gorgée avant de répondre.

— Lui-même...

Je lui racontai ensuite les événements des dix derniers jours, depuis que Gray était revenu dans ma vie. Il y avait beaucoup de choses à raconter – la présentation, le dîner, les fleurs, notre voyage – *son mariage*. Heureusement, elle connaissait déjà le reste de notre histoire, ce qui voulait dire qu'elle savait également à quel point j'avais été malheureuse lorsque j'avais découvert qu'il était marié et que j'avais mis fin à notre relation. Je n'avais donc pas besoin de lui expliquer ce que je ressentais maintenant que je l'avais retrouvé ; elle comprenait d'emblée mes hésitations.

— Qu'est-ce qu'il s'est passé après votre retour de voyage ?

— Rien, répondis-je d'un air dépité. Je n'ai plus eu de ses nouvelles depuis.

Gray avait tenu parole et m'avait donné de l'espace. Cela faisait huit jours que nous étions rentrés, et il ne m'avait donné aucune nouvelle, à part un bref échange d'e-mails au sujet de son accord de partenariat dont j'avais la charge.

Il me manquait, et je me détestais pour cela.

Heureusement, je n'avais pas eu beaucoup de temps pour penser à lui. La semaine avait été très chargée au travail, et j'étais rentrée très tard tous les soirs.

— Qu'est-ce que tu vas faire ? Tu vas lui accorder une seconde chance ?

— Je ne peux pas, répondis-je. C'est terminé avec Gray. J'ai tourné la page...

Quinn me lança un regard incrédule.

— Je peux te poser une question ?

— Quoi ?

— Depuis combien de temps tu n'as pas vu Oliver ?

— Tu veux dire depuis notre dernier rendez-vous ?

— Non. Je veux dire depuis la dernière fois que tu as posé les yeux sur lui. Aujourd'hui ? Il y a quatre jours ? Combien de temps ?

Je réfléchis. Oliver et moi travaillions dans le même cabinet, mais, à part un déjeuner de temps en temps, et quelques discussions de trois minutes lorsque nous nous croisions dans l'ascenseur, nous ne nous voyions que rarement.

— Eh bien, hier, j'ai été absente du bureau toute la journée car j'étais au tribunal. Donc je dirais jeudi...

Je fis une pause et réfléchis à nouveau.

— Attends. Non. Il n'était pas là jeudi – il était à une conférence toute la journée. Ça devait être mercredi. Ou peut-être mardi. Je sais que nous avons déjeuné ensemble en début de semaine, mais je ne sais plus si c'était lundi ou mardi...

Quinn me resservit du vin.

— Et Gray ? Tu l'as vu quand pour la dernière fois ?

— Il y a une semaine. C'était jeudi dernier.

— Tu es sûre ?

— Absolument ! Jeudi matin vers 9h30 pour être exacte. Nous étions à l'aéroport. Mais, pourquoi ? Où veux-tu en venir ?

Elle posa la bouteille de vin sur le comptoir et tapota le bouchon.

— Tu n'as pas tourné la page Gray. Tu es toujours folle de lui...

— Qu'est-ce que tu racontes ?

— Quand tu sais exactement depuis combien de temps tu n'as pas vu quelqu'un, c'est que tu aimes cette personne.

— C'est ridicule.

— Il a ton numéro de téléphone portable ?

— Oui. Il est indiqué sur ma carte de visite. Tous mes clients l'ont. Mais il ne m'a jamais appelée à ce numéro.

Quinn me lança un sourire entendu.

— Tu regardes si tu as des appels manqués ou des SMS de sa part avant d'aller te coucher ?

Je la regardai en me mordant la lèvre.

— Ça va aller, ma chérie, me rassura-t-elle en prenant mes mains dans les siennes. Tout va s'arranger.

Quinn s'absenta un instant pour aller servir un client, me laissant seule avec mes pensées.

— Est-ce que Oliver est blond, grand, avec l'air de sortir tout juste de l'université ? me demanda-t-elle en revenant vers moi.

— Oui, c'est à peu près ça, répondis-je, ne sachant pas exactement où elle voulait en venir.

— Alors je crois qu'il est en train de se diriger vers nous, ajouta-t-elle en regardant par-dessus mon épaule.

— Coucou, toi ! lança Oliver en m'embrassant dans le cou.

Il était tellement gentil...

Je me tournai vers lui pour l'embrasser, puis le présentai à Quinn. Ce fut pile à ce moment-là que mon téléphone, qui était posé devant moi sur le comptoir, bipa, annonçant l'arrivée d'un SMS. Je jetai un coup d'œil et découvris, le cœur battant, le nom de Gray s'afficher sur l'écran. Aussitôt, je pris le téléphone dans ma main, vérifiant qu'Oliver ne l'avait pas vu – de toute évidence, il n'avait rien remarqué.

Ouf !

En revanche, je compris à son sourire narquois que Quinn, elle, avait remarqué. Je jetai mon portable dans mon sac à main et me promis de ne plus y penser pour le reste de la soirée.

Nous discutâmes tous les trois tandis que je finissais mon verre de vin, et Oliver une bière. Au bout de vingt minutes, il regarda sa montre.

— Je suis désolé. Je ne savais pas que le bar appartenait à ton amie. Je pensais que nous nous retrouvions ici simplement pour prendre un verre rapide... J'ai réservé pour vingt heures, chez *Gramercy*, annonça-t-il avec un air d'excuse.

— Chez *Gramercy*, j'en rêve ! soupira Quinn. Allez, filez ! Et profitez-en pour moi ! De toute façon, il faut que je me remette au travail !

Oliver fouilla dans sa poche et en sortit de l'argent pour payer nos verres, mais Quinn leva la main.

— Je t'en prie, Oliver. C'est pour moi. De toute façon, il est hors de question que je fasse payer à Layla quoique ce soit... Même chose pour ses invités !

— Merci, c'est très gentil, répondit Oliver en souriant chaleureusement.

Je me penchai au-dessus du bar et embrassai mon amie sur la joue.

— On dîne ensemble jeudi soir ? lui proposai-je.

— Okay ! Par contre, ça risque d'être des macaronis au fromage, à moins que Brian ne rentre tôt du travail. Et surtout, prépare-toi : ta filleule s'est mis en tête de te faire les ongles. Tu devrais peut-être prendre un rendez-vous chez la manucure vendredi matin...

— D'accord ! répondis-je en riant. Merci pour l'avertissement.

Oliver tendit la main au-dessus du bar pour serrer la main de Quinn.

— J'étais très heureux de te rencontrer, lui dit-il.

— Pareil ! lança-t-elle avec un large sourire.

Alors que sa main était toujours dans la sienne, elle remonta, avec son autre main, la manche de sa veste, découvrant son avant-bras.

Oliver semblait confus, mais se laissa faire.

— Désolée, s'excusa Quinn. Je croyais que tu avais un tatouage, j'étais curieuse...

— Non, pas de tatouage ! rétorqua Oliver d'un air poli.

Lorsqu'il eut le dos tourné en direction de la sortie, je me tournai vers Quinn et lui lançai un regard noir. J'avais parfaitement compris ce qu'elle voulait vérifier en relevant la manche d'Oliver.

— Trop maigre, articula-t-elle en silence en faisant une grimace et en pointant son pouce vers le bas.

J'étais incapable de rester concentrée, ne faisant que penser au message que Gray m'avait envoyé. C'était comme s'il était là, avec nous, et m'empêchait d'écouter ce qu'Oliver me disait. Je lui en voulais de s'immiscer ainsi dans ma vie. La seule solution était de lire son SMS pour enfin me le sortir de la tête. Car plus je le laissais prendre de la place dans mon esprit, moins j'étais disponible pour accueillir Oliver dans ma vie.

Pourtant, je m'étais promis de profiter pleinement de cette soirée. Ce n'était que notre troisième rendez-vous, et les possibilités de nous voir étaient si rares qu'elles en devenaient précieuses. Mais, lorsqu'enfin je réussis à oublier Gray, je ne pensai qu'à une chose : le fait qu'Oliver m'ait proposé d'aller regarder un film chez lui après le dîner – ce qui était une manière polie de m'inviter à coucher avec lui.

Je ne savais pas quoi penser. J'avais déjà eu une ou deux aventures d'un soir, à l'université, mais j'avais vite réalisé que ce n'était pas mon truc. Et, bien que le troisième rendez-vous soit probablement considéré par beaucoup comme raisonnable pour franchir le pas, il me fallait plus de temps. J'avais besoin de bien connaître l'homme avec lequel je sortais, et d'avoir confiance en lui – ce qui n'était pas une chose facile, pour moi. En même temps, je connaissais Oliver depuis des années...

Entre mes réflexions sur ce qui allait se passer après le restaurant, le SMS de Gray que je n'avais encore pas lu, et la conversation que j'avais eue avec Quinn plus tôt, je me sentais mal à l'aise. Oliver devait le ressentir car il y eut de nombreux blancs qui durèrent parfois de longues minutes, comme s'il n'osait pas me déranger. Entre nous, les choses avaient toujours été fluides, mais, ce soir-là, j'avais l'impression que la connexion était rompue – principalement à cause de moi, je devais l'admettre.

— Et... quel est ton chanteur préféré, au fait ?

— Mon chanteur préféré... répéta-t-il, surpris, en sirotant le café que la serveuse venait de nous apporter. Je ne sais pas... peut-être Blake Shelton...

Un autre blanc.

— Tu as vu un film sympa, ces derniers jours ?

Oliver me regarda d'un air suspicieux.

— Tout va bien, Layla ?

— Oui. Pourquoi ? répondis-je trop rapidement, sans vraiment réfléchir à sa question.

— Je ne sais pas. Tu as l'air... ailleurs. Presque nerveuse. Tu as un problème au travail ?

— Non, tout va bien.

— Je ne sais pas... Je trouve que tu me poses de drôles de questions, même si...

Il s'interrompit, et me regarda d'un air entendu.

— J'ai compris... Tu es mal à l'aise avec le fait de venir chez moi après le dîner ?

Oliver était un excellent avocat. Il était habitué à comprendre ce qui se passait dans la tête d'une personne, même si elle ne le formulait pas clairement.

Je décidai d'être honnête.

— Je ne suis pas encore prête à coucher avec toi, avouai-je avec soulagement.

— Je ne suis pas encore prêt à coucher avec toi non plus, rétorqua-t-il du tac au tac.

— Vraiment ? m'étonnai-je.

Il me sourit d'un air penaud.

— Non... Je plaisante. Mais pas de problème. Je ne voulais surtout pas te mettre la pression.

— Est-ce que je peux te demander quelque chose ?

— Bien sûr ! Quoi ?

— Le truc du *film*, c'était bien pour coucher avec moi ?

— Je mentirais si je te disais que je n'y avais pas pensé, admit-il en me regardant dans les yeux. Mais j'avais réellement prévu de mettre un film qui, à mon avis, t'aurait plu...

— Je suis désolée, murmurai-je avec un sourire attendri.

— Ne le sois pas. Tout va bien, me rassura-t-il en posant sa main sur la mienne. J'adore être avec toi, Layla. Pour le reste, si tu as besoin de temps, je le comprends et suis prêt à attendre...

Après cette conversation, je me sentis plus détendue et appréciai le dessert que nous partageâmes. Lorsque nous quittâmes le restaurant, Oliver tendit son ticket au voiturier, et me prit dans ses bras.

— Tu veux venir chez moi pour voir le film ? me proposa-t-il. Et par film, je veux dire *film*, précisa-t-il en souriant.

— Est-ce que tu m'en veux si on remet ça à la prochaine fois ? demandai-je timidement. Je suis assez fatiguée, ce soir, prétextai-je, n'osant lui avouer que le cœur n'y était pas.

— Absolument pas !

Il essaya de ne pas le montrer, mais je compris qu'il était déçu.

— Tu me laisses au moins te ramener chez toi ?

Oliver vivait à Westchester, et moi en centre-ville. C'était à l'opposé, mais j'avais le sentiment de l'avoir suffisamment insulté pour la soirée.

— Bien sûr, acquiesçai-je.

———

Dès que je fermai la porte de mon appartement, je fonçai dans ma chambre et troquai ma robe et mes talons contre un pyjama confortable et le sweat à capuche que j'adorais. Je retournai ensuite dans le salon, me servit un grand verre de merlot, et m'affalai dans le canapé, à côté de mon sac à main. Enfin, j'allais pouvoir lire le SMS de Gray !

Je sortis mon téléphone portable et le déverrouillai. Mon cœur se mit à battre lorsque je vis son nom sur l'écran. Je bus une longue gorgée de vin avant d'ouvrir le message.

Gray : Coucou ! Désolé de te déranger. Sauf si tu es avec Face de raie, auquel cas, je ne suis pas désolé.

Quelques minutes plus tard, un autre SMS.

Gray : Je t'écris au sujet d'Etta. Elle a de nouveau eu des ennuis avec la police aujourd'hui. Elle a pris une amende pour excès de vitesse et conduite sans permis. Elle m'a avoué que c'était la deuxième fois. D'après ce que j'ai pu lire sur Google, cela relève maintenant du pénal. C'est ça ? Je lui ai dit que tu étais très occupée, mais elle refuse que quelqu'un d'autre que toi s'occupe d'elle. Est-ce que tu pourrais lui dire deux-trois mots ? Appelle-moi quand tu as un moment.

Merde !

Je ne pouvais pas laisser les choses entre Gray et moi interférer avec le bien-être d'Etta. J'étais donc obligée d'appeler Gray, comme il me le demandait.

C'est en tout cas ce que je me dis pour me convaincre que lui envoyer un SMS à vingt-trois heures, un samedi soir, était la bonne chose à faire…

Chapitre 12

Gray

J'avais passé ma soirée à installer le nouveau matelas qui m'avait été livré, et à guetter la réponse de Layla à mon SMS.

Je venais de subir trois ans enfermé, à rêver des soirées de rêve que je m'offrirais dès ma sortie, et j'étais là, un samedi soir, seul dans mon appartement, à manger des nouilles chinoises insipides.

Je vérifiai à nouveau mon téléphone. Aucun message. Je le jetai sur le canapé et poussai un soupir de frustration. J'aurais dû sortir, draguer une fille dans un bar et la ramener chez moi pour la nuit, mais je n'en avais aucune envie. Je ne pensais qu'à Layla, qui devait pourtant être en train de s'amuser avec un autre que moi.

J'espérais parfois que je finirais par l'oublier, par la remplacer par une autre. Mais je savais que cela serait impossible. J'étais fou d'elle. Et c'était la première fois que cela m'arrivait. Je n'avais jamais ressenti ça, même pour la femme que j'avais pourtant épousée et dont j'étais en train de trier les affaires.

En sortant de prison, je m'étais attendu à trouver l'appartement que je partageais avec Max entièrement vide. Ce fut tout le contraire. Elle n'avait touché à rien et j'avais retrouvé l'appartement dans le même état que celui dans lequel je l'avais laissé avant mon incarcération. Même ses vêtements étaient toujours dans les armoires. Évidemment, avec l'argent qu'elle avait gagné sur mon dos, je ne doutais pas qu'elle avait pu se racheter tout ce dont elle avait besoin.

Ce soir-là, j'avais décidé de faire du tri, et de me débarrasser de toutes ses affaires. Peu m'importait qu'il s'agisse de choses de valeur, presque neuves pour la plupart, je ne voulais plus rien qui ait pu lui appartenir. C'est ainsi que le couloir de mon appartement se retrouva envahi de boîtes et de sacs remplis de choses que je comptais donner.

Chaussures Prada.

Sacs Hermès.

Lunettes de soleil Cartier.

Max avait des goûts de luxe. Le tout devait représenter au bas mot cinquante mille dollars, mais la sortir de ma vie n'avait pas de prix. Je voulais me débarrasser du passé pour laisser de la place à la nouveauté. Mais, à part le nouveau matelas que j'avais acheté et qui m'avait été livré aujourd'hui, il n'y avait pas grand-chose que j'avais envie de remplacer tout de suite.

Je ne savais pas si la bouteille de scotch que j'étais en train d'ouvrir avait été achetée par Max ou si elle nous avait été offerte, mais j'étais déterminé à en profiter et à la jeter ensuite, une fois qu'elle serait vide.

Je m'installai dans mon fauteuil en cuir préféré, celui qui faisait face à un autre fauteuil design, aussi cher qu'inconfortable, et sirotai mon verre de scotch en regardant les lumières de la ville. Depuis le salon, j'avais une vue sur le bas de Manhattan et, depuis ma chambre, sur la rivière Hudson. Il était tard, mais la ville semblait encore très animée. Je me demandai où Layla pouvait être. Avec qui...

Je savais que la reconquérir serait long et difficile. Mais l'idée qu'elle soit quelque part avec un autre homme que moi m'était insupportable. Même si je ne pouvais pas l'avoir, je devais trouver un moyen de m'assurer que personne d'autre ne le puisse non plus.

Soudain, mon téléphone sonna. Je regardai ma montre, il était un peu plus de onze heures. Ce devait être l'un de mes associés ; tous deux vivaient sur la côte ouest et, comme moi, passaient leur temps à travailler.

Aussi fus-je agréablement surpris de découvrir le nom de Layla lorsque je me levai pour prendre mon téléphone qui était resté sur le canapé.

Layla : Je suis désolée pour Etta. Ne t'inquiète pas, je vais l'aider.

Je réfléchis à une réponse en faisant tourner les glaçons dans mon verre. J'avais bien fait de ne pas l'avoir contactée pendant plusieurs jours. Cela lui avait donné l'occasion de se rendre compte que je lui manquais, et que notre histoire n'était pas terminée. J'étais doublement heureux de recevoir son message : d'abord pour Etta, à qui je tenais énormément, et ensuite parce que c'était la preuve qu'elle ne m'avait pas rayé de sa vie.

Gray : Merci.

Mais je ne pus m'empêcher d'en envoyer un autre.

Gray : Il est tard. Tu viens de rentrer ?

Layla : Oui.

Gray : Rendez-vous galant ?

Les trois points en bas de mon écran apparurent et disparurent à plusieurs reprises, trahissant son hésitation.

Layla : Non pas que ça te regarde, mais oui. J'étais avec Oliver.

L'imaginer avec un autre homme aurait dû m'énerver, mais je fus plutôt amusé de l'imaginer avec cet imbécile, et terminai mon verre.

En tout cas, elle n'a pas dormi chez lui, pensai-je avec satisfaction.

Je décidai de la provoquer un peu.

Gray : Moi non plus, je n'ai pas baisé ce soir.

Pas de réponse. Peut-être avais-je été trop loin ? Les plaisanteries ne sont pas toujours perçues de la même manière par SMS qu'en personne. J'envoyai un autre SMS pour me rattraper.

Gray : Désolé. Je plaisantais.

Au bout de dix minutes, les trois petits points apparurent à nouveau. Comme précédemment, ils disparaissaient parfois, indiquant qu'elle s'arrêtait et devait certainement réfléchir à sa réponse. J'étais sur le point d'envoyer un autre message lorsque sa réponse arriva enfin.

Layla : Tu n'as pas le droit de m'empêcher d'avoir une relation normale et épanouissante avec un autre homme.

Merde.

Je voulus répondre, mais optai pour un appel. C'était plus direct. J'appuyai sur le bouton d'appel ; elle décrocha dès la première sonnerie.

— Salut ! lança-t-elle.

Je sentis à son ton qu'elle était plus émue que fâchée. Je devais néanmoins faire attention où je mettais les pieds.

— Ta voix m'a manqué...

— Après seulement une semaine ? répondit-elle d'un ton dubitatif. Tu ne l'as pas entendue pendant plus d'un an et tu t'en es bien sorti...

Je posai mes pieds sur la table basse devant moi.

— C'est vrai. Mais tu sais quand même que je relisais tes lettres tous les jours. À tel point que j'en connais certaines par cœur, maintenant ! Cela me permettait d'imaginer ta voix prononcer les mots que tu m'avais écrits.

— Tu ferais mieux de les lire à nouveau si tu les as encore, plutôt que de m'appeler.

Je ris.

— Je préfère t'entendre pour de vrai... Je ne lisais tes lettres que parce qu'il m'était physiquement impossible de te voir.

— C'est toujours physiquement impossible...

Je perçus le sourire dans sa voix.

— Pas du tout. Un mot de toi, et je suis à ton appartement dans vingt minutes.

Elle se tut, et je la taquinai.

— Tu sais que qui ne dit mot consent... Dois-je prendre ton silence pour un oui ?

Je ne m'attendais pas à la confession qui allait suivre.

— Je n'ai pas couché avec un homme depuis que je t'ai rencontré, avoua-t-elle.

— Vraiment ? Pourquoi ?

Elle hésita un instant.

— Parce que... Je n'en avais pas envie, finit-elle par admettre.

— Tu n'avais pas envie d'un autre homme que moi ?

— Je ne veux pas coucher avec toi, Gray.

— Tu ne *veux pas* ou tu ne *veux pas en avoir envie*. Il y a une grande différence, Coccinelle.

Un autre silence.

— Je ne *veux pas en avoir envie*. Je ne veux même pas avoir envie de te parler.

Je ne savais pas si je devais être heureux ou malheureux de ce qu'elle était en train de me dire. Quoi qu'il en soit, je comprenais qu'elle ait peur. Je devais regagner sa confiance, et cela allait prendre du temps.

— Si ça peut t'aider à te sentir mieux, répondis-je, moi non plus je n'ai pas couché avec une femme depuis que je t'ai rencontrée.

— Pauvre chou ! s'exclama-t-elle d'un ton ironique, certainement en levant les yeux au ciel. Tu es libre depuis trois semaines et tu n'as pas trouvé d'âme charitable pour te rendre ce service ?

— Je pourrais, tu sais, Layla. Mais je n'en ai pas envie. Il n'y a qu'une seule femme à laquelle je pense. Et cette femme, c'est toi.

Elle ne répondit rien. Je sentis que je l'avais touchée.

— Accepterais-tu un dîner avec moi ? Ou un déjeuner ? Un petit-déjeuner, même ! Je prendrai tout ce que tu es prête à me donner.

— Je ne sais pas, Gray... murmura-t-elle avant de se taire à nouveau. Écoute, je dois raccrocher, il est tard. Mais envoie-moi le numéro d'Etta. Je l'appellerai demain matin.

— Bonne nuit, ma belle.

J'attendis qu'elle raccroche avant de retirer mon oreillette.

Elle n'a pas dit non, pensai-je. *Sacré progrès !*

———

— Allô ?

Je roulai sur le dos, mon téléphone portable collé à l'oreille et les yeux encore à moitié fermés. La lumière du jour filtrait à travers les stores dont certaines lamelles manquaient. Max et moi les avions cassés le soir de notre retour de République dominicaine ; nous avions bu et je l'avais embrassée passionnément contre la fenêtre, et donc contre le store qui était baissé. Encore quelque chose qui me rappelait ma vie d'avant et que je devais remplacer.

— Ne me dis pas que tu es encore au lit, Zippy ! Tu viens de perdre trois ans de ta vie, tu devrais avoir envie de te lever à l'aube et de faire plein de choses !

Etta.

Je passai mon autre main sur mes yeux pour tenter de me réveiller.

— Quelle heure est-il ?

— Il est plus de sept heures du matin.

— Tu n'as pas plus précis comme réponse ?

Elle ignora ma question.

— Est-ce que tu es libre aujourd'hui ?

— Si « aujourd'hui » veut dire dans plusieurs heures, alors oui.

— La serrure de ma porte d'entrée est bloquée...

Aussitôt, je m'assis dans mon lit.

— J'arrive tout de suite ! lançai-je, paniqué de la savoir à la rue.

— Il n'y a pas d'urgence, ne t'inquiète pas ! La serrure du haut fonctionne toujours et, de toute façon, mon quartier est calme ; ça ne craint rien. Les filles viennent jouer au mahjong aujourd'hui. Pourquoi ne viens-tu pas vers quatre heures ? Tu pourrais même rester dîner ? Je te préparerai ton plat préféré…

J'avais l'eau à la bouche.

— Un gombo ?

— Et un crumble aux pêches, si tu passes par l'épicerie et achètes quelque chose pour moi.

— Etta, je suis prêt à cambrioler un magasin entier si c'est pour un gombo et un crumble aux pêches !

— Mon petit bonhomme… C'est peut-être un peu tôt pour ce genre de plaisanteries. Je te rappelle que tu viens de sortir de prison…

Je ris.

— De quoi as-tu besoin ?

— D'une bouteille de vin. Du rouge…

— Tu détestes le vin.

— Eh bien, aujourd'hui, j'en ai envie. Et je n'y connais rien. Je préfère que tu le choisisses…

— Aucun problème. J'amène une bonne bouteille !

— Merci, mon Zippy ! À tout à l'heure !

Quitte à être réveillé, je suivis les conseils d'Etta et sautai du lit. Elle avait raison, j'aurais donné n'importe quoi pour pouvoir faire certaines choses au cours des trois dernières années. Or, maintenant que je pouvais les faire, je n'en profitais pas. Je décidai donc de commencer ma journée par un long footing dans Central Park, puis d'aller dans un refuge pour animaux afin d'adopter un chien. J'avais dû abandonner le mien lorsque Max avait emménagé chez moi car elle était allergique. Je m'étais senti extrêmement coupable de cela, même si j'avais veillé à ce qu'il soit adopté par une famille aimante. Avec le recul, j'aurais dû me débarrasser de Max et garder mon chien.

— Je sais ce que tu ressens, mec, murmurai-je en passant mes doigts entre les barreaux de la cage pour caresser le chien qui s'y trouvait et qui était un étrange mélange de Basset Hound et de... *je ne sais quoi.*

— Monsieur, ne mettez pas vos mains dans la cage. Certains chiens deviennent agressifs lorsqu'ils sont enfermés et pourraient vous mordre. Si vous souhaitez en voir un en particulier, n'hésitez pas à nous le demander.

— Bien sûr, désolé.

Je retirai ma main et regardai le chien avec un air d'excuse. Je comprenais que certains puissent devenir agressifs à force de ne pas pouvoir se défouler, de ne jamais sortir.

Je marchai dans le couloir bordé de cages de part et d'autre, chacune agrémentée d'une fiche d'informations sur le chien qu'elle contenait.

Polly. Âge : deux ans. Race : Fox-Terrier.

Polly me regarda du fond de sa cage. Je lui dis bonjour et continuai.

Buster. Âge : douze ans. Mélange Carlin/Pékinois.

— Hé, mon pote ! lançai-je.

Il n'eut pas l'air impressionné par mon enthousiasme.

Snowy. Âge : huit semaines. Stafford.

— Tu es adorable, Snowy ! Je suis sûre qu'une petite fille va vite convaincre son père de t'adopter. Tu n'as pas besoin de moi...

Consciente de son charme, Snowy leva le museau, comme si elle était déjà persuadée de ce que je venais de lui dire.

Je poursuivis mon exploration à la recherche de mon futur chien. Ce ne fut qu'à la dernière cage que je le trouvai. Contrairement aux autres, aucune fiche d'informations n'y était accrochée. Lorsque je m'accroupis pour regarder à l'intérieur, je découvris le chien le plus sale que j'avais jamais vu. Il était couché avec une vieille chaussure dans la gueule, et leva la tête vers moi avec un regard qui semblait me dire « Salut, frère ! Quoi de neuf ? ». Il me sembla reconnaître un épagneul springer derrière toute sa saleté.

— Qu'est-ce qui t'est arrivé, mon pote ? lançai-je avec la même familiarité que lui.

L'une des bénévoles du refuge passa.

— Que lui est-il arrivé ? lui demandai-je en désignant le chien.

— Il vient juste d'arriver aujourd'hui. Et pourtant, nous lui avons fait prendre un bain. Je vous laisse imaginer l'état dans lequel il était *avant* le bain ! C'est une triste histoire. Il appartenait à un vieil homme qui vivait seul et qui est mort en faisant son jardin. Le pauvre bonhomme a bien tenté d'aboyer pour appeler à l'aide, mais personne n'est venu pendant plusieurs jours. Il devait avoir faim, et il a fini par fouiller partout à la recherche de nourriture. Il s'est renversé un pot de colle dessus et est ensuite allé se rouler dans la terre mouillée du jardin qui s'est collée à ses poils. Comme il vient d'arriver, nous n'avons pas voulu trop l'embêter. Mais demain, nous le raserons et essaierons de faire partir le reste de boue qu'il a sur le corps.

— Vous pourriez le sortir de la cage pour moi ?

— Vous souhaitez vraiment le caresser dans son état ? s'étonna-t-elle.

— Pourquoi pas ? répondis-je en souriant. De toute façon, je viens de faire un jogging ; si ça se trouve, c'est lui qui ne voudra pas s'approcher de moi !

La fille conduisit Face de boue dans l'une des petites salles privées où les adoptants pouvaient jouer avec les chiens qui les intéressaient et apprendre à les connaître. En les suivant, je remarquai que le chien avait pris avec lui la vieille chaussure.

— C'est quoi cette vieille chaussure ? m'enquis-je.

— Elle appartenait à son propriétaire. Quand on essaye de la lui enlever, il grogne. Mais à part ça, il est vraiment adorable. C'est simplement que son propriétaire lui manque.

Je m'accroupis et lui tendis ma main pour qu'il la renifle. Face de boue s'approcha et sentit mon odeur. Au bout de seulement quelques secondes, il recula légèrement et pencha la tête sur le côté en me regardant, semblant évaluer mon capital sympathie. Puis il me sauta dessus, me renversant sur les fesses, et se mit à me lécher le visage.

J'éclatai de rire.

— Hou ! Face de boue, je ne veux pas te vexer, mais tu pues vraiment de la gueule ! déclarai-je d'un air aussi amusé que dégoûté.

Mais il ne sembla ni se vexer, ni s'émouvoir pour moi. Il continua de me lécher avec gaieté, une patte sur chacune de mes épaules.

— Arrête ! lui ordonna la bénévole en s'approchant de nous. Coccinelle ! Arrête ! répéta-t-elle en tirant sur son collier.

Aussitôt, je levai les yeux vers elle.

— Qu'est-ce que vous venez de dire ?

— J'essaye de l'éloigner de vous.

— Mais qu'est-ce que vous avez dit ?

— J'ai dit :« Coccinelle, arrête ! »

— *Coccinelle* ?

— Oui, c'est son nom. Si vous regardez de près, sous toute cette boue, son museau est tacheté. Son propriétaire a dû l'appeler ainsi car, en effet, on dirait une coccinelle.

Je regardai le chien de plus près. C'était vrai : son museau était bel et bien parsemé de petites taches noires.

— Coccinelle, donc ?

Il répondit en me léchant à nouveau.

— Okay, mon pote ! déclarai-je en hochant la tête. Je sens que toi et moi on est faits pour s'entendre...

Je regardai la bénévole.

— Je l'adopte !

En sonnant chez Etta, je me surpris à siffloter. C'était une belle journée de printemps, j'allais récupérer mon nouveau petit copain au refuge le lendemain, Etta m'avait préparé un gombo et un crumble aux pêches, et Layla n'avait pas refusé mon invitation à déjeuner ou à dîner. La journée ne pouvait pas être meilleure.

La porte s'ouvrit et je sus immédiatement que, si, en fait, elle allait être meilleure que ce à quoi je m'étais attendu.

Ce ne fut pas Etta qui m'ouvrit, mais Layla.

Chapitre 13

Layla

— Qu'est-ce que tu fais ici ? lui demandai-je d'un ton accusateur.

— Etta m'a demandé de venir réparer la serrure de sa porte, m'apprit Gray.

— Elle voulait me voir pour me parler de ses amendes. Elle m'a dit que c'était difficile pour elle de ne pas conduire pour faire tout ce qu'elle avait à faire, et m'a demandé de venir dès cet après-midi. C'est toi qui es derrière tout ça, n'est-ce pas ? le suspectai-je, les yeux plissés.

Il leva la main droite comme s'il prêtait serment.

— Je ne savais pas que tu serais ici. Je le jure. Je peux entrer ?

Il ferma les yeux, comme s'il venait d'avoir une révélation.

— Attends, laisse-moi regarder la serrure...

Il posa sa boîte à outils et le sac de courses qu'il portait dans l'autre main, s'agenouilla et secoua la poignée de la porte plusieurs fois. Le verrou semblait fonctionner parfaitement. Puis il enfonça un tournevis dans la gâche, de l'autre côté du montant de la porte, et quelque chose en sortit.

— Qu'est-ce que c'est ? demandai-je.

Il ramassa la petite boule de papier et la déplia.

— Apparemment un morceau de boîte d'allumettes soigneusement plié et inséré dans la serrure. C'est ça qui l'empêchait de se fermer correctement.

— Un morceau de boîte d'allumettes plié ?

— Exactement. Je pense que nous avons tous les deux été piégés.

Gray ferma sa boîte à outils et se releva, reprenant l'autre sac qu'il avait apporté.

— Elle m'a demandé d'apporter du vin rouge. Elle n'aime pas ça mais m'a dit qu'aujourd'hui elle en avait envie...

— Hier, au téléphone, elle m'a demandé si je préférais le blanc ou le rouge. J'ai répondu le rouge.

— Qui est-ce, Layla ? demanda Etta depuis le premier étage.

Si j'avais le moindre doute sur le fait que Gray dise la vérité, le ton d'Etta confirmait qu'elle était bien l'instigatrice de cette soirée. Elle avait une voix beaucoup plus aiguë que d'habitude, presque chantante. Je sentais qu'elle avait un grand sourire en constatant que son plan avait fonctionné.

Gray secoua la tête et leva les yeux au ciel.

— C'est moi, Etta. Je suis en train de regarder ta serrure ! Je suis désolé, chuchota-t-il à mon attention. Elle a voulu bien faire...

Malgré le mur que je souhaitais maintenir entre Gray et moi, un sentiment de tendresse s'empara de moi. J'aurais aimé être énervée, mais je m'en sentis incapable. Etta m'émouvait ; sa démarche était tellement touchante...

— Oh, merci, mon Zippy ! répondit Etta. J'ai fait un gombo. Layla a accepté de se joindre à moi pour le dîner. Tu devrais rester aussi.

Gray me regarda dans les yeux.

— Ça te va ? me demanda-t-il à voix basse.

J'étais partagée entre ma raison qui me criait de ne pas rester dans ce piège, et mon cœur qui bondissait déjà à l'idée de dîner avec Gray.

— Oui, ça ira, répondis-je en faisant mine de faire un effort.

— Ça me fait très plaisir, déclara-t-il en continuant de me fixer.

Le visage d'Etta s'illumina lorsque Gray entra dans la cuisine.

— Zippy ! Tu es un ange d'être venu à mon secours.

Gray sourit et sortit de sa poche le bout de papier plié qu'elle avait inséré dans sa serrure.

— C'est réparé ! lui annonça-t-il en lui montrant la petite boule cartonnée. Je suppose que le vent a soufflé un peu trop fort et que cette petite chose est venue se loger dans ta serrure par accident, poursuivit-il avec un clin d'œil.

Imperturbable, Etta tourna son attention vers le four.

— Ça va être prêt, les enfants ! Nous allons bientôt pouvoir dîner. Gray, tu savais que le gombo est également l'un des plats préférés de Layla ?

— Je sais, répondit Gray en plongeant son regard dans le mien. Je sais aussi qu'elle aime les escargots, l'une des rares choses qui nous divisent...

Je commençais à réaliser qu'il n'exagérait pas lorsqu'il prétendait se souvenir de tout ce que je lui avais révélé sur moi lors des longues heures que nous avions passées ensemble à discuter.

— C'est vrai que, si mes souvenirs sont bons, tu es plutôt spaghettis aux saucisses, dis-je à mon tour en soutenant son regard. Une autre chose qui nous divise...

Etta sortit son crumble du four et le posa sur la cuisinière.

— Il aime quand les saucisses sont coupées en tranches très fines et que les pâtes sont *al dente*, intervint-elle en retirant ses maniques. Il aimait tellement ça quand il était petit qu'un jour, pendant que j'étais allée faire des courses, il a préparé tout seul ce plat pour son ami Percy. Tu te souviens, Zippy ?

— Bien sûr que je me souviens ! confirma Gray en riant et en se dirigeant vers un tiroir duquel il sortit un tire-bouchon. Si on doit parler de mon enfance, je crois que je vais avoir besoin d'un verre ou deux ! lança-t-il en ouvrant la bouteille de rouge qu'il avait apportée.

Etta me prit par le bras.

— Venez, ma chère. Allons nous asseoir dans le salon pendant que Gray nous apporte le vin. J'ai plein d'anecdotes très amusantes à vous raconter, me dit-elle en faisant un clin d'œil.

— Etta... Je t'en prie, essaye de ne pas trop me ridiculiser... marmonna Gray avant de rejoindre la cuisine.

Etta et moi allâmes nous installer dans le salon, puis Gray nous rejoignit quelques minutes plus tard avec deux verres de vin, et un autre pour Etta qui semblait contenir la boisson qu'elle aimait sans qu'il n'ait eu à lui demander ce qu'elle désirait. Elle me raconta plusieurs histoires sur l'enfance de Gray, toutes plus embarrassantes les unes que les autres, au point de m'en faire mourir de rire.

— Oh mon Dieu ! m'exclamai-je en riant au bout d'un moment. Arrêtez, Etta. Je n'ose même plus boire mon vin de peur de piquer un fou rire et tout recracher !

Gray secoua la tête, mais je voyais bien que lui aussi était amusé. En fait, c'était comme si rien de ce qu'Etta pouvait dire ou faire ne le mettait vraiment en colère.

— Et si tu nous faisais goûter ton gombo plutôt que de nous raconter de vieilles histoires ?

— Oh, Zippy. J'espère que je ne te mets pas mal à l'aise ? fit-elle mine de s'excuser.

Je réalisai soudain que je ne savais pas d'où venait le surnom qu'elle lui donnait : *Zippy*. Je pris une autre gorgée de mon deuxième verre de vin, et posai la question.

— Etta, pourquoi appelez-vous Gray « Zippy » ?

Aussitôt, Gray baissa les épaules et se prit la tête dans les mains.

— *Merde,* marmonna-t-il.

Il semblait avoir renoncé à essayer de faire taire Etta et se préparait à cette prochaine humiliation tandis qu'Etta jubilait à la perspective de me raconter l'histoire.

— C'était l'été, entre sa dernière année de maternelle et sa première année de primaire. Il faisait très chaud, mais Gray n'était pas du genre à rester à l'intérieur, près de la climatisation. Il passait son temps dehors, malgré les quarante degrés. Si bien que la chaleur a fini par lui causer des irritations... sur les testicules, précisa-t-elle à voix basse en s'approchant de moi.

— Oh, ce n'est pas vrai ! m'exclamai-je en réprimant un fou rire.

— Gray a alors décrété qu'il ne voulait plus porter de sous-vêtements. Compte tenu de la chaleur et de ses irritations, je ne l'ai pas contredit... Tout allait pour le mieux dans le meilleur des mondes, jusqu'à *l'incident de la fermeture Éclair*...

Je pouffai, et Etta se laissa aller elle aussi. Elle me raconta le reste de l'histoire entre deux éclats de rire.

— Un jour, il a voulu mettre un jean. Mais il n'était encore pas aussi adroit qu'aujourd'hui, ironisa-t-elle, et il s'est coincé la peau de sa troisième jambe.

Elle s'interrompit pour s'esclaffer.

— Je lui ai mis un pansement mais, heureusement, à cet âge-là, le sang n'afflue pas encore vers le sud. En tout cas, ce fut la fin de sa période nudiste ! Depuis, je l'appelle Zippy en souvenir de cet accident de zipper...

Bon joueur, Gray se mit à rire avec nous et me resservit un verre de vin.

— Bois ! me dit-il. Avec un peu de chance, tu ne te souviendras plus de rien demain matin...

— J'espère que ça n'arrivera pas ! répondis-je en essuyant les larmes qui coulaient sur mes joues.

Il se leva, et prit la bouteille désormais vide.

— J'aurais préféré que tu ne racontes pas cette histoire, Etta, mais, puisque c'est fait, il me semble que tu as oublié une partie de l'histoire, pourtant essentielle pour restaurer ma virilité...

Etta sourit d'un air entendu et se pencha vers moi.

— Il a probablement une petite cicatrice, mais, par Zeus, Gray était extrêmement bien équipé pour son âge... murmura-t-elle.

Je levai les yeux vers Gray, qui arborait un sourire lubrique. Me sentant rougir, je baissai le regard mais, comme il était debout devant moi, je tombai sur l'objet de la conversation et pus constater qu'Etta avait raison : Gray semblait particulièrement gâté par la nature. Morte de honte d'avoir de telles pensées, je me levai brusquement, et lui pris la bouteille vide des mains.

— Je vais aller la jeter, balbutiai-je, pour me donner une contenance.

Une fois dans la cuisine, je pris une minute pour reprendre mes esprits en regardant à travers la fenêtre, appuyée contre l'évier. J'étais perdue dans mes pensées lorsque je sentis la présence de Gray derrière moi.

Je ne me retournai pas lorsqu'il commença à parler.

— Quand j'étais à Otisville, commença-t-il d'une voix basse, il y avait des horaires pour tout, je ne pouvais rien faire de ce que je voulais. Mais ce qui m'a fait me sentir en prison par-dessus tout, c'était de ne pas pouvoir te toucher lorsque tu étais près de moi. Et je ne parle pas de sexe. J'aurais juste aimé pouvoir poser ma main sur la tienne au moment où, chaque semaine, le garde annonçait qu'il était l'heure que tu partes ; j'aurais aimé pouvoir caresser doucement ton bras pour attirer ton attention lorsque tu regardais quelqu'un d'autre ou autre chose que moi ; j'aurais aimé pouvoir pousser la mèche de cheveux qui barrait parfois ton visage et m'empêchait de te voir sourire.

Il fit une pause, et je restai immobile, fermant les yeux.

— Je suis libre maintenant, mais, au fond de moi, j'ai toujours l'impression d'être en prison.

Moi aussi, je me rappelais avoir souvent souhaité le toucher durant ces longs mois où le seul jour de la semaine que j'avais véritablement envie de vivre était le samedi. Et, pour être honnête, à présent, je désirais ardemment qu'il me touche. Je ne pouvais pas nier que j'étais toujours très attirée par lui ; la chaleur que je ressentais dans mon ventre alors qu'il n'était qu'à quelques centimètres de moi en était la preuve.

Finalement, je fis volte-face. Gray ne tenta pas de reculer et resta fermement ancré dans mon espace vital. Doucement, je relevai les yeux et plongeai mon regard dans le sien, qui était rivé sur moi. Je restai silencieuse une minute, puis me hasardai à lui poser une question qui me trottait dans la tête depuis qu'il était sorti de ma vie.

— Le jour de ma dernière visite, lorsque j'ai signé ta feuille de présence, j'ai remarqué qu'il y avait une autre signature au-dessus de la mienne. Je n'arrivais pas à lire le nom, mais dans la case « relation avec le détenu », il était écrit de manière très lisible : épouse. C'est comme ça que j'ai découvert que tu étais marié. Je connaissais bien tous les gardes à ce moment-là, et quand je leur ai demandé s'il s'agissait d'une erreur, ils m'ont dit que non, que c'était bien ta femme qui était passée, mais qu'elle n'était pas venue depuis un moment.

Je fis une pause, revivant la sensation que j'avais ressentie ce jour-là comme un coup de pied dans l'estomac.

— Pourquoi est-ce que Max t'a rendu visite si vous étiez déjà divorcés... ou que votre mariage avait été annulé ?

— Mon père avait perdu connaissance au bureau, répondit Gray en continuant de me regarder dans les yeux. Le lendemain, les médecins lui ont diagnostiqué un anévrisme cérébral inopérable. Un de ses amis a demandé à Max de me faire parvenir un message. Il ne savait pas ce qui s'était passé entre elle et moi. Elle est donc venue me parler. C'était la première fois que je la voyais depuis que je lui avais dit que je savais ce qu'elle avait fait et que je souhaitais faire annuler notre mariage. Lorsqu'elle est arrivée, je me suis demandé ce qui pouvait lui donner le courage de m'affronter en face. Elle est entrée dans la salle des visites. Je lui ai demandé de ne pas s'asseoir, de se dépêcher de me dire ce pour quoi elle était venue. « Ton père a un anévrisme cérébral. Il sera mort avant que tu ne sortes d'ici » m'a-t-elle annoncé froidement, avec un léger sourire. Puis elle s'est retournée, a quitté la pièce, et a disparu. Je ne l'ai jamais revue depuis.

Je regardai mes pieds.

— Donc, le jour qui a suivi la visite de la femme qui t'a volé trois ans de ta vie t'annonçant que ton père était en train de mourir, je t'ai demandé d'aller te faire voir et de sortir de ma vie ?

Je relevai la tête, et une mèche de cheveux tomba sur mon visage. Gray tendit le bras pour la repousser.

— Ce n'est pas ta faute, dit-il doucement. J'aurais dû être honnête avec toi à propos de Max, dès le début. Peut-être que tu m'aurais laissé t'expliquer pourquoi elle était venue, ce jour-là, si tu avais su ?

J'acquiesçai, mais le fait qu'il ne m'en veuille pas ne soulageait pas mon sentiment de culpabilité.

— Je suis tellement désolée, Gray…

Etta entra dans la cuisine. J'avais presque oublié qu'elle était là. Gray recula d'un pas.

— Navrée de vous interrompre, les enfants, mais, si je ne baisse pas le feu, le gombo va brûler, déclara-t-elle d'un ton enjoué en se dirigeant vers la cuisinière.

— Est-ce que je peux faire quelque chose pour vous aider, Etta ?

— Vous êtes mon invitée, ma chère. Allez vous asseoir ; Gray mettra la table.

Elle n'eut pas besoin de le dire à nouveau. Aussitôt, Gray prit les assiettes et les couverts qu'il trouva comme s'il était chez lui. De toute évidence, il connaissait cette maison par cœur, et cela me fit chaud au cœur. Un homme adulte qui aimait à ce point son ancienne nourrice ne pouvait qu'être fidèle. Et cela signifiait beaucoup plus pour moi que toute l'attirance qu'il y avait encore entre nous.

———

Je ne me souvenais pas d'avoir autant apprécié un repas. Le plat était divin, bien sûr, mais l'ambiance l'était encore plus. Pendant tout le dîner, Etta continua de raconter des anecdotes embarrassantes sur l'enfance de Gray, et nous l'écoutions en riant. Je n'avais jamais vu Gray aussi détendu. Il souriait ; son visage rayonnait de bonheur. Nos yeux se rencontraient parfois et, lorsque cela se produisait, je ne cherchais pas à détourner le regard. Je me sentais bien. Beaucoup mieux que je ne l'aurais voulu.

Lorsque Gray et moi débarrassâmes, Etta semblait fatiguée. Je regardai l'horloge et découvris avec stupéfaction que la soirée avait duré plusieurs heures. Je n'avais pas vu le temps passer !

— Je vais y aller. Cela fait plus de huit heures que je suis ici et Etta a l'air fatiguée...

— Je vais te raccompagner, déclara Gray.

Je pris ma veste et mon sac à main, et embrassai Etta sur les joues.

— Merci pour ce délicieux repas et votre merveilleuse compagnie, Etta. Je vais contacter mon ami du tribunal des infractions routières pour voir si nous pouvons faire quelque chose pour votre contravention, sans que vous ayez à comparaître.

— Merci, ma chérie. J'espère que vous reviendrez bientôt !

— Je vous le promets !

— Merci d'avoir été si gentille avec Etta, me dit Gray lorsque nous fûmes sur le porche.

— Ce fut un plaisir. Elle est vraiment géniale.

— C'est vrai. Elle est la meilleure chose que j'ai eue dans ma vie lorsque j'étais enfant. Aujourd'hui encore, d'ailleurs. Je crois qu'elle est la seule à avoir toujours cru en mon innocence. Je suis à peu près sûr que même mon propre père me croyait coupable. La première chose à laquelle j'ai pensé lorsque j'ai négocié ma peine, c'était que j'allais la laisser seule pendant trois ans.

— Tu ne l'as jamais laissée seule, le rassurai-je.

Gray me sourit sans me contredire, mais je voyais dans ses yeux qu'il n'était pas d'accord avec moi.

Nous marchâmes jusqu'à la rue dans laquelle ma voiture était garée. Je déverrouillai la porte et Gray l'ouvrit pour moi. J'attendis quelques secondes avant de monter, et le regardai. Je ne savais pas comment lui dire au revoir. Le prendre dans mes bras ? L'embrasser sur la joue ? Je ne pouvais décemment pas lui serrer la main...

— Layla... murmura-t-il, me sortant de mes pensées.

— Oui ?

— Tu déjeunes avec moi demain ?

— C'est un rendez-vous ? demandai-je, amusée.

— Appelle ça comme tu veux. J'ai juste envie de passer du temps avec toi...

Je baissai les yeux. J'avais conscience que je devais répondre, mais j'en étais incapable. Pourtant, sa proposition me tentait.

Vas-y, accepte !

Non, pense avec ta tête, Layla !

Mais ce n'est qu'un déjeuner !

Ce n'est jamais « juste » quelque chose avec cet homme.

Oui.

Non.

Oui.

Non, tu vas encore souffrir.

Pourquoi pas, après tout ? Il mérite une seconde chance.

Et Oliver ?

La main de Gray sur mon menton arrêta net mes hésitations. Je n'étais pas habituée à son toucher, ni à la façon dont mon corps réagissait à un geste aussi simple de sa part. Mon souffle s'accéléra. Mon cœur battait fort dans ma poitrine. Il releva doucement ma tête, me forçant à le regarder dans les yeux.

— Je sais ce que tu penses, Layla. Mais, je t'en prie, accorde-moi une seconde chance. Repartons de zéro.

Je le voulais... Je le voulais *vraiment*.

— Juste un déjeuner... ?

— Si c'est ce que tu veux, juste un déjeuner...

Je savais sans l'ombre d'un doute qu'accepter était la chose la plus stupide que je pouvais faire. Pourtant, c'est ce que je fis.

— Okay... Juste un déjeuner, alors.

Son visage s'illumina. On aurait dit un enfant découvrant ses cadeaux sous le sapin, le matin de Noël.

— Je passe te chercher chez toi à onze heures demain ?

— Ce n'est pas la peine. Je te retrouverai directement au restaurant.

Il eut un sourire narquois.

— Tu ne sais même pas où je compte t'emmener.

— Envoie-moi l'adresse par SMS, rétorquai-je.

Je commençai à monter dans ma voiture, mais Gray m'arrêta, me saisissant par le poignet. Il me regarda dans les yeux.

— Je te promets que tu n'es pas en train de faire une erreur.

Je n'en étais pas aussi sûre que lui, toutefois j'acquiesçai malgré tout d'un sourire.

Puis je montai dans ma voiture et démarrai. Je réussis à rouler correctement jusqu'au bout de la rue, mais, dès que je fus hors de la vue de Gray, je dus m'arrêter pour reprendre mon souffle. Je me garai le long du trottoir et appuyai ma tête sur le volant. Je venais d'accepter son invitation à déjeuner, et je me disais déjà que j'avais fait une erreur. À quoi avais-je pensé ? Je m'étais laissée guider par mes émotions, par cette même attirance pour lui qui m'avait fait faire n'importe quoi un an auparavant, lorsqu'il était en prison.

Cependant, cette fois, Gray était un homme libre. Plus de caméras, plus de gardes. Plus rien ne nous empêchait de faire ce que nous avions eu tant envie de faire à l'époque.

Chapitre 14

Gray

Je m'étais présenté devant un juge et avais accepté de passer trois années de ma vie dans un centre de détention fédéral, mais cela ne m'avait pas rendu aussi nerveux que je l'étais alors que je m'apprêtais à retrouver Layla. Peut-être était-ce parce que, avec la prison, je savais qu'il me suffirait de sortir pour être à nouveau un homme libre et pouvoir recommencer sur de nouvelles bases.

Avec Layla, les choses n'étaient pas aussi simples. Je savais que je n'aurais pas de seconde chance. Et je n'étais pas sûr d'être un jour libéré d'elle, même si elle ne voulait plus de moi.

J'arrivai quinze minutes en avance devant le Starbucks où je lui avais donné rendez-vous. Je m'installai à la table devant laquelle se trouvait une petite banquette – ainsi, elle serait obligée de s'asseoir tout près de moi.

Lorsqu'elle arriva, pile à l'heure, elle semblait aussi nerveuse que moi.

— Layla !

Elle s'approcha, et je me levai pour l'embrasser. L'odeur de sa peau me faisait un effet incroyable. J'avais l'impression de redevenir adolescent.

Je lui avais dit de s'habiller de manière décontractée pour l'endroit où je comptais l'emmener. Elle portait un jean, un tee-shirt bleu clair, et une paire de sandales à talons hauts nouées autour de la cheville par un ruban. Elle était divine, ses magnifiques cheveux bruns ondulés encadrant son beau visage. Je remarquai qu'elle n'avait pas mis de rouge à lèvres, comme à son habitude. Sa bouche avait sa couleur naturelle, et était simplement légèrement plus brillante. Mais ce fut son nez qui attira particulièrement mon regard.

— Tes taches de rousseur sont de retour, remarquai-je avec un large sourire.

Elle sembla troublée, et détourna le regard.

— Je ne me maquille pas le week-end, répondit-elle rapidement. Je vais prendre un café. Tu veux quelque chose ?

Je sortis deux grandes tasses de dessous la table et lui en tendis une.

— Latte à la vanille avec sirop de vanille en supplément.

Elle m'avait écrit, dans l'une de ses lettres, que c'était son café préféré.

— *Oh !* Merci ! s'exclama-t-elle, visiblement touchée.

La réservation que j'avais faite était dans une demi-heure, alors je lui fis signe de s'asseoir à côté de moi.

— Nous avons encore un peu de temps avant d'aller là où j'ai prévu de t'emmener...

— *Là où tu as prévu de m'emmener* ? Je pensais que nous allions rester ici. Tu m'as donné rendez-vous au Starbucks...

— C'est vrai. Je t'ai donné rendez-vous ici, mais je ne t'ai jamais dit que nous *resterions* ici...

— Et où allons-nous, demanda-t-elle d'un air intrigué.

— C'est un secret, répondis-je en souriant.

Elle se mordit la lèvre, ce qu'elle faisait à chaque fois qu'elle se sentait nerveuse, et but son café. Je ne pouvais pas m'empêcher de la dévisager.

— Tu peux arrêter ?

— Arrêter quoi ?

— De me fixer comme ça. C'est assez flippant !

— Je suis désolé, m'excusai-je, en regardant ma tasse. Alors, raconte-moi ce qui s'est passé dans ta vie au cours de cette dernière année, lui demandai-je en gardant ostensiblement les yeux rivés sur mon mug.

Elle rit et me donna un coup de coude dans le bras.

— Arrête ! tu sais très bien ce que je veux dire !

Je la regardai à nouveau.

— C'est vrai, admis-je. Tu veux que j'agisse comme si tu n'étais pas la seule chose à laquelle je pense toute la journée, et que je dois lutter de toutes mes forces pour ne pas t'embrasser dès que je te vois ?

Layla me regarda en souriant timidement. Je remarquai que son souffle se fit plus court, malgré le fait qu'elle tente de dissimuler l'effet que j'avais sur elle. Elle finit par détourner les yeux.

— J'ai fait une liste, tu sais.

Je bus une gorgée de mon café, sachant exactement ce qu'elle voulait dire. Tout devait être analysé en profondeur.

— Alors, quel est le résultat ?

— Avantages... commença-t-elle en souriant. Attends que je me souvienne... Je ne devrais pas avoir de mal, il n'y en avait pas beaucoup ! plaisanta-t-elle.

— Je suis sûr que tu en as oublié plein ! C'est pour ça que c'est important que nous passions du temps ensemble aujourd'hui. Je veux que tu puisses te rendre compte par toi-même de tous ces avantages dont tu ne te souvenais plus.

— Peut-être que je vais découvrir plein d'inconvénients auxquels je n'avais pas pensé, suggéra-t-elle, espiègle.

— Je suis confiant. Ça n'arrivera pas !

— Tu es tellement arrogant ! s'exclama-t-elle en riant et en levant les yeux au ciel.

— Mais c'est une qualité, non ? lançai-je avec un clin d'œil.

— Rappelle-moi de rajouter *pervers* à côté d'*escroc* dans la liste des inconvénients...

Je me penchai plus près d'elle.

— À la fin de cette journée, tu verras que tous mes défauts te sembleront être des avantages.

— Est-ce que nous pouvons avoir une conversation normale à nouveau ?

— À nouveau ? Parce que nous avons déjà eu une conversation normale ?

— Un point pour toi, admit-elle en soupirant.

— Je plaisantais, Layla. J'ai adoré chacune de nos discussions. Tu es très belle, mais ce n'est pas ça que je préfère chez toi. Avec toi, les choses sont différentes. Et j'ai très envie de retrouver cette connexion qu'il y a toujours eu entre nous.

Elle me regarda sans que je sache ce qu'elle pensait au fond d'elle. Je la sentais encore hésitante.

— Est-ce que ça te rassurerait si je te disais que tu me fais peur aussi ?

Elle ne répondit rien et but une gorgée de café.

Je remarquai une femme assise à côté de nous en train de nous regarder.

— C'est une amie à toi ? demandai-je à Layla en la désignant discrètement.

Elle se retourna et, aussitôt, son visage et sa posture changèrent. C'était comme si elle avait envie de disparaître.

La femme fit un signe de la main et Layla lui en fit un en retour, hésitant.

— Merde ! siffla-t-elle en se tournant à nouveau vers moi.

— C'est quelqu'un que tu ne veux pas voir ?

— C'est ma demi-sœur.

— La fille de ton père ?

— Oui.

— Elle vit à New York ?

— Elle s'est installée ici il y a quelques mois. Elle n'arrête pas de m'appeler pour que l'on se voie, comme si nous étions de vraies sœurs et les meilleures amies du monde...

Je jetai un coup d'œil à la femme qui était en train de marcher vers nous avec son café.

— Ne te retourne pas, mais ta meilleure amie est en train d'arriver, murmurai-je.

— Layla ! lança la femme d'une voix aussi irritante qu'aiguë. Quel plaisir de te voir enfin ! Je t'ai laissé plusieurs messages ; je commençais à me dire que tu m'évitais...

— Je suis désolée, j'ai été très occupée, mentit Layla. Je travaille même les week-ends, ajouta-t-elle en me désignant d'un geste de la main. Comme tu le vois, je suis en pleine réunion avec un client.

— Oh ! fit l'autre en me regardant avec convoitise. On peut dire que tu as de la chance...

— Mais j'ai été ravie de te voir, répondit Layla presque sèchement, pour lui faire comprendre qu'il était temps de partir et, je l'espérai, un peu par jalousie.

— Moi aussi ! Je dîne avec papa le week-end prochain. Tu pourrais te joindre à nous ? Ça lui ferait tellement plaisir !

Layla feignit la déception comme une actrice hollywoodienne.

— Oh, non... Quel dommage ! Je ne serai pas à New York le week-end prochain.

— Dommage, en effet, répondit l'autre. Une prochaine fois, dans ce cas ?

Elle me lança un autre regard, puis comprit qu'elle était de trop.

— Bon, eh bien, je vais vous laisser travailler. On s'appelle ?

— On s'appelle ! confirma Layla. Prends soin de toi !

L'autre se baissa pour embrasser Layla sans lui toucher les joues, dans un baiser aérien ridicule. Elle me regarda ensuite une dernière fois avec un sourire, puis partit.

— Je ne sais pas où nous allons, mais j'espère qu'il y aura de l'alcool, dit Layla lorsque sa demi-sœur fut suffisamment éloignée.

— Il y aura bien mieux ! déclarai-je. Je suis sûr que tu vas adorer. Je te promets que tu vas oublier ta famille, et que tu n'auras pas la gueule de bois demain.

Elle me regarda d'un air dubitatif.

— Je ne sais pas si je dois te faire confiance...

— Je t'assure que tu peux, répondis-je avec un clin d'œil.

Je regardai ma montre.

— D'ailleurs, il est l'heure d'y aller. Tu me suis ?

Elle me regarda, hésitant à mettre sa main dans celle que je lui tendais. Elle finit par le faire.

C'est un petit progrès, mais un progrès quand même.

Nous remontâmes la rue main dans la main. J'étais sur le point de lui dire où nous allions pour la rassurer, mais elle me devança.

— Elle est vraiment gentille, dit-elle. Je culpabilise de refuser de la voir. Mais je me sens incapable de passer du temps avec elle.

— C'est compréhensible. Elle n'y peut rien mais elle te rappelle une situation qui t'a fait souffrir.

— Mais pourquoi elle ne semble pas gênée de me voir ? Elle devrait pourtant ressentir la même chose que moi, non ? J'ai l'impression que c'est moi qui ai un problème...

— Tout le monde ne gère pas les choses douloureuses de la même manière, la rassurai-je.

J'hésitai à partager avec elle l'exemple auquel je pensai immédiatement. Je décidai de le faire.

— Regarde ce que j'ai fait avec Max, par exemple. Quand tu m'as posé la question, j'aurais pu tout simplement te dire que j'avais été marié et que le mariage avait été annulé. Mais je n'admettais pas moi-même cet épisode de ma vie. J'étais gêné alors que je n'avais rien fait de mal. Je suppose que toi aussi, quelque part, tu es mal à l'aise avec ce qu'a fait ton père, alors que tu n'y es pour rien...

Elle acquiesça.

— Ouais. Depuis toutes ces années, seule Quinn connaît la vérité sur ma situation familiale. Et, si je suis honnête, je n'avais même jamais prévu de lui dire. Mais, le jour de mon seizième anniversaire, le vol de mon père a été annulé et il n'a pas pu être avec moi. J'étais très triste qu'il soit avec son autre famille, ce jour-là. Quinn et moi nous sommes saoulées et j'ai fini par tout lui raconter. Je savais ce qui se passait depuis des années, mais je n'en avais jamais parlé, à personne.

— Tu sais ce que me disait toujours Etta quand j'étais petit ? « Apprends des erreurs des autres ». Je n'arrête pas de me le répéter en ce moment.

Je m'arrêtai devant le refuge pour animaux.

— Nous sommes arrivés ! déclarai-je.

— Où ça ? s'étonna-t-elle en regardant autour d'elle.

Lorsqu'enfin elle découvrit l'écriteau qui était sur le mur du bâtiment en brique : *Refuge pour animaux de New York City*, son regard s'illumina.

— C'est ici ?

— Exactement. Je voudrais te présenter quelqu'un...

— Oh mon Dieu ! s'exclama Layla en riant et en basculant en arrière.

Comme la première fois que j'avais rencontré Coccinelle, il s'était d'abord montré timide et hésitant envers Layla, puis, après l'avoir reniflé quelques secondes et décidé qu'elle lui plaisait, il lui avait sauté au cou. Il lui lécha le visage, avec un tel enthousiasme qu'il la fit tomber.

— Oh là ! Doucement, mon garçon ! lançai-je en le prenant par le collier, comme l'avait fait la bénévole. Je sais qu'elle sent bon, mais là ça devient presque gênant. Et, puis, pour toute te dire, je suis un peu jaloux...

Layla leva les yeux au ciel en souriant, tandis que je l'aidai à se relever. Elle resta accroupie à côté de moi, tandis que Coccinelle tournait enfin son attention vers moi.

— Ah… Voilà ! Enfin tu t'intéresses à moi, le taquinai-je en lui caressant la tête énergiquement.

Layla me regarda avec de grands yeux, visiblement amusée.

— Quand tu disais que tu étais un peu jaloux, je pensais que c'était du chien. Mais je comprends maintenant que c'était de moi…

— Si tu me lèches le visage, je te promets que j'oublie le chien !

Layla était en train d'éclater de rire lorsque la bénévole vint nous prévenir que le système Wi-Fi du refuge était en panne et qu'ils auraient un peu de retard dans la préparation des documents d'adoption de Coccinelle. J'étais prêt à rester toute la journée dans ce refuge lugubre juste pour voir Layla sourire. Elle avait l'air si heureuse et insouciante !

Coccinelle reprit sa vieille chaussure dans la gueule. Je supposai que j'allais devoir accepter cette vieille godasse chez moi, désormais. Layla, qui ne connaissait pas la provenance de cette chaussure, tenta de la lui prendre, tandis que Coccinelle résistait joyeusement, en remuant la queue.

— Ils n'ont que ça, comme jouets ? s'étonna-t-elle. Je ne sais pas combien te coûte l'adoption, mais tu pourrais doubler le prix pour leur permettre d'acheter des jouets neufs…

Mon Dieu, qu'elle est belle !

— C'est la chaussure de son ancien propriétaire. C'est une triste histoire. Il est mort... lui appris-je en caressant le dos du chien. Et ce petit gars est resté seul avec son propriétaire mort plusieurs jours, continuai-je. Il a eu quelques ennuis avec un pot de colle ; c'est pour ça qu'il est entièrement rasé. En tout cas, je crois que je ne vais pas pouvoir faire autrement que d'accepter cette vieille chaussure dans mon appartement !

— Oh, pauvre bébé !

Layla relâcha la chaussure et prit Coccinelle dans ses bras. J'eus l'impression que le chien, blotti contre la poitrine de la femme que je convoitais, me lançait un regard vainqueur en souriant. Mais peut-être l'avais-je imaginé.

— J'avais un chien quand j'étais petite, déclara-t-elle.

— Je sais. C'est même pour lui que tu as commencé à faire des listes. Si je me souviens bien, c'était un bâtard que tu avais appelé Muffin.

— Tu te souviens du nom de mon chien ?

Elle semblait estomaquée.

— Oui... Pourquoi ? Ça te fait peur ?

Elle me regarda avec un sourire hésitant.

— Peut-être un peu...

Dix minutes plus tard, Carol, la bénévole qui nous avait aidés à notre arrivée, nous rejoignit dans le parc.

— On dirait que le chien a adopté Madame ! lança-t-elle.

Layla ouvrit la bouche pour la corriger et lui dire que nous n'étions pas ensemble, mais je l'en empêchai.

— Disons qu'il a bon goût ! plaisantai-je.

Ma prétendue femme me lança un regard noir, auquel je répondis par un clin d'œil amusé.

— Les papiers sont prêts, nous informa Carol. Désolée pour l'attente. Il y a quelques formulaires à signer, puis vous pourrez y aller.

Ravi, j'attrapai Coccinelle par le collier et aidai Layla à se relever.

— Je suis juste à côté. Venez quand vous voulez, ajouta Carol. N'oubliez pas la chaussure de Coccinelle ! plaisanta-t-elle.

Layla, qui était en train de retirer les poils de son pull, et qui n'avait pas encore entendu le nom du chien, releva immédiatement la tête.

— Qu'est-ce qu'elle vient de dire ?

— Elle a dit qu'elle était juste à côté et que nous pouvions prendre notre temps.

— Mais après ça ? me pressa-t-elle.

— Elle nous a rappelé de ne pas oublier la vieille chaussure...

— Oui, et comment a-t-elle appelé le chien ?

— Par son nom...

Je prenais un malin plaisir à ménager la surprise.

— Comment s'appelle le chien, Westbrook ? s'agaça-t-elle.

— Coccinelle, répondis-je enfin en souriant.

— Il s'appelait déjà comme ça ou c'est toi qui lui as donné ce nom ?

— Il s'appelait déjà comme ça. Regarde son museau : il est couvert de taches de rousseur.

Layla regarda le chien avec un large sourire.

Je lui pris la main et la guidai vers le bureau de la bénévole. Je m'arrêtai avant de franchir la porte.

— On dirait que les Coccinelles me portent chance, murmurai-je en la regardant dans les yeux.

Chapitre 15

Gray

Je n'avais pas envie que la journée se termine, mais, après un passage à l'animalerie à côté du refuge pour faire le plein d'affaires nécessaires, Coccinelle me fit comprendre qu'il était prêt à rentrer à la maison. Tandis que nous étions dans la queue de la caisse, il s'allongea par terre, visiblement épuisé.

Enfin, ce fut notre tour. Layla déposa sur le tapis roulant les gamelles qu'elle avait dans les mains, et j'y joignis un énorme sac de croquettes, des paquets de biscuits, des bâtons à mâcher, et une chaussure en plastique qui, je le savais déjà, allait vite me rendre dingue à force de couiner.

Layla regarda Coccinelle qui était en train de bâiller.

—J'ai l'impression que tu as choisi un chien paresseux, déclara-t-elle avec un sourire amusé.

— Mais je l'adore déjà ! répliquai-je. Ça doit être à cause de son nom !

Je payai mes achats, et Layla m'aida à récupérer les affaires.

— Je ne voudrais pas abuser, mais je risque d'avoir besoin d'aide pour ramener tout ce fatras chez moi, déclarai-je avec un air faussement désolé, lorsque nous fûmes sortis de la boutique.

— Tu pourrais attacher les sacs à ta ceinture et rentrer seul comme un mulet, plaisanta-t-elle. Tu as Coccinelle, en plus ! Moi, il faudrait que je passe au bureau quelques heures...

— Ou alors, répliquai-je en souriant, tu pourrais rentrer à la maison avec moi et me laisser essayer de t'impressionner avec la vue depuis mon salon.

— Si j'accepte de t'aider, tu me promets de bien te comporter ?

— Je te le promets ! En revanche, ajoutai-je en regardant mon nouveau chien, je ne peux pas parler pour Coccinelle. On dirait que je ne suis pas le seul à vouloir te faire des câlins...

— N'importe quoi ! rit-elle. Allons-y, avant que je change d'avis !

———

Mes mains transpiraient lorsque j'ouvris la porte d'entrée de mon appartement. Je ne savais pas pourquoi. J'habitais dans un grand logement, plutôt luxueux, avec des vues spectaculaires sur la ville. Et, avant ma relation désastreuse avec Max, j'étais habitué à séduire les femmes. Mais, avec Layla, tout me semblait important.

Le coucher de soleil était magnifique ; je n'aurais pas pu rêver mieux. Le salon était baigné de couleurs chaleureuses – un mélange d'orange, de jaune, de violet et de rose, le tout sur un fond bleu qui annonçait la venue prochaine de la nuit. Manhattan ressemblait à une princesse prête à sombrer dans les bras de Morphée.

— C'est magnifique ! s'exclama Layla en rejoignant la grande baie vitrée du salon. Quand tu m'as dit que tu avais une vue superbe, j'ai cru que c'était pour m'attirer chez toi, ajouta-t-elle avec un léger sourire.

Je la rejoignis, me tenant derrière elle. J'étais si près que je sentais le parfum de ses cheveux. Je mourais d'envie de les mettre sur un côté et de l'embrasser dans le cou. Je me contentai pourtant de contempler avec elle le merveilleux spectacle, en silence, pendant de longues secondes.

— Ça a dû te manquer ? finit-elle par dire.

— Tu n'imagines pas à quel point, murmurai-je en regardant ses cheveux.

C'était elle, surtout qui m'avait manqué. Plus que la vue de Manhattan. Je me sentais prêt à succomber, mais je me ressaisis. Ce n'était pas le moment de tout gâcher.

— Je vais donner de l'eau à Coccinelle, déclarai-je. Tu veux un verre de vin ?

— Volontiers !

Elle resta devant la fenêtre pendant que je remplissais le nouveau bol de Coccinelle et ouvrais une bouteille. La nuit tomba rapidement et, au moment où je la rejoignis, la lumière du jour avait presque totalement disparu.

— Quand j'étais petite et que les gens me demandaient ma couleur préférée, je répondais toujours « l'arc-en-ciel ». Je trouvais que toutes les couleurs étaient magnifiques et je n'arrivais pas à en choisir une seule. Je crois que je sais enfin ce que je répondrais si on me posait la question aujourd'hui.

— Alors, quelle est ta couleur préférée ? lui demandai-je en lui tendant un verre de vin.

Elle se tourna vers moi et le prit en souriant.

— Le coucher du soleil... C'est ça, ma nouvelle couleur préférée.

Je la regardai en souriant un instant, charmé par sa poésie.

— Viens. Je vais te montrer la vue de ma chambre avant qu'il ne fasse complètement noir. C'est différent, mais tout aussi beau.

— Même si c'était la même vue, j'aurais envie de la voir ! lança-t-elle avec une curiosité non dissimulée.

Je lui pris la main et la guidai jusqu'à ma chambre.

— Non mais c'est dingue ! s'extasia-t-elle en entrant.

Les deux fenêtres de ma chambre étaient plus petites que la baie vitrée du salon, mais donnaient sur la rivière Hudson, dans laquelle se reflétaient, à ce moment-là, les derniers rayons du soleil et les lumières de la ville qui commençaient à s'allumer.

— Tu as des vues splendides ! Si je vivais ici, je crois que je n'aurais plus jamais envie de partir !

— Si ce n'est que ça, je pense qu'on peut s'arranger... lançai-je avec un clin d'œil.

Tout comme nous l'avions fait dans le salon, nous restâmes un moment devant les fenêtres de la chambre, à contempler la vue. Je ne sais pas combien de temps s'était écoulé, mais, lorsque Layla se tourna vers moi, la nuit était complètement tombée, plongeant le ciel dans le noir le plus total.

— Qu'est-ce qui t'a le plus manqué ? me demanda-t-elle de but en blanc.

Avant que je puisse répondre, elle leva un doigt et précisa sa question.

— Et tu n'as pas le droit de dire que c'est moi !

Je réfléchis un instant.

— Le fait de vouloir du temps pour ralentir, peut-être.

— Comment ça ?

— J'avais toujours hâte que les journées se terminent. C'est comme si j'avais jeté un pan entier de ma vie par les fenêtres. Quand tu as envie de pouvoir t'arrêter un peu, c'est que tu vis, que tu fais des choses. Ça, ça m'a manqué.

— Je ne suis pas sûre de comprendre...

— Quand nous regardions le coucher de soleil dans le salon, tu ne t'es pas dit que ce serait bien que ce moment dure longtemps, que tu aimerais pouvoir ralentir le temps pour en profiter davantage ?

— Si, en effet. C'est exactement ce que je me suis dit...

— Voilà. Eh bien, tu vois, c'est ça qui m'a manqué. Toutes ces choses importantes pour moi, que j'aime tellement que je voudrais qu'elles durent toujours plus longtemps.

— Très bonne réponse, me dit-elle en me regardant dans les yeux. Je suppose que cela peut s'appliquer à beaucoup de choses différentes : un coucher de soleil, un moment avec une personne que tu aimes, une chanson, un arc-en-ciel...

Je faillis lui dire que le moment que nous étions en train de vivre, elle et moi, était exactement le genre de choses auxquelles je pensais, mais je m'abstins. Je ne voulais pas lui faire peur.

Tandis que nous continuions à regarder la nuit, dans ma chambre, dans le noir, en buvant notre verre de vin en silence, je sentais une tension s'installer entre nous ; une sorte d'attirance qui nous rapprochait inexorablement.

J'avais terriblement envie d'elle. J'imaginais lui faire l'amour partout dans mon appartement, comme une sorte de baptême : contre les fenêtres du salon, pendant qu'elle regarderait la ville endormie ; dans ma chambre, à quatre pattes, devant le lever du soleil. Sur le comptoir de la cuisine. Dans la douche. Par terre, face à la cheminée de la salle à manger. Sur mon bureau, dans la chambre d'amis...

La voix de Layla me ramena à la réalité.

— À quoi est-ce que tu penses ? Tu as l'air dans la lune...

— Je ne suis pas sûr de pouvoir te le dire, répondis-je en buvant une gorgée de vin.

— Pourquoi pas ?

Elle me regardait en penchant la tête sur le côté, ses yeux verts plongés dans les miens.

— Parce que je me suis promis de ne plus jamais te mentir.

— Pourquoi devrais-tu me mentir ?

Je soutins son regard un instant, puis regardai le lit pour lui faire comprendre où se situaient mes pensées.

— Je vois... murmura-t-elle.

La tension entre nous s'intensifia soudainement. En l'espace de seulement quelques secondes, l'air devint plus épais. Aucun de nous ne semblait vouloir quitter la chambre. Elle baissa le regard, mais j'entendais sa respiration devenir plus forte. Lorsqu'elle releva les yeux vers moi, je dus lutter pour ne pas perdre le contrôle. Elle était tellement belle. Tellement sexy. Tellement près de moi, dans ma chambre...

Mais je me sentais incapable de faire le premier pas, même si j'aurais donné n'importe quoi pour poser mes lèvres sur les siennes, embrasser son cou, l'entendre gémir doucement sous mes caresses. Je n'avais jamais oublié le son de ses doux gémissements...

— Dis-moi à quoi tu pensais.

Sa voix était si basse que je crus presque avoir rêvé.

— Tu ne m'en voudras pas ?

Elle fit non de la tête, en me regardant dans les yeux et en mordillant sa lèvre inférieure.

— J'imaginais me réveiller à côté de toi, devant le lever du soleil et ses reflets dorés sur la rivière et les immeubles de la ville.

Je fis une pause pour lui permettre de couper court à mes divagations, mais elle ne le fit pas. Au contraire, elle semblait vouloir que je continue.

— Tu serais à quatre pattes, au milieu de mon lit, pendant que je te baiserais par derrière, lentement, en regardant le soleil se lever.

Ses lèvres s'entrouvrirent, mais aucun son ne sortit de sa bouche. Je pris cela comme le signe que je pouvais continuer.

— J'ai envie de te prendre contre la vitre du salon pour que toute la ville sache que tu es à moi.

Son souffle devint plus court.

— J'ai envie de t'asseoir sur le comptoir de la cuisine, d'écarter tes jambes, et de te dévorer, à l'heure du petit-déjeuner.

— Gray...

Un tintement attira notre attention. Nous nous retournâmes et découvrîmes Coccinelle dans l'embrasure de la porte. Il nous regarda un instant puis jugea qu'il pouvait entrer. Sa vieille chaussure entre les dents, il sauta sur mon lit, puis, après quelques cercles sur lui-même, se laissa tomber au milieu du matelas.

Sa présence amusante rompit le charme entre nous.

Ce n'était peut-être pas une si bonne idée que ça de prendre un chien, pensai-je.

Layla le regardait avec un large sourire. J'eus le sentiment qu'elle était presque soulagée par cette interruption. Elle se dirigea vers le lit et s'assit à côté de lui, tandis que je restais près de la fenêtre et les regardais tous les deux, attendri.

— Salut, ma beauté ! murmura-t-elle en lui caressant la tête. Comment tu trouves ta nouvelle maison ?

Coccinelle sentit la main de Layla, puis frotta sa tête contre elle, allant même jusqu'à lui donner quelques coups de langue, avant de lui sauter dessus dans un élan d'affection. Layla éclata de rire lorsqu'il lui lécha le visage, puis se laissa tomber sur mon lit.

Plutôt que de la délivrer de Coccinelle, comme je l'avais fait au refuge, je pris le temps de l'observer, de loin. Ses cheveux bruns étaient étalés sur ma couette. Son visage souriant était beau, insouciant. Elle paraissait presque irréelle.

Finalement, je me dirigeai vers eux pour tirer sur le collier de Coccinelle.

— Okay, mon pote. Vas-y doucement, quand même. Il faut en laisser un peu pour moi...

Le chien l'ayant enfin libérée, Layla se rassit avec un sourire éclatant et essuya la bave de son visage.

Je la regardai fixement, incapable de la quitter des yeux.

— Quoi ? me demanda-t-elle en passant ses mains dans ses cheveux et en remettant son tee-shirt correctement. Mon maquillage a coulé ?

Je fis non de la tête.

— Tu te souviens de ce que tu m'as demandé tout à l'heure ? Ce qui m'avait le plus manqué ?

— Oui...

Je la regardai dans les yeux avant de reprendre.

— Ce sont ces moments qui m'ont manqué. Comme te regarder partager un moment de complicité avec mon chien.

— Il est adorable, répondit-elle avec un regard empli de tendresse.

— Comme son propriétaire ?

— Ça dépend des moments, rétorqua-t-elle en souriant.

Elle regarda autour d'elle et sembla réaliser tout à coup que la pièce était plongée dans la pénombre.

— Nous devrions retourner au salon, suggéra-t-elle. Mais merci beaucoup de m'avoir fait découvrir ta magnifique vue.

— Ma vue est ta vue. Tu peux venir l'admirer autant que tu veux, du coucher du soleil jusqu'à son lever...

Elle rit et je la suivis dans la cuisine, profitant de la vue qu'à son tour elle m'offrait sur son cul de reine. Lorsqu'elle se tourna vers moi, elle vit mon regard mais ne me fit aucune remarque.

— Je peux utiliser ta salle de bain ?

— Bien sûr. Il y en a même une dans la chambre, si tu veux.

— Celle du couloir ira très bien, merci !

Lorsqu'elle disparut, Coccinelle se mit à gratter la porte d'entrée de l'appartement.

— Tu veux aller faire un tour, mon pote ?

Il me répondit en remuant joyeusement la queue et en tirant la langue.

— Okay, je vais prendre ça pour un oui...

Layla réapparut dans la cuisine pendant que j'étais en train d'essayer d'attacher la laisse au collier de Coccinelle.

— Je crois qu'il a envie d'aller se promener, l'informai-je.

— C'est génial qu'il te le fasse comprendre si rapidement, s'extasia-t-elle. Avec le chien que j'avais quand j'étais petite, il nous a fallu des mois pour le dresser et lui apprendre ce genre de choses. Je suppose que l'ancien propriétaire de Coccinelle l'avait dressé. Mais quand même, tu as de la chance de ne pas avoir à vivre ça...

— Attends-nous ici, si tu veux, lui proposai-je. Sers-toi un autre verre en attendant ; je n'en ai pas pour longtemps...

— C'est gentil, mais je crois que je vais y aller, répondit-elle en se dirigeant vers son sac à main.

Nous avions passé toute la journée ensemble, mais, malgré cela, je n'avais aucune envie de la voir partir.

— Tu es sûre ? Je connais un super restau italien dans le quartier. Je peux les appeler pour commander ou pour réserver une table, si tu veux ?

— Merci, Gray. Mais je crois vraiment qu'il vaut mieux que je rentre. J'ai beaucoup de travail à faire...

Aucun de nous ne dit un mot tandis que nous nous dirigions vers l'ascenseur. Dès que nous fûmes dans la rue, Coccinelle m'entraîna vers un arbre pour se soulager.

— Décidément, ton chien est magnifiquement élevé, rit Layla.

— C'est vrai que j'ai l'impression d'avoir eu de la chance !

Elle me regarda en souriant, puis baissa les yeux.

— Merci pour aujourd'hui. J'ai vraiment passé une excellente journée.

Je ne pouvais pas la laisser partir sans tenter ma chance une dernière fois.

Je tendis ma main vers son visage, et relevai son menton.

— Je t'en prie, laisse-moi t'emmener dîner cette semaine. Accorde-moi un vrai rendez-vous, l'implorai-je en plongeant mes pupilles dans le siennes.

Soutenant mon regard, elle hésita quelques secondes en mordillant sa lèvre inférieure.

— Je voudrais que nous allions lentement, Gray, dit-elle finalement en détournant les yeux.

— Aucun problème ! Lentement me va très bien ! m'enthousiasmai-je.

Elle me regarda à nouveau en riant. Malgré ce que je pouvais dire, il était évident que la lenteur n'était pas mon fort, mais que j'étais prêt à n'importe quoi tant que cela me permettait de rester avec elle.

— J'espère que je ne le regretterai pas, finit-elle par dire en secouant doucement la tête.

Mon visage s'illumina.

— C'est un oui ? lui demandai-je avec un sourire qui me barrait le visage.

— Oui. Oui, c'est un oui ! répondit-elle, visiblement amusée de me voir aussi enthousiaste. Mais ce n'est qu'un dîner, Gray. On va lentement, d'accord ? me prévint-elle en levant un doigt.

J'enroulai un bras autour de sa taille et l'attirai vers moi.

— Aucun problème, répétai-je. *Lentement*, c'est parfait !

— Je croyais que tu ne voulais plus me mentir, dit-elle en plissant les yeux.

— C'est vrai ! Je ne dis pas que je *veux* aller lentement. Mais je *peux* aller lentement. Et je suis prêt à le faire s'il le faut.

Elle me regarda en souriant et posa une main sur ma poitrine, comme pour me signifier de maintenir une certaine distance.

— J'ai des choses à faire ces prochains jours. Mais appelle-moi dans la semaine !

— D'accord ! Est-ce que j'ai le droit de te prendre dans mes bras avant que tu partes ?

Elle rit encore.

— Si tu veux, concéda-t-elle.

Je l'attirai contre moi et enfouis mon visage dans ses cheveux. Elle sentait tellement bon.

— Tu n'as aucune idée à quel point tu viens de me rendre heureux.

— Hum... Si ce que je sens sur ma hanche est ce que je pense, je crois que j'ai une petite idée...

Nous rîmes ensemble et, même si je n'avais aucune envie de la laisser partir, je desserrai mon étreinte. Je gardai toutefois sa main dans la mienne, et la fixai une dernière fois. Elle soutint mon regard en souriant.

Puis, doucement, elle retira sa main de la mienne et s'éloigna.

Chapitre 16

Layla

— Enfin, je te vois ! lança Oliver en entrant dans mon bureau, mercredi matin, avec son sourire habituel.

Le lundi, il avait été au tribunal toute la journée, et le mardi, j'étais allée voir un client dans le New Jersey et n'étais rentrée que le soir, sans même avoir eu le temps de repasser par le bureau. Nous ne nous étions donc pas encore vus de la semaine, ayant simplement échangé quelques SMS.

Il m'avait invitée à dîner le mercredi soir. Je lui avais dit que ce n'était pas possible, mais lui avait proposé un déjeuner à la place. Je m'étais dit que ce serait plus facile de rompre lors d'un déjeuner. C'était plus rapide qu'un dîner – or, je voulais être claire avec lui le plus tôt possible, afin de pouvoir revoir Gray et être libre de m'engager dans une relation avec lui. Même si Oliver et moi n'avions jamais parlé d'exclusivité, je lui devais d'être honnête.

Mon téléphone bipa. Heureusement, il était retourné. Je savais que c'était Gray qui m'écrivait à nouveau, et je ne voulais pas faire de peine à Oliver. C'était un homme formidable, il ne le méritait pas. Parfois, même, je me disais que ma vie avec lui aurait été plus facile qu'avec

Gray. Mais je ne pouvais lutter contre mes sentiments, même avec les meilleures raisons du monde.

— Pour tout te dire, je suis moi-même surprise d'avoir réussi à passer au bureau aujourd'hui ! déclarai-je en fermant le dossier que j'étais en train d'étudier. Monsieur Kwan m'a tenu la grappe jusqu'à huit heures hier soir...

Le Groupe Kwan était l'un des rares clients qu'Oliver et moi avions en commun. Ils avaient recours à presque tous les départements de notre cabinet.

— Il était avec Jin Me ou Song ? s'enquit Oliver.

— Jin Me. Qui est Song ?

— Sa femme, m'apprit-il avec un petit sourire narquois.

— Il est marié ? Je ne savais pas du tout. Au début, je croyais que Jin Me était sa fille. Elle a environ trente ans, et lui en a plus de soixante... J'ai été très surprise quand elle a posé sa main sur sa cuisse.

— Guy est un vrai Don Juan, plaisanta Oliver. Je l'ai comme client depuis mes débuts en tant qu'avocat. Je peux te dire que j'en ai vu passer, des Jin Me...

— C'est fou... Je n'aurais jamais imaginé ça de lui !

— Ce sont toujours ceux qu'on soupçonne le moins qui en font le plus.

Je savais qu'Oliver ne disait pas ça pour moi, mais je ne pus m'empêcher de me sentir coupable d'avoir passé du temps avec Gray.

— Tu as peut-être raison... Bon, je dois passer un coup de fil. On déjeune ensemble ? À treize heures ? proposai-je.

— Le Grec ?

— Super ! répondis-je en me forçant à sourire. À tout à l'heure !

Après qu'Oliver eut quitté mon bureau, je regardai par la fenêtre un moment. Je savais que rompre avec lui était la meilleure chose à faire – et cela n'avait rien à voir avec Gray. Si j'avais réellement aimé Oliver, je n'aurais pas été prête à le quitter si facilement. Malgré tout, il n'était jamais facile de faire du mal à quelqu'un ; encore moins à une personne aussi adorable que lui.

Mon téléphone bipa à nouveau, me sortant de ma rêverie. Comme je m'y attendais, c'était Gray. Tout comme le SMS précédent, qu'il m'avait envoyé lorsqu'Oliver était dans mon bureau et que je n'avais pas encore consulté.

Gray : Je m'envole pour Chicago ce soir pour une réunion tôt demain matin. Un investissement potentiel dans une boîte de technologie. On déjeune ensemble aujourd'hui ?

Layla : Désolée. Impossible pour moi aujourd'hui. Je suis déjà prise pour le déjeuner.

Je relus mon message avant de l'envoyer, et décidai de le modifier.

Layla : Désolée. Je ne peux pas aujourd'hui. J'ai déjà quelque chose de prévu pour le déjeuner.

Gray : Tu ne peux pas reporter ? Je comptais t'emmener dans un restaurant français qu'ouvre l'un de mes amis dans l'Uptown. Il organise un déjeuner d'ouverture – chaque plat en portion miniature – pour faire découvrir sa cuisine.

Je réfléchis quelques minutes à ma réponse, puis décidai finalement de lui dire la vérité.

Layla : Je déjeune avec Oliver aujourd'hui.

Archibald Pittman entra dans mon bureau au moment où j'envoyais le message et m'apprêtais à en rédiger un second pour lui expliquer la raison de mon déjeuner. Je posai aussitôt mon téléphone. Chacune de ses visites me rendait nerveuse.

— Mademoiselle Hutton ! Je viens de consulter vos timesheets. Félicitations ! Je vois que vous avez habilement conquis notre nouveau client, et vanté les mérites de nos autres départements.

— Euh... Merci, balbutiai-je, n'ayant aucune idée de quoi il parlait.

— Continuez comme ça ! lança-t-il avant de disparaître.

Ne comprenant toujours rien à l'objet de sa visite, je revins au message que je voulais envoyer à Gray.

Layla : Est-ce que tu as confié un autre dossier au cabinet, en dehors de mon département ?

Gray : Je ne partage pas, Layla.

Hmmm. C'était une réponse étrange.

Layla : Je ne suis pas sûre de comprendre...

Je fixai mon écran de téléphone en attendant sa réponse, mais il m'appela aussitôt.

— Je sais que tu m'as demandé d'aller lentement, mais je ne peux pas partager, Coccinelle.

— Qu'est-ce que tu racontes ?

— Ton déjeuner avec Oliver.

— Oh ! m'exclamai-je en riant. Je suis désolée, je me suis mélangée dans les conversations. Je t'ai dit que je déjeunais avec Oliver, puis Pittman a fait irruption dans mon bureau. Il m'a parlé d'un nouveau client qui a apparemment donné du travail à d'autres départements du cabinet. J'ai cru qu'il s'agissait de toi, mais ça doit être un autre de mes clients...

— J'ai en effet fait appel à ton cabinet pour d'autres dossiers. Ils s'occupent de l'homologation du testament de mon père, et d'une transaction immobilière que je suis en train de faire. J'ai appelé Pittman et lui ai dit que tu m'avais convaincu de confier ces deux dossiers à votre cabinet plutôt qu'à l'avocat de mon père.

— Oh... C'est très gentil de ta part, mais tu n'avais pas à faire ça, tu sais... Mais merci.

— Je t'en prie ! Tu peux me rendre un service en retour ?

— Bien sûr ! Qu'est-ce que je peux faire pour toi ?

— Ne va pas déjeuner avec Face de raie. Je veux bien attendre onze mois pour te voir. Je veux bien ne pas te toucher quand tu es dans mon appartement. Je peux aller aussi lentement que tu veux. Mais je ne peux pas t'imaginer avec un autre homme.

Même si je détestais l'admettre, sa possessivité et sa jalousie me plaisaient. Je ne pus m'empêcher de les attiser un peu plus.

— Mais j'ai déjà rompu avec Jared !

— *Qui ?*

Je dus mettre ma main devant la bouche pour me retenir de rire.

— Jared ! Et j'avais l'intention de quitter Trent aussi. Même si je m'étais dit que je coucherais bien une dernière fois avec lui avant de rompre.

— Tu te moques de moi ? Je t'en supplie, dis-moi que tu te moques de moi...

J'éclatai de rire.

— Évidemment que je me moque de toi ! Je déjeune avec Oliver pour mettre un terme à notre relation. J'avais l'intention de te le dire, mais Pittman m'a interrompue...

Gray poussa un soupir de soulagement.

— Et tu te trouves drôle, je suis sûr ?

— Assez, oui ! confirmai-je en riant à nouveau.

— Je suis content que tu t'amuses. Mais, je te préviens, tu vas être punie la prochaine que je te vois !

— J'ai hâte de découvrir ma punition...

Gray gémit doucement, avant de s'adresser à son chauffeur.

— Pouvez-vous faire le tour du pâté de maisons une ou deux fois, s'il vous plaît ?

— *Bien sûr, Monsieur,* entendis-je le chauffeur répondre.

— Parfait ! À cause de toi, je vais être en retard pour mon rendez-vous à la banque !

— À cause de moi ? Mais qu'est-ce que j'ai fait ?

— Tu viens de me dire que tu avais hâte de découvrir ta punition. Du coup, je ne peux penser à rien d'autre qu'à tes fesses nues sur mon lit. Je ne peux pas aller à mon rendez-vous avec la queue aussi tendue...

Je ris, émoustillée par ce qu'il me disait – je devais bien l'admettre.

— Tu dînes avec moi, ce soir ? Pas trop tard... J'ai hâte de te voir après que tu seras officiellement à moi.

— Eh ! Doucement, Monsieur Westbrook. J'ai dit que je rompais avec Oliver. Je n'ai pas dit que j'appartenais officiellement à qui que ce soit.

Il ignora ma remarque.

— Je passe te chercher à cinq heures. Je repousserai mon vol demain matin pour celui de neuf heures.

— Je ne peux pas. Je vois un client à quatre heures, et je dois ensuite préparer un dossier pour demain. Quand est-ce que tu rentres de voyage ?

— Demain soir, tard. Vendredi, alors ?

— Je vais à la fête d'anniversaire de ma filleule vendredi. Samedi ?

— Dîner avec l'ancien partenaire de mon père. Dimanche soir ?

— J'ai une audience tôt lundi matin, je vais devoir la préparer dimanche soir.

— Ce n'est pas possible ! s'exclama-t-il d'un ton dépité. Je m'envole pour la côte ouest lundi matin. Je ne peux pas attendre deux semaines pour t'embrasser.

Je souris.

— Tu pourrais peut-être venir avec moi à la fête d'anniversaire vendredi soir ?

— Il y aura un coin tranquille ou un placard où je pourrai t'embrasser et te peloter quelques minutes ?

— Je ne peux rien garantir, rétorquai-je en riant. Mais sûrement...

— Très bien. À quelle heure dois-je passer te chercher ?

— Tu vas vraiment venir à la fête d'anniversaire de ma filleule avec moi ?

— Si tu m'invites, oui...

— Super ! Je suis sûre que Quinn va adorer faire ta connaissance ! C'est ma meilleure amie ; je suis marraine de sa fille. Mais je dois te prévenir d'une chose... Je ne suis pas sûre qu'elle soit ta plus grande fan. Je lui ai tout raconté de notre histoire, et elle risque de te poser tout un tas de questions...

— Je suis prêt à me jeter dans la gueule du loup, si c'est pour pouvoir être seul avec toi ne serait-ce que quelques minutes. Et puis, de toute façon, il faudra bien que je la rencontre. Alors, vendredi ou un autre jour…

J'adorais qu'il soit prêt à relever tous les défis que je lui proposais. Je décidai d'aller plus loin.

— Tu sais quoi ? Si tu arrives à faire en sorte que ma filleule te fasse la bise pour te dire au revoir, et que sa mère te fasse un sourire au moment de partir, je te laisserai sentir mon parfum dans la voiture, sur le chemin du retour.

Je me gardai bien de lui dire que ma filleule détestait à peu près tous les hommes et que, à un moment donné, Quinn avait envisagé de lui rendre visite en prison pour lui couper les couilles. Lui donner ces informations aurait enlevé tout le piquant de la situation…

— Chérie, tu n'as aucune idée de ce que je suis prêt à faire pour respirer ton parfum…

— Vendredi, six heures ?

— J'ai hâte !

L'interphone sonna, me faisant sursauter. Je ne me souvenais pas avoir été aussi nerveuse pour un rendez-vous – si on pouvait appeler « rendez-vous » le fait d'aller à la fête d'anniversaire de ma filleule en compagnie de Gray, un vendredi soir. J'étais rentrée tôt du bureau pour me préparer, mais il me fallait encore environ quinze minutes pour me maquiller.

— Tu as une demi-heure d'avance ! dis-je en décrochant l'interphone. Je suis sûre que tu as fait exprès pour que je ne sois pas prête et que je te demande de monter...

— Tu comprends vite ! rétorqua-t-il.

— Monte ! lançai-je en riant.

J'ouvris ma porte d'entrée et attendis que l'ascenseur arrive. Lorsque la porte s'ouvrit enfin, Gray s'avança vers moi avec confiance et détermination – ce que je trouvai particulièrement séduisant. La démarche avait toujours été l'une des premières choses que je regardais chez un homme : la cadence, la position des pieds, le port de tête... Tout cela avait de l'importance à mes yeux.

Dès qu'il fut près de moi, Gray entra sans ménagement dans mon espace personnel, comme si rien ne pouvait l'arrêter dans sa volonté de me conquérir.

— J'ai cherché la définition de « lent » en venant ici, déclara-t-il en enroulant son bras autour de ma taille et en m'embrassant.

— Vraiment ? Et qu'est-ce que tu as trouvé ? lui demandai-je, intriguée et amusée.

— « Qui manque de rapidité », m'apprit-il.

— Bravo ! Tu as appris un nouveau mot, le taquinai-je.

Gray me serra plus près contre lui.

— J'ai surtout appris qu'être *lent* ne veut pas dire s'arrêter. Ça veut dire « continuer d'avancer », mais, simplement, en allant moins vite.

— C'est vrai, admis-je.

— Ravi que nous soyons d'accord sur ce point, me dit-il avec un regard et un sourire de prédateur. Maintenant, donne-moi cette bouche pour que nous puissions continuer d'avancer.

Je voulus répondre, mais ses lèvres s'écrasèrent sur les miennes avant que je ne puisse prononcer le moindre mot. J'avais oublié la douceur de ses lèvres. Il introduisit sa langue dans ma bouche et je gémis, envahie par le plaisir et le désir que j'avais de lui, malgré moi.

Gray me plaqua contre la porte de mon appartement, puis, sans que je ne m'en aperçoive, mes jambes s'enroulèrent autour de sa taille. Mon cœur battait à une vitesse folle. Je me sentais presque fiévreuse. Je passai mes doigts dans ses cheveux, attirant son visage plus près du mien, tandis qu'il serrait ses hanches plus fort contre moi. Je le sentais dur entre mes jambes ouvertes. Et être aussi exposée, aussi libérée, m'excitait terriblement.

Je gémis à nouveau, le son de ma voix se perdant dans sa bouche, tandis que Gray se frottait contre moi. Il prit mes fesses entre ses mains et serra, au point de me faire presque mal. Mais cette légère douleur ne fit que m'exciter davantage. Je sentais que j'étais en train d'oublier mes propres consignes : à ce moment-là, je n'avais plus aucune envie d'aller lentement. S'il avait retiré ma culotte, je l'aurais laissé me prendre contre la porte de mon appartement, appréciant même l'idée que tous les voisins puissent nous voir.

Heureusement, même s'il me connaissait parfaitement bien, il ne pouvait pas lire dans mes pensées. Aussi, lorsqu'il rompit le baiser, j'étais essoufflée et haletante, mais toujours habillée.

Je gardai les paupières fermées alors que je luttais contre mes sens et tentai de reprendre mes esprits. Enfin, je rouvris les yeux et découvris son regard sur moi.

— Je t'avais dit que je te punirais, murmura-t-il avec un sourire.

Je lui souris en retour, ne sachant quoi répondre – il était hors de question que je lui révèle que ma culotte était trempée –, puis me dégageai de lui, craignant de ne pas pouvoir lui résister davantage.

— Après ça, tu mériterais que je te laisse m'attendre sur le palier pendant que je finis de me préparer...

— Si c'est tout ce que tu as trouvé pour garder le contrôle de toi-même, pas de problème, déclara-t-il en s'approchant pour m'embrasser à nouveau. En revanche, n'oublie pas de changer ta culotte toute mouillée, ajouta-t-il d'un air narquois.

— Tu es tellement sûr de toi, fis-je mine de m'offusquer.

Je retournai dans la salle de bain, tandis qu'il fermait la porte en riant.

Je l'entendis ensuite aller dans le salon, où il m'attendit sagement durant les vingt minutes qu'il me fallut pour me maquiller et me changer. Sa docilité me surprit. De toute évidence, il avait décidé de respecter mon souhait de ne pas aller trop vite. Je devais admettre que cela me touchait beaucoup.

Une fois prête, je le rejoignis dans le salon. Il était en train de regarder les photos encadrées sur ma bibliothèque. Il en tenait une dans la main. Je m'approchai de lui et découvris qu'il s'agissait d'une vieille photo de moi, enfant, avec mes deux parents.

— Je ne sais même pas pourquoi je garde cette photo, murmurai-je. Peut-être parce que c'est l'une des seules qui me donnent l'impression que j'avais une famille normale...

— Ou peut-être, tout simplement, parce que tu aimes tes parents, même si tu n'approuves pas la manière dont ils ont vécu.

Je lui pris la photo des mains et la reposai sur l'étagère. Puis, pour changer de sujet, j'en pris une de Quinn et moi au collège. Nous portions des vêtements assortis sur la photo.

— C'est Quinn, lui indiquai-je. Le dimanche soir, nous nous appelions pour nous mettre d'accord sur la tenue que nous allions porter le lendemain. Nous tenions à être assorties !

Gray sourit.

— Tu étais déjà super bonne au collège, déclara-t-il avec un clin d'œil.

— Je suis sûre que tu devais être pas mal non plus, rétorquai-je.

Il reposa la photo et en prit une autre sur laquelle apparaissait Harper, ma filleule.

— Je suppose que c'est la reine de la soirée à laquelle nous allons tout à l'heure ?

— En effet ! Très perspicace, Monsieur Westbrook, le taquinai-je d'un ton sarcastique.

Sur la photo, Harper était allongée à l'intérieur d'un grand carton, en train de regarder la télévision, la tête entre ses deux mains. Elle était obsédée par les boîtes depuis qu'elle était en âge de marcher, et ses parents avaient pris l'habitude de garder celles dans lesquelles elle pouvait rentrer pour se cacher, ou s'allonger, comme sur la photo.

En regardant ma montre, je réalisai que nous devions partir.

— Je prends mon téléphone et on y va ? suggérai-je.

— Tu ne veux pas me faire visiter avant ?

— Mon appartement ? Tu sais, il n'y a pas grand-chose à voir. Et, contrairement à toi, je n'ai pas de vue magnifique sur la ville. En revanche, si j'ai un peu de chance, vers deux heures du matin, je peux voir le mec du bâtiment d'en face faire du yoga, nu comme un ver.

— Super, grogna Gray.

Il posa sa main sur le bas de mon dos et me dirigea vers ma chambre.

— Je vais aller vérifier tout ça, me dit-il.

Je m'arrêtai avant d'entrer dans ma chambre, gênée par ce qu'il y avait dedans. En fait, il n'y avait que mon lit. La chambre était petite et j'aurais dû me contenter de mettre un lit deux places standard. Mais j'avais le sommeil agité et avais donc opté pour un lit *king size*.

— Voilà ! Comme tu le vois, rien de particulier. Petite chambre, mais grand dressing, par contre !

Je voulus retourner dans le salon, mais Gray me barra le chemin.

— Comment ça s'est passé avec Oliver ?

— Je te montre ma chambre, et tu penses à Oliver ? m'étonnai-je en le regardant, la tête penchée sur le côté.

— Je pense que j'ai hâte de te baiser sur ce grand lit, répondit-il d'une voix rauque, en passant son pouce sur mes lèvres. Et je veux m'assurer que plus rien ne m'en empêche.

J'aimais tellement qu'il utilise le mot *baiser*. Je savais sans l'ombre d'un doute que notre première fois serait exactement cela : de la *baise*. Ce ne serait pas *faire l'amour*, mais une baise brute et primitive, une précipitation de nos corps l'un vers l'autre après tout ce temps d'attente et de frustration.

— Ça s'est très bien passé, murmurai-je. Nous devrions y aller, maintenant, Gray.

Lorsque nous fûmes sur le trottoir, je fus surprise de découvrir son chauffeur.

— Une voiture avec chauffeur pour une fête d'enfants ? m'étonnai-je.

— J'ai hésité, mais je me suis dit que j'avais besoin de mes deux mains pour sentir ton parfum sur le chemin du retour, répondit-il tandis que le chauffeur était descendu pour nous ouvrir la portière. Je suis sûr que je vais gagner mon pari ! précisa-t-il avec un large sourire.

Chapitre 17

Layla

— Tu ne veux vraiment pas me dire ce qu'est cette chose gigantesque ?

— Gigantesque ? Je te montrerai tout à l'heure ce que veut dire gigantesque...

Je ris en levant les yeux au ciel.

— Ce truc dans ton pantalon a plutôt intérêt à être exceptionnel, car avec tout ce que tu m'as raconté à son sujet, je risque d'être déçue si ce n'est pas le cas ! Mais qu'est-ce qu'il y a dans cette boîte ?

— Si je te le dis, tu m'embrasses ?

— Je t'ai déjà embrassé.

— Et alors ? Il y a une limite quotidienne ? demanda-t-il en m'attirant plus près de lui sur la banquette arrière de la voiture.

Je ne pus m'empêcher de rire, même si je savais que cela lui faisait gagner du terrain et que j'aurais mieux fait de m'abstenir.

— Tu m'as manqué, Coccinelle. J'aime tellement avoir l'impression que tu es à moi, murmura-t-il en poussant mes cheveux et en m'embrassant dans le cou.

Je soupirai et fermai les yeux. Lui aussi m'avait

manqué. Mais, contrairement à lui, je voulais prendre mon temps, alors je gardai cette pensée pour moi.

— Est-ce que je peux te demander quelque chose ?

— Tout ce que tu veux ! répondit-il en gardant le visage enfoui dans mon cou. Je t'ai déjà dit que j'adorais ton parfum ?

J'ignorai sa question et lui posai la mienne.

— Est-ce que tu crois qu'il est possible d'aimer plusieurs personnes à la fois ?

Aussitôt, il se redressa et me regarda d'un air sérieux.

— Tu essayes de me dire quelque chose ?

— Non ! le rassurai-je en riant. Je ne parlais pas de moi. Mais, quand je t'ai vu regarder la photo de mes parents, j'ai réalisé à quel point tu étais possessif par rapport à eux. Est-ce que tu aurais été d'accord pour que je te voie tout en continuant de voir Oliver ?

— On est d'accord que c'est juste une supposition ? me demanda-t-il d'un air grave. Tu as bien rompu avec Face de raie au déjeuner, l'autre jour ?

— Oui, évidemment ! Il ne s'agit pas de nous. Je te le promets. C'est juste que, toute ma vie, je me suis demandé comment ma mère a pu accepter que mon père ait une autre femme – une autre famille. Et comment mon père pouvait dire qu'il aimait ses deux familles de la même manière.

Gray eut l'air immédiatement soulagé et se détendit. Il regarda un instant par la fenêtre, réfléchissant à ma question.

— C'est une question difficile, dit-il finalement en se tournant vers moi. Et je ne veux pas te blesser en te disant qu'à mon avis il est impossible d'aimer deux personnes en même temps.

— Tu ne me blesses pas, le rassurai-je en soupirant. Je pense comme toi. Mais je ne parle jamais de ma vie de famille, et je me disais que tu aurais peut-être un point de vue différent du mien.

— Je pense, en revanche, qu'il y a plusieurs manières d'aimer, et que l'on peut aimer des personnes en même temps, mais différemment. Mais si tu aimes vraiment quelqu'un, comme un homme devrait aimer sa femme, alors tu ne peux pas aimer quelqu'un d'autre avec cette même intensité.

— Mais, dans ce cas, pourquoi certaines personnes ont de doubles vies ?

— Je n'en ai aucune idée, admit Gray. Comme ça, je dirais que les hommes qui font cela considèrent les femmes comme des objets qui leur appartiennent.

— Pourtant, tu as l'air assez possessif toi-même...

— Il y a une différence entre vouloir posséder quelqu'un et être possessif.

— Laquelle ?

— La possessivité vient de la peur de perdre quelqu'un qui te tient à cœur. En revanche, vouloir posséder quelqu'un c'est vouloir contrôler cette personne, lui enlever sa liberté.

— Tu as l'air si sage, répondis-je en souriant. Ça change de d'habitude !

Gray sourit à ma plaisanterie puis redevint sérieux.

— Aucun de nous n'a eu de modèle idéal en grandissant. Mais j'aime penser que mes parents m'ont au moins appris ce qu'il ne faut *pas* faire. Mon père était loyal envers son travail, mais pas envers les femmes avec lesquelles il a été. Je ne suivrai pas son exemple. En tout cas, je ne le suivrai plus. Parfois, la vie te donne l'occasion de te remettre en question et de corriger tes erreurs. C'est ce qui m'est arrivé, et c'est une chance, quelque part...

Pour la première fois, j'initiai un contact physique. Je me penchai vers lui et déposai mes lèvres sur les siennes. Lorsque je me détachai de lui, nous nous regardâmes pendant un long moment.

— Merci, murmura-t-il.

— De t'avoir embrassé ?

— Non. De m'accorder une deuxième chance.

Lorsque nous entrâmes, Harper courut vers moi et sauta dans mes bras. Elle enroula ses bras et ses jambes autour de moi, et désigna du doigt l'énorme boîte dans les mains de Gray, dont je ne connaissais toujours pas le contenu.

— C'est pour moi ? C'est pour moi ?

Gray s'assit sur un genou pour être à son niveau.

— C'est toi, Harper ? lui demanda-t-il avec douceur.

Elle hocha rapidement la tête.

— Et tu as bien six ans aujourd'hui ?

Nouveau hochement de tête.

Gray regarda la boîte et haussa les épaules.

— Bon, dans ce cas, je pense que c'est pour toi...

— Est-ce que je peux l'ouvrir ?

Gray me regarda pour savoir ce qu'il devait répondre.

— Je crois qu'il ne vaut mieux pas, intervins-je. Le paquet est magnifique, ce serait dommage de l'abîmer...

Quinn se joignit à nous. Elle s'adressa directement à Gray en m'embrassant sur la joue.

— On essaye d'acheter ma fille, à ce que je vois ? J'espère que tu m'as apporté quelque chose de vraiment bien, car, en ce qui me concerne, je ne me laisse pas corrompre facilement...

— Je t'ai apporté ce qu'il y a de mieux au monde : Layla, répondit-il de sa voix grave et terriblement sexy. Très heureux de te rencontrer, Quinn.

Elle le fusilla du regard.

— J'aimerais dire que c'est réciproque, mais le jury ne s'est toujours pas prononcé sur ce point...

Gray sembla apprécier sa réponse.

— Je comprends complètement que tu sois sceptique. Je suis même content que Layla ait des amis aussi protecteurs.

Quinn continua de le regarder avec circonspection, puis s'adressa à sa fille.

— Chérie, pourquoi n'emmènes-tu pas l'ami de tante Layla dans le salon ? Tu pourrais lui présenter papa et ouvrir ton cadeau avec tes petits camarades ? J'ai besoin que Layla m'aide en cuisine, dit-elle en regardant à nouveau Gray. Nous devons ouvrir le vin et parler de toi... Tu veux quelque chose à boire ?

— Une bière, s'il y en a ! lança-t-il avec un sourire éclatant.

La porte de la cuisine était à peine fermée lorsque Quinn se mit à hurler.

— Putain ! Layla ! Tu m'avais dit qu'il était beau, mais pas à ce point ! Il est mieux que Brad Pitt et George Clooney réunis !

— Je sais, répondis-je en prenant des verres à vin dans le placard. À chaque fois que je le regarde, je me dis que c'est terrifiant d'être aussi beau. Comment veux-tu que je ne craque pas ?

Quinn sortit une bouteille du bar et le tire-bouchon, et les posa sur l'îlot central.

— Et comment ça se passe entre vous ? Bien ? Tu lui fais à nouveau confiance ?

— Je ne sais pas, soupirai-je. J'ai peur... Je comprends, maintenant, pourquoi il m'a menti. D'ailleurs, techniquement, il n'a pas vraiment menti – son mariage avait été annulé. Il était en prison et ne voulait m'effrayer davantage avec cette histoire de mariage. Je crois que ses excuses sont sincères, et qu'il tient à moi...

— Alors, quel est le problème ? me demanda Quinn en débouchant la bouteille.

— J'ai peur d'être dévastée...

— Je te promets que, si c'est le cas, je lui coupe les couilles, répondit Quinn avec son franc-parler habituel.

———

— Non ! m'exclamai-je en rejoignant Gray et en lui tendant sa bière. Ne me dis pas que l'énorme paquet que tu as apporté est une boîte de boîtes ?

Harper était au centre du salon, entourée de ses invités qui se pressaient pour découvrir les cadeaux qu'elle avait reçus. Elle venait d'ouvrir celui que Gray avait apporté, et en ouvrant la grande boîte qu'il contenait, elle découvrit une autre boîte à l'intérieur, légèrement plus petite.

— Tu m'as bien dit qu'elle adorait les boîtes, non ? déclara-t-il avec un large sourire, en sirotant sa bière.

Je le regardai, les yeux écarquillés. Je me souvenais le lui avoir dit, en effet, mais il y avait un an et demi de cela !

— Comment t'es-tu souvenu ?

— Je te l'ai dit, je me souviens de chaque instant que nous avons passé à parler ensemble.

Je n'en revenais pas. Le fait qu'il se souvienne d'un tel détail, que je lui avais révélé au détour d'une conversation, fit naître en moi une envie de lui presque irrépressible.

— C'est tellement gentil de ta part, déclarai-je. Moi qui lui ai offert un pendentif en forme de cœur... Je risque de la décevoir, après ça, ajoutai-je en riant.

— Et attends de voir ce qu'il y a dans la dernière boîte, déclara-t-il avec un sourire fier. C'est une boîte en bois avec un puzzle à l'intérieur.

— Ça frôle la corruption, fis-je mine de m'offusquer. Je te préviens, ça ne comptera pas pour notre pari...

— Mon cadeau m'a coûté moins de vingt dollars. Combien tu as dépensé pour le tien ?

Je bus une gorgée de vin en le regardant.

— Salaud !

— Mmmmm... J'adore quand tu fais ta méchante, murmura-t-il en se penchant à mon oreille.

Je le repoussai en riant.

— Allez, viens, espèce de tricheur. Je vais te présenter...

Quinn n'avait pas invité beaucoup de personnes – uniquement la famille de son mari, Brian, et quelques employés du pub. Brian, étant flic, lorsque Quinn lui avait dit que j'avais rencontré un homme *en prison*, il s'était exclamé que j'avais perdu la tête. Il se montra plutôt inhospitalier lorsque Gray lui serra la main.

— Layla est comme une petite sœur pour moi, et je porte une arme à feu, déclara-t-il en regardant Gray dans les yeux.

— Brian ! grondai-je.

Gray leva la main, comme pour me montrer qu'il n'y avait pas de problème.

— Compris, répondit-il simplement à Brian, en soutenant son regard.

Depuis que j'avais décidé de pardonner à Gray et de passer à autre chose, j'avais beaucoup de peine pour lui lorsque je pensais à ce qu'il avait vécu. J'aurais aimé le protéger, que tout le monde passe à autre chose. Mais les gens le considéraient toujours comme un ex-détenu et un futur suspect, même lorsqu'ils connaissaient son histoire. Malgré le fait que je puisse comprendre la méfiance de Brian, j'eus surtout envie de défendre Gray.

— Tu sais quoi, Brian...

Gray m'interrompit en glissant sa main autour de ma taille et en la serrant discrètement. Je le regardai et compris qu'il ne voulait pas que j'intervienne. Je décidai donc de ne pas le faire... pour cette fois.

— On reparlera plus tard ! murmurai-je à Brian avant de m'éloigner.

Je présentai ensuite Gray aux autres invités qui, heureusement, se montrèrent tous sympathiques. Après les dernières poignées de main, Gray et moi nous assîmes côte à côte sur une chaise longue, au soleil. C'était une magnifique journée de fin de printemps.

— Je suis désolée pour Brian et Quinn, dis-je doucement en appuyant ma tête sur son épaule.

— Ne le sois pas. S'ils n'étaient pas si protecteurs, ils ne seraient pas de très bons amis. Je suis content qu'ils soient là pour toi...

— C'est vrai. Mais je tiens à ce que les choses se passent bien entre vous.

— Je n'ai pas l'intention de partir, tu sais, Coccinelle. Laisse-leur le temps. Tu verras qu'on va apprendre à se connaître et que tout finira par se passer très bien entre eux et moi.

Il embrassa le dessus de ma tête.

— C'est normal : je dois gagner leur confiance, comme je suis en train de gagner la tienne.

———

Quelques heures plus tard, alors que la fête touchait à sa fin, j'observai de loin Gray en train de parler à Brian. Les hommes avaient décidé de jouer au fer à cheval, et Gray s'était joint à eux. Je le soupçonnai de s'être prêté au jeu plus pour passer du temps avec Brian que pour le plaisir de lancer un fer à cheval autour d'un piquet.

Quinn s'approcha de moi et s'assit sur la chaise à côté de la mienne.

— Je suppose que tu as largué monsieur Twist ?

Il me fallut quelques secondes pour réaliser qu'elle parlait d'Oliver.

— Ouais. C'est un homme adorable, mais, lorsque Gray est réapparu dans ma vie, j'ai réalisé que je ne l'aimais pas vraiment. Même si ça ne devait pas marcher avec Gray, je sais maintenant ce que c'est que d'aimer quelqu'un.

Nous fûmes interrompues par des cris de joie du côté des hommes. Je tournai la tête et découvris Brian taper joyeusement dans le dos de Gray pour le féliciter.

— Il n'y a pas meilleur moyen d'apprivoiser Brian que de le faire gagner à ces jeux idiots, comment Quinn, amusée.

— Et que doit-il faire pour t'apprivoiser ? lui demandai-je en me tournant vers elle.

— Te rendre heureuse, répondit-elle avec un sourire sincère.

Harper courut vers nous, accompagnée de sa cousine.

— Tante Layla ! s'exclama-t-elle essoufflée, en grimpant sur mes genoux. Tu veux jouer avec mes boîtes ?

— Bien sûr, ma chérie !

Je ne savais pas trop comment jouer avec des boîtes, mais je laissai le petit tyran me dire quoi faire, jusqu'à ce que le jeu se termine et que les hommes reviennent vers nous. Brian sortit Harper de la boîte dans laquelle elle était assise, et la fit sauter en l'air, provoquant chez sa fille un éclat de rire aussi doux que réconfortant.

— Il est tard, ma puce, lui dit-il. Que dirais-tu d'aller te coucher, avec ta cousine ? Si vous voulez, vous pouvez prendre quelques boîtes avec vous, et laisser les lumières allumées encore un petit peu...

— Ouais ! s'exclama Harper.

— Tu dis bonsoir à tout le monde ? lui demanda-t-il en la reposant par terre.

Harper fit le tour des invités. Elle embrassa toutes les femmes, mais, comme d'habitude, évita la plupart des hommes. Lorsqu'elle arriva à notre niveau, elle me serra très fort contre elle, avant de regarder Gray, qui se tenait à côté de moi.

Il s'accroupit pour être à la hauteur de ses yeux.

— J'ai été très heureux de te rencontrer, Harper, lui dit-il doucement.

— Merci pour les boîtes, répondit-elle.

Puis, après quelques secondes d'hésitation, et à la surprise générale, elle sauta dans les bras de Gray pour lui dire au revoir.

Lorsque Brian prit sa fille dans les bras pour la conduire dans sa chambre, Gray se pencha vers moi.

— J'ai gagné mon pari, chuchota-t-il, me donnant la chair de poule.

Puis il se redressa et commença à déplier ses manches de chemise, qu'il avait dû retrousser pendant qu'il jouait avec au fer à cheval. Quinn me donna un coup de coude dans les côtes.

— Aïe ! m'exclamai-je en me tournant vers elle.

Mais, au lieu de s'excuser, elle fit de gros yeux en direction des avant-bras de Gray – longs et épais.

Je ris en espérant qu'elle avait raison sur ce que cela signifiait...

Une fois les filles au lit, Brian, Quinn, et moi racontâmes à Gray les histoires de notre enfance. Nous restâmes un long moment dans le jardin à rire en buvant du vin. J'étais heureuse de voir mes amis enfin chaleureux envers mon nouveau... *petit ami*. Car je devais bien admettre que c'était ce que Gray semblait être, désormais.

Il était presque minuit lorsque nous les quittâmes.

Tandis que j'embrassais Quinn, en lui promettant d'aller dîner dans son pub dans le courant de la semaine, Brian et Gray se serrèrent la main, avec cette fois un regard chaleureux et amical. Et, lorsque Gray embrassa Quinn, elle me fit un clin d'œil par-dessus son épaule, en levant le pouce.

Il avait donc relevé tous les défis. Ce qui était un exploit, en seulement six heures.

J'avais hâte d'être dans la voiture, sur le chemin du retour...

Chapitre 18

Gray

Une limousine nous attendait au bord du trottoir.

— Tu as vendu ta voiture de ville ? plaisanta Layla.

Sans répondre, je lui ouvris la portière arrière. Elle me regarda, attendant toujours une réponse, mais finit par monter et je m'installai à côté d'elle avant de refermer la portière. Je donnai l'adresse de Layla au chauffeur.

— Prenez le chemin le plus long, s'il vous plaît, précisai-je.

J'appuyai sur un bouton du panneau de contrôle, et la vitre de confidentialité apparut entre nous et les sièges avant. Lorsqu'elle fut entièrement montée, j'attirai Layla vers moi, l'installant sur mes genoux.

— On dirait que j'ai gagné mon pari, ce soir, non ?

L'odeur de son parfum – ou était-ce celle de son shampoing ? – me rendait fou. Malgré mes trente et un ans, j'avais l'impression d'être un adolescent tenant une fille entre ses bras pour la première fois.

Elle me regardait dans les yeux tandis que je fis doucement glisser mes mains sous sa chemise. Sa poitrine se soulevait dans un mouvement lent et prononcé qui trahissait son excitation et renforçait la mienne. J'avais attendu si longtemps de pouvoir toucher ses seins... Maintenant que le moment était enfin venu, j'avais envie d'en mémoriser chaque seconde. Pour une fois dans ma vie, je décidai de prendre mon temps.

Je remontai sa chemise et plongeai ma tête sur son ventre pour lui lécher le nombril, tandis que je caressais sa taille. Je levai les yeux pour observer son visage : elle était belle. Ses yeux verts avaient pris une teinte plus foncée, comme à chaque fois qu'elle était en colère ou excitée. Ce soir-là, je savais qu'elle n'était pas en colère.

Je soulevai davantage sa chemise, découvrant ses seins.

— J'ai aussi cherché la définition de *caresser,* murmurai-je en embrassant ses seins.

— Tu ne connaissais pas ce verbe ? me demanda-t-elle d'une voix basse et rauque, teintée de sarcasme.

Je passai ma langue le long du bas de son soutien-gorge, suivant la forme de sa poitrine. D'abord un sein, puis l'autre.

— Pas en termes exacts, répondis-je entre deux baisers. En tout cas, je ne sais toujours pas si on peut *caresser* avec la langue, ajoutai-je. Mais je vais quand même essayer...

— Je ne crois pas que cela soit possible. Il doit y avoir un autre verbe pour ça, murmura-t-elle d'une voix haletante, les yeux fermés, tandis que je fis glisser ma langue de ses seins jusqu'à son cou.

Elle changea de position et me chevaucha. La jupe qu'elle portait était fendue, et remontait de manière à découvrir ses jambes entièrement. Je sentais la chaleur de sa chatte humide à travers mon pantalon et ses sous-vêtements. Cela m'excita encore davantage et, avec un léger grognement, je saisis l'un de ses seins et le serrai à pleine main, tandis que je faisais descendre ma bouche jusqu'à l'autre et mordillais son téton. Se frottant légèrement contre moi, elle prit mon visage entre ses doigts, faisant pénétrer légèrement ses ongles d'un côté et de l'autre de ma mâchoire.

Lorsque je l'entendis prononcer mon prénom dans un souffle, j'eus l'impression d'être dans un rêve. J'avais espéré cela si longtemps... Pourtant, tout était bien réel. Elle était là, sur moi. Sa respiration était saccadée, et elle bougeait de plus en plus vite contre ma queue dure comme du roc. Je réalisai alors qu'elle voulait plus, autant que moi.

Je fis glisser doucement mon pouce entre ses jambes et caressai sa chatte trempée.

— Baise-moi, souffla-t-elle.

Je devins incontrôlable. Attrapant une poignée de ses cheveux, j'attirai sa bouche vers la mienne. Contrairement à la dernière fois, je n'eus pas à faire quoi que ce soit pour qu'elle s'ouvre ; Layla glissa dans ma bouche avec un empressement qui me fit gémir. Sa chemise toujours relevée, ses seins étaient si serrés contre moi que ses mamelons s'enfonçaient dans ma poitrine – même à travers ma chemise.

La tension entre nous était incandescente.

Je la soulevai à peine et pris sa chatte en coupe avec la paume de ma main. Elle se frotta contre moi, mais je voulais l'entendre dire ce qu'elle voulait.

— Dis-moi que tu veux que je te fasse jouir.

Elle tenta de répondre, mais en fut incapable, se contentant de gémir en frottant de plus en plus son clitoris gonflé contre moi.

— Oui. Oui… murmura-t-elle.

— Oui quoi ?

— Fais-moi jouir, haleta-t-elle. Je t'en supplie…

J'agrippai sa hanche avec ma main gauche, et arrachai sa culotte avec mon autre main. J'étais si excité que j'aurais pu venir avant même qu'elle ne touche ma queue.

Glissant deux doigts à l'intérieur d'elle, je tirai une mèche de ses cheveux, la forçant à se cambrer en arrière pour exposer son cou et pouvoir lécher sa peau délicate. Sa chatte était tellement serrée que je dus pousser mes doigts plus fort pour les maintenir en elle.

— Tu es tellement humide, tellement serrée, soupirai-je. J'adore l'idée d'être le premier homme qui te touche depuis si longtemps.

Je fis venir mes doigts en elle de plus en plus vite, sentant son corps lutter contre le plaisir.

— Tu prends la pilule, Layla ?

— Oui, gémit-elle.

— J'ai fait un test la semaine dernière ; je n'ai rien, précisai-je. Je pourrai te montrer les papiers si tu le souhaites, ajoutai-je en ajoutant un troisième doigt en elle.

Elle s'accrocha à moi de toutes ses forces, se contentant de gémir.

— Nous avons été séparés pendant des années, repris-je. Je ne veux plus rien entre nous quand tu seras prête. Je te veux nue pour pouvoir te remplir de mon sperme.

Je décalai mon pouce pour appuyer sur son clitoris, que j'avais volontairement ignoré. Elle gémit plus fort, sans que je sache si c'était parce qu'elle aimait ce que je faisais, ou si elle voulait que j'aille plus loin. Je me plus à penser que c'était les deux.

Je sentis sa chatte se contracter une ultime fois, et je mis ma tête en arrière pour assister au moment magique de son orgasme. Le spectacle était plus captivant que tout ce que j'avais pu voir auparavant. Ses muscles palpitaient alors qu'elle criait mon nom, puis les traits de son visage se tendirent avant de se relaxer, d'un seul coup, comme mus par une force supérieure. Ses yeux se fermèrent, et elle s'effondra sur moi.

C'était magnifique.

Le visage pressé contre mon épaule, elle tentait de reprendre son souffle. Quand, enfin, sa respiration se fit à nouveau plus régulière, elle tourna la tête pour me faire face, me souriant d'un air nonchalant. Presque ébahi.

Ma joie était immense. Elle avait joui ; pas moi. Mais le bonheur sur son visage était le plus beau cadeau qu'elle pouvait me faire. Enroulant mes bras autour d'elle, je l'embrassai sur le front. Un autre moment pour lequel j'aurais aimé que le temps s'arrête.

— Merci, me dit-elle. J'attendais ça depuis tellement longtemps...

— J'ai l'impression, en effet, répondis-je en riant.

— Je me rends compte que tous les hommes avec lesquels j'avais couché avant toi n'y connaissaient rien...

— C'est très gentil, mais j'ai une furieuse envie de casser la gueule à tous ces mecs qui ont touché tes seins.

— Je ne sais pas si je trouve ça fou ou flatteur, rit-elle.

La voiture ralentit et je regardai par la fenêtre. Nous étions déjà de retour à Manhattan. Quand j'étais avec elle, je perdais toute notion du temps. Dès le premier jour où je l'avais rencontrée, les heures semblaient ne durer que quelques secondes.

— Nous sommes presque arrivés chez toi, murmurai-je en l'embrassant à nouveau sur le front.

— C'était rapide ! s'exclama-t-elle en se redressant.

Je regardai ma montre.

— Ça fait quand même plus d'une heure que nous sommes partis de chez tes amis...

— Ah bon ? s'étonna-t-elle en riant. C'est donc vrai que le temps passe vite quand il est agréable...

Quelques minutes plus tard, nous nous retrouvions devant son immeuble.

— Je vais te raccompagner, lui dis-je.

Layla se mordit la lèvre et plongea son regard dans le mien, semblant hésiter à me dire quelque chose.

— Je ne me suis pas occupée de toi, finit-elle par dire. Tu veux venir chez moi ?

Il y avait encore quelques jours, j'aurais tout donné pour cette invitation. Mais je vis dans ses yeux qu'elle hésitait, et décidai qu'il était plus sage de décliner.

— J'adorerais dire oui, Layla, mais je crois qu'il vaut mieux que je rentre.

Elle eut l'air à la fois soulagée et déçue, mais acquiesça.

Je l'accompagnai jusqu'à son immeuble et, lorsqu'elle fut sur le point de disparaître à l'intérieur, j'empêchai la porte de se refermer.

— Je vais aux soixante ans de l'associé de mon père, demain soir. Viens avec moi. Ce ne sera pas aussi agréable que l'anniversaire de Harper, mais je serais ravi que tu m'accompagnes et de te présenter. Grant est aussi mon parrain.

— Ça me ferait très plaisir, répondit-elle avec douceur.

— Il faut quand même que je te dise que le thème de la soirée c'est « cravate noire »...

— Je suis sûre que je dois avoir ce qu'il faut dans mon dressing, rétorqua-t-elle en riant.

— Sept heures ?

— Okay...

Je me penchai pour l'embrasser.

— Merci pour ce soir, Coccinelle.

Elle s'empourpra.

— C'est moi qui devrais te remercier pour le trajet en voiture, dit-elle en rougissant.

— Tout le plaisir était pour moi. J'ai hâte de le refaire très bientôt... Mais la prochaine fois, ce sera avec ma langue.

Chapitre 19

Layla

C'est gros.

Et dur.

Cela faisait vraiment très longtemps.

Je mâchai le bouchon de mon stylo en regardant mon carnet.

Vraiment, vraiment dur, ajoutai-je, allant même jusqu'à souligner ce point.

Je m'étais préparée tôt, et il ne me restait plus qu'à enfiler ma robe. Comme il me restait un peu de temps avant que Gray n'arrive, j'avais décidé de faire une liste des *avantages* et *inconvénients* de coucher avec lui. Après vingt minutes, ma liste d'avantages était assez longue, tandis que je n'avais trouvé qu'un seul élément à inscrire dans la colonne des inconvénients. Mais il s'agissait d'un inconvénient de taille qui pouvait, à lui seul, faire pencher la balance du mauvais côté.

Risque encore de me briser le cœur.

C'était ma seule et unique réserve. Je lui avais pourtant pardonné. J'avais accepté sa vérité. Je m'étais même avoué que je l'aimais et que j'avais autant envie que lui de reprendre notre histoire là où nous l'avions laissée.

Mais, malgré tout cela, j'étais terrifiée. Il y avait en moi une petite voix qui ne cessait de me répéter que je n'étais pas différente de ma mère. Que, comme elle, je me trompais sur les gens et que je risquais d'être avec un homme qui n'était pas ce qu'il prétendait être.

Je repensai au jour où j'avais réalisé que ma mère était dans le déni. J'avais quinze ans, et mon père était parti la veille pour ses quatre jours habituels sur la côte ouest – rejoindre sa *vraie* famille. Ma mère était assise à la table de la cuisine, en train de boire une tasse de thé en parcourant des brochures de voyage sur Hawaï. Tout excitée, je lui avais demandé si nous allions partir en vacances, ce qu'elle confirma en me regardant avec un large sourire.

— Ton père voulait nous faire la surprise, mais j'ai trouvé ces brochures dans sa valise, lorsqu'il est rentré de son voyage d'affaires.

Voyage d'affaires. C'était ainsi qu'elle appelait toujours le temps qu'il passait avec sa femme et sa fille.

Je compris, alors, et mon sourire disparut.

— Maman... il n'y aura pas de voyage...

— Bien sûr que si, ma chérie ! rétorqua-t-elle.

Je la regardai, pensant qu'elle ne pouvait pas réellement croire à ce qu'elle disait. Pourtant, elle semblait convaincue. Ce qui me rendit encore plus triste.

Cet été-là, nous n'allâmes pas à Hawaï. Mais mon père s'absenta deux semaines et, lorsqu'il nous appela comme il le faisait lorsqu'il s'absentait longtemps, l'indicatif du numéro qu'il utilisait, depuis son *voyage* d'affaires, était le 808. *Maui.*

Comment ma mère avait-elle pu ne pas le voir ? Je n'étais pourtant qu'une gamine, et cela me sauta aux yeux lorsque je pris le combiné. La seule explication logique était qu'elle se voilait la face ; qu'elle était prête à tout accepter pour être avec lui. Admettre que l'homme qu'elle aimait lui mentait l'aurait obligée à le quitter, ou à perdre toute dignité. Ce jour-là, je réalisai que l'amour rendait aveugle, mais également sourd, muet, et stupide.

Il était temps que je m'habille. Je choisis une robe noire minimaliste dont la forme longue et droite pouvait rappeler celle d'une cravate. Elle m'avait coûté une fortune, mais je ne l'avais portée qu'une seule fois, à l'occasion d'une soirée caritative à laquelle m'avait conviée un client, en même temps que quelques autres collaborateurs de mon cabinet. Elle était à la fois simple et classe, avec un décolleté juste assez plongeant pour être sexy sans être vulgaire. La taille était ornée d'une ceinture délicate en perles qui rehaussait mes courbes. La fois où je l'avais portée, j'avais reçu de nombreux compliments, tant d'hommes que de femmes.

Mon interphone sonna. J'ouvris à Gray, et eus juste le temps de mettre un rouge à lèvres carmin. Il descendit de l'ascenseur au moment où j'ouvrais la porte.

Je le trouvai magnifique. Ses cheveux, habituellement en désordre, étaient lissés en arrière, et son smoking lui allait à la perfection. On aurait dit une star de cinéma des années cinquante. Lorsqu'il fut près de moi, il me prit par la taille, et approcha son visage du mien.

— Tu es sublime, me complimenta-t-il avec convoitise.

— Peut-être que j'ai envie de perdre un autre pari ce soir… lançai-je d'un air provocateur.

Gray grogna et m'embrassa, prenant mon visage entre ses mains. J'imaginai alors ce que je ressentirais si sa tête était entre mes jambes ; je devinai que ce serait divin.

— Tu n'as pas à gagner ni à perdre un pari, ma chérie. Tu n'as qu'à me demander pour que je mette ma langue dans ta fente...

Je frissonnai. Comment faisait-il pour lire en moi avec autant de clairvoyance ?

— Tu m'attends ? Je vais chercher mon sac à main.

Je me dirigeai vers mon salon puis me retournai. Gray était toujours dans l'embrasure de la porte.

— Je te taquinais, tu sais. Tu peux entrer...

— Crois-moi, il vaut mieux que je reste ici, me dit-il avec un sourire chargé de sous-entendus.

———

— J'aurais dû apporter des cartes de visite, regrettai-je tandis que nous quittions le troisième couple auquel Gray m'avait présentée, leur conseillant de transférer leurs affaires dans mon cabinet.

Je n'avais pas réalisé que les personnes que j'allais rencontrer ce soir-là pouvaient être des clients potentiels. Pourtant, c'était parfaitement logique puisque nous étions à l'anniversaire de l'associé du père de Gray, un homme d'affaires réputé.

— Je ne sais pas où tu les aurais mises, répondit Gray. Sûrement pas dans ton décolleté ; il n'y a plus de place, ajouta-t-il avec un clin d'œil.

Il me conduisit sur la piste de danse et me prit dans ses bras. Je ne fus pas surprise de découvrir qu'il dansait aussi bien qu'il embrassait – avec talent et fermeté.

— Où as-tu appris à danser ?

— En tout cas, pas aux cours de danse de salon auxquels l'une de mes belles-mères m'avait inscrit quand j'avais onze ans.

— Où, alors ?

— Etta m'a appris. Cela faisait partie de l'accord que j'avais conclu avec elle.

— Quel accord ?

— L'une de mes belles-mères s'était mis en tête de m'inscrire à des cours de danse, prétendument pour me préparer à la bonne société. Je refusai catégoriquement d'y aller et Etta accepta de me couvrir. Elle utilisa l'argent pour m'inscrire à des cours de karaté, sans le dire à mon père, mais à la condition que j'apprenne à danser avec elle pour que personne ne se doute de rien. Je n'ai pas eu d'autre choix que d'accepter...

La vision de Gray, à onze ans, dans les bras d'Etta, me fit sourire.

— Elle a été une très bonne prof ! le félicitai-je. Et puis, ton assurance naturelle fait de toi un partenaire parfait...

Gray plongea sa tête dans mes cheveux et me pressa plus fort contre lui.

— J'ai hâte de quitter la soirée et de te montrer mes autres talents, susurra-t-il à mon oreille.

Il sentait bon, dansait à merveille, m'embrassait comme si c'était à chaque fois son dernier baiser. Pour le reste, je ne l'avais pas encore découvert mais, la veille dans la limousine, il m'avait donné un magnifique aperçu de ce qu'il savait faire. Je n'étais pas certaine qu'il était celui de nous deux le plus pressé de quitter la soirée...

Une fois la chanson terminée, nous retournâmes à notre table. Nous étions assis avec les filles de Grant. Toutes deux devaient avoir à peu près mon âge, ou peut-être un peu plus. Elles s'étaient montrées très sympathiques envers moi lorsque Gray nous avait présentées, plus tôt dans la soirée.

— Alors, qu'est-ce que tu fais, Layla ? demanda celle qui s'appelait Chelsea.

— Je suis avocate. Je travaille chez Latham&Pittman.

— Magnifique ! s'extasia-t-elle. Quelle est votre spécialité ?

— Je suis spécialisée en droit des affaires et en droit pénal.

— Vous comprenez donc le jargon qu'utilisent toutes les personnes qui sont ici ce soir ? plaisanta-t-elle.

— J'en ai bien peur, répondis-je en souriant.

— Je suis commissaire-priseur, m'apprit-elle en me versant un verre de vin. Pour ma part, j'ai l'impression que tous ces gens parlent chinois !

Je ris.

— C'est vrai que les gens qui évoluent dans le milieu des affaires sont très friands des acronymes et adorent parler affaires, justement !

— Et comment vous êtes-vous rencontrés avec Gray ?

— Euh…

Je ne m'étais absolument pas préparée à cette question, et je n'avais aucune idée de ce que je devais dire pour éviter de révéler que nous nous étions rencontrés en prison. Heureusement, Gray vint à mon secours.

— J'ai assisté à l'un de ses cours, répondit-il à ma place. J'ai toujours eu un faible pour les profs ! ajouta-t-il en me faisant un clin d'œil.

Le reste de la conversation fut agréable et convivial. Quand il nous arrivait d'être impliqués dans deux conversations différentes, Gray gardait toujours sa main sur la mienne, ou sur ma cuisse, comme pour me rappeler qu'il était là. J'aimais qu'il semble avoir besoin de rester connecté avec moi, car je ressentais la même chose.

Au bout de quelque temps, un homme nous interrompit et me demanda s'il pouvait me voler Gray pour parler affaires. Je profitai de son absence pour aller me recoiffer et rafraîchir mon maquillage. Alors que j'étais en train de remettre du rouge à lèvres dans l'une des cabines, j'entendis des talons claquer sur le carrelage. L'une des deux femmes prononça le nom de Gray. Aussitôt, je tendis l'oreille.

— ... Et la femme qu'il a amenée est avocate. Je suppose qu'il s'est dit que la prochaine fois qu'il aura des ennuis, ce sera plus pratique pour assurer sa défense, déclara-t-elle en riant.

Je reconnus la voix de Chelsea – la fille de Grant, qui s'était montrée si gentille envers moi.

L'autre femme gloussa.

— Remarque, j'aurais adoré être avocate. C'est peut-être un criminel, mais il est toujours aussi canon ! Je lui demanderais de me payer en nature !

— Mon père pense qu'il est innocent. Tu te rends compte ? Certes, le père de Gray est son associé, mais quand même...

Lorsqu'enfin elles quittèrent les toilettes pour rejoindre la fête, je restai figée quelques instants. J'étais estomaquée que Chelsea ait pu se montrer si aimable envers Gray et moi, alors qu'elle semblait si diabolique. Je réalisai alors que la détention de Gray le suivrait pour toujours. Les gens faisaient semblant de ne pas savoir ou d'avoir oublié, mais cela ne changeait rien : ils éprouveraient toujours de la suspicion vis-à-vis de lui. J'avais déjà vu cela arriver à certains de mes clients. Je me souvenais notamment de l'un d'eux, accusé à tort de viol. Même après qu'il eut été jugé non coupable, les gens continuaient de le regarder comme s'il l'était, le condamnant ainsi à perpétuité, et je compris que c'était ce qui attendait Gray.

Je ne savais pas trop comment gérer ce que je venais d'entendre. Devais-je en parler à Gray ? Peut-être le savait-il déjà, mais mon instinct me dit qu'il n'avait aucune idée de ce que ces personnes pensaient de lui.

Alors que je sortais des toilettes pour rejoindre la fête, je tombai justement sur lui.

— Te voilà ! Je te cherchais partout ! J'étais sur le point d'appeler le FBI, plaisanta-t-il.

— Je suis désolée, répondis-je en me forçant à sourire. Tu connais les femmes... Elles passent des heures devant les miroirs !

Il étudia mon visage en fronçant les sourcils.

— Tout va bien ?

— Oui. Bien sûr, mentis-je.

— Tu veux danser ? proposa-t-il en me prenant par la taille. C'est la seule façon pour moi de pouvoir me coller à toi en public sans paraître indécent...

J'acceptai. J'avais moi aussi besoin de me blottir contre lui.

Lorsque nous fûmes sur la piste, j'abordai le sujet des filles de Grant afin de découvrir ce que Gray savait exactement.

— La famille de Grant a l'air adorable...

— C'est vrai. Grant est l'une des rares personnes à avoir cru à mon innocence. Pareil pour ses filles. Elles ont toujours été super avec moi.

Je ne pus m'empêcher d'avoir mal. Je ne supportais pas que les gens puissent le penser coupable alors qu'il avait accepté d'aller en prison pour sauver une femme.

— Tu es sûr que tout va bien ?

Je ne devais pas être très douée pour dissimuler mes émotions...

— Oui, très bien.

De toute façon, il ne servait à rien de lui dire ce que j'avais entendu à ce moment-là. Je savais que cela le blesserait. En revanche, réaliser que les gens ne cesseraient jamais de douter de lui me fit prendre conscience que j'étais parmi les seules personnes à pouvoir lui faire entièrement confiance. Je décidai donc de mettre tous mes doutes de côté, et de m'investir entièrement dans cette relation.

— Je commence à être fatiguée ? prétendis-je.

— Tu veux déjà rentrer ? me demanda-t-il d'un air déçu.

— Si ça te va, évidemment...

— Nous sommes dimanche, demain. Tu n'as pas de travail, si ?

— Ça peut m'arriver de travailler le dimanche, mais pas demain, en effet.

— Alors pourquoi est-ce que tu veux rentrer ? Tu ne t'amuses pas ?

— Je ne suis plus vraiment d'humeur à m'amuser...

— Tu veux qu'on aille ailleurs ? me demanda-t-il en reculant la tête pour me regarder dans les yeux.

Je plongeai mon regard dans le sien, puis l'embrassai tendrement.

— Chez toi, murmurai-je.

Il se figea. Il me regarda attentivement, comme s'il n'osait croire à ce que je venais de lui dire.

— Chez moi ?

— Oui, confirmai-je. Tu m'as bien dit que je pouvais rester jusqu'au lever du soleil ?

Une minute plus tard, nous nous dirigions vers la sortie. Gray courait pratiquement, et je trottinais derrière lui en riant, essayant de ne pas perdre mes escarpins. Dès que nous fûmes dehors, il héla un taxi et nous nous engouffrâmes à l'intérieur.

— Mais, et ton chauffeur ? demandai-je en riant, amusée par son impatience.

— Pas le temps de l'attendre ! répondit-il avant de m'embrasser.

Chapitre 20

Gray

Je voulais que tout soit parfait.

Alors que nous étions en route pour mon appartement, je réalisai que j'allais devoir prendre une douche en arrivant, le temps de me reprendre. Ma queue était déjà dure ; jamais je n'allais pouvoir la satisfaire dans cet état. Le simple fait de sentir sa main dans la mienne, sur cette banquette de taxi en similicuir, aurait pu me faire jouir. Je savais que je ne tiendrais pas plus de quelques secondes en découvrant son corps.

Je devais absolument me calmer. Je tentai de garder mes distances. Dans l'ascenseur, je gardai les mains dans les poches pour ne pas la toucher. Mais elle se tenait si près de moi que son parfum m'enivrait, me donnant des idées inavouables qui me rendaient de plus en plus dur. Mais lorsque nous entrâmes dans mon appartement, l'éviter devint presque impossible.

Coccinelle nous attendait derrière la porte. Dès qu'il la vit, il sauta sur Layla, qui se baissa pour le caresser, et il lui lécha le visage. C'était l'occasion rêvée pour m'éclipser.

— Je vais prendre une douche, déclarai-je.

Layla se leva et attrapa les revers de ma veste.

— Tu veux de la compagnie ? me demanda-t-elle avec un sourire et un regard évocateurs.

Merde.

Peut-être qu'avec le savon, elle ne remarquerait pas que j'éjacule avant même qu'elle m'ait touché ? C'était trop risqué...

— Euh... tu ne préférerais pas plutôt un verre de vin ?

— Oui, bien sûr, si tu veux ! lança-t-elle en se dirigeant vers le salon pour admirer la vue.

La ville était paisible, baignée par le clair de lune.

Je pris mon temps pour ouvrir une bouteille de son vin préféré, et pour servir deux coupes. En la rejoignant dans le salon, je pensai que, si je réussissais à faire en sorte que nous en buvions plusieurs, mon excitation diminuerait.

Je lui tendis son verre et bus une longue gorgée du mien, puis desserrai mon nœud papillon, le laissant pendre autour de mon cou. J'aurais dû éviter de la regarder, mais je ne pouvais m'en empêcher. Elle était tellement belle : sa cambrure, sa nuque délicate...

Sans même m'en rendre compte, je terminai mon vin. Layla, en revanche, le remarqua lorsqu'elle se tourna vers moi : elle jeta un coup d'œil à mon verre vide, tenant dans sa main le sien qu'elle n'avait pas encore entamé.

— Quelque chose ne va pas, Gray ?

Son visage reflétait les lumières de la nuit. Elle ressemblait à un ange – un ange à qui j'avais furieusement envie de faire des choses diaboliques.

— Non. Tout va bien, rétorquai-je en remettant mes mains dans les poches pour les garder en lieu sûr.

Elle plissa les yeux d'un air dubitatif.

— Je t'assure, insistai-je.

Puis je me souvins que je ne voulais plus lui mentir. J'expirai profondément, me préparant à lui dire la vérité.

— C'est juste que je n'ai pas été avec une femme depuis très longtemps...

— Tu as peur d'avoir oublié comment on fait ? me taquina-t-elle.

— Peut-être...

— C'est comme le vélo, tu sais. Je suis sûre que tu vas très bien t'en sortir...

La vision d'elle sur un vélo m'excita à nouveau. J'allai me servir un autre verre de vin pour faire diversion et reprendre mes esprits. Lorsque je revins dans le salon, Layla me sourit puis se tourna légèrement, en mettant ses cheveux d'un même côté.

— Tu peux m'aider à défaire ma fermeture Éclair, s'il te plaît ? J'ai envie d'enlever cette robe et de me mettre à l'aise...

Je regardai son dos et restai immobile. Je ne savais pas comment réagir. C'était trop d'un seul coup, après trois années d'abstinence.

Finalement, je me résolus à faire ce qu'elle venait de me demander. Le bruit de la fermeture Éclair fendit le silence de la nuit. Lorsque je fus en bas, au niveau de ses reins, je sentis qu'elle se cambrait et constatai qu'elle avait la chair de poule.

Elle se retourna et, tout en me regardant profondément dans les yeux, fit glisser la robe à ses pieds. Je fermai les paupières et comptai jusqu'à dix avant de les rouvrir. Je la découvris alors nue devant moi. Je n'avais jamais rien vu d'aussi beau que son corps. Elle ne portait qu'une culotte en dentelle noire, un soutien-gorge corbeille assorti dans lequel ses seins semblaient sur le point d'exploser, et une paire de talons aiguilles. Sa taille était si fine que j'aurais pu l'entourer de mes deux mains. Quant à ses jambes longilignes, elles dégageaient une telle douceur que j'avais hâte de les parcourir avec ma langue.

Je fis un pas en arrière pour mieux l'admirer, incapable de la quitter des yeux.

— Layla, murmurai-je. Tu vas devoir promettre que tu me donneras d'autres chances de me rattraper car, ce soir, je risque de ne pas être très performant. Je suis à environ trente secondes de la fin, et nous n'avons même pas encore commencé. Tu es tellement belle...

— Je crois savoir ce qu'il te faut, répondit-elle en se mettant à genoux.

Je l'avais trouvée belle debout ; je la trouvai encore plus belle à genoux. Je ne savais pas comment elle pouvait réussir un tel exploit.

Elle défit ma ceinture. Je la laissai faire, complètement incapable de faire autre chose que de la regarder, tandis que mon rythme cardiaque était hors de contrôle.

— Wouah ! murmura-t-elle en découvrant ma queue. À mon tour de me sentir un peu nerveuse, maintenant... Ne te retiens pas, ajouta-t-elle en me regardant. J'ai envie d'avaler ton sperme.

Elle déposa délicatement ses lèvres sur mon gland, et me lança le regard le plus provocateur que j'avais jamais vu, avant de me prendre entièrement dans sa bouche. Instantanément, je fermai les yeux, tentant de retenir le peu de contrôle qu'il me restait.

Mes doigts se fondirent dans ses cheveux épais dont la douceur ressemblait à celle de la soie. Je me laissai aller complètement, resserrant ma prise sur son cuir chevelu et guidant sa tête en avant et en arrière sur ma queue. J'avais l'impression de ne jamais avoir rien ressenti d'aussi bon, d'aussi doux. Peut-être était-ce parce que j'avais oublié... Mais j'étais sûr d'une chose : je n'avais jamais autant aimé être sucé par une femme.

La vue de sa tête bougeant de plus en plus vite, me prenant à chaque fois un peu plus profondément, était la chose la plus sexy que j'avais jamais vue. Lorsqu'elle caressa doucement mes testicules, je réalisai que cela avait valu la peine d'attendre trois ans.

J'étais proche.

Tellement proche.

J'oubliai la honte. J'oubliai la dignité.

J'accélérai le mouvement de sa tête, tapant le fond de sa gorge.

— Layla...

En quelques secondes, je sentis mes testicules se gonfler, et je sus que j'étais sur le point d'exploser. Même si elle m'avait dit de ne pas me retenir, je tins à l'avertir. Je voulais pouvoir la baiser partout et de toutes les manières possibles, mais je n'étais pas un animal. Je voulais qu'elle le sache.

— Bébé... réussis-je à gémir. Je vais venir...

Elle enfonça ses ongles dans mon cul, me faisant perdre littéralement le contrôle. D'un seul coup, des giclées de sperme envahirent sa bouche, tandis que tout mon corps était secoué de spasmes violents. La sensation fut si intense que, lorsque je rouvris les yeux, je m'étonnai même d'avoir réussi à rester debout.

Je restai figé quelques secondes, le temps de reprendre des forces, puis j'aidai Layla à se relever, la prenant dans mes bras.

— C'était... c'était...

J'étais à court de mots. Tout ce que je pouvais faire était de la serrer contre moi.

— ... Juste le début, murmura-t-elle en passant ses bras autour de mon cou.

Chapitre 21

Layla

La chambre était plongée dans l'obscurité la plus totale.

Gray ne m'avait pas touchée depuis que nous avions quitté le salon, mais je sentais sa présence derrière moi. Il me parlait, et son souffle réchauffait mon cou.

— J'adorerais voir ton visage pendant que je suis en toi, mais le fait que tu me tournes le dos va augmenter ton plaisir. Il va donc falloir que tu sois patiente... me susurra-t-il à l'oreille en effleurant doucement mon bras avec ses doigts.

Il avait raison. Tous mes sens étaient en éveil.

Au fil du temps, l'alchimie brute, presque animale, qui s'était créée entre nous dès notre première rencontre n'avait cessé de croître. J'attendais ce moment depuis si longtemps que mon corps était à fleur de peau. Gray posa une main sur ma hanche, et, de son autre main, balaya mes cheveux sur le côté avant de m'embrasser dans le cou.

— Passe tes bras derrière ma nuque, murmura-t-il à mon oreille.

Je fis ce qu'il me dit tandis qu'il faisait glisser ses mains le long de mon corps.

— Je rêve de ça depuis des années, reprit-il en serrant

mes seins dans ses mains. J'ai tellement fantasmé sur toi. J'ai hâte de découvrir ton corps...

Il baissa les bonnets de mon soutien-gorge et pinça mes deux mamelons.

— Dis-moi ce que tu vas me faire...

— Je vais te mettre devant un miroir et te demander de te caresser les seins pendant que je te lécherai le cou, avec mes doigts dans ta chatte, et ma bite dans ton cul, susurra-t-il.

Je reconnus à peine ma voix. Elle était rauque, presque inaudible.

— Et après... ? haletai-je.

Je n'avais jamais été aussi excitée de ma vie.

— Et après... Je te demanderai de t'asseoir sur mon visage pour que je puisse sucer ton clitoris, ajouta-t-il, son souffle réchauffant mon cou.

Il glissa un doigt à l'intérieur de moi, puis un deuxième. Je fermai les yeux, submergée par le plaisir et l'envie incommensurable que j'avais de lui.

— Tu es tellement humide...

Incapable de répondre quoi que ce soit, je laissai tomber ma tête sur sa poitrine, comme pour m'abandonner à lui, l'autoriser à faire ce qu'il voulait de moi.

— J'ai envie que tu sois à moi, poursuivit-il. Que tu ne sois plus mon avocate, derrière ton grand bureau, mais à genoux devant moi, et que tu me suces la queue...

Malgré moi, je laissai échapper un petit rire, mais Gray ne plaisantait pas. Il me serra contre lui, tandis que ses doigts continuaient d'aller et venir en moi. Je sentais son sexe en érection dans le bas de mon dos, et sa peau douce et chaude contre la mienne.

— Je veux remplir chaque partie de ton corps, avec ma langue, mes doigts, ma queue... je veux tout de toi. Ta chatte, ton cul, tes seins, ta bouche...

— Gray... murmurai-je.

Il retira ses doigts et me tourna face à lui. Je me sentais faible. J'avais l'impression que mes jambes allaient se dérober. Mais j'étais bien, car j'étais dans ses bras.

Il fit glisser ma culotte à mes pieds, et retira mon soutien-gorge, de manière que je sois complètement nue devant lui.

— Le lit est juste derrière toi. Assieds-toi et écarte tes jambes pour moi.

J'obéis et, aussitôt, il se mit à genoux puis plongea son visage entre mes cuisses, me léchant et me suçant avec avidité, comme si j'étais la seule nourriture dont il avait besoin après des années de privation. Son désir pour moi était beau, réconfortant, et terriblement excitant. Je sentais un orgasme naître au fond de moi et craignis de lui succomber trop rapidement, incapable de résister.

— Ta chatte est tellement bonne...

Il glissa un doigt en moi.

— Tellement serrée... Tellement humide...

Il suça à nouveau mon clitoris. Vaincue, je fermai les yeux, jusqu'à ce que, tout à coup, la vague de plaisir qui s'était formée en moi me submerge, m'emportant dans un tourbillon presque trop intense pour moi. Mon corps vibrait, frissonnait, et je gémissais sans que je puisse me contrôler. Je n'étais plus moi ; je n'étais que jouissance.

Lorsque je repris mes esprits, je sentis que Gray me soulevait pour m'allonger sur le lit. Son corps recouvrit le mien, puis il m'embrassa avec une passion que je n'avais jamais connue. Ses lèvres brûlaient les miennes tandis que nos langues, avides l'une de l'autre, s'entrelaçaient au même rythme que nos corps. Nous ne nous séparâmes que brièvement, juste le temps pour Gray de retirer sa chemise déboutonnée.

Il revint alors sur moi et se remit à m'embrasser, avant de s'interrompre.

— Est-ce que je peux te prendre sans préservatif ?

Nous avions déjà eu cette discussion, mais j'adorai le fait qu'il me demande quand même.

— Oui, s'il te plaît, répondis-je avec un large sourire, enroulant mes jambes autour de lui.

Il faisait sombre, mais je perçus néanmoins son regard plongé dans le mien alors qu'il me pénétrait avec une douceur infinie. Son sexe était long et large, et il savait qu'il devait aller doucement pour ne pas me faire mal.

— C'est tellement bon d'être en toi, murmura-t-il lorsqu'il fut au fond de mon ventre.

Je souris et caressai ses cheveux, attirant son visage contre le mien pour l'embrasser à nouveau. Il se mit alors à bouger en moi, son abdomen frottant contre mon clitoris. C'était délicieux, terriblement excitant. J'avais envie que ce moment dure toujours ; de ne plus jamais quitter ses bras, ni le plaisir qu'il me procurait.

Il accéléra le mouvement, s'enfonçant de plus en plus loin à chaque fois. Je sentais la vague de plaisir naître à nouveau, tandis que tous mes muscles se contractaient.

— Gray... gémis-je.

— Je suis là, bébé, souffla-t-il.

Le bruit de nos corps humides giflant l'un contre l'autre résonnait dans la pièce. L'odeur du sexe imprégnait l'air. Les frissons envahissaient mon corps. Il me consumait entièrement. Je le sentais en moi, sur moi, tout autour de moi... C'était bon, doux, chaud, intense, et...

À nouveau, je fus submergée par le plaisir, sans que je puisse ni le retenir ni le ralentir. L'orgasme était terriblement fort, et je succombai tandis que Gray continuait d'aller et venir en moi, de plus en plus en vite, répétant qu'il aimait être en moi, que mon corps lui appartenait, et qu'il allait bientôt venir. Il accéléra une dernière fois avant de s'abandonner à son tour, laissant couler son sperme chaud et doux en moi.

Anéanti, il m'embrassa longtemps, lentement, avec une sensualité inouïe. C'était le baiser le plus beau, le plus romantique que l'on m'avait jamais donné. Si je n'avais pas été aussi envoûtée par sa douceur, je me serais sans doute aperçue que j'étais en train de tomber complètement, follement, amoureuse de lui.

Gray.

Le lendemain, alors que l'après-midi commençait à peine, j'entrai dans la douche et fit couler l'eau. Immédiatement, Gray me rejoignit. Surprise et amusée, je me tournai pour lui faire face et enroulai mes bras autour de lui. Il ne portait rien d'autre que son érection – dont je commençais à me demander si elle n'était pas éternelle – et ses cheveux en bataille qui lui donnaient un air terriblement sexy. Je me sentis à nouveau excitée, étonnée moi-même de ma capacité à désirer quelqu'un avec autant d'ardeur.

Tandis que l'eau chaude coulait sur nous, Gray me tourna et serra mes seins pour me plaquer contre lui, sa queue raide contre le bas de mon dos.

— Bonjour, gémit-il en mordillant mon épaule.

— Je pense que, techniquement, nous sommes plus proches du *bonsoir* que du *bonjour*, répondis-je en riant.

— Quelle que soit l'heure, j'adore me réveiller avec ton corps nu et mouillé contre le mien...

— Tu parles de l'eau de la douche, là ? lui demandai-je d'un air espiègle.

— Mmmm... pas sûr, rétorqua-t-il en faisant glisser ses doigts à l'intérieur de moi.

— Gray, je commence à me dire que tu es accro au sexe, fis-je mine de le réprimander en plaquant mes mains contre le carrelage.

— Je suis accro à *toi*, précisa-t-il en embrassant mon oreille. Mais tu as peut-être besoin de repos ?

— Peut-être un peu, c'est vrai, confirmai-je en me tournant à nouveau vers lui.

— Je suis désolé...

— Non, ne le sois pas, le rassurai-je avec un large sourire, passant mes bras autour de son cou. C'était vraiment très bon...

Il sourit et colla son front contre le mien.

— Vraiment ?

Je hochai la tête.

— Vraiment... répétai-je. J'ai passé la plus belle nuit de ma vie.

— C'est un véritable cadeau d'entendre ça, Coccinelle. Merci, murmura-t-il avant de m'embrasser. Laisse-moi te laver, dit-il d'un ton enjoué lorsqu'il détacha ses lèvres des miennes.

Je le regardai en souriant et lui tendis le savon d'un air résigné avant de me tourner.

Il se mit alors à me frotter le dos, faisant descendre ses mains jusqu'à l'intérieur de mes fesses.

— Gray, l'interrompis-je. Je crois que pour aujourd'hui il va falloir te contenter de me laver le dos. Je dois rentrer chez moi et travailler. J'ai adoré passer tout ce temps avec toi, mais j'ai des choses à faire avant d'aller au bureau demain.

Les mains savonneuses de Gray remontèrent sur mes épaules, et il se plaqua contre moi.

— Tu peux travailler ici, peut-être ?

— Chez toi ?

— Oui. Je dois aller sur la côte ouest demain après-midi. Je dois préparer mes rendez-vous. Et puis, surtout, je n'ai aucune envie de te quitter...

— Pourquoi pas... Mais tu risques d'en avoir marre de moi. Nous avons été ensemble tout le week-end !

— Chérie, je veux que nous soyons ensemble bien plus qu'un week-end...

Chapitre 22

Layla

Gray : Je pense à toi...

Je jetai mes lunettes sur mon bureau et m'avachis sur ma chaise avec un sourire d'écolière. Le message de Gray était une pause bienvenue en ce lundi difficile. Après la rédaction d'un mémoire en réponse, j'étais en train de lire un nouveau dossier aussi complexe que soporifique. Or, je devais à tout prix le terminer rapidement car mon rendez-vous avec le client approchait.

Layla : Nue ?

Gray : Arrête ! Ne me dis pas ça... Je viens d'atterrir à Los Angeles, et je suis dans un taxi, en route pour rencontrer un partenaire commercial potentiel. Mais, à cause de toi, je vais d'abord devoir m'arrêter à mon hôtel.

Layla : Je te fais de l'effet, donc ?

Je prenais un malin plaisir à l'exciter, ce qui m'excitait aussi. J'avais l'impression d'être redevenue adolescente.

Gray : Plus que ça. J'ai l'impression que ces deux jours à l'intérieur de toi m'ont rendu complètement fleur bleue. Il y a une chanson de Taylor Swift en ce moment à la radio ; elle me fait penser à toi.

Je soupirai en me mordant la lèvre.

Layla : Quelle chanson ?

Gray : J'ai dit que j'étais devenu fleur bleue, pas une encyclopédie.

Je ris.

Layla : Il va te falloir des cours particuliers... À quelle heure sont tes rendez-vous aujourd'hui et demain ?

Gray : Ce soir à cinq heures et un autre à huit heures, heure locale. Il sera tard pour toi quand j'aurai fini de dîner ; je t'appellerai plutôt demain. J'ai avancé la réunion que je devais avoir l'après-midi au matin, comme ça je pourrai prendre un vol de retour plus tôt. J'ai très envie de t'emmener dîner demain soir.

Layla : Okay ! Une raison particulière ?

Gray : Oui. Tu me manques.

Je fondis littéralement sur place.

Au moment où j'allais répondre, mon téléphone sonna. C'était ma secrétaire.

— Votre rendez-vous de trois heures est arrivé.

— Parfait ! Pouvez-vous lui donner une procuration à remplir en attendant ? Il me faut environ dix minutes pour ranger mon bureau et courir aux toilettes.

— Aucun problème, me répondit-elle d'un ton rassurant.

Pour me donner du courage, je pris une minute pour relire les messages que je venais d'échanger avec Gray.

Dire que, seulement quelques jours auparavant, je le détestais encore... J'avais bien changé ! En l'espace d'un week-end, j'avais rencontré sa famille, nous avions fait l'amour autant de fois qu'il était humainement possible, et avions travaillé l'un en face de l'autre comme si nous étions ensemble depuis toujours... J'étais même allée promener son chien lorsqu'il était parti, le matin, pour prendre son vol. J'avais encore du mal à l'admettre, mais nous étions un couple. Un vrai couple !

Mon client attendait et il fallait que je m'active si je ne voulais pas le recevoir dans le désordre, et l'air défait. J'hésitai une seconde à la réponse que je devais envoyer, puis décidai d'écouter mon cœur et d'être sincère.

Layla : Toi aussi, tu me manques.

———

Mackenzie Cartwright, *mon rendez-vous de trois heures*, entra dans mon bureau avec une poussette de luxe dans laquelle se trouvait une petite fille endormie. C'était original... Hormis le fait que quatre-vingts pour cent de mes clients étaient des hommes, les quelques femmes qui me consultaient séparaient généralement leur vie professionnelle de leur vie privée. À tel point que je me demandais même souvent si elles en avaient une.

— Layla Hutton., me présentai-je en lui tendant la main. Enchantée, Mademoiselle Cartwright.

— *Madame* Cartwright, me corrigea-t-elle en me serrant la main.

— Oh. Excusez-moi... Je vous en prie, installez-vous, déclarai-je en la laissant entrer. Est-ce que vous désirez quelque chose à boire ?

— Non, merci. En revanche, si nous pouvions parler à voix basse pour que ma fille ne se réveille pas, ce serait formidable.

— Euh... Oui, bien sûr, chuchotai-je, réalisant soudain, avec embarras, que je parlais trop fort.

Je fis le tour de mon bureau et attendis que madame Cartwright s'installe. Elle portait une veste de tailleur — même s'il faisait probablement trente degrés dehors — et des lunettes de soleil foncées qu'elle ne prit pas la peine de retirer en s'asseyant.

— Bien, alors... commençai-je, faisant de mon mieux pour ne pas avoir l'air déstabilisée par le fait de ne pas voir ses yeux. Mon assistante m'a dit que vous aviez besoin de conseils au sujet d'un désaccord avec un associé, c'est bien cela ?

Elle me fixa et ne répondit pas immédiatement, laissant un silence maladroit s'installer entre nous.

— C'est exact, répondit-elle enfin.

— Peut-être pourriez-vous me raconter ce qu'il s'est passé depuis le début ?

Je consultai la fiche que mon assistante avait remplie lors de sa première conversation téléphonique avec la cliente, selon la procédure instaurée par le cabinet.

— Je vois que vous soupçonnez votre associée d'avoir détourné de l'argent... déclarai-je en relevant le regard vers elle.

Un nouveau silence.

Cette femme a quand même l'air très, très bizarre, pensai-je en attendant qu'elle veuille bien me répondre.

Le silence s'éternisait et j'en profitai pour la regarder attentivement. Elle était jolie, mais un peu trop maigre.

Ses pommettes hautes, qui auraient pu être un atout si elles avaient été enrobées de plus de chair, ressemblaient davantage à des crochets qu'à des os. Son teint pâle tirait sur le gris, et ses cheveux épais et trop noirs ressemblaient presque à une perruque. J'essayai de voir ses yeux, mais ils étaient cachés derrière la teinte sombre de ses lunettes surdimensionnées.

Le silence devint gênant et je décidai de la relancer.

— Avez-vous déjà parlé du problème à votre associée ?

— Oui.

Bien, bien, bien...

Apparemment, ma cliente était peu loquace. Je ne comprenais pas bien à quel jeu elle jouait. Généralement, ces réponses en un seul mot étaient celles de l'avocat de la partie adverse lors des confrontations, mais jamais celles de mes clients qui, au contraire, cherchaient de l'aide et étaient donc plutôt impatients de me raconter leur histoire.

— Et quelle a été sa réaction ? Est-ce qu'elle a avoué ?

— *Il*.

— Oh. Pardon, excusez-moi... Est-ce qu'*il* a avoué ? répétai-je.

— Non.

— Est-il toujours signataire des comptes bancaires de votre entreprise ?

— Oui.

— Très bien. Dans ce cas, la première chose que nous pouvons faire est de demander au tribunal une injonction l'empêchant de retirer de l'argent ou d'encaisser des chèques sans vos *deux* signatures. Ainsi, vous pourrez toujours utiliser l'argent de l'entreprise dans un cadre professionnel, mais aucun de vous ne pourra se servir des fonds à des fins personnelles.

— D'accord.

— Avez-vous des preuves comptables des fonds que vous pensez avoir été détournés ?

— Non.

— Dans ce cas, avez-vous une idée approximative des montants en jeu ?

Elle me regarda sans rien dire, ce qui, cette fois, commença à m'agacer.

— S'agit-il de mille, dix mille, cent mille dollars ? Je ne vous demande pas un montant exact, j'ai juste besoin d'une estimation...

— Six millions.

Je haussai les sourcils.

— Six millions ?

— Oui.

J'avais clairement l'impression qu'elle se fichait de moi. Qui venait consulter un avocat pour un détournement engageant des sommes si importantes, sans vouloir donner d'informations ? Quelque chose clochait, c'était évident.

— Et... Cet argent provenait-il des bénéfices de votre entreprise ? demandai-je en croisant les mains.

— Non. Il s'agissait de l'argent que nous avions tous les deux investi dans une précédente entreprise.

— C'était donc du capital d'investissement ?

— Oui.

— Aviez-vous chacun investi le même montant ?

— Je ne me souviens plus...

Je la regardai en plissant les yeux.

— D'accord... Mais si vous voulez pouvoir entamer une procédure, il nous faudra prouver le montant que vous aviez vous-même investi, et d'où provenait l'argent. Est-ce que cela sera un problème ?

Une douce petite voix vola à son secours.

— Maman...

La petite fille dans la poussette s'était réveillée et tendait les bras vers ma cliente. Elle était magnifique : des cheveux blonds bouclés, un petit nez, et de grands yeux vert pâle. Je le regardai d'un air attendri et elle me lança un immense sourire avant de se cacher derrière sa couverture, avec la timidité charmante que savent si bien manier les enfants.

De toute évidence, l'attitude froide et distante de ma cliente n'était réservée qu'à moi : avec un sourire lumineux qui lui barrait le visage, elle se pencha vers sa fille et baissa un tout petit peu la couverture pour lui découvrir les yeux.

— Je te vois, lui dit-elle d'une voix chantante.

La petite fille poussa un cri rieur et tira la couverture vers le bas, révélant le même grand sourire que sa mère. J'observai la mère et la fille, fascinée par le changement d'attitude soudain de ma cliente tandis qu'elle prenait la petite sur ses genoux. C'était comme si sa fille était son soleil et qu'elle lui réchauffait le cœur.

— Votre fille a vraiment des yeux magnifiques, lançai-je avec admiration.

— Les mêmes que son père, répondit ma cliente.

Je ne pouvais m'empêcher de regarder la petite. Avec les yeux aussi pâles que ceux de Gray, et les cheveux aussi bruns que les miens, elle aurait pu être notre fille.

Je chassai aussitôt cette idée.

— Tu dis bonjour, Ella ?

— Bonjouuuuuur ! lança la fillette d'une petite voix, en se serrant contre sa mère.

— Bonjour, Ella, répondis-je. Tu as bien dormi ?

Elle sourit et enfouit son visage dans le cou de sa mère qui, dans un geste affectueux, plaça les cheveux bouclés de son enfant derrière son oreille, laissant apparaître l'appareil auditif dont était dotée Ella.

— Bien, je vais y aller, dit la femme. De quoi avez-vous besoin pour commencer ?

— Les noms et adresses des parties, ainsi que le nom de la banque et le numéro de compte sur lequel se trouvait l'argent détourné. Cela devrait être suffisant pour l'obtention d'une injonction temporaire.

Aussitôt, elle me donna les numéros de deux comptes bancaires, si vite que j'eus à peine le temps de les noter. Elle s'était transformée en un véritable moulin à paroles.

— Parfait ! Et le nom et l'adresse de votre associé ? demandai-je.

Elle se leva brusquement et installa la petite fille dans sa poussette. Lorsqu'elle eut terminé de l'attacher, elle ajusta ses lunettes de soleil sur son visage et se tourna à nouveau vers moi.

— Aiden Warren.

Aiden Warren... Ce nom me semblait familier, mais j'étais incapable de savoir où je l'avais entendu.

— Ce nom me dit quelque chose, dis-je en fronçant les sourcils. Savez-vous s'il s'agit de l'un de nos clients ? Si c'était le cas, il y aurait certainement un conflit d'intérêts...

— Je ne crois pas. En revanche, je crois que vous connaissez l'un de ses associés actuels.

Tout à coup, je me souvins. C'était Gray qui m'avait cité ce nom lors d'une conversation que nous avions eue.

— *Quand as-tu compris que c'était Max qui t'avait piégé ?* lui avais-je demandé.

— *Environ un mois après le début de ma peine. L'un de mes amis est venu me rendre visite. Il avait vu Max dans le métro : elle était en train d'embrasser Aiden Warren.*

— *Qui est Aiden Warren ?*

— *Le mec qui nous avait piégés...*

Je regardai la femme en face de moi avec des yeux écarquillés.

— Vous êtes...

Elle me toisa et me regarda d'un air sans expression.

— Mackenzie Cartwright *Westbrook*. Max, pour les amis. Et, oui, c'est sa fille.

Chapitre 23

Gray

Où es-tu passée, Layla ?

Dès l'atterrissage terminé, j'avais allumé mon téléphone, mais n'avais toujours pas de réponse de Layla. Mon vol avait eu du retard, et il était déjà presque huit heures à New York. Je m'étais d'abord dit qu'elle devait être occupée au travail. Cependant mes messages apparaissaient comme lus, et elle avait forcément eu au moins deux minutes pour me répondre rapidement. Si elle ne l'avait pas fait, c'était forcément que quelque chose n'allait pas.

En descendant de l'avion avec mon bagage à main, un mauvais pressentiment m'envahit. Tout en me dirigeant vers la sortie de l'aéroport, je composai le numéro de Layla. Au bout d'une sonnerie, je tombai sur son répondeur – ce qui signifiait qu'elle avait elle-même raccroché.

Je tâchai de me convaincre que la situation n'était peut-être pas si grave. J'avais certainement dit quelque chose qui ne lui avait pas plu, et elle me faisait la tête. Pourtant, je ne pouvais m'empêcher de penser que c'était plus sérieux que cela. Peut-être s'était-elle fait renverser par une voiture à l'heure du déjeuner ? Ou peut-être avait-elle fait un malaise grave et avait dû être conduite à l'hôpital ? J'accélérai le pas, ayant hâte de retrouver Al, à qui j'avais demandé de venir me chercher. Lorsqu'enfin je fus sorti, je n'aperçus pas sa voiture. Je compris qu'il avait dû aller se garer un peu plus loin, le stationnement devant l'entrée de l'aéroport étant interdit, et lui envoyai un SMS pour le prévenir que j'étais arrivé. Il apparut quelques secondes plus tard.

— Appartement de Layla, lui indiquai-je en montant dans la voiture.

— Bien, Monsieur.

Il démarra aussitôt ma portière fermée, et jeta un coup d'œil vers moi dans le rétroviseur.

— Bon voyage ?

— Oui, soupirai-je en m'installant confortablement sur la banquette. Juste une longue journée.

La circulation était fluide et le trajet se déroula sans encombre. Il était neuf heures lorsque nous arrivâmes chez Layla.

— J'en ai pour dix minutes ! lançai-je avant de descendre de voiture.

— Bien, Monsieur.

En m'approchant de l'immeuble de Layla, je regardai en direction de la fenêtre de son appartement. Tout était éteint ; de toute évidence, elle n'était pas chez elle.

Je sonnai à son interphone. Pas de réponse.

Je tentai à nouveau de l'appeler, sans plus de succès.

Angoissé, je retournai vers la voiture.

— 1275 avenue de Broadway, Al, s'il vous plaît. Le bureau de Layla.

— Tout va bien, Monsieur ? me demanda-t-il d'un air inquiet.

— J'espère…

Archibald Pittman était en train de sortir de l'immeuble, accompagné d'un autre homme, tandis qu'Al garait la voiture devant l'adresse que je lui avais indiquée. J'aurais dû attendre qu'il s'éloigne avant de descendre, mais mon anxiété n'avait fait que croître depuis l'appartement de Layla, et je me sentais incapable de patienter une seconde de plus.

Je descendis donc de voiture et me précipitai vers l'entrée de l'immeuble en faisant mine de lire un message sur mon téléphone pour éviter tout contact visuel, mais cela n'empêcha pas Pittman de me remarquer.

— Grayson ? m'interpella-t-il lorsque je fus à son niveau.

Je levai les yeux et feignis la surprise.

— Archie ! Content de te voir !

— Que fais-tu ici à cette heure ? Il est vingt-deux heures !

Je cherchai un prétexte à la hâte.

— Un contrat qui doit absolument être envoyé à Los Angeles ce soir…

— Je suis ravi de voir que mes collaborateurs prennent aussi bien soin de nos clients, plaisanta-t-il.

— C'est le cas ! répondis-je d'un air vaguement amusé, par politesse. Bon, j'y vais vite. Bonne soirée ! lançai-je en prenant congé, sans lui laisser le temps de me répondre.

Lorsque l'ascenseur s'ouvrit à l'étage de Layla, je fus soulagé de constater que les doubles portes vitrées étaient toujours béantes. Vu l'heure tardive, la réception était évidemment fermée, et je me dirigeai, seul dans les couloirs, en direction du bureau de Layla. Tout était encore éclairé, mais la plupart des portes étaient fermées. Après le dernier virage à gauche, je découvris que le bureau de Layla était toujours ouvert, bien que les lumières soient éteintes.

Je rentrai dans son bureau, pensant n'y trouver personne, mais, lorsque les lumières automatiques s'allumèrent, je découvris Layla assise à son bureau, en train de me regarder.

— Tu dormais ? lui demandai-je, à la fois étonné et soulagé de la voir enfin.

— Non.

— Quel est le problème ?

Son bureau, normalement parfaitement rangé et organisé, était jonché de papiers. Quelques-uns étaient même par terre. En m'approchant d'elle, je remarquai que ses yeux étaient rougis et que son mascara avait coulé ; elle avait pleuré.

— Layla, réponds-moi. Quelqu'un t'a fait du mal ?

Mon rythme cardiaque s'accéléra. Je commençai à imaginer les pires scénarios. La situation n'était pas normale. Il lui était forcément arrivé quelque chose...

Tandis qu'elle me fixait sans rien dire, je m'approchai d'elle et fis pivoter sa chaise pour l'obliger à me faire face. Je m'accroupis et tentai de rester calme.

— Layla. Parle-moi. Qu'est-ce qu'il se passe, mon cœur ?

Une page sur le bord de son bureau attira mon attention et je la pris dans mes mains pour la regarder de plus près. La photo avait quelques années, mais je n'eus aucun mal à reconnaître Max. Il s'agissait d'un article dont je me souvenais parfaitement. Quelques mois avant que nous lancions notre entreprise, Kiplinger avait fait un numéro spécial sur les femmes qui avaient réussi dans le milieu des affaires, et Max en avait fait partie.

Mes yeux parcoururent le reste de son bureau.

C'est quoi ce bordel ?

Je pris une autre feuille – un article sur notre entreprise.

Une autre feuille – notre inscription au Registre du commerce.

Une autre – une copie de ma condamnation par le tribunal pénal.

Tout le bureau était couvert de feuilles contenant des informations sur moi, Max ou notre société. Doucement, je tournai le regard vers Layla. Elle me fixait toujours.

— Layla, qu'est-ce qu'il se passe ? Pourquoi toutes ces recherches sur Max ?

Elle détourna le regard et se tut quelques instants.

— Je l'ai rencontrée, aujourd'hui, finit-elle par me dire, d'une voix morne.

Je cherchai son regard, me retenant de lui poser toutes les questions qui se bousculaient dans mon esprit, car je sentais qu'elle allait m'en dire plus et que je n'allais pas tarder à avoir mes réponses.

Elle ferma les yeux un moment et prit une profonde inspiration avant de me regarder à nouveau.

— Elle est venue à mon bureau... *avec votre fille*

— Je ne comprends rien à ce que tu me racontes, Layla...

Je lui avais fait répéter trois fois ce qu'il s'était passé, mais c'était comme si je n'arrivais pas à intégrer ce qu'elle me disait.

— Comment ça s'est passé exactement ? lui demandai-je à nouveau, déterminé à comprendre la situation.

— Ma secrétaire avait inscrit sur mon agenda un rendez-vous avec un nouveau client. *Mackenzie.* Quand tu m'as dit que ton ex s'appelait Max, je n'ai jamais pensé que c'était le diminutif de Mackenzie, alors je n'ai pas fait attention, m'expliqua-t-elle d'une voix étrangement calme. Lorsqu'elle est entrée dans mon bureau, elle s'est présentée et s'est comportée d'une façon très étrange. Elle avait avec elle une petite fille qui dormait dans sa poussette. Elle m'a alors raconté que son associé lui avait volé six millions de dollars. Puis la petite fille s'est réveillée. Elle était belle. Très belle. Elle avait des yeux verts magnifiques. Ils me rappelaient quelqu'un, mais je n'ai pas immédiatement fait le rapprochement avec toi. Et quand j'ai complimenté les yeux de sa fille, elle m'a dit que c'étaient ceux de son père.

— Mais elle t'a dit que c'était moi, le père ? m'étonnai-je.

Layla me regarda au fond des yeux, comme pour sonder la vérité.

— Tu n'en avais vraiment aucune idée ?

— Bien sûr que non !

Je me levai et me mis à faire les cent pas.

— C'est complètement dingue ! m'exclamai-je. Je ne peux pas avoir d'enfant avec elle.

— Pourquoi pas ?

— Mais parce qu'elle me l'aurait dit ! Pourquoi est-ce qu'elle me l'aurait caché ?

— Et pourquoi est-ce qu'elle t'a volé et t'a piégé alors que vous aviez l'un comme l'autre de l'argent à ne plus savoir qu'en faire ?

Je me rassis et pris ma tête dans les mains.

— Je ne sais pas... Je n'ai jamais compris, en fait, soupirai-je.

Layla resta silencieuse pendant un moment.

— Tu ne savais vraiment pas ? répéta-t-elle d'une voix frêle.

C'était au moins la troisième fois qu'elle me posait cette question, et, enfin, je réalisai la situation. J'étais tellement sous le choc de ce qu'elle venait de m'apprendre que je n'avais pas pensé à ce que cela signifiait pour nous deux si c'était vrai. Je relevai le regard vers elle et, en voyant pour la première fois la douleur dans ses yeux, j'eus le sentiment que ce que j'avais attendu pendant plus de deux ans était en train de me glisser entre les doigts.

Je la rejoignis et m'accroupis à nouveau en face d'elle.

— Je n'ai pas vu Max depuis plus d'un an, lui assurai-je en prenant son visage entre mes mains. La dernière fois que j'ai eu de ses nouvelles, elle avait déménagé en Floride. Je ne savais même pas qu'elle était à New York, qu'elle allait venir te voir, et encore moins que j'avais un enfant avec elle. Je ne sais pas à quel jeu elle joue, mais je te promets que je n'étais au courant de rien, Layla. Tu dois me croire !

Je rapprochai mon visage du sien afin qu'elle voie la vérité dans mon regard.

— Je ne savais rien, Layla. Absolument rien, répétai-je.

Elle me regarda dans les yeux, sondant la vérité, puis hocha la tête.

Je poussai un soupir de soulagement, même si je savais que je venais de remporter une bataille, mais la guerre n'était pas encore terminée.

Le garde de sécurité nous interrompit.

— Le bâtiment ferme dans quinze minutes, Layla, annonça-t-il.

— Très bien, Frank. Merci, lui dit-elle en se forçant à sourire.

Le garde nous observa un instant.

— Tout va bien ?

— Oui, oui, tout va bien, le rassura-t-elle. Nous finissions de travailler, mais nous allons partir...

— Très bien. Alors, bonne nuit...

Lorsqu'il eut disparu, je caressai les cheveux et la joue de Layla.

— Tu as l'air épuisée. Viens à la maison avec moi...

— Non, répondit-elle en se tournant vers son bureau et en commençant à rassembler toutes les feuilles éparpillées dessus. Il y a Coccinelle, chez moi, tu te souviens ? Et puis, tu as raison, je suis vraiment épuisée, ce soir. J'ai besoin de retrouver mon lit...

Je sentais qu'elle était en train de s'éloigner de moi, et cela m'était insupportable.

— Dans ce cas, c'est moi qui viens chez toi ? proposai-je.

Elle me regarda d'un air hésitant.

— Je peux même dormir sur le canapé si tu as besoin d'espace. Mais ne me mets pas en dehors de ta vie, Layla. S'il te plaît.

— Okay, acquiesça-t-elle à contrecœur.

Ce soir-là, elle me laissa finalement dormir dans son lit. J'enroulai mes bras autour d'elle et la serrai fort contre moi, comme si ma vie en dépendait. Car je savais que le pire allait arriver le lendemain.

Chapitre 24

Layla

Lorsque je me réveillai, Gray n'était plus à côté de moi. Je regardai en direction de la fenêtre ; le jour n'était toujours pas levé, mais je ne savais pas si c'était le milieu de la nuit ou tôt le matin. Ce fut en voulant prendre mon téléphone pour regarder l'heure que je remarquai que la lumière de la cuisine était allumée.

Cinq heures du matin.

Je n'étais pas une lève-tard, mais j'avais mis beaucoup de temps à m'endormir, la veille, et je me sentais épuisée. Je songeai un instant à me rendormir pour tout oublier, néanmoins je savais que je serais incapable de trouver le sommeil. Je décidai donc de me lever et d'aller prendre une douche, afin de réfléchir à la situation avec les idées claires. Avant cela, je sortis de ma chambre pour vérifier si Gray était toujours là.

Je le trouvai dans le salon, assis devant son ordinateur, une tasse de café à la main. Il était dans le noir, et son visage était uniquement éclairé par la lumière de son écran. Je le trouvai beau, malgré l'inquiétude et la fatigue qui tiraient ses traits.

— Tu es debout depuis longtemps ? lui demandai-je

en me dirigeant vers la cuisine, qui donnait sur le salon, pour prendre une tasse de café.

Gray posa l'ordinateur portable sur la table basse et se décala sur le canapé de manière à me faire face.

— Une heure ou deux, je crois…

Je m'appuyai contre le comptoir de la cuisine et le regardai, depuis l'autre côté du bar qui séparait les deux pièces.

— Tu as réussi à dormir un peu ?

— Pas vraiment… Et toi ?

— Un peu…

Je regardai son ordinateur portable et bus une gorgée de café.

— Sur quoi est-ce que tu travailles ? Ça n'a pas l'air de t'enthousiasmer plus que ça…

— Je revois l'offre de rachat de l'entreprise high-tech dont tu as fait le contrat. Mes associés veulent que nous envoyions l'offre aujourd'hui. D'autres investisseurs sont intéressés ; nous devons faire vite si nous ne voulons pas qu'elle nous passe sous le nez.

— Okay… Dis-moi si je peux t'aider.

Un silence gênant s'instaura entre nous. Je détestai cette sensation et décidai de percer l'abcès.

— Tu vas la contacter aujourd'hui ?

Il hésita un instant puis leva les yeux vers moi.

— Viens t'asseoir, me dit-il en tapotant le canapé à côté de lui.

Je sentais d'avance que la conversation allait être compliquée ; que j'allais vouloir mettre de la distance entre nous, et que Gray n'aurait de cesse de vouloir me rapprocher de lui.

— Je préfère rester debout pendant que je bois mon café.

Il fronça les sourcils, puis se leva et me rejoignit dans la cuisine. C'était plutôt un petit « coin cuisine » ouvert sur le salon, de sorte que nous n'étions séparés que de quelques centimètres. Je tentai de garder mes distances, mais, comme je l'avais anticipé, lui faisait tout pour se rapprocher...

— J'ai cherché ses coordonnées sur Internet, ce matin, m'annonça-t-il. J'ai trouvé son adresse e-mail et son téléphone professionnel, mais pas de numéro de portable.

— Comment ça ? Tu n'as pas gardé son numéro de portable ?

— Non, elle a changé de numéro après m'avoir piégé.

J'hésitai un instant.

— Je l'ai, si tu veux. Elle a donné toutes ses coordonnées à mon assistante ; c'est la procédure.

— Si ça ne te crée pas d'ennuis, je veux bien, répondit-il en me regardant dans les yeux.

— Ne t'inquiète pas, le rassurai-je. Qu'est-ce que tu vas lui dire quand tu l'auras au téléphone ?

Il soupira, l'air désemparé.

— Je n'en sais absolument rien. Je suppose que je devrais commencer par lui demander si je suis réellement le père de sa fille...

———

Je n'avais pas vu la matinée passer. Il était déjà quatorze heures, et je n'avais absolument rien fait, à part lire un contrat à quatre reprises, et assister à une réunion interne durant laquelle le collègue assis à côté de moi dut me donner un coup de pied pour me tirer de ma rêverie, tandis que l'un de nos dirigeants me posait une question.

Je n'avais même pas eu le courage de sortir déjeuner, préférant rester à mon bureau, plongée dans mes pensées.

— Ça n'a pas l'air d'aller très fort, lança Oliver en entrant dans mon bureau, m'obligeant à revenir sur terre.

Je ne l'avais pas revu depuis notre dernier déjeuner lors duquel j'avais mis un terme à notre relation.

— Si, si, ça va, mentis-je. Juste beaucoup de travail...

Il fit semblant de me croire et acquiesça.

— Tu as vu qu'Elizabeth Waring s'en va ?

— Vraiment ? Elle rejoint un autre cabinet ?

Je savais qu'Oliver appréciait Elizabeth. Elle travaillait au département propriété intellectuelle et ils étaient souvent amenés à collaborer. Nous avions tous les trois déjeuné ensemble plusieurs fois.

— Non, elle prend sa retraite.

— Sa retraite ? m'étonnai-je. Mais elle a quoi... trente-cinq ans ?

Il sourit.

— C'est une manière de dire qu'elle quitte le privé et rejoint le service public...

— Oh... Remarque, c'est bien. Si elle veut avoir des enfants, elle aura plus de temps pour s'en occuper. On a un rythme de dingue, dans ce cabinet...

— C'est vrai, admit-il. En tout cas, elle a l'air très heureuse, et je la comprends. Tu connais la différence entre Pittman et une sangsue ?

— Non...

— Une sangsue arrête de te sucer le sang après ta mort.

Je ris.

— C'est tellement vrai !

— Bon, je vais te laisser travailler. Je voulais juste te dire qu'on organise une soirée pour son départ, si tu as envie de te joindre à nous... Vendredi soir prochain, au *Rodeo Bar*, juste en bas du bureau.

— Là où il y a un taureau mécanique ? lui demandai-je, médusée.

— Exactement !

— Je ne savais pas que les avocats en droit de la famille étaient si sauvages !

Il sourit.

— Tu devrais venir. Je suis sûr que ce sera très sympa...

— Merci pour l'invitation. J'essaierai d'être là.

Lorsqu'Oliver quitta mon bureau, je replongeai tête baissée dans mes pensées. Il était si gentil... Au moins, j'étais sûre que lui il n'avait pas d'enfant caché, et, vu qu'il avait obtenu le barreau, j'étais à peu près certaine que son casier judiciaire était vierge, contrairement à celui de Gray. Malheureusement, je n'étais pas amoureuse de lui. Cela aurait été trop facile. Apparemment, j'aimais les choses compliquées...

Mon téléphone bipa. C'était justement un message de Gray.

Gray : Dîner ce soir ?

Le simple fait de voir son nom s'afficher sur mon téléphone me faisait quelque chose. J'avais envie de le voir ; c'était justement ça, le problème. J'aurais aimé m'éloigner de lui, mais j'en étais incapable. Je repensai à ma mère et me demandai si c'était cela qu'elle avait ressenti ; si elle non plus n'avait pas été capable de s'éloigner de l'homme qui lui faisait du mal. En repensant à sa souffrance, je décidai d'être plus forte qu'elle et d'inventer un mensonge.

Layla : Désolée, je ne peux pas ce soir.

Garder mes distances, même si lui fait tout pour se rapprocher....

Je l'imaginai lire ma réponse, le visage crispé. Je savais d'ores et déjà qu'il allait me renvoyer un autre SMS, qu'il ne comprendrait pas mon besoin de prendre un peu de distance.

Gray : Travail ?

J'avais vu juste.

Je réfléchis un instant à ma réponse. Si je répondais simplement *non*, il allait s'imaginer mille scénarios. Je devais trouver autre chose, mais je détestais mentir. Alors, plutôt que de lui mentir, j'envoyai un message à Quinn pour avoir une réelle raison de ne pas pouvoir voir Gray.

Layla : Besoin de décompresser. Tu m'offres quelques cocktails ce soir ?

Sa réponse ne se fit pas attendre.

Quinn : Tu as de la chance, j'en ai un nouveau avec du LSD dedans...

Je ris toute seule en lisant son message.

Layla : C'est légal ?

Quinn : T'es devenue chiante en devenant avocate ! Bon, à quelle heure tu viens ?

Layla : Dans pas longtemps.

Quinn : Dans pas longtemps ? Mais il n'est même pas quinze heures ! Un problème ?

Elle me connaissait bien...

**Layla : Rien de grave, ne t'inquiète pas.
Disons que je risque d'avoir besoin d'un
vibro bientôt**

Maintenant que ma soirée était organisée, je pouvais répondre à Gray sans avoir à lui mentir.

Layla : Non. Soirée avec Quinn.

Gray : Okay… Ne bois pas trop !

J'aurais aimé clore la conversation, mais j'étais curieuse de savoir s'il avait contacté Max ; je voulais en parler avec Quinn.

Layla : Tu as pu joindre Max ?

**Gray : Pas encore. J'ai appelé son bureau
mais la** réceptionniste m'a dit qu'elle était en rendez-vous extérieur aujourd'hui.

J'étais déçue. J'aurais aimé savoir ce qu'ils s'étaient dit. Si la petite fille que j'avais vue était bel et bien la fille de Gray. Si…

Découragée, je jetai mon téléphone sur mon bureau et pris ma tête entre mes mains. Je me sentais incapable de travailler ; de penser à autre chose qu'à toute cette histoire. Il ne me restait plus qu'une chose à faire : en parler avec Quinn. Je pris mon sac à main et, sans même prendre la peine de ranger le dossier sur lequel j'étais en train de travailler, je décidai que ma journée était terminée et quittai le bureau.

De toute façon, en Europe, il est déjà tard…

———

Quinn resta bouche bée, ce qui voulait dire beaucoup, car elle n'était pas du genre à être impressionnée facilement.

— Ça veut dire qu'elle a accouché sans lui dire quand il était en prison à cause d'elle, et que maintenant qu'il commence à remettre de l'ordre dans sa vie, elle vient l'emmerder ?

— T'as tout compris, confirmai-je en buvant une autre gorgée de mon troisième verre de whisky.

Je grimaçai en sentant l'alcool me brûler la poitrine.

Insensible à ma douleur, Quinn appuya ses coudes sur le bar et s'avança vers moi pour en savoir plus.

— Et si cet enfant est vraiment le sien, qu'est-ce qu'il va se passer pour toi et Gray ?

— Je n'en ai aucune idée.

Quinn me regarda un instant, la tête penchée sur le côté.

— Bon, en même temps, ce ne serait pas la fin du monde... Juste la fin de ta vie sexuelle ! ajouta-t-elle en riant. Et je ne parle même pas de ton compte en banque qui va fondre, du poids que tu vas prendre, et des cernes que tu vas avoir... Mais tout ce qui ne tue pas rend plus fort !

Je pouffai, ce qui, avec mon hoquet, donna un son assez ridicule qui fit éclater de rire Quinn. Ce n'était pas vraiment drôle, mais nous avions toutes les deux besoin de rire pour relâcher la pression.

— En réfléchissant bien, reprit Quinn en essuyant ses larmes, la situation n'est pas si terrible. Il n'aura sûrement sa fille qu'un week-end sur deux, comme la plupart des mecs divorcés, ce qui veut dire qu'il n'aura pas à la réveiller le matin, ni à se battre pour qu'elle prenne sa douche ou se lave les dents.

— Tu te bats avec ta fille pour qu'elle se lave les dents ?

— Évidemment, mais je ne laisse jamais de trace, plaisanta-t-elle.

Des clients entrèrent dans le bar, et Quinn dut aller prendre leur commande. Je profitai donc d'être seule pour réfléchir à ce qu'elle venait de me dire.

Comment allais-je réagir s'il s'avérait que cette petite était bien la fille de Gray ? J'étais déjà sortie avec un homme qui avait un fils de quatre ans. Cela ne m'avait finalement pas posé de problème ; pourquoi serait-ce le cas avec Gray ?

Peut-être justement parce que je n'étais pas amoureuse de cet autre homme, alors que j'étais amoureuse de Gray...

Je suis

amoureuse

de Gray.

Je me répétais cela dans ma tête. Lentement, en même temps que j'en prenais conscience. Au fond de moi, je l'avais toujours su, mais ne me l'étais jamais réellement avoué. Ce qui voulait dire...

Je bus le reste de mon verre.

Après cinq heures passées dans le bar de Quinn à m'apitoyer sur moi-même, je décidai finalement de rentrer chez moi. Quinn me commanda un taxi et nota sa plaque d'immatriculation comme elle le faisait à chaque fois, *au cas où*, disait-elle.

Une fois chez moi, je me rendis directement dans ma chambre et m'écroulai sur mon lit sans même prendre la peine de poser mon sac à main ni de retirer mes chaussures. J'avais la tête enfouie dans l'oreiller et commençais tout juste à m'endormir lorsque je reçus un nouveau message. Je me forçai à me relever pour prendre mon téléphone dans mon sac : comme je m'y étais attendue, c'était un message de Gray.

Gray : Je suis passé chez toi, mais j'ai réussi à ne pas sonner à l'interphone. Je ne sais même pas si tu y étais, mais le simple fait de savoir que nous étions peut-être à quelques mètres l'un de l'autre m'a fait du bien. Je veux simplement que tu saches que je respecte le fait que tu aies besoin de prendre un peu de distance, par contre, cela ne veut pas dire que je ne meure pas d'envie d'être avec toi. Je t'embrasse, ma Coccinelle.

Après avoir lu son message, je l'aimai encore plus. Je mourais moi aussi d'envie d'être avec lui, mais je savais que ce n'était pas une bonne idée : je n'étais pas prête à m'occuper d'un enfant, même si ce n'était pas le mien, et même si ce n'était qu'un week-end sur deux et la moitié des vacances scolaires. Je me forçai donc à rester distante.

Layla : Tu as réussi à parler à Max ?

Gray : Son assistante m'a rappelé et m'a dit qu'elle me recevrait demain matin à son bureau.

Je ne pus m'empêcher de ressentir une pointe de jalousie à l'idée de les imaginer ensemble. C'était ridicule, je le savais : Gray la détestait, de toute façon. Mais je ne pouvais pas faire autrement. L'amour me rendait possessive. Néanmoins, je lui répondis sans rien laisser paraître.

Layla : Bonne chance pour demain.

Chapitre 25

Gray

Je tapotais nerveusement sur la table, luttant pour garder mon calme.

La secrétaire de Max m'avait fait entrer dans une salle de conférence – une immense pièce dans laquelle se trouvait une longue table entourée de plus d'une douzaine de chaises. La pièce était vitrée et tous les employés pouvaient me voir, ce qui me déplaisait au plus haut point. J'avais d'abord pensé que la secrétaire faisait ainsi avec toutes les personnes ayant rendez-vous – après tout, elle n'était pas censée connaître ce qui s'était passé entre Max et moi. Mais, au fur et à mesure que le temps défilait, je réalisai que Max ne laissait rien au hasard. De toute évidence, elle avait demandé à sa secrétaire de me faire attendre dans cette pièce car elle savait que j'aurais l'air d'un poisson dans son bocal et que je me sentirais ridicule.

À neuf heures dix, la porte s'ouvrit enfin. Max apparut et, contrairement à moi, paraissait parfaitement calme. Sans rien laisser paraître, elle marcha de l'autre côté de la table, posa un énorme dossier et son téléphone portable, et s'assit en face de moi. Elle croisa les mains sur le dossier et me regarda sans un mot.

Cela faisait plus d'un an que je n'avais pas posé les yeux sur elle, et la dernière fois que nous nous étions vus n'était pas un bon souvenir. Elle était toujours aussi grande et mince. Elle devait certainement continuer de faire un footing chaque matin comme elle le faisait lorsque nous étions ensemble. Elle avait toujours beaucoup couru, parfois même de très longues distances lorsqu'elle était stressée. Cela la maintenait en forme. Je devais admettre qu'elle était encore très belle.

Malgré tout, je remarquai les signes de fatigue et d'anxiété sur son visage. Ses joues étaient creusées, ses épaules légèrement voûtées, et la partie de sa poitrine que laissait entrevoir sa chemise était plus maigre que sexy. Si je n'avais pas été si furieux contre elle, elle m'aurait presque inquiété.

— Tu as l'air en forme, dit-elle finalement.

Hors de moi, je donnais un grand coup sur la table, la faisant sursauter.

— À quoi est-ce que tu joues, Max ? sifflai-je, la voix emplie de haine.

Elle eut l'air impressionnée une fraction seconde, mais se ressaisit rapidement.

— Je savais que tu serais un bon père, mais je voulais attendre que notre fille grandisse un peu avant de te l'annoncer.

— *Notre* fille ? Si elle est vraiment ma fille, pourquoi est-ce que tu as attendu plus de trois ans pour me le dire, bordel ?

Un homme ouvrit la porte de la salle de conférence et regarda Max.

— Tout va bien ?

— Ça va, Jack, je te remercie, le rassura-t-elle en touchant sa boucle d'oreille, comme elle faisait chaque fois qu'elle était nerveuse.

Le fameux Jack me jeta un rapide coup d'œil et, constatant mon air sombre, regarda à nouveau Max d'un air inquiet.

— Tout va bien, je t'assure, Jack, insista-t-elle. Nous sommes en train de discuter d'investissements potentiels.

De toute évidence, Jack ne croyait pas un mot de ce qu'elle racontait, mais fit comme si et quitta la pièce.

— Si je t'avais dit que j'étais enceinte il y a trois ans, tu n'aurais peut-être pas accepté d'aller en prison, et j'aurais certainement été condamnée.

Je la fixai. Elle venait d'admettre que tout ce que j'avais toujours soupçonné était vrai. Je n'avais jamais eu le moindre doute sur ce qu'elle m'avait fait, mais je ne m'étais pas attendu à ce qu'elle avoue si clairement et si facilement.

— Pourquoi est-ce que tu me dis tout ça maintenant ? Je ne comprends pas... Je suis sorti depuis peu, et tu vas voir ma fiancée en te faisant passer pour une cliente et lui présenter un enfant que tu prétends être le mien. Pourquoi ?

Sans rien dire, Max fit glisser le dossier devant elle dans ma direction. Je n'y touchai pas.

— Je ne comptais pas te le dire, dit-elle finalement. J'avais obtenu ce que je voulais et avais commencé une nouvelle vie en Floride...

— Qu'est-ce qui t'a fait changer d'avis ?

— Tout est là-dedans, répondit-elle en désignant le dossier des yeux.

— Je n'ai pas envie de jouer, Max, rétorquai-je d'une voix étrangement calme. Dis-moi ce qu'il y a dans ce dossier...

Elle se leva et se dirigea vers la fenêtre. Je n'avais plus aucune patience, mais je réussis à prendre sur moi et à attendre qu'elle se décide à parler.

— J'ai un cancer du sein métastatique de stade quatre, souffla-t-elle. Il s'est propagé à mes poumons, mon foie, mes os et mon cerveau. Tous les résultats de mes examens médicaux sont dans ce dossier, ainsi qu'un test ADN prouvant qu'Aiden n'est pas le père, et un autre prouvant que c'est toi. J'avais donné ta brosse à dents et ton rasoir pour qu'ils puissent prélever un échantillon.

Elle se tourna vers moi et me regarda droit dans les yeux.

— Il y a aussi une lettre que je t'avais écrite.

J'étais abasourdi. Je n'avais pas anticipé une telle nouvelle. Je soutins son regard. Cette femme m'avait menti, trompé, et trahi ; je n'avais aucune raison de la croire cette fois-ci. Pourtant, je voyais dans ses yeux qu'elle me disait la vérité.

Je fis glisser l'épais dossier vers moi et, avec une profonde inspiration, l'ouvris et commençai à le feuilleter. Il y avait beaucoup de termes médicaux que je ne comprenais pas, mais certains mots me sautaient au visage comme s'ils avaient été surlignés.

Soins palliatifs
Chimiothérapie
Neutropénie

Je tombai sur un passage qui me parut plus compréhensible que le reste. Il confirmait tout ce que

Max m'avait dit, faisant état d'importantes tumeurs au cerveau, aux poumons, au foie, et proposait une double mastectomie.

Je levai les yeux sur elle à nouveau. Tout à coup, sa maigreur, que j'avais initialement prise pour de la coquetterie, m'apparut complètement différente. Je remarquai alors d'autres détails auxquels je n'avais pas fait attention tout de suite : son teint grisâtre, sa perruque... Soudain, j'eus l'impression qu'elle avait vieilli de vingt ans. Même très mince, elle avait toujours eu des formes harmonieuses ; cette fois, ce n'était plus le cas. Elle n'avait que la peau sur les os. Et, surtout, je pris conscience qu'elle n'avait plus de seins.

Je fermai les yeux pour reprendre mes esprits. Lorsque je les rouvris enfin, je pris le temps d'observer la femme qui m'avait volé des années de mon existence, ma réputation, et ma dignité. J'avais passé trois ans de ma vie à la détester, à la voir comme un monstre. Désormais, je ne voyais qu'une femme fragile ; une mère qui allait mourir et qui avait peur de laisser sa fille derrière elle.

— Combien de temps ? lui demandai-je, le souffle court, n'osant pas formuler plus clairement ma question.

— Six mois... peut-être.

En entendant ces mots, j'eus l'impression que tout autour de moi se mit à tourner et laissai tomber ma tête dans mes mains.

— Je suis désolé, soufflai-je.

Max se rassit en face de moi.

— Moi aussi, Gray. Moi aussi. Je sais que ce n'est pas suffisant. Et je ne te demande pas de me pardonner. Mais, maintenant que je vais mourir, je réalise que je n'ai pas accompli que du bien dans ma vie, et je le regrette. Je ne suis pas fière de ce que j'ai fait. Je vivais pour l'argent et le pouvoir, sans me préoccuper de savoir si je blessais des personnes autour de moi. Mais il y a une chose dont je suis fière : c'est Ella. Elle est innocente, douce, pleine d'amour et de vie.

Elle fit une pause.

— Je suppose qu'il valait mieux qu'elle grandisse avec un père comme toi qu'avec moi...

— Tu es sûre qu'elle est de moi ? lui demandai-je timidement. Tu sais, les tests ne sont pas toujours justes...

Max sourit tristement et fouilla dans la poche de sa veste. Elle en sortit une photo qu'elle fit glisser sur la table. Je la pris et eus le souffle coupé : la petite fille qui était dessus était mon portrait craché. Pire, elle ressemblait à mon père.

— J'ai besoin d'un peu de temps pour digérer tout cela.

— Je comprends.

— Est-ce que je peux garder la photo ?

— Bien sûr.

En me relevant, je me sentis étourdi. Je pris le dossier, fit un signe de tête à Max, puis me retournai et me dirigeai vers la porte.

— Y a-t-il autre chose que tu voudrais m'avouer avant que je parte ? lui demandai-je en me retournant une dernière fois, la main sur la poignée.

Max baissa les yeux.

— Putain ! soupirai-je. Quoi d'autre, Max ?

— Aiden est parti avec tout l'argent que nous t'avons volé. J'aimerais vraiment que ton amie essaie de le récupérer. C'est l'héritage d'Ella.

Incroyable !

Je me tournai et ouvris la porte.

— Tu es vraiment un phénomène ! lui dis-je sans la regarder, avant de quitter la pièce.

Chapitre 26

Gray

Faisant tourner les glaçons dans mon verre vide, je regardai les morceaux de ma vie éparpillés sur le canapé et le sol du salon. Le dossier que Max m'avait donné contenait tout – ses résultats médicaux, son testament me désignant comme seul tuteur d'Ella, une lettre de sept pages qui détaillait tous les pourquoi, comment et quand de sa maladie et de sa grossesse, et le certificat de naissance de ma fille, accompagné de son dossier médical. Elle avait même admis par écrit m'avoir escroqué, détaillant la manière dont elle avait procédé. J'avais enfin toutes les réponses aux questions que je m'étais posées depuis tant d'années, mais c'était à la photo de ma fille, au milieu de tous ces papiers, que je revenais sans cesse.

Ma fille.

J'avais du mal à m'habituer à ces mots, et encore davantage à les prononcer à haute voix. Ella Kent Cartwright était née il y avait près de trois ans, le jour de la Saint-Valentin. Lorsqu'elle avait déclaré sa naissance, Max avait coché la case « née de père inconnu », mais avait donné à Ella le nom de jeune fille de ma mère comme deuxième prénom – *Kent*.

J'observai pour la millième fois la photo d'Ella. Je ne savais pas comment on s'occupait d'un enfant – encore moins d'une fille – mais mon cœur battait plus fort à chaque fois que je regardais son magnifique visage. C'était comme si toute ma vie avait été aspirée dans une tornade, et que je ne savais pas où cela me mènerait. La seule chose dont j'étais certain était que je voulais rencontrer Ella le plus tôt possible.

Je me relevai et, d'un pas mal assuré, allai me servir un autre verre de whisky dans la cuisine. La bouteille était presque vide et je versai jusqu'aux dernières gouttes.

Il fallait aussi que je parle à Layla. Elle m'avait envoyé un message plus tôt dans la soirée auquel je n'avais toujours pas répondu. Que pouvais-je lui répondre ?

Oui, j'ai une fille.

Et... dans peu de temps, je vais devoir m'occuper d'elle seul, alors que je ne l'ai encore jamais rencontrée.

J'étais tenté de lui mentir – de lui dire que Max avait finalement annulé notre rendez-vous. Cela m'aurait permis de gagner un peu de temps et de me réfugier dans le déni une nuit de plus. Mais je lui avais promis de ne plus jamais lui mentir. C'était à cause de mes mensonges que je l'avais perdue une première fois ; je ne voulais pas que cela se reproduise.

Je me résolus donc à lui dire la vérité. Mais pas par téléphone ; la situation était trop grave pour cela. Il était presque huit heures ; elle devait être rentrée chez elle à cette heure-ci.

Gray : Il faudrait que je te voie. Tu es chez toi ?

Sa réponse arriva presque immédiatement.

Layla : Non.

Mon cœur se mit à battre. Je commençai à rédiger une réponse, puis, découragé, jetai finalement mon portable à côté de moi sur le canapé. J'entendis mon téléphone fixe sonner mais n'y prêtai pas attention. Au lieu de cela, je pris à nouveau mon portable et rédigeai ma réponse.

Gray : Tu es toujours au travail ? Je peux venir te chercher, si tu veux, et te raccompagner chez toi ?

Layla : Je ne suis plus au travail.

Putain !

Elle ne voulait tout simplement pas me voir.

Gray : Tu es fatiguée ? Tu préfères que l'on se voie un autre soir ?

Mon téléphone fixe sonna à nouveau. Je décidai de l'ignorer. Je ne savais pas qui m'appelait, mais, qui que ce soit, cette personne était forcément moins importante que Layla.

Layla : Non, je ne suis pas fatiguée.

Putain, c'est pas vrai !

Je décidai de l'appeler. Elle répondit à la première sonnerie.

— Chérie, il faut vraiment que je te parle, lançai-je de but en blanc.

— Alors pourquoi est-ce que tu ne réponds pas quand on t'appelle ? dit-elle d'une voix riante.

Je ne comprenais plus rien.

— Comment est-ce que tu connais mon...

— Je ne le connais pas, mais je suis en bas de chez toi et ton portier essaye de t'appeler depuis tout à l'heure pour te demander si j'ai le droit de monter chez toi...

Aussitôt, je pris mon téléphone fixe et appelai le portier.

— Norman ?

— Oui, Monsieur Westbrook.

— Pouvez-vous, s'il vous plaît, laisser monter madame Hutton ?

— Très bien, Monsieur.

— Et, pour les prochaines fois, madame Hutton peut venir chez moi quand elle le souhaite.

— Bien, Monsieur.

Je raccrochai et repris aussitôt mon téléphone portable pour parler à nouveau à Layla.

— Dépêche-toi de monter. Tu ne peux pas savoir à quel point je suis heureux de te voir !

J'attendis devant les portes de l'ascenseur. Lorsqu'elles s'ouvrirent enfin, mes deux Coccinelles apparurent, la plus poilue des deux avec sa vieille chaussure entre les dents.

Layla se pencha pour le prendre dans ses bras.

— Tu étais impatient de me voir ou tu essayais de t'échapper par l'ascenseur ? me demanda-t-elle en riant.

J'aurais voulu que son sourire reste sur son visage pour toujours. Mais, soudain, je réalisai que, tout comme je n'avais pas voulu lui parler par téléphone, peut-être qu'elle avait eu la même idée que moi et qu'elle était venue pour me dire en face qu'elle me quittait.

Je chassai aussitôt cette idée de ma tête et décidai de rester positif.

— Je suis tellement content de te voir, lui dis-je simplement.

— J'ai cru que tu m'avais évitée toute la journée pour ne pas avoir à me parler, dit-elle en reposant le chien au sol.

— Tu me connais bien...

Je souriais mais, à l'intérieur de moi, j'étais comme une épave, incapable de penser. La seule chose que je réussis à faire fut de la regarder. Elle portait un tailleur-jupe rouge et une chemise en soie blanche à travers laquelle je devinai la dentelle de son soutien-gorge. Ses longues jambes galbées étaient mises en valeur par ses escarpins noirs à talons, mais ce qui attira surtout mon attention fut le fait qu'elle n'avait pas maquillé ses taches de rousseur. Cela me donna une lueur d'espoir à laquelle je décidai de m'accrocher.

— Tu n'as pas l'air très en forme, déclara-t-elle.

Apparemment, elle avait elle aussi pris le temps de m'observer pendant que j'étais occupé à la détailler.

— Toi, en revanche, tu es splendide, rétorquai-je.

Elle sourit, flattée.

— Tu m'invites à rentrer chez toi ou on continue à se regarder devant l'ascenseur ?

— J'ai toujours aimé les ascenseurs...

Elle rit.

— Je préférerais que tu m'offres un verre... Vu ta tête, j'ai l'impression que j'ai du retard à rattraper.

Elle se dirigea vers le salon pendant que j'allais chercher une bouteille de vin, un verre à pied pour elle, et une bouteille d'eau pour moi. Lorsque je la rejoignis, je réalisai que j'avais oublié le désordre que j'avais laissé. Je posai les boissons sur la table basse, lui servis une coupe, et ramassai les papiers sur le canapé pour lui dégager de la place. Alors que j'étais en train de le faire, Layla ramassa la photo d'Ella et la regarda en sirotant son vin.

— Elle est vraiment très belle, dit-elle doucement. Elle est même encore plus jolie en vrai.

— Je n'arrête pas de regarder cette photo...

— C'est ta fille ? me demanda-t-elle en me regardant dans les yeux.

J'expirai profondément, me préparant à entrer dans l'œil du cyclone.

— Max m'a donné les résultats des tests ADN qui prouvent qu'Aiden n'est pas le père et qu'Ella est bien de moi.

— Et tu la crois ?

Je regardai la photo qu'elle tenait toujours dans sa main.

— Elle me ressemble tellement que je l'aurais crue même si elle ne m'avait pas donné de tests ADN...

Layla sourit tristement. Nous nous regardâmes dans un silence absolu pendant un long moment. Je ne savais pas quoi dire, et, de toute façon, je pensai qu'il valait mieux la laisser digérer seule la nouvelle.

— Pourquoi te l'a-t-elle cachée si longtemps ? me demanda-t-elle finalement.

— Elle m'a dit qu'elle avait découvert qu'elle était enceinte juste avant que j'accepte d'être accusé à sa place. Elle a eu peur que je change d'avis si elle me l'avait dit.

— Quelle horreur... Cette femme est tellement égoïste.

— C'est aussi ce que je me suis dit, répondis-je. Jusqu'à ce que...

Je m'interrompis, et baissai le regard.

— Elle veut que vous vous remettiez ensemble ?

— Non ! m'exclamai-je. Pas du tout.

— Alors pourquoi est-elle venue me voir ? Pourquoi te dire aujourd'hui que tu as une fille ? Je ne comprends rien...

— Max ne fait jamais les choses normalement ; je l'ai appris à mes dépens...

Nous retombâmes dans le silence pendant quelques minutes. Je devais absolument lui dire le reste, mais je ne savais pas par où commencer. Comment lui annoncer que la vie que je venais à peine de commencer allait être bouleversée à jamais ?

Ce fut finalement elle qui me força à me confronter à la vérité.

— Et que va-t-il se passer, maintenant ? Elle compte te laisser la voir ?

Je la regardai un instant dans le fond des yeux avant de me jeter à l'eau.

— Max est en train de mourir. Elle a un cancer du sein de stade quatre généralisé.

Elle était en train de porter son verre de vin à sa bouche mais s'arrêta net, bouche bée.

— Oh mon Dieu...

— Elle a décidé de me le dire car il ne lui reste pas beaucoup de temps et elle veut pouvoir s'occuper de la transition...

— La transition ?

— C'est moi qui vais avoir la garde d'Ella.

Layla baissa le regard, puis s'assit sur le canapé, posant son verre sur la table basse.

— Sensationnel... murmura-t-elle. Je... Je ne sais même pas quoi dire.

Je m'accroupis en face d'elle et pris ses mains dans les miennes.

— Dis que ça ne te gêne pas, que tu es prête à accepter la situation parce que tu m'aimes, lui suggérai-je en la regardant dans les yeux.

— Gray...

Elle détourna le regard.

— ... c'est beaucoup...

— Je sais, Layla. Il faut que tu prennes le temps d'intégrer tout ça...

Elle leva les yeux vers moi. Elle semblait se poser mille questions à la fois, essayant de comprendre ce qui était incompréhensible.

— C'est pour ça qu'elle est si mince, alors. La perruque. Les lunettes de soleil...

Je hochai la tête.

— Elle n'est pas en forme, en effet.

— Elle était avec Ella, aujourd'hui, lorsque tu es allé la voir ?

— Non. Quand j'ai quitté le bureau de Max, j'étais complètement perdu. Je suis rentré à la maison et ai lu une lettre de sept pages qu'elle m'a écrite et qui était dans le dossier qu'elle m'a remis, avec tout un tas de documents. Dans sa lettre, elle me demandait de lui envoyer un SMS lorsque je me sentirais prêt à rencontrer Ella. Je l'ai fait, mais elle ne m'a pas encore répondu...

— Ella porte un appareil auditif. J'avais complètement oublié de te le dire...

— Je sais, répondis-je. Il y avait aussi le dossier médical d'Ella dans les documents que Max m'a remis. Elle est atteinte de surdité génétique. Dans son cas, la surdité n'est que bénigne. Pour le moment, en tout cas, car elle peut s'aggraver progressivement avec le temps. Par précaution, Max lui fait prendre des cours de langue des signes. Mon père était atteint de la même maladie. Il ne portait pas de prothèse auditive, mais il aurait dû. Il a préféré obliger tout le monde à répéter en permanence et à parler fort...

— Gray. Je suis tellement désolée... Je ne sais pas quoi dire. Quand je pense que tu as raté près de trois ans de la vie de ta fille...

— Je vais devoir rattraper le temps perdu.

Elle me regarda dans les yeux, et je vis les siens s'emplir de larmes. L'une d'elles coula sur sa joue et je l'essuyai avec mon pouce.

— C'est moi qui suis désolé de te faire vivre tout cela. Si j'étais moins égoïste, je te laisserais partir et faire ta vie avec un homme dont le passé est moins compliqué que le mien. Mais j'en suis incapable. Le simple fait de t'imaginer loin de moi me rend malade.

Les larmes continuaient de couler sur ses joues.

— Je suis désolé, Layla. Je suis tellement désolé. Te faire pleurer est la dernière chose dont j'ai envie. Mais tu verras, je suis sûr que nous y arriverons. Que tout finira par s'arranger, et que nous serons heureux...

— Je ne pleure pas pour moi, Gray. Je pleure pour Max. Pour toi, qui as perdu tant d'années avec une petite fille que tu n'as même pas encore rencontrée.

Je l'attirai contre moi et la serrai dans mes bras. J'avais l'impression de pouvoir enfin respirer à nouveau.

— C'est beaucoup, je sais, dis-je en caressant ses cheveux. Et je ne te demande pas de prendre une décision aujourd'hui. Je veux que tu prennes ton temps. Mais il y a encore une chose que je voudrais te dire.

Elle se détacha de moi et me regarda avec un sourire triste.

— Je te préviens, je ne suis pas certaine de pouvoir en supporter beaucoup plus, déclara-t-elle en reniflant, avec un petit rire.

— Ça n'a rien à voir avec Max. Mais je veux que tu le saches...

— Quoi ?

— Demain, où à chaque fois que tu réfléchiras à tout ça, à toutes ces choses que je viens de faire peser sur toi, je veux que tu te souviennes d'une chose...

Je fis une pause, la regardant droit dans les yeux.

— Je t'aime, Layla Hutton. Je t'aime comme je n'ai jamais aimé personne.

Elle me regarda en souriant.

— Gray...

Je l'embrassai sur la bouche pour l'empêcher de parler.

— Chut... Ne dis rien. Nous avons été suffisamment sérieux pour ce soir. Que dirais-tu plutôt d'un autre verre de vin, et d'un bain chaud avec moi ?

— Je ne sais pas, Gray. Je ferais peut-être mieux de rentrer...

— Si tu pars, je pars avec toi. Je te préviens : tu ne vas pas te débarrasser de moi aussi facilement. On peut aller chez toi si tu veux, mais je ne te quitte pas d'une semelle... pas ce soir, pas après cette journée de merde.

Elle hésita un instant, puis finit par acquiescer. Elle accepta l'autre verre de vin que je lui avais proposé, mais pas le bain. Peu importait ; tout ce qui comptait, c'était qu'elle soit là, avec moi. Lorsque nous nous couchâmes, ce soir-là, je la serrai fort contre moi.

Malgré cela, je sentis qu'elle s'éloignait.

Chapitre 27

Layla

Lorsque je me réveillai, Gray était encore endormi à côté de moi. Il avait l'air si paisible... Je ne pus m'empêcher d'avoir de la peine en repensant à tout ce qu'il avait perdu : trois ans de sa vie, son entreprise, sa réputation, la naissance de sa fille, ses premiers pas, sa première coupe de cheveux, ses premiers mots... *tout*. Je voulais être là pour lui. Mais l'idée de construire une nouvelle vie avec une enfant de trois ans qui était sur le point de perdre sa mère m'effrayait plus que tout. Aussi étais-je partagée entre l'envie de fuir et l'amour que je ressentais pour lui et qui m'en empêchait.

La veille, en essayant de trouver le sommeil, je n'avais cessé de repenser à quelque chose que ma mère m'avait toujours dit. Après que j'avais réalisé que nous n'étions pas l'unique famille de mon père – que ma mère était en réalité la maîtresse, et moi l'enfant illégitime – j'avais souvent demandé à ma mère comment elle faisait pour accepter cette situation. Sa réponse était toujours la même : « *Quand on aime réellement quelqu'un, il faut parfois accepter de faire passer ses besoins avant nos propres besoins* ».

Chaque fois qu'elle me disait cela, je me disais qu'elle avait tort, qu'on ne devrait pas pouvoir accepter qu'un homme ait *besoin* d'avoir deux familles. Bien sûr, je ne lui dis jamais le fond de ma pensée ; je ne voulais pas lui faire de peine, ni critiquer mon père – l'homme qu'elle aimait et qui était un bon père pour moi... quand il était là.

Mais, au fond de moi, je m'étais toujours promis que jamais je ne reproduirais le comportement de ma mère, et que je donnerais la priorité à mes propres besoins, même en étant très amoureuse.

Gray ouvrit finalement les yeux.

— Salut, grogna-t-il en tendant sa main pour caresser ma joue. Tu es encore là ?

— Pourquoi ? Tu pensais que j'allais m'enfuir ?

— Un peu, c'est vrai... Hier soir, j'avais peur de m'endormir et que tu en profites pour t'éclipser.

— Eh bien, tu vois, ce n'est pas le cas, le rassurai-je en posant ma main sur la sienne. Par contre, je ferais mieux de m'activer : je dois repasser chez moi et aller au bureau.

— Tu peux prendre ta douche ici, suggéra-t-il en m'attirant contre lui.

— J'adorerais, mais je ne peux pas me permettre d'arriver en retard au travail...

Gray enfouit sa tête dans mes cheveux.

— On peut aussi être rapides...

Son souffle chaud dans mon cou m'excita instantanément, or je savais que c'était une mauvaise idée.

— Bon, voilà ce que je te propose : je prends ma douche ici, et, pendant ce temps, tu nous prépares un petit-déjeuner...

— J'ai mieux, rétorqua-t-il en continuant d'embrasser mon cou. Nous prenons une douche ensemble, et je te mange pour le petit-déjeuner pendant que tu te laves. Pas mal, non ?

— Bien essayé, répondis-je en riant et en le repoussant. Mais j'ai une audience à dix heures qui risque de durer toute la journée. Il faut que j'aie quelque chose dans le ventre avant d'y aller.

— Pas de problème, je peux aussi te remplir le ventre !

Je ris à nouveau, et me dégageai de lui pour me lever.

— Ta proposition est très tentante, mais, vraiment, je n'ai pas le temps ce matin...

Après une douche rapide, j'enveloppai mes cheveux dans une serviette et enfilai la chemise que Gray avait portée la veille, puis me dirigeai vers la cuisine où flottait une délicieuse odeur de bacon. Torse nu, vêtu d'un simple bas de jogging noir, Gray était en train de cuisiner. Son dos musclé était magnifique et, malgré la confusion qui régnait dans mon esprit, m'attira instantanément vers lui.

Je le rejoignis et me plaquai contre lui, passant mes bras autour de sa taille.

— Tu ne sais pas à quel point j'ai dû lutter contre moi-même pour rester ici en sachant que tu étais nue dans la salle de bain. Tu ne devrais pas te frotter contre moi comme ça car tu risques de réveiller le fauve qui est en moi...

Il éteignit la plaque, déposa le bacon dans l'assiette qu'il avait préparée à côté de lui, ajouta les deux tranches de pain qui sortirent du grille-pain, puis se tourna vers moi, l'assiette dans les mains. Aussitôt, mes yeux furent attirés par l'énorme bosse au niveau de son entrejambe.

— Ça vient de se passer ? lui demandai-je en riant.

— Je plaide non coupable... C'est toi qui es venue te plaquer contre moi. Je n'y suis pour rien...

Je pris l'assiette de ses mains, et fis de mon mieux pour ignorer l'envie que j'avais de lui.

— Ça a l'air délicieux ! déclarai-je en m'installant au bar. Merci !

— Je suis désolé, je n'ai plus d'œufs...

— C'est parfait comme ça, je t'assure.

— Je te sers une tasse de café ?

J'acquiesçai, et il s'assit en face de moi, deux tasses de café à la main.

— Tu ne manges rien ? m'étonnai-je.

— Je mangerai tout à l'heure. Je ne peux rien avaler avant mon footing...

— Tu as des choses de prévues aujourd'hui ? lui demandai-je en sirotant mon café.

Aussitôt, son sourire décontracté disparut.

— J'ai consulté mes messages pendant que tu étais sous la douche. Max m'a répondu tard hier soir, me disant que je pouvais rencontrer Ella cet après-midi. Je lui ai proposé le parc de l'autre côté de la rue. Il y a une aire de jeux pour enfants, et j'en profiterai pour sortir Coccinelle. Je vais travailler depuis la maison, aujourd'hui, comme ça, quelle que soit l'heure à laquelle elle viendra, je n'aurai qu'à descendre.

— Tu te sens nerveux ?

Il passa une main dans ses cheveux.

— Je suis terrifié, tu veux dire ! Je sais qu'un homme n'est pas censé avoir peur, mais je ne peux pas m'en empêcher. J'ai peur qu'elle se mette à pleurer lorsqu'elle me verra...

— Mais bien sûr que non... le rassurai-je en me levant et en me dirigeant vers lui pour le prendre dans mes bras.

Elle va t'aimer, Gray. Les enfants ont un sixième sens et savent d'emblée reconnaître les bonnes personnes. Et puis, je t'ai vu avec la fille de Quinn : elle t'a adoré. Or, je t'assure que Harper n'est pas comme ça avec tout le monde, encore moins avec les hommes.

— Ça ne compte pas, je l'ai soudoyée en lui offrant un cadeau que je savais qu'elle aimerait. C'est un délit d'initié ! plaisanta-t-il.

— Peut-être. Mais crois-moi, elle ne t'aurait pas sauté dans les bras avant d'aller se coucher si elle n'avait pas eu le sentiment que tu étais une bonne personne. Et puis, de toute façon, j'étais là ; je t'ai vu faire avec elle : tu as su exactement quoi dire et quoi faire pour la mettre à l'aise. Le fait que tu te mettes à sa hauteur pour lui parler, que tu la traites comme une personne et pas simplement comme une enfant, que tu l'écoutes réellement et attentivement quand elle te parlait... Tout ça est inné chez toi. Tu sauras parfaitement comment te comporter avec ta fille ; j'en suis certaine.

— Mais je n'ai jamais changé de couche de ma vie. J'ai regardé des vidéos YouTube en sourdine hier soir, quand tu dormais et...

— Tout va bien se passer, Gray, l'interrompis-je en souriant. Nous apprendrons. De toute façon, la plupart des enfants ne portent plus de couches à cet âge, l'informai-je en riant. Tu vois, déjà un problème de réglé !

Il plongea son regard dans le mien et me fixa un long moment avec un léger sourire.

— Quoi ? lui demandai-je, gênée de me sentir à ce point observée.

— Tu as dit « nous ».

Je le regardai d'un air interrogateur, les sourcils froncés.

— Tu as dit « nous », répéta-t-il. « Nous apprendrons ».

Je ne l'avais même pas réalisé, mais il avait raison.

— C'est vrai… admis-je, moi-même surprise.

Gray m'attira contre lui et m'embrassa avec intensité.

— C'est la plus belle chose que tu pouvais me dire. À présent, je me sens mieux. Parce que, avec toi à mes côtés, je me sens capable de tout…

———

— J'ai appelé Al, me dit Gray en finissant de nouer ses baskets, au moment où je sortais de la salle de bain. Il sera en bas dans cinq minutes ; je lui ai demandé de te déposer chez toi pour que tu puisses te changer, et de t'emmener ensuite à ton bureau.

— J'aurais pu prendre le métro, tu sais…

— Mais non. Et puis, ça me fait plaisir.

Je le regardai en souriant. Même dans ses vêtements de sport – un short et un tee-shirt Under Armour noirs – il était superbe.

— J'aime beaucoup ta tenue, déclarai-je en l'enlaçant.

Il me serra contre lui.

— Ah bon ? Je te promets de la porter tous les jours, alors…

— Ça risque de sentir un peu fort, au bout d'un moment, non ? plaisantai-je.

— J'en achèterai plusieurs.

Il glissa une main sous ma chemise et caressa doucement ma peau.

— Tu n'as pas mis de soutien-gorge ? s'étonna-t-il.

— Je l'ai mis dans mon sac à main pour aller plus vite...

Il fit glisser sa main jusque sur ma poitrine nue.

— J'aime beaucoup. Mais j'aime beaucoup moins l'idée de te savoir dans le métro les seins à l'air.

— Je ne prends pas le métro puisque tu as demandé à Al de venir me chercher.

— Oui, mais tu ne le savais pas quand tu t'es habillée.

— Disons que le destin fait bien les choses, alors ! rétorquai-je avec un clin d'œil.

— On va dire ça... conclut-il en serrant mon sein dans sa main.

Je me mis sur la pointe des pieds pour m'approcher de son oreille.

— Si tu n'aimes pas l'idée de me savoir dans le métro sans soutien-gorge, tu aurais probablement détesté le fait que je ne porte pas non plus de culotte...

Avec une sorte de rugissement animal, il m'embrassa à pleine bouche. C'était la première fois, depuis que Max était entrée dans mon bureau, que les choses étaient à nouveau normales entre nous. Je soupirai dans sa bouche, et il me porta jusqu'à son lit. J'avais l'impression de voler.

Ce n'est que lorsque je fus allongée sur le matelas et que je sentis son érection contre le bas de mon ventre que je réalisai ce que nous étions en train de faire et décidai d'y couper court, malgré mon désir pour lui.

— Gray, je vais être en retard au travail...

— Ne t'inquiète pas. Je vais appeler Pittman et lui dire que j'ai voulu te voir pour une urgence, ce matin.

— Mais ça veut dire que je vais devoir te facturer des heures...

— Facture-moi autant d'heures que tu veux. Ça m'est égal, tant que je peux te garder près de moi.

Je ris en le poussant doucement.

— C'est ridicule, lui dis-je. Vraiment, il vaut mieux que j'y aille…

— Bon, concéda-t-il d'un air désolé en se relevant.

Dans l'ascenseur, il tira la culotte qui dépassait de mon sac. J'essayai de la lui reprendre, tirant dessus à mon tour, mais il refusait de lâcher, ce qui me faisait rire autant que cela me gênait. Nous avions l'air de deux enfants innocents, oubliant tout le reste pendant un instant.

Malheureusement, les portes finirent par s'ouvrir, nous ramenant à la réalité. Un couple plus âgé attendait de pouvoir monter. Gray me regarda d'un air victorieux, pensant certainement que je serais gênée de me battre pour une culotte en dentelle noire et que je laisserais tomber. C'était mal me connaître…

Plutôt que de lâcher, je m'éclaircis la gorge et fis un pas en avant, refusant toujours d'abandonner la culotte.

— Je suis désolée, dis-je en regardant la dame. Mon frère se travestit et il ne peut pas s'empêcher de me voler mes dessous…

Aussitôt, Gray lâcha prise, sous le regard médusé de la dame, tandis que je lui lançais un large sourire victorieux par-dessus mon épaule en sortant de l'ascenseur.

— Bravo ! Bien joué ! lança-t-il lorsque les portes de l'ascenseur furent fermées. C'était madame Elsworth, la présidente du syndic. Je suis à peu près sûr qu'à la prochaine réunion des copropriétaires, elle va raconter à tout le monde que je me déguise en femme !

J'éclatai de rire, mais mon rire disparut instantanément lorsque je passai la porte d'entrée de l'immeuble. Je m'arrêtai net, et Gray trébucha sur moi, nous faisant presque tomber tous les deux. Pensant que je jouais encore, il m'enlaça et tenta de me porter. Mais il me lâcha dès qu'il vit qui se trouvait devant nous.

Max et Ella.

Chapitre 28

Layla

Aucun de nous ne savait quoi dire ou faire. Gray serrait mon épaule si fort que j'étais certaine que j'allais avoir une ecchymose.

— Qu'est-ce que tu fais ici ? demanda-t-il à Max, laquelle se redressa, semblant blessée par sa question.

— Je t'ai envoyé un SMS il y a vingt minutes. La nounou d'Ella est malade, et je devais donc l'emmener au bureau avec moi. Comme ton appartement était sur le chemin, je me suis dit que...

Elle s'interrompit et nous regarda tous les deux d'un air gêné.

— Mais si ce n'est pas le bon moment, pas de problème. Nous reviendrons plus tard...

Tandis que Gray ne répondait pas, je me tournai vers lui. Il avait les yeux rivés sur Ella, qui le fixait elle aussi, de ses grands yeux verts magnifiques – les mêmes que ceux de son père. Gray était comme obnubilé ; voir sa fille en personne pour la toute première fois lui faisait vraisemblablement quelque chose.

Alors qu'il continuait de se taire, je lui pinçai discrètement le biceps pour le forcer à sortir de sa torpeur.

S'il continuait à fixer sa fille de cette manière, sa pire crainte allait devenir réalité : elle allait finir par prendre peur et se mettre à pleurer.

— Gray... murmurai-je.

Il cligna des yeux plusieurs fois, comme s'il se réveillait après une longue nuit de sommeil, et regarda Max. Il avait l'air à la fois perdu et terrifié. On aurait dit un petit garçon à son premier jour d'école.

Finalement, Max prit les devants. Elle s'agenouilla devant sa fille et lui parla, accompagnant ses mots de signes avec ses mains.

— Chérie, c'est l'ami dont je t'ai parlé : Gray. Tu dis bonjour ?

Intimidée, Ella baissa légèrement le visage et se cacha avec ses mains.

— Bonjour, dit-elle doucement.

Gray me regarda, ne sachant plus quoi faire, ni comment répondre. Je regardai Ella, puis à nouveau Gray, les yeux écarquillés. Heureusement, il comprit ce que je cherchais à lui dire et réagit enfin.

— Bonjour, Ella, répondit-il en s'agenouillant devant la petite fille.

Ella répondit par des signes, mais sans parler, cette fois.

Max intervint.

— Ella, il faut que tu ajoutes les mots, tu sais...

— On va au parc ? dit Ella en répétant les mêmes signes qu'elle venait de faire.

Max regarda Gray.

— Je lui ai dit que nous allions rejoindre un ami et que nous irions ensuite au parc tous les trois.

Gray acquiesça d'un signe de tête, gêné par la situation. En effet, le regard dur que Max me lança ne laissait aucun doute quant au fait que j'étais de trop.

— Tu te souviens de mademoiselle Hutton, Ella ? C'est l'avocate de maman, dit-elle à sa fille mais en me regardant avec un sourire aussi figé que faux.

Heureusement, le chauffeur de Gray arriva à ce moment-là, ce qui me permit de m'échapper.

— Bien ! Je vais vous laisser, je dois aller travailler, lançai-je avec soulagement.

Je souris à la petite fille.

— Au revoir, Ella.

Puis je me tournai vers Gray, serrant son bras.

— Je t'appelle plus tard, lui dis-je doucement, avant de me précipiter vers la voiture, sans lui laisser le temps de répondre quoi que ce soit.

Lorsque je fus à l'abri dans la voiture, je fermai les yeux et expirai lentement, relâchant la tension. Al démarra, et je jetai un coup d'œil dans leur direction à travers les vitres teintées. Ella leva les mains vers sa mère, et Max se pencha pour détacher la petite fille et la prendre dans ses bras. Alors que nous nous éloignions de plus en plus, je me retournai pour continuer de les regarder par la vitre arrière. Heureusement, Al dut s'arrêter à un feu rouge après seulement quelques mètres, ce qui me permit de les observer encore un moment.

Max posa sa fille sur le trottoir. Ella lui prit la main et tendit l'autre vers Gray. Mon cœur se brisa en voyant Gray ne pas savoir comment réagir. Prendre sa fille par la main aurait dû être la chose la plus naturelle au monde ; pourtant, il avait l'air crispé et terrifié. Enfin, il saisit la petite main que lui tendait Ella, les yeux toujours rivés sur elle – ce que je comprenais parfaitement. Max et lui échangèrent quelques mots, puis tous trois se mirent à marcher en direction du parc.

Le feu passa au vert et la voiture redémarra, mais fut aussitôt arrêtée par le bouchon qui s'était formé devant nous. Max, Gray et Ella passèrent à notre niveau, et je n'eus plus à me tordre le cou pour les regarder. Ils nous dépassèrent, Gray semblant si perturbé qu'il ne prêta même pas attention à sa propre voiture.

Je les regardai marcher de dos. Tenant chacun une main de leur fille, ils avaient l'air d'une famille parfaitement normale.

Une famille normale.

Je réalisai alors que je n'étais pas prête pour ça. Que *nous* n'étions pas prêts pour ça... Nous venions à peine de trouver un équilibre. Comme tous les couples, nous avions besoin de passer par certaines étapes avant de fonder une famille. Même si j'étais tombée enceinte par accident, nous aurions eu neuf mois pour nous familiariser avec l'idée d'avoir un enfant...

Mes yeux étaient rivés sur eux. Je finis par ne plus voir que Gray et Ella. Max me semblait être toute petite, et finit par disparaître complètement, jusqu'à être remplacée par... moi. J'écarquillai les yeux. La vision semblait si réelle : Gray et moi marchant côte à côte, tenant chacun une main d'Ella entre nous.

Aussitôt, je fermai les yeux pour me débarrasser de la vision. Mais je réalisai alors que, si je pouvais me débarrasser de l'image que mon cerveau venait d'imaginer, je ne pourrais pas me débarrasser de la réalité.

Bientôt, ce serait moi à la place de Max...

———

Pendant l'audience, je n'avais pas arrêté de consulter mon téléphone, et avais fini par l'éteindre pour pouvoir me concentrer. Mon client comptait sur moi pour sa défense, et j'avais de toute façon besoin, pour ma santé mentale, de me plonger dans le travail.

Il était presque dix-sept heures lorsque je quittai le tribunal et rallumai mon téléphone. Une multitude de messages arrivèrent, la plupart de Gray. Il les avait envoyés à moins d'une minute d'intervalle, au fil de ses émotions.

Gray : Elle est incroyable. Tellement intelligente.

Gray : Elle n'a pas pleuré !

Gray : En revanche, moi j'ai failli quand je suis rentré...

Je souris tristement en l'imaginant ému, seul chez lui.

Gray : Au fait, tu avais raison : elle est propre !

Gray : Heureusement, parce que je trouvais les vidéos de couche sur YouTube plutôt ennuyeuses...

Gray : Elle m'a fait un bisou avant de partir !

Gray : Je n'avais aucune envie de la quitter...

Ces deux derniers messages avaient été envoyés longtemps après les autres, et je compris qu'ils avaient dû rester un long moment ensemble.

Gray : J'ai hâte que tu la découvres, toi aussi.

Je n'avais jamais été une grande buveuse, mais, à ce moment-là, j'aurais aimé être le genre à garder une bouteille d'alcool, n'importe lequel, dans mon bureau. Je sentais que j'avais besoin de décompresser.

Le dernier texto de Gray avait été envoyé environ une heure avant la fin de l'audience.

Gray : J'espère que ta journée a été bonne. On dîne ensemble ce soir ?

Je décidai de ne pas répondre tout de suite, et consultai mes autres messages. Il y en avait un de Quinn, un de l'un de mes clients, et un de Kristen... ma demi-sœur. Étrangement, c'est celui-ci que je choisis d'ouvrir en premier, alors que, généralement, je l'évitais comme la peste.

Kristen : Je viens de passer devant un super petit restaurant coréen. Le préféré de papa. Je me suis dit qu'il fallait que l'on y vienne tous ensemble. On s'appelle bientôt !

J'imaginai son air enjoué en lisant son texto, et cela me fit sourire.

Lorsque j'arrivai au bureau, une tonne de messages pris par mon assistante m'attendaient. Je les parcourais lorsque mon téléphone bipa à nouveau. Je n'eus pas besoin de regarder pour savoir de qui il s'agissait.

Gray : Tout va bien, Coccinelle ? Tu as eu mes messages ?

Je ne pus m'empêcher de sourire, et décidai de lui répondre.

Layla : Désolée. L'audience a duré toute la journée, puis j'ai dû passer quelques coups de fil en rentrant au bureau. Je suis contente que tout se soit bien passé avec Ella !

J'envoyai le message et, aussitôt, les trois petits points en bas de l'écran apparurent, indiquant que Gray était en train de répondre. Puis ils disparurent et mon téléphone sonna.

— Allô ?

— J'avais besoin d'entendre ta voix ! lança Gray.

— On dirait que tu viens de te réveiller...

— Nan. Je viens de rentrer de mon jogging.

J'avais oublié qu'il n'avait pas pu courir le matin, comme il l'avait prévu.

— ...

— Tu es vraiment occupée ou tu m'évites ?

— Je suis vraiment occupée...

— Layla...

Je soupirai en levant les yeux au ciel.

— Okay, peut-être que je t'évite... Mais je suis aussi très occupée.

— Mais tu n'as pas encore compris que tu ne peux pas m'éviter ?

J'entendis son sourire, et cela me fit du bien.

— Si tu avais continué à ne pas me répondre, je serais venu à ton bureau pour vérifier que tout allait bien. Tu sais maintenant que je ne suis pas du genre à abandonner facilement, non ?

— Je sais, en effet, répondis-je en riant.

— Je comprends que ce soit beaucoup pour toi. Et je suis prêt à te donner du temps si tu en as besoin. Mais je t'en supplie, ne me repousse pas... Prends tout le temps que tu veux, mais ne me repousse pas.

Malgré tout ce qui était en train de lui arriver, je réalisai qu'il était le plus solide et le plus équilibré de nous deux. J'avais l'impression que je devais être là pour lui, pour qu'il s'appuie sur moi. Mais j'avais peur. Chaque fois que je prenais la décision d'aller de l'avant – de m'engager vraiment – quelque chose me faisait reculer. Le moins que je pouvais faire était d'être honnête.

— Je vous ai regardés tous les trois marcher vers le parc, ce matin, lorsque j'étais dans la voiture... Et j'ai réalisé que tu avais une famille maintenant.

— Max n'est pas ma famille.

— Je sais. Mais ce que je voulais dire, c'était que vous ressembliez à une famille, tous les trois. Et j'ai réalisé qu'être avec toi voulait dire...

— Je ne m'attends pas à ce que tu remplaces Max dans la vie d'Ella, si c'est ce que tu penses, m'interrompit-il.

C'était en effet ce à quoi je pensais.

— Ce n'est pas facile pour moi, Gray, soupirai-je. J'ai... J'ai peur, en fait.

— Moi aussi, j'ai peur, Coccinelle. Je t'assure. Mais ce qui me fait le plus peur, c'est l'idée que je puisse te perdre à nouveau. Pour le reste, on va apprendre ensemble.

Il était si compréhensif. Je réalisai à quel point je l'aimais.

— Tu as raison...

— Dîner ce soir ?

J'avais plutôt envie de prendre du recul, car les derniers jours m'avaient beaucoup éprouvée. Mon premier réflexe fut de lui mentir et de dire que j'étais déjà prise, mais je décidai finalement d'être honnête. Il le méritait.

— Je crois que j'ai besoin d'être un peu seule, ce soir.

Il prit quelques secondes avant de répondre.

— Je comprends.

Je détestai la douleur dans sa voix.

— Tu revois Ella bientôt ?

— Après-demain. Demain, je vais à Chicago pour la journée. J'ai une réunion avec mes associés et le PDG d'une entreprise dans laquelle nous investissons. Je vais rentrer tard. Mais Max et moi avons eu une conversation assez posée pendant qu'Ella jouait au parc. Nous sommes convenus que je passerais le plus de temps possible avec elles deux pour qu'Ella s'habitue à moi et apprenne à me connaître. Et quand Ella se sera habituée à moi, je la verrai seul, sans Max. J'aimerais beaucoup que tu sois avec moi, à ce moment-là. Que vous vous découvriez, toutes les deux...

— On verra. Une chose à la fois. Pour l'instant, concentre-toi sur Ella et toi.

— Tu as raison. Mais pour ça, j'ai besoin de savoir que tu ne vas pas disparaître...

— Je serai toujours avec toi, Gray, le rassurai-je en souriant.

— Tu pourrais me répéter ça tous les jours ? J'adore cette phrase, Coccinelle.

Chapitre 29

Gray

Google était devenu mon meilleur ami.

Comment dire « comment vas-tu ? » en langue des signes

Que mange un enfant de trois ans ?

Jouets à offrir à un enfant de trois ans

Jouets de fille + trois ans

Sujets de conversation avec une fillette de trois ans

Cancer du sein stade quatre

Qui sont T'choupi et Thomas le train ?

Alors que j'étais en train de me rendre chez Max pour passer du temps avec Ella et elle, dans leur environnement, je repensai à toutes les réponses que j'avais lues. Lorsque Max m'avait suggéré d'aller chez elle, j'eus d'abord envie de refuser.

Pas moyen que je sois entre les mêmes murs que toi, même si c'est dans le plus bel endroit du monde.

Mais, après réflexion, je compris que je devais faire des efforts, et faire ce qui était le mieux pour Ella. Je devais tout faire pour qu'elle se sente bien avec moi. Or, cela viendrait probablement plus facilement si j'allais sur son terrain. Je rongeais donc mon frein, et décidai de mettre ma rancœur vis-à-vis de Max de côté. Pour le bien de ma fille.

Ma fille...

C'était vraiment surréaliste.

Max m'avait dit qu'Ella adorait les longues promenades, qu'elle aimait regarder l'animation de la ville depuis sa poussette. Aussi, lorsque j'entrai dans le magasin de jouet de la 82ᵉ rue – celui devant lequel je passais tous les jours mais dans lequel je ne m'étais jamais arrêté jusque-là – je sus immédiatement quoi lui offrir.

Un tricycle évolutif JAZZ 4 en 1 Kinderkraft, en rose. Comme son nom l'indiquait, c'était à la fois une poussette et un tricycle. Cela permettait à l'enfant d'apprendre à pédaler s'il le voulait, ou de se reposer s'il se sentait trop fatigué. C'est donc ainsi que je me retrouvai à tirer sur le harnais de sécurité, et à poser des questions sur la fiabilité de l'objet à un jeune vendeur du magasin qui, de toute évidence, me prenait pour un cinglé.

Lorsque j'arrivai à l'adresse que Max m'avait indiquée, je fus surpris de découvrir qu'il s'agissait d'un appartement dans un vieil immeuble de Brooklyn plutôt qu'un penthouse dans un immeuble chic de l'Upper East Side. Personnellement, j'adorais le calme de Brooklyn, mais je me souvenais que Max ne jurait que par Manhattan et sa vie trépidante.

Je sonnai et Max ouvrit la porte. Elle était vêtue d'un tee-shirt blanc qui laissait apparaître sa maigreur. Sa perte de poids me frappa. Bien sûr, j'avais remarqué qu'elle avait minci, mais, les fois précédentes, elle portait des vêtements plus couvrants et plus épais. Or, cette fois-là, je compris à quel point la situation était sérieuse : elle n'avait que la peau sur les os et était d'une pâleur inquiétante.

De toute évidence, je n'étais pas doué pour cacher mes émotions.

— C'est à cause de la chimiothérapie, me dit-elle en me laissant entrer. C'est pour ça que j'ai décidé de l'arrêter. Je n'en pouvais plus des nausées permanentes. Je veux profiter du temps qu'il me reste avec ma fille, et ne pas le passer la tête dans la cuvette des toilettes...

Je lui souris tristement, incapable de répondre quoi que ce soit.

— Ella est encore en train de faire sa sieste, m'informa Max en regardant sa montre. En général, elle dort une heure, mais ça lui arrive de dormir un peu plus. Tu veux que je la réveille ?

Oui. Je ne suis pas venu pour être avec toi...

— Non. Ce n'est pas la peine. Laisse-la se réveiller d'elle-même.

Note à moi-même : la durée de la sieste peut varier, et ce n'est pas grave. Une chose en moins à chercher sur Google. J'aurais peut-être dû prévoir un bloc-notes et un stylo...

— J'allais justement me faire du thé. Ça m'aide à tenir le coup pour m'occuper d'Ella. Je ne travaille plus que le matin, maintenant, pour être avec elle l'après-midi. Tu en veux ?

— Oui, je veux bien...

Je n'avais aucune envie d'être dans l'appartement de Max et de discuter avec elle comme si rien ne s'était passé, mais je n'avais pas vraiment le choix.

Alors que je la suivais en direction de la cuisine, je jetai un coup d'œil autour de moi. L'appartement était magnifique : menuiseries sur mesure, hauts plafonds, grandes étagères, parquet en chêne blanc, fenêtres avec vitraux, ultra lumineux...

— Bel endroit, lui dis-je.

— Merci, répondit Max en mettant de l'eau dans une bouilloire. Ce sera bientôt à toi. Je te l'ai légué.

— Quoi ?

— Je l'ai acheté avec l'argent que je t'ai volé, précisa-t-elle en posant la bouilloire sur son socle. C'est le moins que je puisse faire. Tu pourras le revendre au moins deux millions. Il n'y a pas d'hypothèque.

C'était la deuxième fois en deux minutes qu'elle me déstabilisait.

— Je ne sais pas quoi dire, Max. Je suppose que je dois te remercier...

Max me regarda avec un sourire, appuyée contre l'évier de la cuisine, tandis que je restais de l'autre côté du grand îlot central, afin de garder une distance entre nous.

— Il y a aussi quatre-vingt-dix mille dollars sur un compte épargne, et une assurance-vie temporaire. J'ai désigné Ella comme bénéficiaire, mais, en tant que tuteur, tu devras gérer pour elle.

Je détestai devoir avoir cette conversation. Mais, en même temps, il fallait bien aborder les choses pratiques. Max savait qu'elle pouvait disparaître du jour au lendemain ; elle n'avait pas le temps d'attendre.

— Okay. Y a-t-il d'autres choses que je dois savoir ?

Elle me regarda droit dans les yeux. C'était la première fois que je laissais cela arriver depuis que j'avais découvert ce qu'elle avait fait. Même quand elle était venue me voir en prison pour m'annoncer la mort de mon père, je ne l'avais pas regardée dans les yeux.

— Lorsque je suis allée voir Layla, j'étais curieuse de savoir qui elle était. Je crois même que j'étais jalouse, si je suis honnête. Mais je ne lui ai pas menti. Aiden a volé tout l'argent que nous t'avions pris. Il faut que tu le récupères.

Je ne pus réprimer un petit rire sardonique.

— Il n'y en avait pas un pour rattraper l'autre, à ce que je vois…

— Je suis désolée pour ce que je t'ai fait, Gray. Je sais que tu ne pourras jamais me pardonner de t'avoir volé des années de ta vie. Je réalise maintenant à quel point je t'ai fait du mal. Je ne te demande pas de me pardonner, mais sache que je suis désolée, sincèrement.

Je la fixai. Cette femme m'avait trompé, m'avait volé des millions de dollars, m'avait envoyé en prison pour un délit qu'elle avait commis, et – cerise sur le gâteau – elle m'avait caché le fait que j'avais une fille pendant des années. Pourtant… une partie de moi la croyait.

— Pourquoi est-ce que tu m'as fait ça ? demandai-je.

Je m'étais posé cette question des milliers de fois, sans jamais trouver de réponse. J'avais alors fini par me dire que cela n'avait pas d'importance, qu'il ne servait à rien de me torturer, et que je devais me concentrer sur l'avenir. Pourtant, je ne résistai pas à l'envie de lui poser la question.

Max baissa les yeux pendant de longues secondes. Lorsqu'elle les leva à nouveau vers moi, ils étaient emplis de larmes.

— Tu ne m'aimais pas vraiment, Gray.

— Quoi ? Qu'est-ce que tu racontes… ?

— Moi, je t'ai aimé.

— Si c'est le cas, on peut dire que tu me l'as montré d'une drôle de façon…

— Pendant des années, j'étais amoureuse de toi mais tu ne me voyais pas. Tu me voyais comme ton associée, pas comme une femme – contrairement à toutes celles avec qui tu sortais.

— Mais je t'ai épousée, Max, putain ! m'emportai-je.

— Et tu ne m'aimais *toujours* pas comme je t'aimais !

— Alors tu t'es dit que tu allais te taper l'un de nos employés, me voler de l'argent, et me faire aller en taule ? Tu voulais me punir, c'est ça ?

— J'ai cru qu'Aiden m'aimait vraiment, lui...

— Au point de faire tout ça ? Tu devais vraiment être au fond du trou...

— Je suis désolée, Gray. Je sais que tout ça n'a pas de sens. Mais j'étais en colère. Je t'en voulais de ne pas m'apporter l'amour que j'attendais. Lorsque nous nous sommes mariés, j'ai pensé renoncer au plan qu'Aiden et moi avions fomenté. Au fond de moi, je t'aimais toujours et je me suis dit que, peut-être, tu allais enfin m'aimer toi aussi. Mais tu ne m'as jamais regardée comme l'amour de ta vie.

Je la fixais, complètement abasourdi – et trop en colère pour continuer cette conversation. Lorsque ses larmes se mirent à couler, je ressentis de la peine pour elle, ce qui me mit encore plus en colère – contre moi-même. Comment pouvais-je ressentir de la peine pour cette femme après tout ce qu'elle m'avait fait ? Pourtant, c'était le cas.

— J'ai besoin de prendre l'air, déclarai-je. Je reviendrai quand Ella sera réveillée.

Je marchais dans Brooklyn. Plus le temps passait, plus j'accélérais le pas. Jusqu'à courir, puis sprinter. Aussi vite que possible. Ce ne fut que lorsque je m'arrêtai, à bout de souffle, que je réalisai que je n'avais pas marché, mais couru.

Je repensai à ce que Max m'avait dit. Peut-être avait-elle raison. Dans ma tête, nous étions amis, partenaires, mais pas plus. Je ne savais pas, à l'époque, qu'elle était amoureuse de moi. Il faut dire qu'elle ne me l'avait jamais vraiment dit, ni même essayé de me le faire comprendre. Quant à notre mariage, je ne lui avais jamais vraiment accordé d'importance : nous nous étions mariés sur un coup de tête, complètement ivres, en sortant de soirée. C'était plus une blague qu'autre chose. Jusqu'à ce qu'elle me propose d'essayer. J'avais accepté, car cela me paraissait pratique – pour elle comme pour moi. Peut-être, en effet, que je ne l'aimais pas comme un homme devait aimer une femme, mais était-ce une raison suffisante pour gâcher ma vie ?

Toutes les fois où j'avais réfléchi à ce qu'elle m'avait fait, je m'étais dit que Max était un monstre. Je réalisais maintenant qu'elle était plus folle que méchante. Ce qui n'était peut-être pas mieux...

Une fois calmé, je me dis que je devais mettre tout cela de côté, pour le bien de ma fille. Ella était ma priorité désormais. Je ne pouvais plus laisser Max me voler davantage de temps. Je retournai donc chez elle, pris une profonde inspiration, et sonnai à la porte.

Entendre Ella crier mon nom en courant vers moi lorsque Max m'ouvrit me donna la force d'entrer.

— Aujourd'hui, c'est mercredi, signa Ella en parlant.

Je devais vraiment me perfectionner en langue des signes. J'avais appris quelques mots, certaines phrases, même, en regardant des vidéos YouTube, mais j'étais loin de pouvoir comprendre tout ce qu'Ella me disait si elle ne parlait pas en même temps.

— Exactement. Aujourd'hui, nous sommes mercredi. Tu veux bien m'apprendre à signer cette phrase ?

Max nous avait laissés seuls, ce qui me soulageait. Je préférais pouvoir me concentrer sur Ella, sans avoir à faire semblant avec sa mère.

Ella hocha la tête et recommença à signer les mots.

— Comme ça ? demandai-je après avoir essayé de reproduire les mêmes gestes qu'elle.

Elle éclata de rire.

— Non. Comme ça, idiot !

Elle recommença, mais je ne vis aucune différence avec ce que je venais de faire. Malgré tout, j'essayai encore.

Elle rit à nouveau. Apparemment, je n'avais pas mieux fait. Ella plia mon pouce et me fit mettre la main à l'horizontale, puis elle fit la même chose avec sa main. « M ».

— Ah. Je comprends maintenant ! Les quatre doigts tendus à la verticale forment à la lettre M, c'est ça ?

Je n'avais aucune idée de quand les enfants commençaient à comprendre les lettres, mais j'étais à peu près sûr que ce n'était pas à l'âge de trois ans. Pourtant, ma fille savait que mercredi commençait par un M. Je ne pus m'empêcher de ressentir une immense fierté.

Ella changea ensuite la position de mes doigts, me faisant plier le bout de chaque doigt, puis me fit faire un cercle avec ma main.

— Mercredi, dit-elle doucement en même temps.

— Comment es-tu devenue si intelligente ? lui demandai-je en lui pinçant doucement le bout du nez.

— Grâce à mon papa.

Je me figeai, surpris que Max ait pu lui dire une chose pareille. Surtout, je ne savais pas ce qu'elle lui avait dit d'autre, exactement.

— Ton papa ?

Elle hocha rapidement la tête.

— Maman dit que je suis intelligente comme mon papa.

Je songeai un instant à lui poser d'autres questions puis me ravisai. Il valait mieux changer de sujet.

— Alors... « c'est mercredi », signai-je en le prononçant en même temps.

Cette fois sembla être la bonne, car j'eus le droit à un immense sourire.

— Et qu'est-ce que tu fais, en général, le mercredi ?

— Blanc. Maman et moi, nous portons du blanc, déclara-t-elle.

Puis elle se leva, et me montra sa tenue en faisant un tour sur elle-même. En effet, elle portait un tee-shirt blanc sur lequel était écrit *Je suis une sirène* en lettres dorées et scintillantes, et un short blanc. Ses sandales étaient également blanches.

— Ah... grimaçai-je en regardant mes vêtements – un pantalon kaki et un polo bleu marine. Je me suis trompé de jour, on dirait, ajoutai-je d'un air désolé.

Elle se mit alors à me réciter les jours de la semaine comme elle les avait appris.

— Lundi, magenta.

Majeur.

— Mardi, turquoise.

Annulaire.

— Mercredi, blanc.

Je l'interrompis et signai le mot mercredi en lui faisant un clin d'œil, auquel elle répondit par un large sourire.

Elle reprit.

— Jeudi, bleu canard. Vendredi, fuchsia. Samedi, gris. Et dimanche, bleu marine ! conclut-elle fièrement.

— Vous vous habillez toujours de la même couleur selon le jour de la semaine ?

Elle acquiesça d'un signe de tête.

Décidément, j'aurais vraiment dû prévoir de quoi prendre des notes !

— Et quelle est ta couleur préférée ?

— Le bleu marine ! s'exclama-t-elle.

— Tu sais que c'est aussi ma couleur préférée ?

Ça l'était vraiment, mais ça le devint encore plus en découvrant à quel point le fait que nous ayons tous les deux la même couleur préférée la rendait heureuse.

Une pensée me vint à l'esprit.

— Tu te souviens de Layla ?

Elle acquiesça.

— Sa couleur préférée est l'arc-en-ciel.

— L'arc-en-ciel n'est pas une couleur ! s'exclama-t-elle.

— C'est vrai, tu as raison. Mais quand on aime beaucoup de couleurs, pourquoi n'en choisir qu'une seule ? Les filles spéciales comme toi, comme Layla, peuvent avoir plusieurs couleurs préférées, tu sais...

Max passa une tête dans la pièce.

— Tout se passe bien, s'enquit-elle ?

— Maman, maman ! s'écria Ella en sautillant. Ma couleur préférée est l'arc-en-ciel !

Max me regarda et sourit à sa fille.

— C'est vrai ? C'est bien, ma chérie...

— C'est aussi celle de Layla ! Nous sommes spéciales alors on a le droit d'avoir plusieurs couleurs préférées !

Le sourire de Max disparut d'un seul coup.

— C'est vrai que tu es spéciale, mon ange, se força-t-elle néanmoins à répondre. Tu veux un goûter ?

— Oui ! Oui ! s'enthousiasma Ella, pleine d'énergie et de vie.

— Je vais vous préparer deux assiettes.

Quelques minutes plus tard, Max revint avec deux petites assiettes, une pour chacun de nous.

Mercredi : blanc. Goûter : tranches de pomme et beurre de cacahuètes.

Nous nous assîmes tous les deux par terre dans le salon, avec nos assiettes sur la table basse. Alors que nous mangions nos pommes, je remarquai qu'Ella utilisait sa main gauche pour manger.

— Dans quelle main tiens-tu ton crayon, ma chérie ?

Elle leva la main gauche.

— Comme moi ! lançai-je. C'est rare, tu sais, la plupart des gens tiennent leur crayon dans l'autre main, la main droite.

— Comme maman. Elle aussi tient son crayon dans la main droite.

Tu as tout pris de moi, ma fille... pensai-je avec fierté.

Une fois le goûter terminé, Ella voulut aller se promener. J'avais complètement oublié la poussette-tricycle que je lui avais achetée. Je l'avais laissée dans l'entrée. Nous portâmes nos assiettes dans la cuisine, où Max était en train de boire une boisson-repas surprotéinée.

— Ella veut aller se promener.

— Ah, très bien ! Amusez-vous bien !

— Viens avec nous, maman ! lui demanda Ella en tirant sur son tee-shirt.

Max m'interrogea du regard.

Ella est ma priorité, me rappelai-je.

Je lui fis un signe de tête discret pour lui signifier que j'étais d'accord.

— Okay, ma chérie. Je vais chercher ma veste.

Pendant que Max allait prendre sa veste, je montrai à Ella sa nouvelle poussette-tricycle. Elle sembla folle de joie, puis partit en courant vers le salon. Je la suivis du regard et la vis prendre quelque chose dans un tiroir de la table, puis le mettre dans une enveloppe. Elle revint vers moi au moment où Max réapparut dans l'entrée avec sa veste.

— Merci, me dit Ella en me tendant l'enveloppe.

Curieux, j'ouvris l'enveloppe et découvris une carte sur laquelle le mot « merci » était gravé en lettres argentées.

Max se mit à rire.

— Ella, chérie, il faut écrire quelque chose sur la carte avant de la donner...

Ella fronça les sourcils.

— Quand elle reçoit un cadeau, je ne la laisse pas l'utiliser avant que nous ayons écrit une carte de remerciement ensemble, m'expliqua Max.

Décidément, Ella était sacrément intelligente. Je n'avais pas besoin qu'elle écrive quoi que ce soit sur la carte — le simple fait qu'elle y ait pensé me suffisait.

— Ma carte de remerciement est parfaite telle qu'elle est, lui dis-je en m'agenouillant en face d'elle. De rien, Ella.

— Est-ce que je peux l'essayer ?

Je jetai un coup d'œil à Max, qui hocha la tête.

— Bien sûr. D'abord c'est moi qui te pousse, et après ce sera à toi de me pousser, d'accord ?

Ella éclata de rire — le son le plus merveilleux que j'avais jamais entendu. Je sentais déjà que je n'allais plus pouvoir m'en passer.

— Tu es trop gros !

— C'est vrai que j'ai pris un peu de poids ces derniers temps, déclarai-je en me tapotant le ventre.

Nous sortîmes de l'appartement et, une fois dans la rue, j'aidai Ella à s'installer sur le tricycle, lui expliquant qu'elle pouvait pédaler ou mettre ses pieds sur le repose-pieds si elle était trop fatiguée. Elle commença à pédaler ; je la poussais, mais je sentais que j'aurais pu la lâcher car elle sut pédaler presque immédiatement.

La poussette ayant un toit pour la protéger du soleil, elle ne nous entendait pas parler, sa mère et moi.

— Elle a des allergies ? demandai-je à Max.

Le beurre de cacahuètes m'avait fait penser au fait que beaucoup d'enfants semblaient allergiques aux noix.

— Oui, aux plumes. Je lui ai fait faire des examens car elle s'est réveillée un jour avec une éruption cutanée. Il s'est avéré que c'était à cause de son oreiller en plumes.

— Et elle prend des médicaments ?

— Non. Juste des vitamines que je lui donne tous les jours.

— Des phobies ?

Max me regarda puis détourna les yeux d'un air triste.

— Mon départ.

— Ton départ ?

— J'ai lu une douzaine de livres sur la façon de préparer un enfant à la mort d'un parent. Les enfants de son âge ne comprennent pas vraiment le concept de la mort. Ils voient cela comme quelque chose de temporaire ou de réversible. Ce phénomène est aussi renforcé par le fait qu'ils regardent des dessins animés dans lesquels les personnages sont écrasés par une voiture puis se relèvent sans aucune séquelle, en pleine forme. J'ai essayé de lui expliquer la mort en lui disant que parfois les mamans et les papas doivent partir, même s'ils ne le veulent pas. Je pensais qu'elle comprendrait cela, mais, quelques jours plus tard, j'ai dû m'absenter pour me rendre à une réunion avec des clients, et elle s'est mise à sangloter au moment de me quitter. J'ai donc l'impression que mes explications n'ont pas été très claires...

Je souris tristement.

— Elle m'a dit que son père était intelligent. Je suppose qu'il s'agit d'Aiden ?

Max me regarda en fronçant les sourcils.

— Quoi ? Absolument pas ! Je ne lui ai jamais dit qu'Aiden était son père. Quand nous nous sommes séparés, elle n'avait même pas un an. Je doute qu'elle se souvienne de lui.

— De qui parlait-elle, alors ?

— De toi ! Je lui parle de toi, de temps en temps, même si je n'ai jamais prononcé ton prénom. Elle pense que son père est parti pour un long voyage d'affaires. Elle n'a aucune notion du temps, et je n'ai jamais cherché à lui faire comprendre clairement les choses.

— Putain, soupirai-je en passant une main dans mes cheveux.

Après vingt minutes, Ella semblait lassée de pédaler, et Max était épuisée. Nous rentrâmes, et Max conduisit Ella dans la salle de bain pour lui faire prendre son bain. Pendant que j'attendais dans le salon, je pris mon téléphone et découvris avec étonnement qu'il était déjà presque dix-sept heures trente. J'avais l'impression que je venais d'arriver.

— Tu veux dîner avec nous ? me demanda Max en me rejoignant dans le salon.

La proposition était tentante, car je n'avais aucune envie de quitter Ella. Mais j'avais lu sur Google que la présentation d'un nouveau conjoint devait se faire progressivement. Non pas que j'étais le conjoint de Max, mais c'était un peu la même chose.

— Je vais rentrer, répondis-je. Je pense qu'il vaut mieux y aller doucement pour Ella. J'imagine qu'elle est habituée à être seule avec toi ; je ne veux pas la bousculer...

— Je comprends.

— Quand puis-je la revoir ?

— Vendredi est mon dernier jour de travail, et je suis à temps partiel toute la semaine.

— Comment ça, ton dernier jour de travail ?

— Je quitte la boîte, précisa Max. J'adore travailler – les hauts et les bas du marché me stimulent. Mais, depuis qu'on m'a annoncé que j'avais un cancer, j'ai décidé de passer mes derniers mois avec ma fille uniquement. Je sens que la maladie progresse. J'ai de moins en moins de forces et les choses simples deviennent de plus en plus difficiles.

Je sentis un poids dans ma poitrine. Ma fille n'aurait bientôt plus de mère. Sans oublier le fait que, même si je lui en voulais, Max n'avait que trente ans et était trop jeune pour mourir.

— D'accord, répondis-je simplement.

Tout ce que je pouvais dire me paraissait déplacé, de toute façon.

— Après-demain, si tu veux ? Ella a rendez-vous chez le médecin à treize heures, mais nous pourrions nous retrouver après ?

— Est-ce que je peux vous accompagner chez le médecin ?

— Oui, bien sûr. Ella va devoir s'y habituer de toute façon.

Ella nous rejoignit en courant. En la regardant, je l'imaginai plus grande, lorsqu'elle aurait huit ou neuf ans. Elle ne voudrait alors certainement plus qu'un homme l'accompagne chez le médecin, même s'il s'agissait de son père. Cette pensée me serra le cœur.

— Ma chérie, Gray va partir. Mais nous allons le revoir très bientôt, lui annonça Max.

— Quand ?

Mon cœur se mit à battre. Même si elle n'avait pas été ma fille, j'aurais trouvé cette gamine vraiment géniale.

— Vendredi, lui dis-je en m'agenouillant près d'elle. Et je sais ce que tu vas porter, ajoutai-je avec un clin d'œil.

— Du fuchsia ! s'exclama-t-elle.

Je lui caressai doucement la joue. C'était la première fois que j'avais envers elle un geste si intime, et je fus ravi de constater qu'elle ne sembla pas effrayée. Au contraire, ce geste lui parut naturel. Je me demandai si, instinctivement, elle savait au fond d'elle qu'un lien particulier nous unissait.

— À vendredi, ma chérie.

Avant que je puisse me relever, Ella sauta dans mes bras et enroula les siens autour de mon cou, me serrant de toutes ses forces. Puis elle se détacha, et retourna à ses occupations, parfaitement inconsciente du fait qu'elle venait de bouleverser tout mon monde.

— Je crois qu'on peut dire que ça s'est bien passé, me dit Max avec un sourire chaleureux.

— Je crois aussi, répondis-je en me redressant. Prends soin de toi, Max.

Chapitre 30

Layla

Je ne remarquai le rendez-vous sur mon agenda qu'après le déjeuner.

J'appelai mon assistante.

— Peggy ? Tu m'as ajouté un rendez-vous à seize heures cet après-midi ?

— Oui, il s'agit de monsieur Westbrook. Il m'a demandé si tu pouvais le recevoir et a insisté pour être le dernier rendez-vous de la journée. Tu étais au téléphone, alors je ne t'ai pas demandé si ça t'allait, mais comme ton agenda était libre.... Tu veux que j'annule ?

— Non, non. C'est bon. Je voulais juste m'assurer que ce n'était pas une erreur. Merci !

Gray et moi ne nous étions pas vus depuis quelques jours. Il passait du temps avec sa fille, et je passais quinze heures par jour au bureau. Il me manquait, mais la situation était compliquée, alors j'avais décidé de me réfugier dans le travail.

J'avais pensé que prendre du recul me permettrait de réfléchir. En réalité, plus nous étions séparés et plus je réalisais que Gray et moi étions faits l'un pour l'autre. Depuis notre première rencontre, il y avait un lien particulier entre nous – un lien indéfectible.

Lorsque nous nous étions parlé au téléphone, la veille, il m'avait dit qu'il avait besoin de discuter de son travail. Je décidai donc de lui envoyer un SMS pour lui demander si tout allait bien. Mais, alors que j'étais en train de rédiger mon message, l'un des associés m'appela pour me demander de le rejoindre dans son bureau afin de me faire part d'une nouvelle affaire. C'était courant de la part des associés de nous convoquer, nous, pauvres collaborateurs, sans se préoccuper de savoir si c'était ou non le bon moment pour nous. Leurs priorités devaient être les nôtres, quel que soit le travail que nous étions en train de faire. Je quittai donc mon bureau, et ne revint que peu avant seize heures.

J'étais en train de remettre du rouge à lèvres lorsque Peggy m'appela.

— Ton rendez-vous est arrivé.

— Merci. Tu peux me l'envoyer.

Je glissai mon sac à main dans le tiroir de mon bureau et croisai mes mains sur mes genoux, essayant d'être la plus naturelle possible. Mon cœur s'accéléra en entendant les pas de Gray dans le couloir. J'aurais reconnu son rythme entre mille : rapide et assuré.

Il entra dans mon bureau avec un sourire charmeur et narquois, vêtu d'un costume trois-pièces gris, qui mettait en valeur son corps, et d'une cravate bleue, assortie à ses yeux.

Il me fixa quelques secondes sans un mot. Je soutins son regard, sentant mes seins se durcir instantanément et mon ventre se nouer. Il dut le remarquer car son regard se fit plus intense.

Il referma la porte et donna un tour de clé.

— Porte fermée à clé ? lui dis-je d'un air provocateur. Notre réunion est importante, donc ?

— Si ça ne tenait qu'à moi, je laisserais la porte ouverte. Personnellement, j'adorerais que tout le monde t'entende jouir, mais je me suis dit que tu préférerais rester discrète...

J'adorais son arrogance – elle m'amusait et m'excitait à la fois.

— Tu es très sûr de toi... fis-je mine de m'offusquer.

— Sur ma capacité à te faire jouir ? C'est vrai...

— Non, sur le fait que je te laisse me faire l'amour en plein milieu de la journée, dans mon bureau.

À nouveau ce sourire narquois...

Sans rien dire, il s'approcha de moi, me fit lever de ma chaise et me porta pour m'asseoir sur mon bureau. Puis il écarta mes jambes et les enroula autour de lui.

— Tu m'as manqué, grogna-t-il, m'embrassant dans le cou.

Sa voix sensuelle aurait pu suffire à me faire mouiller. En fait, à peu près tout chez lui me faisait mouiller...

— Tu es venu...

Je m'interrompis alors que sa bouche se posait sur la mienne.

— Tu es venu me parler affaires ?

— Je suis venu pour te faire jouir, répondit-il en faisant glisser sa langue jusqu'à mon oreille.

Il passa l'une de ses mains sous ma jupe et me caressa à travers ma culotte. L'excitation mêlée à la gêne me donnait chaud. Le laisser me faire l'amour sur mon bureau, alors que quelqu'un pouvait débarquer à tout moment, était complètement insensé. Mais je ne fis rien pour l'en empêcher.

— Gray, nous ferions mieux d'arrêter, murmurai-je sans conviction.

— Tu es sûre ? répondit-il en passant ses doigts sous ma culotte. Tu es trempée. Je peux faire vite, si tu veux...

Sentant ses doigts glisser à l'intérieur de moi, je fermai les yeux, oubliant la réponse que je voulais lui donner. Alors qu'il allait et venait de plus en plus vite et de plus en plus loin, je gémis et Gray étouffa le bruit en m'embrassant.

— Chuuut... murmura-t-il à mon oreille, comme un rappel que je risquais d'avoir des ennuis si quelqu'un nous entendait.

Je réalisai alors la situation. J'étais sur mon bureau, à moitié nue, en train de me faire baiser par mon fiancé qui était aussi l'un de nos clients. Et, le pire, c'était que je n'en avais rien à faire. Tout ce que je voulais, c'était qu'il continue à enfoncer ses doigts en moi.

J'ouvris mes jambes plus largement encore et m'agrippai à lui de toutes mes forces, respirant de plus en plus fort dans son cou. La situation, son parfum, ses doigts... Tout m'excitait terriblement. Je bougeai mon bassin pour le faire aller plus vite et plus loin, et soupirai de plus en plus fort, sur le point de jouir.

— Oui... Viens... Vas-y, jouis, ma chérie. Je te lécherai, ensuite. J'ai hâte d'avoir ton goût dans ma bouche.

Je sentis un plaisir violent naître en moi, auquel je fus incapable de résister. La seule chose que je pouvais faire était de m'accrocher et d'attendre que la vague redescende. Avec son autre main, Gray attrapa mes cheveux et tira ma tête en arrière pour me forcer à le regarder.

— Je veux te regarder. Je veux pouvoir admirer ton visage quand tu jouis.

Il appuya fermement son pouce sur mon clitoris, et, comme s'il s'agissait d'un interrupteur, cela déclencha un tsunami – un plaisir intense, plus fort que moi, qui me força à fermer les yeux et m'écrouler sur l'épaule de Gray.

Lorsque je repris mes esprits, je relevai la tête et plongeai mon regard dans le sien. Il me fixa quelques secondes, puis m'embrassa, tout en me soulevant légèrement pour pouvoir relever le tissu de ma jupe jusqu'à ma taille. J'étais trop faible pour résister et trop en confiance pour même avoir envie de le faire.

Gray se mit alors à genoux et commença à sucer mon clitoris gonflé. Ce fut comme si tout mon corps revenait à la vie : alors que, la seconde d'avant, j'étais prête à m'endormir, terrassée par le plaisir, sa langue me redonna de l'énergie.

Excitée, avide de lui, du plaisir qu'il me donnait, je m'allongeai sur mon bureau, me laissant entièrement porter par mes sens. Plus rien n'existait sinon sa langue sur moi, qui me léchait, me suçait, et me pénétrait. Soudain, je jouis à nouveau, sans savoir s'il s'agissait d'un nouvel orgasme, ou si c'était toujours le premier qui se prolongeait. Tout ce que je savais, c'était que c'était aussi fort, peut-être même plus.

Je restai un instant allongée, les paupières fermées, et, lorsque je repris enfin mon souffle, je rouvris les yeux et découvris Gray qui me regardait en souriant.

— Je crois que la réunion s'est bien passée, non ? Qu'est-ce que tu en penses ?

— Je voudrais faire preuve d'esprit dans ma réponse, mais je ne suis pas sûre de pouvoir réfléchir correctement...

Il rit et m'embrassa.

— Je suis content de te retrouver, Coccinelle… J'ai presque cru que tu voulais faire un break.

Je me redressai et appuyai ma tête contre sa poitrine.

— Je suis désolée. C'est juste que j'ai beaucoup travaillé, ces derniers jours.

Il me serra quelques secondes contre lui, puis s'écarta en m'embrassant une dernière fois.

— J'ai très envie de rester avec toi, mais je dois filer. J'ai rendez-vous dans une demi-heure de l'autre côté de la ville – l'avocat de la société dans laquelle nous investissons. Apparemment, c'est un vieil ami de mon père.

— Je suis contente que ce soit un homme et qu'il soit vieux – vu comment se passent tes réunions avec les avocates, je me serais fait un peu de souci… rétorquai-je en descendant du bureau et en remettant ma jupe en place.

Gray rit et m'embrassa à nouveau.

— Je vois Ella demain après-midi. Je la récupère à midi et je l'emmène se promener, sans Max cette fois. J'aimerais beaucoup que tu viennes avec moi…

— Je ne sais pas, Gray. Peut-être devrais-tu rester seul avec elle si c'est la première fois que tu la vois sans Max ?

Il me regarda intensément dans les yeux, essayant de sonder mes émotions.

— J'ai envie que vous appreniez à vous connaître, toutes les deux…

— Je sais… je comprends… Mais… C'est un peu tôt, tu ne crois pas ?

Il acquiesça d'un signe de tête et se força à sourire, mais je savais que ma réaction lui faisait du mal.

— Bon. On dîne au moins ensemble demain soir ?

— Avec plaisir !

Rongée par la culpabilité, je n'avais pas fermé l'œil de la nuit. Le samedi matin, je me levai très tôt pour travailler, mais je fus incapable de me concentrer. Le souvenir du sourire de Gray lorsqu'il m'avait demandé de passer l'après-midi avec lui et sa fille – et de la façon dont je l'avais déçu en lui disant que je n'étais pas prête pour ça – me hantait.

Je laissai tomber mon stylo et m'avachis sur ma chaise. Après tout, ce n'était que quelques heures avec une petite fille. Je passais bien du temps avec la fille de Quinn, Harper, régulièrement. En quoi le fait qu'il s'agisse de la fille de Gray devait changer quelque chose ?

Peut-être parce que je savais qu'Harper n'allait pas faire partie de mon quotidien pour toujours. Mon histoire familiale m'avait appris que les enfants avaient besoin de cohérence et de stabilité. Entrer et sortir de leur vie envoyait un message subliminal mais très clair : *tu n'es pas ma priorité*. Or, je ne voulais pas qu'Ella ressente cela à cause de moi.

Pourtant, je ne pouvais me tenir à distance éternellement. J'étais folle de Gray. Je l'aimais comme je n'avais jamais aimé aucun autre homme. Je sentais que notre relation était spéciale – et cela me transportait autant que ça me faisait peur. Mais pourquoi ? Pourquoi avais-je peur de quelque chose de si merveilleux ? Peut-être avais-je peur d'être blessée à nouveau ?

Je réalisai alors que je faisais peser sur Gray mon passé, mes propres angoisses. Je n'avais pas le droit de faire ça, surtout alors qu'il était en train de vivre des événements aussi bouleversants.

Il était onze heures trente. J'avais tout juste le temps.

Je pris mon téléphone et appelai Gray en courant dans la salle de bain. Alors que ça sonnait, je me regardai dans le miroir : je ne ressemblais à rien !

— Salut, beauté ! lança-t-il en décrochant.

Il avait l'air sincèrement heureux d'entendre ma voix, ce qui me confirma que j'avais pris la bonne décision.

— Tu es en route pour rejoindre ta fille ? lui demandai-je en retirant l'élastique de mes cheveux.

— Exactement.

— Si l'invitation tient toujours, je veux bien venir, finalement.

— Tu es sûre ? s'étonna-t-il.

— Parfaitement sûre !

— C'est super ! Je suis dans la voiture avec Al. Nous venons de passer le pont de Brooklyn, mais je peux lui demander de faire demi-tour.

— Non, non, ne t'embête pas, rétorquai-je en quittant mon bas de pyjama. Je vais prendre un taxi et vous retrouve là-bas directement, ce sera plus facile. Je ne veux pas que tu sois en retard.

— Nous pouvons faire demi-tour, tu sais. Je ne serai pas en retard...

— Non, je t'assure. Ella t'attend. Envoie-moi l'adresse. Je t'y retrouve le plus vite possible.

— Okay, t'as gagné. Tu sais que je t'aime ? ajouta-t-il en riant.

———

Mon taxi me déposa devant chez Max à midi et huit minutes. Gray m'attendait devant l'immeuble.

— Je suis désolée d'être en retard, m'excusai-je.

— Aucun problème. L'essentiel, c'est que tu sois là, répondit-il en prenant mon visage entre ses mains et en m'embrassant.

— Je suis heureuse d'être avec toi, répondis-je en posant mes mains sur les siennes.

— Je te remercie vraiment d'être venue. C'est important pour moi...

Je savais que ça l'était, et je lui souris, simplement.

— On devrait y aller, nous sommes en retard...

— Max m'a fait attendre trois ans, je peux bien la faire attendre quelques minutes...

— C'est vrai, acquiesçai-je.

Gray me prit la main et nous nous dirigeâmes vers l'entrée de l'immeuble.

— Ce quartier est vraiment sympa, lui dis-je. J'adore ces immeubles en briques rouges.

— Elle a acheté son appartement avec l'argent qu'elle m'a volé.

— Merde. Je suis désolée...

Nous arrivâmes devant la porte. Gray sonna et Max vint ouvrir une minute plus tard. Son sourire s'évanouit dès qu'elle découvrit qu'il n'était pas seul. Visiblement, elle n'était pas ravie de ma présence.

— Oh... Je n'avais pas réalisé que tu viendrais avec quelqu'un pour voir Ella.

— Layla n'est pas *quelqu'un*, répondit Gray d'un ton sévère. Tu te souviens d'elle ? C'est elle que tu es allée voir à son bureau.

Max se força à sourire et nous laissa entrer.

— Ella est en train de jouer, dit-elle en refermant la porte derrière nous.

L'atmosphère était un peu tendue mais, heureusement, Ella arriva aussitôt, propageant sa joie de vivre dans la pièce.

— Gray ! s'exclama-t-elle en courant vers son père avec un large sourire.

Elle s'arrêta devant lui et signa quelque chose.

Son excitation était contagieuse – je me retrouvai à sourire aussi largement qu'elle, même si je n'avais aucune idée de ce qui était en train de se passer.

Gray me surprit en signant quelque chose en retour. Apparemment, il avait bien appris sa leçon, car sa performance lui valut des applaudissements de la part d'Ella.

— Bravo ! le félicita-t-elle. Tu *t'as* souvenu ?

— Tu *t'es* souvenu... la corrigea sa mère.

Gray se tourna vers moi.

— Nous sommes samedi. Et le samedi, c'est gris, déclara-t-il en désignant son tee-shirt.

Je réalisai alors qu'ils portaient tous les trois du gris.

— Je ne savais pas qu'on devait porter une couleur particulière selon le jour de la semaine, m'excusai-je en riant.

Ella tira le bras de Gray et lui demanda de l'aider à sortir sa nouvelle poussette du placard de sa chambre. Ils quittèrent donc l'entrée tous les deux, nous laissant seules, Max et moi.

Max ne fit aucun effort pour me mettre à l'aise. Elle fit même tout le contraire.

— J'imagine que tout ça doit vous faire un peu peur. Le fait de savoir que vous allez bientôt devoir remplacer une morte et prendre son rôle de mère auprès de sa fille dévastée, lâcha-t-elle.

Horrifiée par son agressivité, j'ouvris la bouche pour lui répondre mais me ravisai, par respect pour elle.

Max dut penser que sa méchanceté avait sur moi l'effet escompté car elle continua.

— Ella a besoin de créer des liens avec son père. Ne vous mettez pas au milieu d'eux juste pour le plaisir de jouer à la maman. Surtout que vous déciderez certainement de partir un jour, ne supportant pas de vivre avec une enfant qui n'est pas la vôtre. Or, Ella aura déjà perdu sa mère ; elle n'aura pas besoin de vivre une autre séparation.

Gray et Ella revinrent en souriant. En découvrant mon air dévasté, le sourire de Gray disparut.

— Tout va bien ? s'inquiéta-t-il.

— Nous étions en train de parler de mon pronostic, s'empressa de répondre Max avant que je ne puisse dire quoi que ce soit.

Gray hocha la tête d'un air grave, comme s'il avait compris.

— Ma chérie, on y va ? me demanda-t-il en me prenant par la main.

— Oui, répondis-je simplement.

Dehors, j'observai Gray mettre la poussette dans le coffre et attacher Ella dans son siège-auto. Ella lui dit quelque chose que je n'entendis pas, et il éclata de rire. De toute évidence, tous deux avaient déjà une relation de connivence et de confiance, comme un père et sa fille. Soudain, je me sentis exclue de ce tableau familial. J'avais l'impression d'être la cinquième roue du carrosse et regrettai d'être venue. Je montai dans la voiture, perdue dans mes pensées. Lorsque Gray s'installa à côté de moi, il me dit quelque chose que je ne compris pas.

— Ça va ? s'inquiéta-t-il en me serrant le bras. Tu as l'air ailleurs.

— Oui, le rassurai-je de manière laconique.

Au bout de dix minutes, je remarquai que nous prenions le pont de Brooklyn dans l'autre sens, pour rejoindre Manhattan.

— Où allons-nous ? lui demandai-je.

— Je me suis dit que nous pouvions aller à l'étang de Central Park.

— Ah... C'est là que...

Gray me pressa le bras pour me faire taire en me faisant un clin d'œil.

— C'est une surprise, dit-il à voix basse.

— Désolée, m'excusai-je en souriant. Je vais devoir m'habituer à épeler ce que je veux dire...

Ella regardait par la fenêtre en balançant ses jambes, mais elle réagit au mot épeler que je venais de prononcer.

— Je peux épeler mon nom ! déclara-t-elle fièrement. E.L.L.A.

Gray rayonnait.

— Je crois que même si on s'exprimait en hindou pour parler entre nous, elle finirait par l'apprendre en un rien de temps, dit-il en riant. Elle est tellement intelligente...

— C'est parce que j'ai le même cerveau que mon papa, commenta Ella.

Mes yeux s'écarquillèrent.

— Ce n'est pas ce que tu penses. Je t'expliquerai plus tard, me chuchota Gray.

La circulation était fluide et nous arrivâmes au parc rapidement. En descendant de voiture, j'observai à nouveau Gray et Ella, fascinée par l'aisance qui s'était installée entre eux, en si peu de temps. Gray sortit la poussette du coffre, installa sa fille dessus, puis demanda à Al de nous retrouver au même endroit deux heures plus tard.

Alors que nous nous dirigions vers l'étang, Gray profita de ce qu'Ella ne pouvait pas nous entendre pour me parler.

— Dans la lettre que Max m'a écrite, elle me parle des choses qu'aime Ella. C'est comme ça que j'ai appris qu'elle adore *Stuart Little*, me confia-t-il. J'ai donc regardé le film et me suis aperçu qu'une grande partie de l'action se déroulait ici, à Central Park, vers l'étang où les gens font voguer leur bateau télécommandé. Max m'a dit qu'elle ne l'y avait jamais emmenée, alors je me suis dit ça pourrait être sympa de lui faire la surprise. Je suis curieux de voir si elle va reconnaître l'endroit...

— C'est adorable, répondis-je en souriant. Je suis certaine qu'elle va être très contente.

À peine eus-je terminé ma phrase qu'Ella confirma ce que je venais de dire. En apercevant l'étang, elle poussa un grand cri et tendit les mains vers le plan d'eau sur lequel voguaient une multitude de bateaux.

— Stuart, Stuart ! s'exclama-t-elle.

Son excitation me rappela la mienne lorsque mon père me faisait des surprises, les fois où il était avec nous.

Pendant toute l'heure qui suivit, Ella resta collée à son tricycle, regardant les centaines de voiliers télécommandés flotter. Gray lui avait clairement dit que Stuart Little n'était sur aucun d'eux, mais j'étais pourtant à peu près certaine qu'elle essayait de le trouver. À un moment donné, elle quitta son tricycle et s'installa sur les genoux de Gray, qui rayonna de bonheur.

Après le déjeuner, Gray proposa de manger une glace. Alors que nous étions installés sur un banc avec nos cornets, Ella se tourna vers moi pour me parler.

— Tu sais que ma mère a un cancer ?

J'avalai de travers et toussai.

Après s'être assurée que j'allais bien, Gray répondit à ma place.

— Oui. Nous savons que ta maman a un cancer...

Ella continua de manger sa glace et réfléchit quelques secondes.

— Elle va mourir, déclara-t-elle finalement.

Cette fois, ce fut Gray qui s'étouffa. Je me levai, et allai chercher trois petites bouteilles d'eau au stand de glace. Gray avala la sienne presque d'un seul trait avant de pouvoir parler, la voix tremblante.

— Cela arrive parfois quand les gens sont malades, ma chérie. Malheureusement.

— Et toi, tu vas mourir ?

Je me sentais terriblement mal à l'aise et fus soulagée que ce soit à Gray de répondre.

— Pas avant très longtemps, j'espère. Je n'ai même pas encore eu l'occasion de porter toutes les couleurs de tous les jours de la semaine, ajouta-t-il en tirant doucement sur sa queue de cheval pour détendre l'atmosphère.

Ella rit et se remit à manger sa glace tranquillement, comme si nous venions de parler de la météo. Mais Gray avait l'air d'avoir besoin d'un verre ; ce qui était également mon cas...

Lorsque nous arrivâmes devant chez Max, le soleil avait commencé à se coucher. Ella s'était endormie dans la voiture, et j'avais moi-même posé ma tête sur l'épaule de Gray en fermant les yeux. Toute cette journée avait été assez surréaliste et m'avait épuisée, même si – je devais l'admettre – passer du temps avec Gray et sa fille avait apaisé certaines de mes inquiétudes.

À présent, j'arrivais à nous imaginer tous les trois ensemble. Certes, cela me terrifiait toujours, mais l'idée me paraissait plus concrète et je me sentais désormais capable de m'engager sur ce chemin avec Gray.

— Tu as l'air fatiguée, me dit Gray en caressant mon visage tandis qu'Al était en train de garer la voiture.

— Vraiment ? fis-je mine de m'étonner. Qu'est-ce qui te fait dire ça ? Le fait que j'ai ronflé sur ton épaule tout le long du trajet ? ajoutai-je en riant.

Gray rit puis jeta un coup d'œil à Ella, qui dormait toujours.

— Pourquoi ne restes-tu pas dans la voiture pendant que je ramène Ella ? Comme ça tu peux te reposer encore un peu... proposa-t-il en m'embrassant. Tu vas avoir besoin de toute ton énergie ce soir...

Chapitre 31

Gray

Je pris mon temps pour rejoindre l'appartement de Max. Ella dormait dans mes bras, et son souffle réchauffait mon cou à chacune de ses expirations. En seulement quelques semaines, elle était devenue une partie essentielle de ma vie. Avant d'apprendre son existence, jamais je n'aurais soupçonné que je sois capable d'aimer aussi fort une enfant.

Mais Ella était spéciale. Belle, intelligente, drôle, avec une joie de vivre dont j'avais oublié l'existence. C'était tellement intense que c'en était presque terrifiant. J'avais du mal à prendre toute la mesure de ce qui était en train de m'arriver et des conséquences que tout cela allait avoir sur ma vie. Car je savais que je ne serais plus jamais l'homme que j'étais avant qu'Ella n'entre dans ma vie. Désormais, j'allais devoir penser à quelqu'un d'autre qu'à moi-même. Je ressentais le besoin impérieux de m'occuper de cette petite fille, de la protéger, et d'être un père présent et aimant pour elle. J'avais souvent entendu dire que les enfants apprenaient en regardant leurs parents plus qu'en suivant leurs conseils. Je devais donc être un modèle pour Ella, même si mon propre père n'en avait pas été un pour moi.

J'avais toujours été convaincu que rien n'arrivait par hasard dans la vie. Que tout avait un sens. Si j'avais découvert, trois ans auparavant, que j'allais avoir un enfant, je n'aurais pas été un bon père. À l'époque, seul mon travail comptait. Je ne pensais qu'à une chose : gagner de l'argent. Or la prison m'avait changé. J'avais pris le temps de réfléchir et j'étais devenu un autre homme. C'était finalement grâce à ces années de pause forcée que je me sentais prêt à être père. Désormais, Ella et Layla seraient mes seules et uniques priorités.

Ma fille toujours endormie contre moi, je sonnai à la porte de l'appartement de Max. Au bout de deux minutes, elle ne vint toujours pas ouvrir, et je sonnai une seconde fois. Toujours pas de réponse. Je fouillai dans ma poche à la recherche de mon téléphone portable lorsque, enfin, Max ouvrit la porte. Elle avait l'air particulièrement mal en point, une couverture enroulée autour d'elle.

— Ça va ? m'inquiétai-je.

— Oui, oui. J'avais froid et me suis endormie sur le canapé.

— Il fait presque trente degrés aujourd'hui, rétorquai-je en plissant les yeux. Tu as peut-être mis la clim trop fort ?

— Non. C'est l'un des effets secondaires de mon traitement : froid et somnolence.

Je tendis la main et la posai sur son front. En effet, elle était gelée.

Max tenta de sourire, mais elle n'en avait pas l'énergie. Puis elle s'écarta pour me laisser entrer.

— Elle dort depuis longtemps ?

— Environ une demi-heure. Elle s'est endormie dans la voiture.

— Ça t'ennuie d'aller la coucher dans son lit ?

— Non, bien sûr.

J'allai dans la chambre d'Ella et la déposai doucement dans ses draps. Elle roula sur le côté, et continua de dormir, sans se réveiller. Je l'embrassai sur la tête et quittai sa chambre sans faire de bruit.

Voir Max en si mauvais état avait fait naître en moi des émotions mitigées. D'un côté, j'étais tenté de quitter son appartement sans un mot, en ne me souciant pas plus d'elle qu'elle ne s'était souciée de moi pendant que je croupissais en prison. Mais, d'un autre côté, j'étais humain et me sentais incapable de la laisser comme ça. En outre, je voulais m'assurer qu'elle était en état de s'occuper de notre fille.

— Ça va aller ? lui demandai-je en la rejoignant dans le salon.

— Oui, ne t'inquiète pas, répondit-elle en se levant.

Elle se dirigea dans la cuisine où elle avait mis de l'eau à bouillir, et je lui emboîtai le pas.

— Tu as quelqu'un pour t'aider ? Pour voir si tout va bien pour toi ?

— Je n'ai pas beaucoup de relations, tu sais, répondit-elle avec un sourire triste en prenant la bouilloire. Il faut dire que j'ai tout fait pour que les gens me détestent... Mais j'ai Paula, qui travaille pour moi. C'est la nounou d'Ella ; elle s'en occupe quand je suis au travail.

Je savais que Max était enfant unique, comme moi, et qu'elle n'était pas proche de sa mère. Je me souvenais aussi qu'elle avait une tante, dans le Connecticut, avec laquelle elle s'entendait assez bien. Son nom était Potter – je m'en souvenais car c'était le même que celui du jeune sorcier le plus connu de la planète – mais je ne me souvenais plus exactement de son prénom... Betty, Betsy... Puis ça me revint : Béatrice.

— Et Béatrice ?

— Elle est décédée l'année dernière. Un accident vasculaire cérébral. Tu veux du thé ? me demanda-t-elle en ouvrant le placard où se trouvaient les tasses.

— Non, merci. Je suis désolé pour ta tante...

Elle se versa une tasse pleine, et y plongea un sachet de thé.

— Je peux encore m'occuper d'Ella, si c'est ce qui te préoccupe, me dit-elle en se tournant vers moi.

— Tu es sûre ? Je peux la prendre chez moi cette nuit si tu as besoin de te reposer.

— Non. Je te remercie. Je te dirai quand je ne me sentirai plus capable. Ne t'inquiète pas, je ne prendrai pas le risque de la mettre en danger, même si je veux passer le plus de temps possible avec elle.

Je hochai la tête.

— Il faut que je te dise quelque chose, Gray, dit-elle finalement en soupirant. Même si je ne suis pas sûre que ça te fasse plaisir...

Je me demandais ce qu'elle allait m'annoncer, me retenant de lui jeter à la figure que rien de ce qu'elle avait pu me faire ou me dire ces dernières années ne m'avait fait plaisir....

— Qu'est-ce qu'il y a ?

— C'est à propos de Layla.

— Quoi Layla ? lançai-je d'un ton agressif.

— Ella va perdre sa mère. Elle va être dévastée. Mais il n'y a rien que l'on puisse faire pour éviter cela...

— D'accord, mais qu'est-ce que Layla a à voir là-dedans ?

— Ella va s'attacher à elle. Elle va vouloir trouver une mère de substitution. C'est naturel.

Je serrai la mâchoire.

— Et... ?

— Et quand Layla te quittera, ce sera un second deuil pour Ella. Elle n'aura pas besoin de ça...

— Qu'est-ce qui te fait dire que Layla me quittera ?

— Ça n'a rien à voir avec toi, Gray. Tu es un homme qu'on n'a pas envie de quitter. Mais, de toute évidence, ta Layla n'est pas prête pour une vie de famille.

— Attends, commençai-je en tentant de garder mon calme. Tu as passé, quoi... une demi-heure dans son bureau il y a quelque temps ? En te faisant passer pour une cliente pour pouvoir mettre ton nez dans ma vie privée. Et tu crois que tu la connais ?

Max resta calme, contrairement à moi.

— Nous avons discuté quelques minutes, tout à l'heure, quand tu étais avec Ella dans sa chambre. Et puis j'ai observé sa manière de se comporter avec toi, avec Ella...

J'étais sidéré par son comportement.

— Tu es vraiment incroyable, sifflai-je d'un ton sarcastique.

— Tu as toujours été faible avec les femmes, Gray. Tu ne vois pas les choses. J'imagine que c'est lié au fait que tu aies perdu ta mère alors que tu n'étais qu'un enfant et que tu l'aies idéalisée par la suite.

— Mais tu es qui pour me dire tout ça ? m'emportai-je. Sigmund Freud ? Tu ne sais pas de quoi tu parles...

Ne supportant plus d'être dans la même pièce qu'elle, je tournai les talons.

— Je serai ici dimanche à midi pour récupérer Ella, dis-je froidement, sans me retourner, avant de quitter la pièce.

———

Layla resta silencieuse pendant tout le trajet de retour jusqu'à Manhattan. Je n'y prêtai pas attention car j'étais moi-même plongé dans mes pensées, rejouant dans mon esprit la conversation que j'avais eue avec Max. J'avais décidé de ne pas en parler à Layla, jugeant qu'il était inutile d'attiser la tension qui existait déjà entre elle et Max.

— Tu es calme, lui dis-je finalement en entrelaçant mes doigts avec les siens alors que nous quittions le pont de Brooklyn. Tout va bien ?

Elle sourit, mais son regard était froid.

— Oui. Je suis juste fatiguée, prétendit-elle.

— Tu es toujours d'accord pour aller au restaurant ce soir ?

— En fait, je préfère rester tranquille ce soir, si ça ne t'ennuie pas.

Je portai sa main à ma bouche et l'embrassai.

— Comme tu veux. Même si j'adore l'idée de te voir dans une robe sexy, un plateau télé à côté de toi me va aussi... Surtout si tu es nue, ajoutai-je avec un clin d'œil.

Je ne fus pas certain qu'elle m'ait entendu car elle ne répondit rien, regardant par la fenêtre, comme si elle était ailleurs.

— Ella est formidable, déclara-t-elle au bout de quelques secondes, en se tournant à nouveau vers moi.

Je la regardai avec un large sourire.

— J'ai l'air d'un vieux papa gâteau si je te dis que je suis d'accord ?

— Pas du tout, répondit-elle avec un sourire — franc, cette fois.

Lorsque nous arrivâmes devant chez Layla, je descendis de voiture en premier pour aller lui ouvrir la portière, et dit à Al qu'il pouvait rentrer chez lui.

Layla me regarda avec un sourire interrogateur.

— Ah oui... Il faut que je te dise que je n'ai pas l'intention de te quitter ce soir, à moins que tu ne me mettes à la porte. Si c'est le cas, je prendrai un taxi.

Une fois chez elle, Layla disparut dans la salle de bain, et j'en profitai pour ouvrir une bouteille de vin et verser deux verres. Quelque chose dans sa façon d'être me paraissait bizarre, mais je me convainquis que je devais surinterpréter son comportement à cause de ce que m'avait dit Max avant que je ne la quitte. Cette femme était diabolique, et je ne devais pas me laisser influencer par elle.

Layla me rejoignit dans la cuisine, et je lui tendis un verre de vin.

— Tu dois avoir faim. Tu n'as presque rien mangé cet après-midi. Je peux nous commander quelque chose ?

— Oui, bonne idée ! répondit-elle avant de boire une gorgée de vin.

— Qu'est-ce qui te fait envie ?

— Peu importe. Ce que tu veux, toi...

Je lui pris son verre des mains et le posai sur le comptoir de la cuisine, à côté du mien, puis enroulai mes bras autour de sa taille.

— Si tu me laisses le choix du menu, tu risques de ne pas manger grand-chose, murmurai-je en la serrant contre moi.

J'écartai les mèches de cheveux de son visage et la regardai un instant dans les yeux.

— Merci pour aujourd'hui, repris-je d'un ton plus sérieux. C'était merveilleux de pouvoir passer du temps avec les deux femmes les plus importantes de ma vie. Mais, je dois avouer que, même si j'adore Ella, je suis content d'être seul avec toi ce soir...

— Ce ne sera pas comme ça quand... Quand Ella vivra avec toi.

— Je sais, je sais, fis-je mine de m'inquiéter. Je vais devoir faire insonoriser les murs de la chambre...

Mais Layla ne rit pas. Je me reculai légèrement pour mieux lui faire face.

— Layla, parle-moi. Qu'est-ce qui te tracasse ?

— Rien, répondit-elle en détournant le regard. Je viens d'avoir mes règles, et je suis juste un peu fatiguée. C'est toujours pareil, les premiers jours...

J'avais envie de la croire et je décidai donc de ne pas poser davantage de questions.

Après notre vin, Layla alla prendre une douche pendant que je commandais quelque chose pour le dîner. Elle m'avait montré le tiroir dans lequel elle gardait les prospectus des différents services de livraison, me disant de faire attention car le tiroir était bancal.

Bancal était un euphémisme. Lorsque j'ouvris le tiroir, il tomba à terre et tout ce qu'il contenait s'éparpilla sur le sol. Je découvris avec amusement qu'il était bourré d'un désordre absolu et, en riant, je me mis à la recherche d'un tournevis et de pinces pour le remettre en place. La chose promettait d'être assez simple : il suffisait de remettre les deux vis qui s'étaient détachées, et la roue du tiroir sur le rail qu'elle avait quitté.

Lorsque j'eus terminé, je commençai à remettre à l'intérieur tout ce qui était par terre : des papiers, des dossiers, et des cahiers. Alors que je ramassais la pile de cahiers, l'un d'eux tomba à nouveau au sol, s'ouvrant à la dernière page qui avait été ouverte, à laquelle se trouvait un marque-page. Je le ramassai sans intention de lire ce qu'il y avait à l'intérieur, mais une phrase attira mon attention.

Il ment.

J'aurais dû fermer le cahier et ne pas m'immiscer dans les affaires de Layla, mais le mot *Il* m'intriguait. J'étais un homme – possessif et jaloux, en plus – alors, comme un imbécile, je continuai de lire.

Il n'est pas fiable.

Mon cœur se serra alors que je réalisai qu'il s'agissait d'une des fameuses listes « pour ou contre » qu'elle m'avait dit faire pour prendre ses décisions. Ce devait d'ailleurs être ce que contenaient tous les autres cahiers que je venais de remettre dans le tiroir. Comme celui-ci était à peine entamé, je compris que la liste devait être récente.

Je me forçai à ne pas paniquer et à me convaincre que cette liste ne me concernait pas. Néanmoins, je poursuivis la lecture.

Je ne serai jamais sa priorité.

Je vais souffrir à nouveau.

L'espoir que j'avais de ne pas être concerné par la liste diminuait, jusqu'à disparaître complètement lorsque je lus les deux dernières lignes.

Je n'ai jamais vraiment voulu d'enfants.

Je mérite plus.

Le souffle court, je gardai les yeux rivés sur cette dernière phrase.

Je mérite plus.

Elle avait raison. Layla méritait plus qu'un ex-détenu avec une ex-femme sur le point de mourir et qui venait de lui mettre dans les pattes une gamine de trois ans.

Puis je réalisai qu'elle n'avait rempli qu'une seule colonne – celle des « contre ». Une seule chose était écrite dans la colonne des « pour » :

Aucun.

Comme si j'aimais me faire du mal, je tournai la page pour consulter la liste précédente. Cette fois, la colonne des « contre » était pleine, et dans la colonne des « pour », une seule mention :

Je l'aime, même si je ne devrais pas.

— Gray ? lança Layla depuis sa chambre.

Je n'avais même pas remarqué que l'eau avait cessé de couler. À la hâte, je refermai le cahier et le plaçai dans le tiroir, au-dessus des autres.

— Oui ? répondis-je en fermant les yeux pour essayer de reprendre mes esprits.

— Tu as commandé ?

— Non, pas encore.

— Je mangerais bien des sushis, si ça te va ? Ils livrent assez rapidement et leurs sashimis de thon sont délicieux.

— Okay, très bien !

Je cherchai le menu du restaurant japonais, essayant de réfléchir à la manière dont je devais réagir à ce que je venais de voir avant d'en parler à Layla. La bouteille de vin

325

que j'avais ouverte était toujours sur le comptoir, mais je décidai de me servir quelque chose de plus fort. Je savais qu'elle avait du whisky dans son placard. Je me servis un double Jack Daniels, et le bus cul sec. Le goût n'était pas terrible, mais la sensation de brûlure dans ma gorge me fit du bien. Je m'en servis un autre, puis repris un verre de vin avant que Layla ne sorte de sa chambre.

— Tu es dans le noir... me dit-elle lorsqu'elle me rejoignit, allumant la lumière de la cuisine.

Je n'avais pas remarqué que le soleil s'était couché, et que la pièce était dans la pénombre.

— Oui... J'étais perdu dans mes pensées...

— Tout va bien ? me demanda-t-elle en penchant la tête.

— Tout va bien... Et toi ?

Elle détourna le regard.

— Oui... Disons que cette journée aura été éprouvante pour nous deux.

Je la regardai sans rien dire.

Elle prit son téléphone, chercha quelque chose sur Internet, puis s'approcha de moi.

— Tiens, j'ai trouvé le menu du japonais, si tu veux.

Ses cheveux étaient mouillés et son visage sans maquillage. Je l'observai pendant qu'elle me lisait le menu. Ses taches de rousseur semblaient plus foncées sous la lumière ; je la trouvai encore plus belle que d'habitude.

— Regarde ce qui te fait envie ! me dit-elle en me tendant le téléphone, me sortant de ma torpeur. Je vais prendre un tataki de thon. On peut aussi prendre des rouleaux de printemps à partager ?

Je pris son téléphone et consultai le menu mais fus

incapable de lire quoi que ce soit. Je ne faisais que penser à ses taches de rousseur. Je ne savais pas pourquoi elles me plaisaient autant – certainement le fait que cela lui donnait un air innocent, contrastant avec son côté femme fatale dont elle semblait ne pas avoir conscience. Elle manquait de confiance en elle ; c'était pour cela qu'elle mettait tant d'énergie à essayer de cacher ses taches de rousseur : elle voulait que les gens ne voient en elle qu'une femme forte. Elle voulait les convaincre pour se convaincre elle-même.

— À quoi est-ce que tu penses ? me demanda-t-elle au bout d'un moment.

Je levai les yeux du menu dont je n'avais pas lu un mot, et la regardai.

— Oui, les rouleaux de printemps... très bien, balbutiai-je. Et puis je vais prendre comme toi, un tataki de thon.

J'appuyai sur le téléphone du restaurant et sortis mon portefeuille pendant que ça sonnait.

— Bonsoir, je voudrais faire une commande, s'il vous plaît.

La femme à l'autre bout du fil me demanda ce que je voulais, mais j'avais déjà oublié.

— Qu'est-ce qu'on prend, déjà ? demandai-je à Layla en couvrant le combiné du téléphone avec ma main.

— Deux tatakis de thon, et des rouleaux de printemps, me dit-elle en fronçant les sourcils. C'est bien ce que tu veux ?

— Oui, oui, confirmai-je, avant de passer commande à la femme du restaurant.

Tout le reste de la soirée, je restai dans le même état de confusion et de déconcentration. Je fus incapable de suivre correctement une conversation, mon esprit me ramenant sans cesse à la liste de Layla et à ce que Max m'avait dit.

J'aurais aimé prendre Layla dans mes bras, lui dire que sa liste était fausse, qu'elle se trompait. Mais, plus j'y réfléchissais, plus je me disais qu'elle n'était finalement pas si loin de la vérité.

Il ment.

C'était vrai. Je ne lui avais pas parlé tout de suite de Max, or, même si j'avais réussi à rétablir un lien de confiance entre nous, force était de constater qu'elle n'avait jamais vraiment oublié.

Tu as toujours été faible avec les femmes, Gray, m'avait dit Max.

Je ne serai jamais sa priorité.

Même si je me disais que Layla était ma priorité au même titre qu'Ella, je savais au fond de moi que cela ne pouvait pas être vrai. Je n'allais pas tarder à être le père célibataire d'une petite fille dévastée par la mort de sa mère. Quelle allait être ma priorité désormais : emmener Layla dîner ou rester à la maison avec ma fille ?

Je n'ai jamais vraiment voulu d'enfants.

Nous n'en avions jamais parlé. Bêtement, j'avais supposé qu'elle voulait des enfants, comme beaucoup de gens. Mais, après tout, si je réfléchissais à la question, je n'étais pas étonné qu'elle ait pu écrire qu'elle n'en voulait pas : la famille dans laquelle elle avait grandi ne devait pas lui donner envie d'être mère à son tour...

Tu as toujours été faible avec les femmes, Gray.

Je mérite plus.

Les phrases tournaient dans ma tête. Curieusement, celle qui me faisait le plus mal était la seule qu'elle avait mise dans les « pour ».

Je l'aime, même si je ne devrais pas.

Je n'en pouvais plus de penser à tout cela et bénis le moment où nous décidâmes d'aller nous coucher. Je n'avais qu'une hâte : fermer les yeux et faire comme si cette soirée n'avait jamais existé. Je me glissai dans le lit et enroulai mon corps autour du sien, blottissant mon visage dans son cou.

J'ai tellement besoin d'elle.

J'aurais aimé lui dire que tout allait bien se passer, mais je n'avais pas le droit d'être aussi égoïste.

— Je veux que tu sois heureuse, Coccinelle, murmurai-je à son oreille.

Elle se tourna pour me faire face. Il faisait sombre, mais je distinguais néanmoins son visage.

— Gray... je...

La sonnerie de mon téléphone l'interrompit. Ma première réaction fut de l'ignorer, mais je me souvins que j'avais désormais une fille et que l'appel pouvait être important.

Tendant la main, j'attrapai le téléphone sur la table de chevet.

Max.

Inquiet, je décrochai aussitôt.

— Tout va bien ?

— Gray, je viens d'appeler une ambulance, m'annonça-t-elle d'une voix tremblante. J'ai beaucoup de mal à respirer.

Chapitre 32

Gray

— Ça va aller, ma chérie. Chut...

Je caressai les cheveux d'Ella et la serrai contre moi en me balançant d'avant en arrière afin d'essayer de la rassurer. Son visage était baigné de larmes et elle avait du mal à respirer tellement elle pleurait. J'étais meurtri de la voir ainsi bouleversée. J'aurais aimé pouvoir lui éviter cette épreuve, l'emmener loin de cet hôpital lugubre dans lequel on attendait que les médecins nous donnent des nouvelles de Max. Mais je ne le pouvais pas. Il était une heure du matin, et sa mère était peut-être en train de mourir...

Layla était venue avec moi, même si je lui avais dit que ce n'était pas nécessaire. Elle avait l'air terrorisée. Je l'étais aussi.

Lorsque nous étions arrivés aux urgences, Max était déjà prise en charge, et une assistante sociale s'occupait d'Ella. Les médecins nous dirent que Max avait fait deux arrêts cardiaques dans l'ambulance, et qu'ils avaient réussi à la réanimer. Malgré tout, je sentais que c'était la fin. Peut-être allait-elle encore passer la nuit, ou quelques jours supplémentaires, mais, bientôt, ma fille n'aurait plus sa mère. Cette idée me paniquait. Je n'étais pas prêt pour ça. Ma fille non plus ne l'était pas.

— Monsieur Westbrook ?

Un médecin en blouse bleue se tenait dans l'embrasure de la porte de la salle d'attente. Je me levai et posai Ella sur la chaise.

— C'est moi, dis-je en m'approchant, accompagné de Layla.

— Je suis le Dr Cohen. Votre femme est maintenant stabilisée. Nous l'avons intubée pour l'aider à respirer. L'une de ses tumeurs est située près de l'œsophage, et, en grossissant, la tumeur a empêché le passage de l'air dans ses voies respiratoires.

— Donc, elle va bien ?

L'air grave du médecin me fit comprendre que ce n'était pas le cas.

— Pour aujourd'hui. Mais l'intubation n'est qu'une solution temporaire, Monsieur Westbrook.

Il regarda Ella et je me tournai également pour regarder ma fille. Elle avait les yeux grands ouverts, mais je ne savais pas si elle écoutait, et encore moins si elle comprenait de quoi nous parlions. Néanmoins, je sentis que le docteur n'osait pas être aussi direct qu'il l'aurait souhaité.

Je lui lançai un regard afin de lui faire comprendre que nous pouvions parler de manière codée.

— Est-ce que le blocage peut être résorbé de manière définitive ?

— Votre femme nous a donné des directives assez claires, et nous n'avons pas pu tenter toutes les solutions que nous appliquons habituellement...

Traduction – Max avait demandé à ne pas être réveillée si les choses venaient à mal tourner.

— Je comprends...

— Nous avons d'assez bons résultats avec la thérapie photodynamique, mais nous avons besoin pour cela du consentement du patient. Peut-être pourriez-vous lui en parler lorsqu'elle se réveillera ? Tout ce qu'il nous reste à faire, en attendant, c'est d'essayer de la stabiliser. Vous devriez rentrer chez vous et vous reposer. Vous pouvez récupérer les effets personnels de votre femme qui se trouvent au bureau des admissions...

— Mon ex-femme, précisai-je. Merci, Docteur.

Après son départ, je pris Ella dans mes bras qui s'endormit presque aussitôt contre moi.

— Je savais que ce serait dur pour elle, murmura Layla en regardant Ella endormie. Mais la voir aujourd'hui...

Elle s'interrompit.

— Elle va être dévastée. Elle n'aura plus que toi, Gray.

En la regardant, les mots qu'elle avait écrits dans ce fichu cahier me revinrent en mémoire.

Je n'ai jamais vraiment voulu d'enfants.

Je ne serai jamais sa priorité.

— Je sais, répondis-je simplement en baissant les yeux.

Nous passâmes devant la chambre de Max, puis nous arrêtâmes au bureau des admissions où je récupérai les quelques objets personnels qu'elle avait avec elle en arrivant à l'hôpital : ses clés, son portefeuille, et une chaîne qu'ils avaient retirée de son cou. Après tout ce qui s'était passé ces dernières semaines, je ne pensais pas pouvoir être encore choqué par quoi que ce soit. Pourtant, tenir dans mes mains la chaîne de Max me laissa sans voix : le pendentif était son alliance, celle que nous avions achetée en République dominicaine lorsque nous nous étions mariés. J'avais la même, mais je m'en étais débarrassé depuis longtemps.

Nous hélâmes un taxi, et je réussis à monter sans réveiller Ella. Lorsqu'il démarra, je sentis le poids de tout ce qui était en train de me tomber dessus et renonçai à engager la discussion que je devais avoir avec Layla.

— Je pense que je vais l'emmener dormir chez elle. Elle n'est encore jamais venue chez moi, et il vaut mieux qu'elle se réveille dans sa chambre après ce qu'elle vient de vivre. Les clés de chez Max étaient avec ses autres effets personnels.

— Tu as raison. C'est une bonne idée.

Pourtant, je n'avais aucune envie de me séparer de Layla. Je sentais déjà qu'elle était en train de s'éloigner ; ne pas être avec elle physiquement n'allait qu'empirer les choses – lui donner le temps de penser à quel point sa vie serait difficile si elle restait avec moi. Mais lui demander de dormir chez mon ex-femme était certainement trop...

Je tâtai le terrain doucement.

— Est-ce que tu veux que l'on te dépose chez toi ?

— Oui. Merci.

Nous nous tûmes tout le reste du trajet jusqu'à chez Layla. Lorsque le taxi s'approcha du trottoir, devant son immeuble, elle mit sa main sur la poignée de la portière avant même que la voiture ne s'arrête complètement.

— J'ai une réunion demain dans le Connecticut. Mais donne-moi des nouvelles, dit-elle avant de descendre.

— Okay...

Elle se pencha et m'embrassa sur la joue.

— Bonne nuit.

Lorsque je la vis s'éloigner de moi, je commençai à paniquer.

— Layla, attends...

Elle se retourna et me regarda. Je la fixai sans savoir quoi lui dire, ne faisant que penser à quel point je l'aimais. J'avais le pressentiment que je ne devais pas la laisser partir.

Dis-lui que tu l'aimes.

Dis-lui que tu l'aimes, putain !

— Je... je... Merci pour aujourd'hui. C'était cool de t'avoir avec moi ce soir...

— Pas de problème, répondit-elle en souriant tristement.

— Bonne nuit, Coccinelle. Allume la lumière de ta chambre pour que je sache que tu es bien rentrée...

Je demandai au chauffeur de rester jusqu'à ce que la lumière s'allume, puis je fis une chose que je n'aurais jamais imaginé faire un jour : j'emmenai ma fille chez mon ex-femme, dans l'appartement qu'elle avait acheté avec mon argent.

— Oui... ? Bonjour...

En entendant la sonnerie de la porte, je m'étais précipité pour aller ouvrir sans mettre de tee-shirt, voulant à tout prix éviter de réveiller Ella.

— Je suis Paula.

— Bonjour, Paula. Qu'est-ce que je peux faire pour vous ?

— Je suis la nounou d'Ella.

J'avais complètement oublié. Max m'en avait en effet parlé.

— Ah... oui, pardon ! Enchanté, je suis Gray, me présentai-je.

Aussitôt, Paula s'inquiéta.

— *Oh*. Est-ce que Max va bien ?

— Pourquoi ne rentrez-vous pas ? lui proposai-je, sentant que la conversation allait être longue.

Après avoir refermé la porte derrière elle, j'attrapai mon tee-shirt dans le salon et l'enfilai, puis passai dix minutes à informer Paula de l'état de santé de Max. Apparemment, Max avait déjà parlé de moi à Paula. Elle savait que j'étais le père d'Ella et que Max me l'avait caché pendant toutes ces années. En revanche, je ne savais pas exactement ce que Max avait révélé sur ce qui s'était passé entre nous avant la naissance d'Ella.

— Donc c'est vous qui vous occupez d'Ella le matin ? Même maintenant que Max ne travaille plus ?

— Je la gardais de sept heures à midi, mais Max m'a demandé de rester jusqu'à dix-sept heures la semaine dernière. Les après-midis deviennent difficiles pour elle maintenant.

— Est-ce que vous pourriez continuer pour moi avec les mêmes horaires ? Je pense que cela ferait beaucoup de bien à Ella d'avoir à ses côtés une figure familière pendant que Max est à l'hôpital.

— Bien sûr. Max et moi avons déjà parlé du fait que je continue de m'occuper d'Ella... après...

Elle s'interrompit et baissa le regard. Puis elle releva la tête, avec un léger sourire.

— Je m'occupe d'Ella depuis sa naissance. Souvent, Max plaisante en disant qu'elle va vous léguer mes services.

Je fus soulagé de savoir que j'allais avoir de l'aide, au moins le temps que je prenne mes marques.

Lorsqu'Ella se réveilla, elle courut dans les bras de Paula. C'était la première fois en deux jours qu'elle quittait mon cou pour celui de quelqu'un d'autre. Je l'observai, heureux de la sentir enfin réconfortée. Elle semblait si heureuse de retrouver sa nounou qu'elle ne me vit pas tout de suite. Il lui fallut une minute ou deux pour réaliser que j'étais là.

— Tu as dormi ici ? s'étonna-t-elle avec un large sourire.

— Oui, Mademoiselle ! Je n'allais pas te laisser toute seule ! lui dis-je en lui faisant des chatouilles sur le ventre, la faisant rire aux éclats.

— Est-ce que maman est toujours à l'hôpital ?

— Oui, mon cœur.

— Le docteur va la réparer ?

Je jetai un rapide coup d'œil en direction de Paula.

— Il fait tout pour.

— Tu vas rester avec moi jusqu'à ce que maman rentre à la maison ?

— Bien sûr. Je me suis même dit que, parfois, tu pourrais venir dormir chez moi. J'ai un chien, lui murmurai-je à l'oreille.

Ses yeux s'écarquillèrent.

— On peut y aller maintenant ? S'il te plaît !

— Je dois d'abord régler certaines choses ici, mais nous irons plus tard, si tu veux. D'accord ?

Paula emmena Ella dans la cuisine pour lui préparer son petit-déjeuner, et je profitai de ce temps pour décaler une réunion que j'avais prévue dans la matinée. Vu l'heure matinale, je ne réussis pas à joindre mon client, mais je lui laissai un message et me rendis dans la cuisine, où Paula m'offrit un café, tandis qu'Ella était occupée à manger ses pancakes.

— Max a passé quelques nuits à l'hôpital au cours de la dernière année, m'informa Paula. Elle ne voulait pas que j'emmène Ella la voir ; elle disait que ce serait trop dur pour elle. Bien sûr, je ne suis pas en train de vous dire quoi faire, mais je voulais juste que vous sachiez qu'Ella n'a jamais vu sa mère à l'hôpital.

— Vous faites bien, Paula. Merci. Je comprends mieux maintenant pourquoi ça a été si difficile hier soir pour Ella. J'avais pensé l'emmener aujourd'hui, mais je crains que ce soit trop dur pour elle de voir sa mère intubée.

Je regardai Ella en sirotant mon café.

— Elle a l'air beaucoup mieux ce matin, mais je ferais probablement mieux de lui épargner l'hôpital.

— Je suis là, de toute façon, répondit Paula. Je peux m'occuper d'elle... Et si vous réussissez à parler à Max, dites-lui que je pense à elle...

La présence de Paula était véritablement rassurante. L'affection qu'elles se portaient l'une l'autre était évidente. Aussi, lorsque mon client me rappela, décidai-je de lui proposer un rendez-vous dans l'après-midi plutôt que d'annuler complètement. Je savais que je pouvais avoir confiance en Paula. De toute façon, j'allais devoir apprendre à vivre en m'occupant d'une enfant ; je n'allais pas pouvoir annuler toutes mes obligations systématiquement. De plus, l'hôpital était proche du lieu de mon rendez-vous ; cela me permettrait de passer voir Max.

———

Ella finit par s'endormir. Je retournai dans le salon et me versai un verre de scotch avant de m'affaler dans le canapé. J'étais anéanti. La monoparentalité n'était décidément pas si facile...

J'avais enchaîné deux réunions, quelques heures de paperasse au bureau, une visite à l'hôpital pour voir Max et parler à ses médecins, puis un aller-retour à Brooklyn pour récupérer Ella et l'amener chez moi. Il avait ensuite fallu préparer le dîner, sortir Coccinelle, et jouer avec Ella jusqu'à ce qu'elle commence à bâiller.

Coccinelle et sa vieille chaussure avaient tout de suite adopté Ella. Impossible de faire descendre mon chien du lit de ma fille. Je sentais que j'allais désormais passer mes nuits seul... Il faut dire qu'Ella était beaucoup plus enthousiaste que moi à l'idée de jouer par terre avec lui et de se laisser lécher le visage.

Je bus quelques gorgées de scotch et pris mon téléphone. Layla et moi avions échangé quelques SMS au cours de la journée, mais j'avais besoin d'entendre sa voix.

Elle répondit à la troisième sonnerie.

— Coucou ! Tu me donnes une seconde ? J'ai quelqu'un dans mon bureau.

Je regardai ma montre. Vingt et une heures.

— Tu es encore au travail ?

— Oui, me répondit-elle d'un ton pressé. Attends, une seconde...

Puis elle posa le combiné et j'attendis qu'elle termine sa conversation.

— Si tu changes d'avis, tu sais où nous trouver, entendis-je une femme lui dire.

— Merci, Maryanne.

Puis Layla reprit le téléphone.

— Excuse-moi. Des collègues sont allés prendre un verre et Maryanne essayait de me convaincre de les rejoindre...

À nouveau, je réalisai à quel point sa vie serait différente si elle était avec moi. Même si je détestai l'idée qu'elle soit dans un bar sans moi, je ne pouvais pas l'empêcher de s'amuser.

— Pourquoi est-ce que tu n'y vas pas ? J'imagine que ton travail peut attendre demain, non ?

Elle soupira.

— C'est vrai. Mais je suis fatiguée. J'ai vraiment hâte de rentrer chez moi et de prendre un bain. Je n'ai pas très bien dormi la nuit dernière alors je suis venue au bureau à l'aube pour rattraper mon retard.

Une autre chose dont j'étais responsable. La vie que j'avais à lui proposer n'était que fatigue, lourdes responsabilités et contraintes. Je comprenais qu'elle ait envie de me fuir...

— Je suis désolé pour tout ça, lui dis-je. Ta journée s'est bien passée, sinon ?

— Pas trop mal... Et la tienne ? Est-ce qu'Ella et Coccinelle se sont bien entendus ?

— Le traître dort déjà au pied de son lit, répondis-je en riant, fermant les yeux et étendant mes jambes sur la table basse.

— J'imagine... Il a dû vite comprendre qu'elle jouerait plus avec lui que ne le ferait son vieux maître.

— Le maître n'est pas si vieux, je te signale... Je n'ai que quelques années de plus que toi.

— Tu parles, je suis sûre que tu as les pieds sur la table basse et un verre de scotch à la main, prêt à aller te coucher alors qu'il n'est que neuf heures du soir...

Je souris.

— Tu as raison, admis-je.

— ...

— Tu me manques, repris-je. Je vis l'enfer en ce moment, et je suis désolé de ne pas pouvoir t'emmener dans un bon restau, ou prendre un bain avec toi. Tu n'as aucune idée de ce que je donnerais pour ça.

— Je sais, répondit-elle d'une voix calme. Mais je comprends, Gray, tu sais. Tu as ta fille, maintenant. Et, quand on aime quelqu'un, on doit parfois faire passer ses besoins avant les nôtres. C'est comme ça. Avec le recul, je pense que c'est ça que je n'ai jamais pardonné à mon père : lui n'a jamais fait passer nos besoins avant les siens ; il s'est toujours donné la priorité. Mais, toi, je sais que tu vas être un super papa. J'en suis convaincue.

Après avoir raccroché, je finis mon verre en regardant le plafond pendant un long moment. Layla avait raison. Lorsque l'on aimait une personne, il fallait lui donner la priorité. Même si cela signifiait la laisser partir. Au fond de moi, je savais depuis longtemps ce que je devais faire ; j'avais simplement refusé de l'admettre. Car l'admettre voulait dire agir en conséquence. Et agir en conséquence allait me tuer. Mais c'était l'unique solution ; tout me le confirmait.

La liste que j'avais trouvée...

Je n'ai jamais voulu d'enfants.

Je ne serai jamais sa priorité.

Ce que m'avait dit Max...

Ta Layla n'est pas prête pour une vie de famille.

Tu as toujours été faible avec les femmes, Gray.

Les propres mots de Layla...

Quand on aime quelqu'un, on doit parfois faire passer ses besoins avant les nôtres.

C'est ça que je n'ai jamais pardonné à mon père.

Chapitre 33

Gray

J'étais devant l'immeuble de Layla et regardais en direction de la fenêtre de sa chambre. La lumière était allumée, et j'avais aperçu son ombre. Elle était donc chez elle, mais je n'osais pas monter.

Je ne l'avais pas prévenue de ma visite. Je venais de passer deux jours à réfléchir à ce que j'allais lui dire, et je ne savais toujours pas comment m'y prendre. Si je lui disais que j'avais vu sa liste et que je voulais faire passer ses besoins avant les miens, cela ne ferait que la blesser. Je la connaissais – elle se sentirait coupable de ne pas être auprès de moi au moment où j'avais besoin d'elle. Or, je n'aurais pas été suffisamment fort pour refuser sa présence si elle avait insisté pour rester – car, au fond de moi, c'était ce que je désirais le plus au monde.

Je décidai donc de l'absoudre de toute culpabilité et de la laisser penser que c'était moi qui voulais que nous nous séparions. Je savais que, en faisant cela, je trahirais la promesse que je lui avais faite de ne plus jamais lui mentir, mais elle avait perdu suffisamment de temps avec moi – cela faisait maintenant de nombreux mois que nous étions ensemble et nous n'avions finalement pas beaucoup avancé. C'était égoïste de ma part de vouloir la garder. Je devais lui rendre sa liberté. Et je devais le faire de manière efficace, en me montrant froid et distant. Cela la mettrait certainement hors d'elle, mais c'était justement ce que je voulais. Car il est toujours plus facile de tourner une page lorsque l'on est en colère que lorsqu'on se sent coupable.

Je jetai un dernier coup d'œil en direction de sa fenêtre, pris une grande inspiration, et me dirigeai vers la porte d'entrée de l'immeuble. En sonnant à son interphone, je sentis déjà mon cœur se serrer.

— Oui ?

— C'est moi, Gray. Désolé, je passe à l'improviste...

— Ah ! Pas de problème ! Monte.

Un bip et la porte se déverrouilla.

Je songeai à renoncer une dizaine de fois pendant le court trajet jusqu'à son appartement. J'hésitai même à descendre de l'ascenseur lorsque les portes s'ouvrirent. Mais je résistai et décidai que je devais être plus fort que moi-même.

Layla m'attendait sur le palier.

— Belle surprise ! lança-t-elle avec un large sourire.

Attends d'entendre ce que j'ai à te dire...

— J'ai besoin de te parler, annonçai-je de but en blanc, d'un ton froid.

Aussitôt, elle afficha un air inquiet.

— Tout va bien ? Est-ce que Max...

— Non, non... Ça n'a rien à voir avec ça, l'interrompis-je.

Elle me regarda un instant sans comprendre, puis me laissa finalement entrer. En général, je la prenais dans mes bras et l'embrassais dès que je la retrouvais, mais, cette fois-ci, je m'abstins – j'en mourais d'envie, or cela n'aurait fait qu'empirer les choses.

— Ella va bien ? Où est-elle ?

— Elle va bien. Elle est en train de dormir. J'ai demandé à Paula de venir ce soir.

Layla enroula ses bras autour de mon cou.

— On a la nuit pour nous, alors ? suggéra-t-elle d'un air malicieux.

Si seulement elle savait à quel point j'avais envie d'elle. Le simple fait de sentir son corps contre le mien me bouleversait… Je n'étais plus sûr d'être assez fort pour lui dire ce que j'étais venu lui annoncer.

Je baissai le regard pour ne pas avoir à affronter le sien et rester concentré sur mon objectif.

Je pris une profonde inspiration, puis relevai les yeux vers elle. Elle était tellement belle, tellement pleine de vie, tellement apaisante… Ses seins plaqués contre ma poitrine n'arrangeaient rien. Je me sentais incapable de lui briser le cœur, et le mien.

— Tu sais que, généralement, quand les gens ont quelque chose à dire, ils utilisent des mots…

Même son sarcasme me plaisait.

Je me dégageai de son étreinte et ce fut comme si je l'avais giflée : elle semblait terriblement blessée. Elle fit un pas en arrière et croisa ses bras dans un réflexe d'autoprotection.

— Que se passe-t-il, Gray ?

— J'ai beaucoup à gérer en ce moment, commençai-je en baissant le regard et en passant une main dans mes cheveux.

— Je sais.

Sa voix était teintée de colère. Sa perspicacité était une autre qualité que j'appréciais chez elle : elle était intelligente et savait interpréter même les choses qu'on ne lui disait pas. Elle savait déjà ce que je m'apprêtais à lui dire, j'en étais convaincu.

— Entre ma nouvelle société, la maladie de Max, et la découverte de ma fille... C'est beaucoup. Trop, peut-être.

— Mais tu es habitué à gérer des situations difficiles. Tu vas réussir à surmonter tout ça...

Je détournai le regard.

— C'est vrai. Je vais y arriver. Et c'est justement là que je voulais en venir. Je vais devoir m'occuper de tout ça, et je n'aurai plus beaucoup de temps pour le reste. Pour passer te voir ce soir, par exemple, j'ai dû réorganiser toute ma journée et prendre la baby-sitter...

Elle décroisa ses bras et posa ses mains sur ses hanches en me lançant un regard noir.

Ça y est, elle est en colère.

— Bon, Gray, vas-y... Crache le morceau.

— Je n'ai pas le temps pour autre chose que ma famille et mon travail en ce moment. Il vaut mieux que nous arrêtions de nous voir.

— Même si j'en ai voulu à mon père, je dois reconnaître qu'il m'a appris que, quand on veut vraiment quelque chose, on trouve du temps. Lui avait le temps pour deux familles... Comme quoi ! conclut-elle avec un petit rire sarcastique.

— Je suis désolé, Layla, dis-je en baissant à nouveau les yeux, comme un lâche.

— Regarde-moi, au moins ! m'ordonna-t-elle, déterminée à ne pas me laisser partir aussi facilement.

Je relevai la tête, mais gardai les yeux fermés quelques secondes avant de les rouvrir.

— Tu ne veux même pas essayer ? Je sais que nous n'aurons pas beaucoup de temps pour nous. Mais les choses finiront par s'arranger...

Sa voix se brisa, toutefois elle retint ses larmes, ce qui me brisa encore plus le cœur. Sans réfléchir, je tendis la main pour la réconforter. Elle recula.

— Réponds-moi.

Je la regardai dans les yeux, me préparant à nous faire du mal à tous les deux.

— Non. Je ne veux pas essayer.

Elle soutint mon regard afin de me laisser une dernière chance puis, voyant que je ne changerais pas d'avis, se dirigea vers la porte et l'ouvrit.

— Sors !

Je m'arrêtai devant elle avant de franchir le seuil.

— Layla... Je suis...

— Fous le camp ! m'interrompit-elle en hurlant.

Quitter son appartement fut l'une des choses les plus difficiles que j'eus à faire dans ma vie. Elle avait accepté de me donner une seconde chance ; je savais qu'il n'y en aurait pas une troisième. C'était définitivement terminé.

Je franchis sa porte et, lorsque je me retournai pour la regarder une dernière fois, c'était trop tard. Elle avait disparu.

━━━━━

Le seul qui pouvait me remonter le moral, c'était Rip, mon ancien compagnon de cellule. Cela faisait quatre jours que j'avais quitté l'appartement de Layla et, depuis, le voir était la seule chose que j'attendais avec impatience.

Paula s'occupait d'Ella. Max avait été désintubée et son état s'était tellement amélioré que les médecins assuraient qu'elle allait bientôt pouvoir rentrer chez elle, et Rip était sur le point d'être libéré. Finalement, tout allait bien...

Mais il me manque Layla.

Les gardiens m'accueillirent comme si j'étais un vieil ami, et non un ancien détenu.

— Voilà le plus beau ! lança Kirkland en me voyant arriver dans son bureau. T'es classe, dis donc, ajouta-t-il en sifflant. Je parie que ton costume coûte trois fois mon salaire...

— Tu parles ! rétorquai-je en souriant. Tu es jaloux parce que j'ai été libéré alors qu'il te reste au moins vingt-cinq ans avant de pouvoir prendre ta retraite et quitter ce trou à rat.

— Oh là là ! Ne m'en parle pas ! Rien que d'y penser, ça me fout le bourdon...

— Comment va Rip ? Il doit être comme un fou ?

— J'imagine. On m'a dit qu'il n'avait pas fermé l'œil de la nuit...

La porte derrière Kirkland s'ouvrit, et O'Halloran, un autre garde que je connaissais bien et avec lequel j'avais sympathisé, escorta Rip jusqu'à nous.

— Westbrook ! s'exclama O'Halloran. Fini les conneries ?

— Je n'ai pas encore assassiné mon ex-femme. Crois-moi, c'est déjà pas mal...

— C'est bien, fit-il mine de me féliciter en riant. Bon, prends soin de Rip, hein ? Je compte sur toi !

Rip serra la main des deux gardes puis ouvrit grand les bras, avec un immense sourire sur le visage. En l'embrassant, je me sentis plus ému que s'il s'était agi de mon propre père.

— Comment ça va, vieille branche ? Je t'ai manqué ?

— Tu n'imagines pas à quel point ! Le type qui t'a remplacé ronflait comme un porc.

— Là-dessus, tu te défends pas mal non plus, le taquinai-je. Allez, foutons le camp d'ici avant qu'ils ne décident de te garder...

En même pas une heure de trajet, c'était la troisième fois que Rip me demandait de m'arrêter. La première fois était pour un McDonald's, la deuxième fois pour aller aux toilettes et, cette fois, pour acheter un téléphone portable chez Walmart.

Tandis qu'il était en train de choisir un modèle, j'achetai le dernier iPhone et demandai de faire prélever le forfait mensuel sur mon compte.

— Ne cherche plus ! lançai-je à Rip en lui tendant le sac avec l'iPhone. Cadeau de liberté !

— Qu'est-ce que c'est ?

— Un téléphone portable – un vrai. Pas comme ces trucs, ajoutai-je en désignant du regard les vieux téléphones à clapet qu'il était en train de regarder.

Il prit le sac et l'ouvrit.

— Gray, tu es fou. Je n'ai pas les moyens de m'acheter un truc pareil !

— Ne t'inquiète pas, c'est pour moi. J'ai demandé que ton forfait soit prélevé sur mon compte.

— C'est trop... Je ne peux pas accepter, fiston. Je suis sûr que tu as payé au moins cent dollars pour ce bidule.

Sa remarque me toucha. Ses années de prison l'avaient déconnecté du monde réel. Mais je ne lui dis rien.

— Il était en promo. Et puis... je te dois bien ça !

— Tu plaisantes ! Tu ne me dois rien du tout !

— Trois ans à écouter mes conneries... J'ai une sacrée dette !

— Je me serais ennuyé sans ça, rit-il.

— Allez, prends, ça me fait plaisir ! On y va ?

Durant le reste du trajet, nous reprîmes la conversation là où nous l'avions laissée lorsque j'avais été libéré. Rip fit vite le tour de sa vie : il ne lui restait que sa fille qui vivait à Seattle.

— Et toi ? Comment ça va avec ton avocate ?

La dernière lettre que j'avais écrite à Rip datait de quelques jours avant tous les événements avec Ella et Max. Il lui manquait donc pas mal d'informations. Je n'avais pas vraiment envie d'en parler, mais, avec lui, je ne pouvais pas cacher quoi que ce soit.

— C'est une longue histoire, l'avertis-je.

— On a plusieurs heures à tuer, dit-il en baissant le dossier de son siège. Vas-y... Je veux tout savoir !

Le pauvre Rip passa l'heure qui suivit à hocher la tête. Il savait écouter de manière attentive, ne faisant que quelques remarques lorsqu'elles étaient réellement pertinentes.

— Je ne t'ai jamais dit pourquoi ma Laura ne me parlait plus ? me demanda-t-il alors que je venais de lui expliquer pourquoi j'avais décidé de rompre avec Layla.

Laura était la fille de Rip.

— Non, répondis-je en jetant un rapide coup d'œil vers lui avant de regarder à nouveau la route. C'est vrai que tu ne m'en as jamais parlé...

Je savais pourquoi il avait fait de la prison : afin d'aider à payer les frais médicaux de sa petite-fille, il avait utilisé son magasin d'impression pour fabriquer de faux documents qu'il vendait à un trafiquant, envoyant l'argent qu'il gagnait grâce à cela à sa fille, de manière anonyme. Lorsqu'il s'était fait arrêter, sa fille avait compris et avait coupé les ponts avec lui. Mais il ne m'avait jamais donné les détails de leur brouille, et je n'avais pas osé lui poser de questions.

— Ma petite Daniella – que Dieu ait son âme – avait seize ans quand son cœur a commencé à déconner. À dix-huit ans, elle ne pouvait plus quitter son lit. Elle avait subi une douzaine d'opérations depuis sa naissance, mais aucune n'avait marché. Il lui fallait une greffe ; c'était la seule solution. La plupart des gens pensent que la liste d'attente pour obtenir une greffe est longue. Mais c'est à la fois vrai et pas vrai. En fait, on peut s'inscrire sur les listes d'attente de plusieurs centres de greffe. Le seul problème, c'est que l'assurance ne rembourse que les tests effectués auprès d'un seul centre. Et puis, il y a les voyages, les hôtels... Tout ça coûte beaucoup d'argent.

— Je ne savais pas...

— Moi non plus. Quand j'ai découvert tout ça, j'ai tout de suite voulu aider ma fille. Mais je savais qu'elle n'accepterait pas mon argent si elle apprenait comment je l'avais obtenu. Alors je lui ai envoyé de manière anonyme. Il y a des gens riches qui font ça, parfois. Les hôpitaux les appellent des « anges médicaux ».

— Et ta fille a utilisé l'argent ?

Rip baissa les yeux et secoua la tête.

— Daniella était devenue très religieuse au cours de la dernière année de sa vie. Elle avait sympathisé avec beaucoup d'enfants à l'hôpital qui attendaient eux aussi une greffe. Elle ne voulait pas que sa mère prenne l'argent car elle trouvait injuste d'avoir un avantage sur les autres – certains de ses amis n'avaient pas les moyens de figurer sur plusieurs listes. Ma fille a donc fini par faire don de l'argent au fonds de l'hôpital destiné aux enfants qui n'avaient pas d'assurance.

— Merde.

— Comme tu dis... Laura a dû affronter seule le décès de Daniella pendant que j'étais en prison pour un crime que j'avais finalement commis pour rien. Elle finira par s'en remettre, j'espère. Mais elle m'en veut de ne pas lui avoir demandé son avis avant de faire de ce que j'ai fait – je ne m'étais même pas posé la question de savoir si Daniella était d'accord d'être inscrite sur d'autres listes. Elle me reproche d'avoir pris la décision à sa place, comme si je savais mieux qu'elle ce qui était bon pour elle.

Il fit une pause et me regarda.

— Ça ne te rappelle rien ?

— Je vois où tu veux en venir, soupirai-je. Mais, pour moi, c'est différent. J'essaie de faire ce qu'il y a de mieux pour Layla.

— Tout comme j'ai essayé de faire ce qui était le mieux pour Daniella et Laura. Sauf qu'on ne peut pas décider à la place des autres, fiston. Les gens sont tout à fait capables de juger par eux-mêmes ce qui est bon pour eux.

Je comprenais ce qu'il essayait de me dire. Vraiment. Mais je savais aussi que, parfois, les personnes que l'on aime sont prêtes à renoncer à ce qui est bon pour elles, par amour.

— Laisse-moi te poser une question : si c'était à refaire... Est-ce que tu le referais ?

— Quoi ? Me mettre dans la merde pour sauver ma petite-fille ? Bien sûr. Je serais prêt à passer le reste de ma vie en taule si ça pouvait la ramener. Mais... cette fois, je lui demanderais son avis. Je ne lui parlerais peut-être pas de mon plan, mais je chercherais à connaître son point de vue. Si j'avais fait cela dès le début, nous n'en serions peut-être pas là aujourd'hui.

Je réfléchis un long moment à l'histoire de Rip, pendant qu'il regardait par la fenêtre, perdu dans ses pensées. Cela faisait une semaine que j'avais mis un terme à ma relation avec Layla, et je me demandais à présent si j'avais fait le bon choix.

— Tous les hôtels du Queens étaient complets, alors j'ai dû me rabattre sur le Bronx, plaisanta Rip tandis que nous approchions de la ville. Dépose-moi n'importe où, je prendrai le métro...

Je réalisai que j'avais complètement oublié de lui parler de la solution que je lui avais trouvée.

— Je t'ai trouvé un truc, lui annonçai-je.

— C'est gentil, fiston, mais je ne peux pas habiter avec toi. J'ai besoin de me remettre sur pied. J'ai assez d'argent pour tenir un mois ou deux.

— Je n'ai aucune envie que tu habites avec moi ! le taquinai-je. Je t'ai trouvé un chez toi. Dans le Queens. Un rez-de-chaussée dans un petit immeuble dans lequel il n'y a que deux appartements au-dessus du tien. C'est à côté de là où tu vivais avant. Le premier mois est gratuit. Et puis, si l'endroit te plaît, les propriétaires sont d'accord pour te laisser y habiter gratuitement en échange de petits travaux...

— Tu déconnes ? Mais c'est génial !

— Attends de voir les proprios... rétorquai-je avec un clin d'œil.

Chapitre 34

Layla

— Sans vouloir t'offenser, je préfère de loin *New York, police judiciaire*, déclara Etta, qui m'avait demandé que nous nous tutoyions.

Je ris.

— Tu ne m'offenses pas, je te comprends... Je reconnais que les infractions de la route ne sont pas des dossiers très passionnants...

La caissière appela la « personne suivante », et j'accompagnai Etta vers le petit bureau vitré pour le règlement de ses amendes. Nous avions plaidé coupable, en échange de quoi le procureur de district avait accepté de ne pas retenir comme chef d'accusation la conduite sans permis. Etta n'avait donc été reconnue coupable que d'avoir ouvert sa portière de manière dangereuse sur la voie publique et d'avoir cassé le feu arrière d'une autre voiture – deux infractions qui ne faisaient l'objet que d'amendes et lui évitaient toutes autres poursuites.

Etta avait si bien joué son rôle de vieille femme fatiguée que le procureur de district s'était même excusé de la sanctionner. Le juge, en revanche, avait vu clair dans son jeu et l'avait sermonnée pendant plus de vingt minutes.

En sortant du palais de justice, nous tombâmes sur Travis Burns, un avocat que je n'avais pas vu depuis quelques années. Je m'arrêtai pour lui dire deux-trois mots, et lui présentai Etta.

— Tu es superbe ! me complimenta-t-il.

— Merci. Toi aussi, répondis-je poliment. Qu'est-ce que tu fais ici ?

— Je viens défendre le fils d'un de mes clients VIP inculpé pour conduite en état d'ivresse... Et toi ?

— Je suis aussi venue défendre l'une de mes clientes VIP, répondis-je en regardant Etta avec un large sourire.

— On se voit bientôt pour prendre un verre ? proposa-t-il.

— Oui, avec plaisir !

Il nous quitta, et Etta ne tarda pas à me faire part de son opinion.

— Très séduisant, ce Travis...

— Il est très sympa. Et c'est aussi un bon avocat.

— Gray est vraiment un idiot !

Lorsque j'étais allée chercher Etta chez elle, avant l'audience, elle m'avait dit que Gray était passé la voir et lui avait parlé de nous. Elle lui avait alors dit que ce n'était pas ses affaires, mais qu'elle trouvait cela dommage. J'étais d'accord avec elle, mais je fis mine de comprendre les motivations de Gray.

— Ce n'était tout simplement pas le bon moment, déclarai-je. Il a trop de choses à gérer en même temps.

— Je ne devrais certainement pas te dire cela, mais, à mon avis, ce sont des conneries. Il a la tête dans le cul, et c'est tout ! s'emporta-t-elle. Je comprends bien qu'il ne s'attendait pas à découvrir qu'il avait une fille et à ce que Max ait un cancer, mais c'est la vie. On ne peut pas quitter ceux que l'on aime chaque fois qu'il nous tombe un imprévu sur le coin de la figure. Tu comprends, ma petite fille ?

Nous rejoignîmes le parking. Généralement, je venais au palais en métro, mais, cette fois, j'avais pris ma voiture afin de venir avec Etta et lui éviter de devoir prendre un taxi.

— Il faut qu'il y ait beaucoup d'amour pour réussir à surmonter tous les obstacles, commentai-je.

Etta s'arrêta de marcher.

— C'est ce que tu penses ? Que Gray ne t'aimait pas assez ?

— Je pense que c'est ce qui ressort de sa décision, en effet.

Elle secoua la tête.

— Écoute, ma chérie, j'ai connu ce garçon quand il portait encore des couches. Il a aimé trois femmes dans sa vie : sa mère – que Dieu ait son âme – moi, et *toi*. Il a pris trois ans de prison pour une femme qu'il estimait mais qu'il n'a jamais aimée. Il est comme ça : il se sacrifie pour ceux qui lui sont proches. C'est exactement ce qu'il a voulu faire avec toi : il a préféré sacrifier votre relation plutôt que de t'obliger à subir tout ce qui venait de lui arriver...

Tout le long du trajet jusqu'à chez Etta, je réfléchis à ce qu'elle m'avait dit. Lorsque Gray était venu me dire qu'il préférait mettre un terme à notre relation, j'avais été si en colère que je n'avais même pas imaginé qu'il ait pu faire cela pour moi – par amour pour moi. En y réfléchissant, cela lui ressemblait davantage, en effet, qu'une rupture parce qu'il n'avait « pas le temps ».

Alors que je me garais devant l'immeuble d'Etta, un homme que je n'avais jamais vu en sortit. Il semblait avoir à peu près son âge et allait jeter une poubelle, des chaussons aux pieds.

— On dirait que tu as plus de chance que moi avec les hommes ! lançai-je pour la taquiner.

— Ce n'est pas du tout ce que tu crois ! répondit-elle en riant. C'est Rip. Il habite l'appartement du rez-de-chaussée.

— Rip ? Celui qui partageait la cellule de Gray ?

— Le seul et unique !

Reconnaissant Etta, Rip lui fit un signe de la main et vint lui ouvrir la portière. Tandis qu'il l'aidait à sortir, je descendis pour venir dire au revoir à Etta, qui me présenta.

— Rip, voici...

— Je sais qui vous êtes, l'interrompit-il en s'adressant directement à moi d'un air enjoué. J'ai tellement entendu parler de vous que j'ai l'impression de vous connaître depuis toujours !

Je souris. Gray m'avait également souvent parlé de Rip, et je savais qu'ils étaient très proches.

— J'ai moi aussi beaucoup entendu parler de vous, répondis-je. Gray m'a dit, en effet, que vous deviez sortir bientôt. Je suis très contente de voir que vous allez bien !

— C'est gentil. C'est grâce à lui, vous savez ? C'est Gray qui m'a trouvé cet appartement.

Puis Rip dit à Etta qu'il allait désherber son jardin, avant de me prendre dans ses bras comme si nous étions de vieux amis.

— J'ai été ravi de vous rencontrer enfin, Layla. Je suppose que j'aurai bientôt le plaisir de vous revoir dans les parages....

J'acquiesçai d'un signe de tête en souriant, évitant de lui expliquer que cela ne serait probablement pas le cas.

— Il n'est pas au courant, j'imagine ? demandai-je à Etta dès qu'il fut parti.

— Oh, si, bien sûr qu'il sait, répondit-elle en riant. Nous avons dîné avec Gray l'autre soir.

Devant mon air confus, elle me prit la main.

— Laisse-moi te raconter une petite histoire. Je crois t'avoir déjà dit comment mon mari et moi nous sommes rencontrés ? En rentrant l'un dans l'autre dans le hall du Plaza... Et je t'ai aussi raconté qu'il m'avait menti. C'était un homme, et donc, forcément, il m'en a fait voir, et plus d'une fois... En 1967, Henry a dû partir pour la guerre du Vietnam. Quelques semaines avant son départ, il a rompu avec moi. Il est venu me voir et m'a dit qu'il était tombé amoureux d'une autre femme et qu'il ne m'aimait plus. J'avais le cœur brisé. Il m'a fallu environ un an avant de commencer à passer à autre chose. Tu sais, à l'époque, les femmes étaient de vieilles filles si elles étaient célibataires à vingt-cinq ans, et ma mère me mettait la pression pour que je regarde les autres hommes autour de moi. Finalement, j'ai rencontré Fred.

Elle s'interrompit et baissa les yeux en souriant, se souvenant de lui avec tendresse.

— Fred était un homme merveilleux. Il m'a traitée comme une reine et m'a redonné le sourire que j'avais perdu depuis qu'Henry m'avait quittée. Je l'ai adoré. Mais... je ne l'ai jamais vraiment aimé. En tout cas, pas comme j'avais aimé Henry.

— Et c'est d'ailleurs Henry que tu as fini par épouser, non ?

Etta acquiesça d'un signe de tête, avec, dans les yeux, tout le bonheur que ce mariage lui avait procuré.

— Deux ans après que nous avons commencé à sortir ensemble, Fred m'a invitée dans un restaurant chic, le soir de mon anniversaire. Je sentais qu'il allait me demander en mariage, ce soir-là. Or, même si je tenais à lui et étais persuadée qu'il ferait un mari merveilleux, je savais que je ne devais pas accepter. Car, au fond, j'aimais encore Henry.

— Est-ce que Fred t'a demandé de l'épouser ?

— Il n'en a pas eu l'occasion. La veille de mon anniversaire, je suis allée à l'hôtel Plaza. C'est là que j'avais rencontré Henry la toute première fois. Son père était portier là-bas, et j'y retournais souvent pour déjeuner avec ma grand-mère, lorsqu'elle était en ville. J'ai toujours trouvé que cet endroit était magique. Le simple fait d'être dans le hall me donnait la chair de poule ; c'est tellement beau. Ce jour-là, je me suis habillée comme si j'allais à un rendez-vous, et je suis allée m'asseoir dans le hall pendant quelques heures, en pensant à ce que je ferais si Fred me demandait en mariage, le lendemain. C'est dans ce hall que j'ai décidé que, s'il me demandait de devenir sa femme, je refuserais. Ni lui ni moi ne méritions que je l'épouse sans vraiment l'aimer. Lorsqu'enfin ma décision fut prise, je décidai qu'il était temps de rentrer chez moi. Mais tu sais ce qu'il s'est passé ?

— Non ?

— Au moment même où je m'apprêtais à franchir la porte de l'hôtel, un homme en uniforme est entré.

Mes yeux s'écarquillèrent.

— C'était Henry ?

— Oui ! C'était lui, me confirma-t-elle avec des étoiles dans les yeux. Il avait eu une permission et venait de rentrer chez lui ce jour-là. Son père ne travaillait plus comme portier, à cause de problèmes aux genoux, et avait été transféré dans les bureaux ; il supervisait la gestion technique des ascenseurs. Il passait donc toutes ses journées dans un bureau, assis sur une chaise, et Henry passait le voir dès qu'il le pouvait.

— C'est incroyable !

— N'est-ce pas ? Dans une ville de huit millions de personnes, nous nous sommes retrouvés au même endroit au même moment... Lorsque Henry m'a demandé ce que je faisais là, je lui ai expliqué que j'étais venue pour réfléchir et décider si je devais épouser l'homme avec lequel je sortais depuis quelque temps. En tout cas, pour faire court, Henry m'a alors avoué qu'il n'avait jamais rencontré une autre femme et qu'il n'avait jamais cessé de m'aimer. Il m'avait quittée parce qu'il partait à la guerre et qu'il ne voulait pas que je perde des années à l'attendre. À l'époque, ce n'était pas comme aujourd'hui. Lorsqu'un homme partait à la guerre, il ne revenait pas avant plusieurs années, s'il revenait même un jour...

— Et tu as épousé Henry.

— Oui. Je lui ai finalement pardonné parce que j'ai compris qu'il m'avait menti pour me protéger, pour ce qu'il croyait être mon bien – même si c'était parfaitement idiot. La semaine prochaine, cela fera quarante-cinq ans que nous nous sommes mariés. Nous ne pouvions pas nous permettre de nous marier au Plaza, bien sûr. Mais, chaque année, pour notre anniversaire de mariage, nous allions prendre un verre là-bas.

Je la regardai en souriant, émue par son récit.

— Merci de m'avoir raconté toute cette histoire, Etta. Mais la situation avec Gray n'est pas tout à fait la même, même si je vois bien où tu veux en venir.

— J'espère vraiment que vous finirez par vous retrouver tous les deux, car une fois qu'on a connu l'amour – le vrai – tout le reste semble fade en comparaison.

Elle me prit dans ses bras.

— Merci de m'avoir aidée, ma chérie, me dit-elle se détachant de moi.

— Je t'en prie, Etta. J'ai été ravie. Tu as mon numéro si tu as besoin de quoi que ce soit...

Chapitre 35

Gray

Les choses commençaient enfin à se calmer. Max était rentrée de l'hôpital, Ella et moi avions trouvé notre rythme, et les premiers investissements de mon entreprise se portaient plutôt bien.

Mais je savais qu'il ne s'agissait que du calme avant la tempête ; j'allais bientôt devoir affronter le décès de Max, et cela s'annonçait particulièrement difficile. Je profitais donc de cette période d'apaisement pour améliorer mon rôle de père afin d'être parfaitement prêt lorsque je devrais assumer entièrement seul l'éducation d'Ella.

Avec moins de pression, je commençais aussi à me dire que j'avais certainement fait une erreur avec Layla. J'avais cru qu'Ella serait un poids pour elle, toutefois, en apprenant à connaître ma fille et en maîtrisant davantage les choses, je me dis que, avec le temps, Layla aurait appris à apprécier Ella et que les choses entre elles auraient fini par bien se passer.

Car Ella était une petite fille merveilleuse. Bien sûr, j'avais conscience qu'il y aurait des moments difficiles, mais elle était un véritable rayon de soleil. C'était notamment grâce à elle si je réussissais à tenir la barre en cette période agitée. Lorsque je n'étais pas avec elle, elle me manquait – je ne m'étais pas attendu à ce qu'elle puisse à ce point embellir ma vie. Or si elle pouvait embellir la mienne, elle pouvait embellir celle de Layla.

Ce soir-là, j'étais d'humeur à rester seul, mais Etta m'avait invité à dîner avec elle et Rip. J'avais déjà refusé trois fois au cours des derniers jours ; je ne voulais pas qu'ils finissent par penser que je n'avais pas envie de les voir. Lorsque j'arrivai en bas de leur immeuble, j'ouvris la porte d'entrée avec ma clé sans sonner à l'interphone. Je commençai à monter les escaliers puis m'interrompis, les entendant parler tous les deux.

— Elle est magnifique ! déclara Rip. J'imagine que, maintenant qu'elle est de nouveau célibataire, un paquet de bonshommes se bousculent au portillon pour l'inviter à sortir...

— Et elle est intelligente, en plus. Quand j'étais au tribunal avec elle, j'ai bien regardé les autres femmes : pas une ne lui arrivait à la cheville ! Je peux te dire que le type qu'on a rencontré en sortant était vraiment pas mal... À mon avis, il aura vite fait de la séduire...

Je terminai de monter les escaliers deux par deux.

— Qui est le *connard* qui aura vite fait de la séduire ? demandai-je de but en blanc en débarquant chez Etta.

Etta et Rip se regardèrent comme deux enfants qui auraient été surpris en train de voler des bonbons dans une épicerie. Affolée, Etta essaya de noyer le poisson.

— Mon Zippy ! s'exclama-t-elle en s'approchant de moi et en m'embrassant sur la joue. Je suis tellement heureuse que tu aies enfin pu te libérer pour dîner avec nous.

Je restai figé, attendant la réponse à ma question.

— Rip, de qui étiez-vous en train de parler ? lui demandai-je, jouant la corde de la solidarité masculine.

Il regarda Etta d'un air d'excuses, puis se tourna à nouveau vers moi.

— Etta est allée au tribunal avec Layla la semaine dernière. Elles ont rencontré un avocat qui a invité ta blonde à boire un verre.

— Qui ? demandai-je, la mâchoire serrée.

Etta avait l'air paniquée.

— Je ne me souviens pas de son nom. Je sais juste que c'était un avocat, très beau. Et ils avaient l'air de bien se connaître...

— Layla a accepté son invitation ?

— Rien de précis, mais ils sont convenus de se rappeler, répondit-elle.

Je me détendis légèrement. Jusqu'à ce qu'Etta et Rip échangent un regard qui m'inquiéta à nouveau.

— Quoi ? demandai-je.

— Rien, répondit Etta. Je crois que mon plat est en train de brûler, déclara-t-elle pour faire diversion. Je ferais bien d'aller voir...

Elle se précipita dans la cuisine, me laissant seul avec Rip. Je lui lançai un regard inquisiteur.

— Rip, qu'est-ce que vous me cachez ?

Il expira profondément.

— Etta a reçu la facture du cabinet de Layla hier. Elle était à zéro ; les frais avaient été annulés. Etta a alors téléphoné au cabinet pour dire qu'il devait y avoir une erreur, mais ils lui ont confirmé que Layla n'avait rien voulu facturer. Etta a alors voulu parler à Layla, et elle l'a invitée à dîner demain soir pour la remercier.

— D'accord. Et donc ?

Rip fronça les sourcils.

— Layla avait déjà quelque chose de prévu… Elle voit l'avocat, apparemment. Le type doit être blindé : Layla a dit à Etta qu'il l'emmenait dîner au Plaza.

L'accalmie avait finalement été de courte durée. Mon cœur se mit à battre à toute vitesse, mon estomac se noua, et j'avais du mal à respirer. J'allai dans la cuisine et pris la bouteille de whisky qu'Etta avait toujours dans son placard, puis m'en servis un verre que je bus cul sec.

— Je suis désolé, Gray. Je ne voulais pas te le dire, s'excusa Rip lorsque je retournai dans le salon, mon verre dans une main, et la bouteille dans l'autre.

Je me resservis, espérant que cela m'aiderait à me calmer.

— Je sais qu'elle mérite une belle vie. Mais je voudrais être celui qui la lui offre… Le simple fait de l'imaginer avec un autre me donne des envies de meurtre.

— Je te comprends, tous des enfoirés, ces avocats. Enfin, sauf Layla, évidemment !

Je savais à quoi il faisait allusion : sa femme l'avait quitté quelques années auparavant et il s'était ruiné en frais d'avocat.

— Et toi, comment ça va ? Tu arrives à oublier, un peu ? m'obligeai-je à lui demander pour ne pas paraître trop égoïste.

— Est-ce qu'un seul jour s'est écoulé sans que je ne te parle d'Eileen quand nous étions en taule ?

Il avait raison. Il m'en avait tellement parlé que je devais en savoir plus sur son ex-femme que sur lui-même.

— Putain, merde, soufflai-je en me laissant tomber sur une chaise.

Rip me prit le verre et la bouteille des mains. Il posa la bouteille sur la table et termina mon verre.

— Ouais... Et, crois-moi, ce n'est que le début.

Tout le long du repas, je fus d'une compagnie exécrable. Je me promis de faire envoyer des fleurs à Etta pour me faire pardonner. La seule chose qui me réconfortait était de voir à quel point Etta et Rip s'entendaient bien. Ces deux-là semblaient s'être trouvés, comblant leur solitude mutuelle.

Je les abandonnai dès que le repas fut terminé. En montant dans la voiture, je demandai à Al de me ramener à la maison, puis fermai les yeux pendant tout le trajet, essayant de faire le point. Bien sûr, je ne m'étais pas attendu à ce que Layla reste célibataire toute sa vie, mais cela faisait à peine deux semaines que nous nous étions quittés ! Comment pouvait-elle déjà passer à autre chose ? Au Plaza, en plus... Cet enfoiré avait probablement aussi réservé une chambre pour la nuit. Je connaissais ce genre de plan pour l'avoir moi-même souvent appliqué : un bon dîner, quelques verres – *tu es magnifique ce soir... et, au fait, ma chambre est juste à l'étage. Je t'offre un dernier verre ?*

Putain !

À un moment, la voiture s'arrêta. Lorsque j'ouvris les paupières pour voir où nous étions, je dus cligner des yeux plusieurs fois pour m'assurer que je ne rêvais pas. Nous étions arrêtés au milieu d'un bouchon, juste en face de l'hôtel Plaza. Exactement là où la femme que j'aimais allait dîner demain soir avec un homme que je ne connaissais pas mais que je détestais.

Le lendemain matin, je me réveillai tendu. J'avais mal à la tête et me sentais oppressé. Cela me rappela le sentiment que j'avais souvent ressenti en prison : une sensation d'impuissance mêlée à de la colère qui envahissait tout mon corps. Sauf que, dans ce cas, la peine allait durer bien plus longtemps. Car, lorsque l'on perdait l'amour de sa vie, que restait-il ? Une vie sans amour. Avant de rencontrer Layla, je ne savais même pas qu'il me manquait quelque chose. Désormais, sans elle, j'avais l'impression de n'être que l'ombre de moi-même.

J'avais déjà éprouvé de la jalousie, mais d'une tout autre nature. Ce n'était qu'un sentiment de possessivité archaïque, quelque chose de purement hormonal, d'animal, d'immature. Or, la jalousie que je ressentais cette fois-ci était totalement différente. Bien sûr, en homme alpha basique, j'avais envie de casser la gueule à mon rival. Pourtant je ressentais également des émotions qui étaient nouvelles pour moi — la peur, le chagrin, le sentiment de perte. En fait, j'avais l'impression de vivre un deuil.

Heureusement, j'avais désormais ma fille qui me donnait une raison de me lever et de penser à autre chose qu'à moi-même.

J'arrivai chez Max avec un peu d'avance. Paula était déjà là et était en train d'aider Ella à s'habiller — en fuchsia, comme tous les vendredis.

— Comment vas-tu ? demandai-je à Max, lorsqu'elle me fit entrer.

J'avais fini par être de nouveau sympathique envers elle. Non pas que je comprenais ce qu'elle m'avait fait — je savais que je ne lui aurais jamais pardonné complètement –, mais, durant son séjour à l'hôpital, je m'étais rendu compte qu'elle n'avait personne. Or, je me sentais incapable de continuer à lui faire la guerre pendant le peu de temps qu'il lui restait.

— Bien, répondit-elle. Faible, mais heureuse d'être à la maison.

Mal à l'aise, je hochai la tête et mis mes mains dans mes poches.

— J'ai l'impression que ça se passe bien entre toi et Ella ? reprit-elle. Elle n'a pas arrêté de parler de toi depuis que je suis rentrée.

— C'est une super gamine.

Je m'interrompis, hésitant à dire ce que j'avais sur le bout de la langue. Puis je me dis finalement que cela lui ferait du bien de l'entendre.

— Tu l'as vraiment très bien élevée, Max. Elle est intelligente, épanouie, polie, et très bien encadrée pour une petite fille qui doit faire face aux allers et retours de sa mère à l'hôpital.

Max me sourit.

— Merci. Je regrette beaucoup de choses dans ma vie. Mais ce que je regrette le plus, c'est de t'avoir fait perdre les premières années avec elle. Elle te mérite. Et tu la mérites. Le temps est un cadeau précieux, et j'espère que vous passerez de nombreuses années ensemble, Gray. Je le pense vraiment.

— Merci.

Max prit une profonde inspiration.

— Je pense que nous devrions lui dire, maintenant.

J'écarquillai les yeux et l'interrogeai du regard.

— Je n'ai plus beaucoup de temps, et je pense que, le moment venu, ça l'aidera de savoir qu'elle a encore un parent, qu'elle n'est pas seule au monde.

— Tu penses qu'elle est prête pour ça ? demandai-je, nerveux.

— Je crois, oui.

— Très bien... Dans ce cas, dès que tu seras prête.

Max me lança un sourire triste.

— Le temps n'est pas quelque chose que je peux me permettre de gaspiller en ce moment, tu sais. J'ai appris à ne pas remettre à demain ce qui pouvait être fait aujourd'hui.

Ella arriva en courant et je m'agenouillai pour la rattraper. Pouvoir la serrer dans mes bras tombait à point ; j'en avais tellement besoin. Je la serrai aussi fort qu'elle me serra. Ses petits bras ne m'entouraient pas complètement, et je me surpris à espérer qu'elle continuerait à m'enlacer lorsqu'elle serait grande.

— On peut retourner voir Stuart aujourd'hui ?

Max arqua les sourcils, ne comprenant pas de quoi parlait Ella.

— Je l'ai emmenée à Central Park, l'autre jour, là où *Stuart Little* a été tourné.

Puis je me tournai à nouveau vers Ella.

— Bien sûr. On pourrait même passer prendre Coccinelle et l'emmener avec nous, qu'est-ce que tu en dis ?

— Oui ! Oui ! Oui ! s'écria-t-elle en sautillant.

Max s'agenouilla à son tour.

— Chérie, avant que tu partes, il y a quelque chose que Gray et moi voudrions te dire.

Ella regarda sa mère et signa un tas de choses que je ne compris pas.

Max rit.

— Oui. Il va falloir mettre tes oreilles de grande pour écouter...

Paula nous rejoignit avec son manteau et son sac. Elle semblait avoir compris que nous avions besoin d'un moment seuls.

— Je reviens ce soir pour ton bain et le dîner, d'accord, Ella ? J'ai hâte que tu me racontes comment ça s'est passé au parc ! lui dit-elle avant de l'embrasser affectueusement sur le front.

Puis elle nous dit au revoir, et disparut.

— Pourquoi n'allons-nous pas dans le salon ? proposa Max.

Mon cœur se mit à battre la chamade. Et si découvrir que j'étais son père la décevait ? Et si elle pensait que j'avais toujours su qu'elle était ma fille mais que je n'avais pas voulu m'occuper d'elle ? Comment annoncer à une petite fille qu'un homme qu'elle venait de rencontrer était son père ? Je priai pour que Max ait un plan, car, de mon côté, je n'en avais aucun.

Max et Ella s'assirent ensemble sur le canapé, et je m'installai sur le fauteuil, en face d'elles. Max me regarda, cherchant du regard mon approbation pour commencer. Je devais avoir l'air d'un cerf voyant des phares foncer sur lui dans la nuit, car Max sourit et me rassura discrètement.

— Ça va aller, chuchota-t-elle.

Puis elle se tourna vers notre fille.

— Ella, tu te souviens quand je t'ai dit que tu étais intelligente comme ton papa ?

— Oui, dit Ella. Tu me le dis toujours.

Max sourit.

— C'est vrai, je te le dis toujours. Eh bien, j'ai une super nouvelle pour toi.

Je retins mon souffle tandis qu'Ella signait quelque chose qui fit rire Max.

Il faut vraiment que je me mette à la langue des signes !

— Je ne pense pas que Gray ait compris ça, Ella. Il faudrait que tu lui répètes, en le signant *et* en parlant.

Ella se tourna vers moi et signa doucement deux mots qu'elle accompagna de la parole.

— Gray, fit-elle en faisant un cercle avec sa main. Intelligent, ajouta-t-elle en se mettant un doigt sur son front avant de me désigner.

Je regardai Max en état de choc. En voyant ma tête, Max éclata de rire.

— Ella, tu dis que Gray est intelligent comme ton papa parce que tu veux qu'il *soit* ton papa, c'est ça ?

Ella sourit et cacha son visage derrière sa main, comme si elle était intimidée. Puis elle écarta deux doigts pour dévoiler un œil et me regarda en hochant la tête.

Je luttai pour retenir des larmes que je sentais prêtes à couler sur mes joues.

— Viens ici, toi, lui dis-je en la prenant par le bras et en l'attirant vers moi. Je suis très content que tu veuilles que je sois ton papa, tu sais, Ella, ajoutai-je en l'installant sur mes genoux. Parce que *je suis* ton papa. Je suis désolé de ne pas avoir été là quand tu étais bébé, mais je promets que je serai toujours là à partir de maintenant.

Ella me regarda, puis se tourna vers sa mère, comme pour demander confirmation de ce que je venais de dire. Max hocha la tête avec un sourire ému.

— Est-ce que je peux t'appeler...

Elle leva la main, et fit taper deux fois son pouce et son index ensemble, gardant les trois autres doigts repliés sur sa paume. Je ne connaissais presque rien en langue des signes, mais j'avais appris ce mot lorsque j'avais regardé plusieurs vidéos YouTube, la nuit avant de rencontrer Ella pour la première fois. Je m'en étais souvenu particulièrement.

— Je serais très honoré que tu m'appelles...papa, déclarai-je, la gorge nouée par l'émotion, en signant le mot à mon tour.

Elle me serra à nouveau contre elle, puis, lorsqu'elle se détacha de moi, elle posa son index sur ses lèvres et sembla réfléchir à quelque chose. Je regardai Max, qui haussa les épaules, et nous attendîmes qu'Ella nous explique ce à quoi elle était en train de penser.

— Est-ce que ça veut dire que je vais vivre avec toi et plus avec maman ?

Mon premier réflexe fut de répondre non, mais je réalisai qu'un jour ce serait le cas. Cela me paraissait trop dur à dire mais, en même temps, je ne voulais pas que mon premier acte en tant que père soit de lui mentir. Je regardai Max afin qu'elle m'aide à répondre à cette question délicate.

Max prit la main d'Ella.

— Ma chérie. Maintenant, tu as deux maisons. Une avec maman et une autre avec papa. Et ça, c'est génial, parce que ça veut dire que si l'un de nous a besoin de... partir... toi, tu auras toujours un chez-toi.

Ella se tourna vers moi.

— Tu vas encore partir ?

— Non, Ella. Je ne partirai plus jamais maintenant que je suis ton papa.

Elle me regarda en souriant, rassurée.

— Et tu sais quoi ? ajoutai-je.

Elle fit non de la tête.

— Tu te souviens de la chambre dans laquelle tu as dormi chez moi ?

Elle acquiesça.

— Eh bien, à partir de maintenant, ce sera ta chambre. Tu vas pouvoir choisir la couleur des murs, les meubles que tu veux mettre dedans, les objets de décoration... C'est ta pièce à toi.

— Je pourrai la peindre dans ma couleur préférée ? demanda-t-elle, les yeux écarquillés.

— Bien sûr !

— Ma couleur préférée est l'arc-en-ciel, tout comme celle de Layla ! déclara-t-elle en souriant.

Chapitre 36

Gray

Après notre discussion, la journée avec Ella se déroula comme les fois précédentes. Nous fîmes un saut chez moi pour récupérer Coccinelle, puis le promenâmes – toujours avec sa vieille chaussure dans la gueule – jusqu'à Central Park. Nous passâmes ensuite un long moment à regarder les bateaux sur l'étang et, tandis qu'Ella était occupée à chercher Stuart Little, je pensai au dîner que Layla devait avoir le soir même avec son avocat, et me repassai mentalement les images de l'après-midi que nous avions passé ici, tous les trois.

Lorsqu'Ella voulut une glace, j'en achetai au même stand que celui où nous nous étions arrêtés le jour où Layla était avec nous, puis nous nous assîmes sur le même banc que cette fois-là. Cela dut rappeler à Ella la même journée que celle à laquelle je pensais, car elle me parla de Layla.

— Layla pourra venir au parc avec nous la prochaine fois ? demanda-t-elle, la bouche pleine de chocolat.

Je ne jugeai pas nécessaire de lui expliquer que nous avions rompu. Elle avait eu suffisamment d'émotions pour la journée.

— Je ne sais pas, ma chérie.

Elle mangea encore un peu de sa glace avant de me poser une autre question.

— Est-ce que maman et toi vous êtes mariés ?

Je toussai en avalant ma glace.

— Non, maman et moi ne sommes plus mariés.

— Alors, ça veut dire que tu peux te marier avec Layla ?

Ce serait tellement merveilleux...

— Cela signifie que je pourrais me marier à nouveau. Comme ta mère pourrait elle aussi se marier à nouveau, techniquement.

— Qu'est-ce que ça veut dire *tech-lique-ment* ?

— *Tech-nique-ment*, la repris-je. Cela signifie que c'est possible, mais que ça ne va pas forcément se produire.

— Comme Stuart Little sur un bateau ? demanda-t-elle.

Je ris.

— Voilà, un peu comme Stuart Little sur un bateau.

— Pourquoi les gens ils se marient ?

Bonne question. Je me suis moi-même demandé pendant des années pourquoi j'avais épousé ta mère...

— Ils se marient parce qu'ils s'aiment.

— Et toi, tu aimes Layla ?

Au moins, je peux répondre à cette question sans avoir à réfléchir.

— Oui, ma chérie, j'aime Layla.

Ella resta silencieuse pendant longtemps après cela. Je l'observai du coin de l'œil, me doutant de ce à quoi elle était en train de penser.

— Comment on sait quand on est amoureux ?

Putain... sacrée question !

— Eh bien... On a envie de tout faire pour que la personne dont on est amoureux soit heureuse. Et puis on est très heureux, et on ressent comme une chaleur à l'intérieur.

Elle éclata de rire.

— Moi, ma glace, elle me fait sentir froid à l'intérieur. Mais *j'adore* la glace.

Je ris à sa plaisanterie, subjugué par son esprit, puis achetai une petite bouteille d'eau afin qu'elle puisse se nettoyer les mains, même si Coccinelle semblait plus que disposé à s'en charger.

— Est-ce que je te fais te sentir heureux et chaud à l'intérieur ? me demanda-t-elle encore.

Mon cœur se gonfla.

— Oui, ma chérie. Et je ferais n'importe quoi au monde pour que tu sois heureuse.

Elle sourit de toutes ses dents.

— Ça veut dire que tu m'aimes, alors ?

Je frottai mon nez contre le sien.

— Parfaitement. Je t'aime beaucoup, ma chérie.

— Et tu vas rester pour toujours ? me demanda-t-elle d'un air soudain grave.

— Pour toujours, Ella. Je te le promets.

———

Cela faisait plusieurs heures que j'avais déposé Ella chez sa mère, mais je ne cessais de repenser à la conversation que nous avions eue au parc. Je pensais sincèrement chaque mot que je lui avais dit. Je l'aimais et j'étais prêt à tout pour qu'elle soit heureuse. Pourtant, si on m'avait demandé un mois auparavant si je voulais des enfants, j'aurais probablement répondu non. Les épreuves de la vie m'avaient rendu sceptique en ce qui concernait la vie de famille. Mais Ella avait tout bouleversé. Désormais, je n'imaginais plus ma vie sans elle, et je réalisais combien ce que l'on prenait pour des certitudes pouvait parfois évoluer.

Peut-être que cela serait aussi le cas pour Layla. Peut-être qu'elle aussi pouvait changer d'avis concernant notre relation, et la possibilité de vivre avec moi ?

Si Ella ne m'avait pas tout de suite accepté comme son père, ne me serais-je pas battu pour obtenir son amour ? C'était en tout cas ce que je lui avais dit lorsqu'elle m'avait demandé ce que voulait dire être amoureux – même si je l'avais exprimé avec d'autres mots.

On a envie de tout faire pour que la personne dont on est amoureux soit heureuse.

Comment avais-je pu décider à la place de Layla ce qui la rendrait heureuse, alors que, il y avait encore un mois de cela, je ne le savais même pas pour moi ?

Merde.

Je pris conscience de mon erreur.

J'ai tout fait foirer. Une fois de plus.

Layla avait le droit de ne pas vouloir être avec moi, mais Rip, Etta... *tout le monde* avait raison : ce n'était pas à moi de décider pour elle. C'était *son* choix.

Je regardai l'heure sur mon téléphone. Dix-neuf heures quinze. Je bondis de mon canapé, attrapai mon portefeuille et mes clés, cherchai sur mon portable le numéro dont j'avais besoin, puis appuyai sur *appel*.

— Etta, à quelle heure Layla a-t-elle rendez-vous ce soir ?

Chapitre 37

Gray

La circulation était complètement bloquée. Nous étions à deux rues du Plaza, mais je n'avais pas le temps d'attendre. Je donnai un billet de cinquante au chauffeur puis descendis du taxi.

Je commençai à marcher, de plus en plus vite, jusqu'à courir – le plus rapidement possible.

En me voyant arriver comme une bombe, le portier ne savait pas s'il devait lever la main pour m'arrêter ou ouvrir la porte. Je m'arrêtai net devant lui.

— Où est le restaurant ? demandai-je, essoufflé.

— Lequel, monsieur ?

Merde.

— Tous !

Je commençai par le premier qu'il m'avait indiqué : le *Palm Court*, au rez-de-chaussée. Il était bondé, mais il ne me fallut que quelques secondes pour savoir que Layla n'y était pas. Je me rendis ensuite au *Champagne Bar*, elle n'y était pas non plus. Je courus alors vers l'ascenseur du *Rose Club*. L'attente était trop longue, et je décidai de prendre les escaliers que je montai deux par deux, bousculant un maître d'hôtel sur mon passage.

Toujours pas de Layla.

En dernier recours, je pris un escalier intérieur qui conduisait à un immense salon. Je scrutai la pièce et fus sur le point de repartir en courant lorsque j'aperçus la tête de Layla, installée sur une grande chaise rouge, dans un espace privé de la pièce. Elle était assise seule.

Aussitôt, mon cœur se mit à battre la chamade tandis que je m'approchais d'elle, incapable de réfléchir à ce que j'allais lui dire. Lorsque je fus derrière elle, je vis ses jambes magnifiques, longues et fines, croisées sur le côté — je les aurais reconnues les yeux fermés. Je m'arrêtai une seconde, le temps de prendre une profonde inspiration, puis m'installai en face d'elle.

Elle avait la tête baissée sur son téléphone et était en train d'envoyer un SMS. Il lui fallut quelques secondes pour réaliser que quelqu'un se trouvait en face d'elle. Elle releva alors la tête, et cligna des yeux plusieurs fois.

— Gray ? Qu'est-ce que tu fais ici ?

— J'ai besoin de te parler.

La surprise sur son visage laissa place à la colère.

— Ici ? Maintenant ? Tu te moques de moi ! Prends rendez-vous avec ma secrétaire pour lundi. Mais, ce soir, je ne suis pas disponible !

— Non.

— Non ? répéta-t-elle d'un air défiant en arquant les sourcils.

— Ça ne peut pas attendre.

Elle se pencha au-dessus de la table pour approcher son visage du mien. La noirceur de son regard aurait dû me faire reculer, mais elle me stimula, au contraire. Cela me rappela notre première rencontre. Son ton acerbe m'avait séduit avant même la perfection de son visage. C'était ce que j'aimais chez elle : son honnêteté et sa franchise, qui faisaient écho aux miennes.

— T'es quand même sacrément gonflé, Gray, tu sais ? Tu me largues, me rayes de ta vie comme si je n'avais jamais existé, puis tu débarques alors que j'ai un rendez-vous pour me dire que tu as besoin de me parler et que ça ne peut pas attendre ? Tu croyais vraiment que j'allais accepter de te parler ?

— Je ne te demande pas de me parler. Simplement de m'écouter.

La noirceur dans ses yeux s'intensifia ; elle semblait hors d'elle. Elle ouvrit la bouche pour dire quelque chose, puis se ravisa, poussant un grand soupir.

— Tu as une minute.

Je ne pouvais plus résister à l'envie de la toucher. Je me penchai vers elle et pris son visage entre mes mains. Elle ne les retira pas, ce qui, pensai-je, était bon signe.

— Je sais que j'ai déconné, Layla. Mais si j'ai mis un terme à notre relation, c'était uniquement parce que je pensais que c'était mieux pour toi. Ceci dit, aujourd'hui, j'ai réalisé que je ne savais même pas ce qui était le mieux pour moi, alors comment pouvais-je savoir ce qui était mieux pour toi ?

Son visage s'adoucit.

— Je sais que tu ne veux pas d'enfant, poursuivis-je. Il y a un mois, je n'en voulais pas non plus, parce que, comme toi, je viens d'une famille complètement bancale. Mais, parfois, les événements de la vie nous font prendre conscience qu'on ne peut jamais être complètement sûrs que nos envies d'aujourd'hui seront celles de demain...

— Tu ne m'as même jamais demandé si je voulais des enfants, intervint-elle.

J'avais oublié qu'elle ne savait pas que j'avais lu sa liste.

Plus de mensonges.

— Lorsque j'ai cherché les menus des restaurants qui livraient, l'autre jour, chez toi, pendant que tu prenais ta douche... je suis tombée sur ce que tu avais écrit.

Elle me regarda en plissant les yeux.

— Ce que j'ai écrit ? Qu'est-ce que tu racontes ?

Je m'étais répété tellement de fois ce que j'avais lu que je m'en souvenais par cœur.

— *Je ne serai jamais sa priorité... Je vais souffrir à nouveau... Je n'ai jamais vraiment voulu d'enfants. ... Je mérite plus.*

Elle me fixa, comme si elle ne se souvenait pas.

— Je sais que tu mérites plus, Layla. Tu mérites d'avoir tout ce que tu veux, en fait. Mais dis-toi que ce que tu veux aujourd'hui va peut-être évoluer...

Elle continua de me regarder d'un air flou, puis comprit enfin.

— Tu as lu l'une de mes listes ?

— Je suis tombé dessus par hasard. Je ne voulais pas, mais je n'ai pas pu m'en empêcher...

— Et c'est pour ça que tu as rompu avec moi ? À cause de la liste ?

— J'aurais dû t'en parler, je sais, mais...

— En effet, tu aurais dû, m'interrompit-elle. Tu sais pourquoi ?

— Parce que c'est ton intimité, je sais...

— C'est vrai. Mais surtout parce que, si tu m'en avais parlé, je t'aurais dit que ce que tu as lu ne te concernait pas.

— Quoi ?

— Exactement ! Cette liste n'était pas pour toi ! J'aimerais avoir des enfants un jour, et si tu me l'avais demandé, tu le saurais ! La liste que tu as lue, j'ai dû la faire il y a au moins quinze ans, pour savoir si je devais ou non pardonner à mon père.

Je la regardai avec incrédulité.

Elle me récita la liste par cœur.

— Je ne serai jamais sa priorité. Je vais souffrir à nouveau. Je n'ai jamais vraiment voulu d'enfants. Je mérite plus... Je crois avoir écrit ça après qu'il n'est pas venu à ma remise de diplôme d'avocate alors qu'il m'avait promis qu'il serait là. Si je me souviens bien, il y avait aussi *il n'est pas fiable*. Parce qu'il ne l'était pas. Tout simplement...

Je passai une main dans mes cheveux.

— Putain, Layla... C'est vrai ?

— Bien sûr que c'est vrai ! Et c'est à cause de ça que tu m'as quittée ?

— Aussi parce que Max m'a parlé de votre conversation et...

— Je t'en prie, je ne veux même pas en entendre parler, m'interrompit-elle en levant la main.

Merde.

Elle regarda sa montre.

— Cinq secondes. Autre chose ?

Merde. Merde. Merde !

C'était maintenant ou jamais. Tout en elle me manquait : son odeur, sa démarche, sa manière d'être, la chaleur qu'elle provoquait en moi chaque fois que j'étais près d'elle. Mes yeux tombèrent sur son nez et je réalisai qu'elle n'avait pas couvert ses taches de rousseur. Cela me donna le courage dont j'avais besoin pour lui ouvrir mon cœur.

— Je t'aime, Layla. Je n'ai jamais été aussi sûr de quoi que ce soit dans ma vie. Je t'aime, putain ! Nous sommes faits pour être ensemble, et nous le savons tous les deux. Depuis notre première rencontre. Je ne peux pas vivre quand tu n'es pas là, parce que, sans toi, je ne respire pas.

Elle baissa les yeux. Elle semblait touchée, mais triste.

— Tu m'as blessée, Gray, dit-elle en relevant les yeux vers moi. *Deux fois*. Je ne suis pas sûre de pouvoir te faire à nouveau confiance.

— Je sais. Mais si tu me laisses une autre chance, je te promets de me rattraper. Je n'ai plus de doutes : je veux vieillir avec toi, Coccinelle. Nous avons tous les deux grandi en nous promettant de ne pas reproduire ce qu'ont fait nos parents. Ella, elle, grandira en voulant reproduire ce que nous ferons de notre vie ensemble. Nous pouvons briser le cycle et faire les choses bien...

Des larmes emplirent ses yeux.

— J'ai peur, Gray.

— Est-ce que tu m'aimes ?

Elle acquiesça d'un signe de tête.

— Après notre première séparation, j'étais complètement perdue, car j'avais l'impression que je ne pourrais jamais t'oublier. Et c'est la même chose, aujourd'hui.

— Alors ne m'oublie pas, mon amour. Reste avec moi. Et je te promets que je resterai toujours avec toi.

J'essuyai une larme qui coula sur sa joue.

— Ella me manque, tu sais.

Ce fut à mon tour d'avoir les larmes aux yeux. Entendre qu'elle aimait aussi ma fille aussi était la seule chose qui pouvait me rendre plus heureux que d'entendre qu'elle m'aimait.

— Tu sais qu'elle veut peindre sa chambre, chez moi, couleur arc-en-ciel, parce que je lui ai dit que c'était ta couleur préférée et qu'elle veut faire comme toi...

Layla sourit.

— Nous le ferons. Quand j'étais petite, j'ai toujours rêvé de dessiner un grand arc-en-ciel sur mes murs blancs.

Elle avait dit *nous*.

Je me levai et contournai la table pour l'embrasser. D'abord doucement, puis plus intensément, introduisant ma langue à l'intérieur de ses lèvres et la mêlant à la sienne. Ce fut le baiser le plus passionné que nous ayons jamais échangé. Je la serrai contre moi. Nous avions en nous tellement d'émotions à libérer que nos corps étaient presque brûlants. L'odeur de son parfum, le goût de sa bouche me transportèrent, jusqu'à me faire oublier où nous étions. Lorsque je voulus placer ses jambes autour de moi pour la porter jusqu'au mur le plus proche, Layla reprit ses esprits.

— Gray...

— Mmmm ? marmonnai-je en faisant glisser mes lèvres sur son cou.

— Nous sommes dans un lieu public...

Je mordillai son oreille.

— Les toilettes... Où sont les toilettes ?

Elle rit – d'un rire merveilleux.

— Les toilettes ne sont peut-être pas la meilleure idée, mais… nous sommes dans un hôtel…

— Putain, c'est vrai !

À contrecœur, je me détachai d'elle, mais seulement pour la prendre par la main et la faire sortir du bar, jusqu'à la réception. J'allais tellement vite qu'elle dut pratiquement courir pour me suivre.

Dieu merci, l'hôtel avait une chambre. Une fois la clé en main, nous nous précipitâmes vers l'ascenseur et, dès que les portes se refermèrent, je la plaquai avec mon corps contre la paroi, caressant ses fesses et mettant une cuisse entre ses jambes en même temps que je l'embrassais.

— J'ai tellement hâte d'être en toi, murmurai-je d'une voix gutturale. Je veux laisser des marques sur chaque partie de ton corps, pour que tu m'appartiennes. Je veux te lécher la chatte jusqu'à ce que tu jouisses dans ma bouche. Ensuite, je te pénétrerai, je jouirai en toi, puis je te mettrai à quatre pattes et te baiserai par le cul. Tu me supplieras de continuer…

— *Gray*… gémit-elle.

Puis les portes s'ouvrirent et un couple, surpris, nous força à nous séparer. Heureusement, c'était justement notre étage.

Nous courûmes vers notre chambre comme des adolescents excités. Dès que nous fûmes à l'intérieur, nous nous collâmes l'un contre l'autre, nous enlaçant et nous embrassant dans un élan de désir presque brûlant. Je la portai jusqu'au lit et, sans savoir vraiment comment, je réussis à nous défaire l'un et l'autre de nos vêtements tout en gardant nos langues entrelacées. Lorsque Layla fut nue, je reculai pour la regarder. Elle était magnifique, avec ses cheveux bruns étalés sur le lit blanc et son corps naturellement bronzé.

— Tu es…

J'étais à court de mots.

— Je voudrais dire belle, mais cela ne me semble pas suffisant. Je t'aime, Layla. Tu es l'amour de ma vie.

Elle me regarda en souriant et tendit la main vers moi. Je l'embrassai puis, entrelaçant mes doigts avec les siens, m'allongeai sur elle, plaçant nos mains jointes au-dessus de sa tête. Ma queue raide était plaquée contre son sexe, lisse, luisant, et je me frottai doucement contre elle. La chaleur humide de sa chatte aurait pu suffire à me faire jouir, et je pris soin de ne pas aller trop vite.

— Je t'aime, Layla, répétai-je dans un souffle qui s'immisça jusqu'au fond de sa gorge.

— Je t'aime aussi, Gray, répondit-elle en enroulant ses jambes autour de moi.

J'aurais voulu lui dire tout ce que je ressentais, mais mon envie d'elle était trop forte. Je glissai sur elle doucement tandis que j'embrassais chaque partie de son corps – ses seins, sa gorge, ses lèvres pulpeuses. Mais, lorsque nos regards se rencontrèrent, nous nous mîmes à faire l'amour. Le vrai. Un amour brut, animal, douloureusement beau. C'était largement au-delà de tout ce que j'avais pu vivre avant elle.

— Gray, prends-moi, murmura-t-elle dans un souffle.

J'avais envie de prendre mon temps, de faire en sorte que cet instant dure toujours, mais je ne résistai pas à son appel.

J'entrai en elle, d'abord lentement, puis de plus en plus vite. Je sentis ses jambes se serrer autour de moi en même temps qu'elle gémissait, les yeux fermés.

— J'adore être en toi, Layla, murmurai-je. J'adore te voir jouir... Tu m'excites tellement.

Tout son corps se contracta. Elle prononçait mon prénom dans un mélange de gémissements et de cris alors qu'ensemble nous nous apprêtions à affronter la vague. Lorsque je sentis qu'elle était sur le point de venir, j'accélérai et la baisai encore plus fort. Le son de nos corps frappant l'un contre l'autre était ce qu'il y avait de plus érotique, et la sensation de mes couilles tapant contre ses fesses m'excitait comme jamais. Incapable de résister davantage, je me laissai porter par le plaisir, dans une jouissance longue et intense, l'inondant de mon sperme.

Il nous fallut un long moment pour reprendre notre souffle, puis je roulai sur le côté en l'attirant contre moi. Je me mis sur le dos et elle installa sa tête sur mon thorax.

— Ton cœur bat tellement vite...

— C'est toi qui le fais battre ainsi.

Je ne voyais pas son visage, mais je la sentis sourire contre ma poitrine tandis que je caressais ses cheveux humides.

Quelques minutes plus tard, elle tourna la tête et posa son menton sur sa main pour me regarder.

— J'ai oublié... Il faut que je passe un coup de fil...

Je me contractai. La seule personne qu'elle pouvait avoir besoin d'appeler à ce moment-là était l'avocat avec lequel elle avait rendez-vous. J'enroulai mes bras autour d'elle, l'empêchant de bouger. Même si cela était ridicule, je ne pouvais m'empêcher d'être jaloux de l'homme qu'elle devait voir ce soir-là.

— Tu pourrais au moins attendre que ma queue dégonfle avant de te lever pour appeler un autre homme ?

Elle me regarda en fronçant les sourcils.

— Un autre homme ? Qu'est-ce que tu racontes ?

— Tu ne t'apprêtais pas à appeler le gars que tu devais voir ce soir ?

— Attends... Comment tu as su que j'étais là ce soir ? me demanda-t-elle d'un air suspicieux.

— C'est Etta qui me l'a dit.

Layla éclata de rire.

— Qu'est-ce qu'il y a de si drôle ?

— Etta. Elle nous a eus tous les deux. J'étais censée dîner avec elle ici, ce soir. Elle m'a raconté comment elle a rencontré son mari dans cet hôtel, et m'a dit qu'à chaque anniversaire de leur mariage, ils avaient pour habitude de prendre un verre ici. Elle m'a aussi dit qu'elle avait toujours trouvé cet endroit magique et, comme c'était là qu'elle avait rencontré son mari, une première puis une deuxième fois, elle était persuadée qu'il l'était vraiment.

— C'est vrai... Je me souviens vaguement de cette histoire qu'elle a dû me raconter il y a des années. Ils s'habillaient tous les deux et venaient ici chaque année.

— Donc, si je comprends bien, ce n'est pas parce que tu as soudainement pris conscience que tu m'aimais et que tu ne pouvais pas vivre sans moi que tu es venu ici. Mais plutôt parce que tu étais jaloux ?

— Est-ce vraiment important ?

— Ça dépend : tu es jaloux tout le temps ?

— Je ne suis jaloux que quand on veut m'enlever les personnes que j'aime, ma chérie.

— Mais je n'étais pas à toi quand tu pensais que j'avais un rendez-vous avec un autre homme ce soir.

Je la fis rouler sur moi.

— Tu es à moi depuis le jour où nous nous sommes rencontrés.

Épilogue

Layla

2 ans plus tard

En rentrant à la maison ce soir-là, je fus surprise du calme qui y régnait. Je n'avais plus l'habitude.

Lorsque j'étais partie le matin pour prendre le petit-déjeuner avec mon père et ma demi-sœur, l'ambiance était chaotique. Il était huit heures, et Gray et Ella étaient déjà dans la cour en train de travailler sur leur jardin. Quant à Coccinelle, il n'avait rien trouvé de mieux que de se rouler dans un tas de fumier qu'ils avaient prévu d'épandre pour leurs plantations, puis d'aller jouer avec l'arrosoir automatique qui était en cours de fonctionnement, répandant dans toute la maison une odeur de fumier mouillé. J'avais l'impression de sentir comme une fosse septique quand j'arrivai au restaurant où j'avais rendez-vous.

Quelques mois auparavant, alors que je me promenais avec Ella, j'étais à nouveau tombée nez à nez avec Kristen, ma demi-sœur. Elle s'était invitée à se joindre à nous pour le déjeuner et, en la quittant, je réalisai que j'avais réellement passé un bon moment. Cela avait ouvert une porte que je pensais définitivement fermée. Depuis, nous nous voyions régulièrement, toujours avec le même plaisir, et apprenions à mieux nous connaître.

Je laissai tomber mon sac sur la table basse du salon, puis sortis dans le jardin. Il n'y avait personne, mais je ne pus m'empêcher de rire en découvrant le désordre qui y régnait.

Nous vivions depuis six mois dans une maison que nous avions achetée à Brooklyn, dans une rue bordée d'arbres, non loin de l'immeuble dans lequel Ella avait vécu avec sa mère. J'étais tombée littéralement amoureuse du quartier que j'avais appris à découvrir au cours de l'année et demie durant laquelle nous rendions visite à Ella qui vivait chez sa mère. Max avait surpris tout le monde, y compris les médecins, et avait vécu encore dix-huit mois – beaucoup plus que les trois à six mois qui lui avaient été annoncés lorsqu'elle avait arrêté les traitements. La période n'avait pas été facile, avec de longs séjours à l'hôpital et de nombreux moments de tristesse pour Ella, qui avait pris davantage conscience de la situation en grandissant.

Au décès de Max, Gray et moi-même avions choisi de vivre dans le même quartier que celui qu'Ella avait toujours connu, pour ne pas la perturber davantage avec un changement supplémentaire.

Ella s'était renfermée quelque temps, après le décès de sa mère, et Gray cherchait désespérément un moyen de lui redonner le sourire. Je lui avais alors suggéré de lui proposer un projet sur lequel ils pourraient travailler tous les deux, afin de passer du temps ensemble, et Gray avait décidé de faire le jardin dont sa mère avait dessiné les plans – celui qu'ils n'avaient jamais eu la chance de faire ensemble et qu'il avait décidé de reproduire autour de sa tombe. Ainsi, d'un côté de la cour se trouvait le jardin dessiné par la mère de Gray. Il était exactement comme elle l'avait imaginé, avec les arbres, les fleurs, et les plantes qu'elle avait prévus plus de vingt-cinq ans auparavant.

Ce projet avait été trop ambitieux pour Ella. Gray et elle avaient donc conçu leur propre jardin – comme il l'avait fait avec sa mère quand il était petit. Il leur avait fallu plus d'un mois pour le dessiner. Lorsque les plans furent terminés, nous nous rendîmes dans plusieurs pépinières pour acheter les végétaux qu'ils avaient prévu de planter. Le tout nous coûta une fortune – j'étais à peu près certaine qu'il y en avait au moins pour le prix d'une voiture – mais ce fut tellement bénéfique pour Ella que cela n'avait aucune importance. Après tout, son bonheur et le lien avec son père valaient tout l'or du monde.

Ils en étaient à la dernière phase de leur projet : la plantation. Le côté de la cour réservé à leur création végétale était donc en plein chantier. Je jetai un dernier coup d'œil à la jungle, puis rentrai.

Où étaient-ils passés ?

Je réalisai que même Coccinelle n'était pas là. Seule sa fidèle chaussure était dans son panier. Ce n'était plus celle d'origine : environ une semaine après notre emménagement, il était allé déposer la vieille chaussure auprès de l'un des arbres du jardin, puis s'était emparé d'une basket appartenant à Ella, qu'il ne lâchait presque jamais depuis. Il avait enfin fait son deuil et avait trouvé en Ella une nouvelle maîtresse, pleine de vie et d'affection pour lui.

Je montai à l'étage pour me changer. En passant devant la chambre d'Ella, je m'arrêtai pour éteindre la lumière. L'immense arc-en-ciel que nous avions peint sur les murs blancs me fascinait toujours autant et je pris quelques secondes pour le regarder en souriant. Je repensai au soir où Ella m'avait demandé de lui lire, pour au moins la centième fois, l'histoire de *Stuart Little*. Elle m'avait demandé si sa mère, de là où elle était, pouvait voir l'arc-en-ciel. Je lui avais alors répondu que c'était certainement le cas – et, au fond de moi, j'en étais persuadée.

J'éteignis la lumière dans la chambre d'Ella et me dirigeai vers notre chambre, située au deuxième étage. Il y faisait très chaud à cette heure de la journée car, lorsque nous avions fait les travaux, Gray avait demandé que les quatre murs de la pièce soient isolés phoniquement. Ce n'était pas parce que nous étions désormais parents à temps plein que Gray et moi avions renoncé à notre intimité...

Je retirai mes vêtements et enfilai un débardeur et un short. En sortant, je remarquai un cahier sur le lit que je n'avais jamais vu. En le prenant dans mes mains, je découvris que Gray avait écrit en première page « Pourquoi Gray est un type génial ». Je ris et m'assis sur le lit pour lire ce qu'il y avait à l'intérieur.

Tout comme les cahiers dans lesquels je faisais des listes, la première page était divisée en deux colonnes, mais seule la colonne des « pour » était remplie. Le premier avantage me fit éclater de rire :

Grosse bite.

La suite de la liste ne semblait pas énumérer d'autres avantages :

Télécommande

Café

Tomates cerises fraîches

Rip et Etta. Vraiment ?

Je ne comprenais absolument rien...

Langue magique

L'amour de ma vie

Arcs-en-ciel

La liste s'allongeait sur toute la page et presque tout le verso. J'allai directement à la fin :

Parce qu'elle est ma moitié et que, ensemble, nos âmes vibrent à l'unisson.

J'étais tellement émue par cette dernière phrase que je n'entendis pas Gray arriver.

— Tu fouilles ? me dit-il avec un sourire, me faisant sursauter.

— Gray ! m'exclamai-je, une main sur mon cœur. Tu m'as fait tellement peur !

Il resta dans l'embrasure de la porte, ses doigts agrippant le haut du cadre. Il me fixait avec un sourire sexy qui en disait long sur ses intentions...

— Alors, tu comprends ? me demanda-t-il en désignant le cahier du regard.

— Oui... Enfin, je pense. Le titre est assez clair en tout cas : « Pourquoi Gray est un type génial », lis-je en riant.

Il me sourit et me rejoignit sur le lit.

— On le lit ensemble ?

— Si tu veux... Mais Ella n'est pas avec toi ? demandai-je en réalisant qu'elle n'était pas là.

— Elle est chez papi et mamie jusqu'à demain...

Traduction : Rip et Etta.

Ella les appelait « mamie » et « papi » depuis environ un an. Ils la gardaient régulièrement lorsque Gray et moi devions nous absenter pour notre travail, ou lorsque nous voulions avoir une soirée rien que tous les deux.

— Ce n'était pas prévu ? m'étonnai-je.

— Nan... Mais je me suis dit que ça nous ferait du bien de nous retrouver. Je leur ai aussi laissé Coccinelle. On va pouvoir parler toute la nuit...

J'adorai l'idée d'une nuit entière seule avec Gray.

— De quoi veux-tu parler ?

Ses yeux pointèrent à nouveau la liste.

— Lis...

Curieuse, je fis ce qu'il me dit, en revenant au début :

— Grosse bite ?

— C'est vrai, non ? Je suis quand même au-dessus de la moyenne, tu ne trouves pas ?

— Oui, mon chéri, le rassurai-je en riant.

Je l'embrassai et repris la lecture

— Télécommande ?

Je lui lançai un regard intrigué.

— Tu sais la faire marcher ?

— Non.

— Moi, si...

Je le regardai en fronçant les sourcils.

— D'accord...

— Vas-y, continue, dit-il en désignant le cahier.

— Café ?

— Tu aimes que je prépare ton café le matin, non ? Continue...

— Tomates cerises fraîches ?

— Attends, celles que j'ai plantées dans le jardin sont carrément super bonnes, avoue-le...

395

— Carrément, confirmai-je en riant.

Je poursuivis...

— Rip et Etta ?

— Depuis combien de temps sont-ils mariés, maintenant ?

— Quelques mois ?

Rip et Etta s'étaient secrètement mis en couple quelques semaines après l'arrivée de Rip dans l'immeuble. Lorsqu'ils nous l'annoncèrent, nous ne fûmes pas surpris : ces deux-là étaient faits du même bois. En revanche, nous fûmes surpris lorsque Rip demanda à Etta de l'épouser. Nous l'avertîmes qu'il allait perdre son droit à la pension de réversion de sa femme décédée, mais il nous répondit qu'il préférait être fauché et faire d'Etta une femme honnête.

De toute façon, ils n'avaient plus à se soucier de l'argent. Gray leur avait offert la maison dans laquelle ils vivaient comme cadeau de mariage. Il avait aussi convaincu la fille de Rip de venir au mariage – ce qui était certainement le plus beau cadeau que Rip pouvait recevoir.

— Langue magique ? continuai-je de lire.

Gray m'embrassa, longuement, intensément, puis me regarda.

— Alors ?

Je ris, à nouveau, et continuai la lecture.

— L'amour de ma vie...

— Est-ce que tu m'aimes ? me demanda-t-il.

— Bien sûr. Plus que tout.

— Parfait. Alors continue.

— Arcs-en-ciel ?

— Tu te souviens de ce que tu m'as dit après avoir fini de peindre l'arc-en-ciel géant dans la chambre d'Ella ?

Je me souvenais parfaitement, car je me le répétais presque tous les jours.

— ... Que tu étais mon arc-en-ciel, parceque depuis que tu étais entré dans ma vie, il s'était arrêté de pleuvoir...

Il prit ma main et nous parcourûmes ensemble le reste de la liste.

— Tu as compris ? me demanda-t-il lorsque nous arrivâmes à la dernière ligne.

— Non, pas vraiment...

— Alors lis la liste des inconvénients.

Il n'y avait qu'une seule ligne dans la colonne des « contre », d'ailleurs, je ne l'avais pas vue tout de suite car c'était écrit côté verso, en face de la dernière ligne des « pour ».

— Coincée avec moi pour toujours.

Alors que je lui lançai un regard interrogateur, Gray se mit à genoux devant moi et me prit la main.

— Je voulais être prêt au cas où tu aies besoin de peser le pour et le contre avant de me répondre. Alors je me suis dit que j'allais lister pour toi toutes les raisons pour lesquelles tu devrais m'épouser.

Puis il sortit de sa poche une petite boîte rouge. Il l'ouvrit, faisant apparaître une bague en or ornée de trois pierres différentes, une plus grosse au centre, et une petite de chaque côté. C'était la plus belle bague que j'avais jamais vue.

— Quand j'ai dit à Etta que j'avais l'intention de te demander de m'épouser et que je voulais te faire faire une bague de fiançailles avec la pierre que ma mère portait tout le temps, elle a insisté pour que je prenne également l'alliance de son premier mariage et une pierre qu'elle avait sur une autre bague. Cette bague porte donc trois pierres qui représentent chacune les femmes les plus étonnantes et les plus importantes de ma vie. La grosse pierre au centre est faite pour toi, et les deux plus petites sont celles de ma mère et d'Etta. Et, en dessinant la bague avec le bijoutier, je me suis rendu compte que ces trois pierres étaient symboliques, car elles nous représentent tous les trois : toi, moi, et Ella.

Des larmes coulaient sur mon visage. Je baissai les yeux sur nos mains jointes et réalisai à quel point j'aimais l'homme en face de moi.

— C'est magnifique, Gray. Je ne sais même pas quoi dire...

— Bon, j'ai peut-être un peu exagéré les avantages, dit-il en riant. Et j'imagine que le seul argument « contre » prend le pas sur tout le reste... Mais si tu acceptes d'être ma femme, je te promets que, chaque jour, je ferai en sorte que tous les avantages que j'ai cités soient vrais.

Il s'interrompit un instant.

— Mon amour, reprit-il. Je pourrais te dire que tu m'as redonné foi en l'amour, mais, en réalité, tu as fait plus que cela : tu m'as ramené à la *vie*. Alors, s'il te plaît, épouse-moi. Dis-moi que tu vas passer le reste de ta vie en étant ma femme...

J'étais tellement émue que je dus lutter pour réussir à prononcer les mots.

— Oui... Oui... Oui ! m'exclamai-je entre rire et larmes.

Gray prit mon visage dans ses mains et m'embrassa doucement sur les lèvres.

— J'allais presque oublier... J'ai dit à Ella que j'allais te demander d'être ma femme aujourd'hui, et elle m'a demandé de te dire quelque chose pour elle.

— Quoi ?

Gray se pencha en arrière et fit taper deux fois sa main droite, à l'horizontale, contre son ventre.

— *Maman*, dit-il en même temps. Elle voudrait ne plus t'appeler Layla et t'appeler « maman ». Si tu es d'accord, bien sûr.

Des larmes de bonheur inondèrent mon visage. Je serrai Gray contre moi, et ne me détachai de lui qu'après très longtemps. Je lui fus reconnaissante d'avoir fait la liste pour moi, car énumérer toutes les raisons pour lesquelles je devais l'épouser m'aurait certainement pris des années et de nombreux cahiers. Mais je n'avais de toute façon pas besoin de liste pour savoir que tout en moi aimait tout de lui.

— Il y a une chose avec laquelle je ne suis pas d'accord sur ta liste, lui dis-je en essuyant mes larmes.

— Ah bon ? dit-il en souriant. Dis-moi, Coccinelle...

— *Coincée avec toi pour toujours* est dans la mauvaise colonne.

Gardez le Contact!

Chers lecteurs,

J'espère que vous avez aimé l'histoire de Gray et Layla ! Afin d'être informés de mon actualité, n'hésitez pas à rejoindre mon groupe Facebook qui réunit déjà plus de 19 000 lecteurs !

Rejoignez le groupe des lectrices de Vi Keeland

Suivez Vi Keeland sur Instagram

Inscrivez-vous à sa liste de diffusion pour être informé·e de ses prochaines publications !

Remerciements

À vous, mes lecteurs. Merci de continuer à me permettre de vous faire rêver. Parfois, lire est le meilleur moyen de nous évader, et je suis très honorée que mes histoires vous permettent de le faire lorsque vous en avez besoin !

À Penelope – Les derniers mois ont été difficiles. Entre nos emplois du temps compliqués et le deuil, tu as toujours été là. Grâce à toi, à ta présence constante à mes côtés, j'économise une thérapie. Merci !

À Julie – Merci pour ton amitié, ton soutien, et le café délicieux que tu me prépares chaque matin à New York.

À Luna – Merci pour tes magnifiques graphiques, ton soutien indéfectible, ton amitié, et ta sincérité. Je sais que je peux toujours compter sur toi pour avoir un avis sincère.

À Sommer – Qui sait toujours mieux que moi ce dont j'ai envie. Grâce à tes magnifiques couvertures, mes livres prennent vie. Merci !

À mon agent et ami, Kimberly Brower – Merci d'avoir toujours les yeux ouverts pour de nouvelles opportunités et d'être ma caisse de résonance.

À Jessica, Elaine et Eda – Merci de me donner l'impression d'être plus intelligente que je ne le suis avec vos modifications ! Grâce vous, moi et mes histoires sommes encore meilleures !

À Mindy – Je suis tellement heureuse que tu nous aies rejoints ! Merci d'avoir travaillé avec moi sur cette version du début à la fin. J'espère que cette collaboration était la première d'une longue série !

À tous les blogueurs – Les réseaux sociaux n'offrent plus la même visibilité, les programmes d'affiliation ont été décimés, et les nouvelles lois et politiques de confidentialité sont difficiles. Pourtant, vous êtes toujours là, jour après jour, continuant de poster et de partager votre passion pour les livres. Votre enthousiasme est contagieux et contribue au succès d'un livre malgré tous les écueils à surmonter. Merci de prendre le temps de lire mes histoires, de donner votre avis, de faire des vidéos, et de partager des teasers qui donnent de l'énergie à mes livres !

Avec toute mon affection,

Vi

Autres Livres

https://www.vikeeland.com/france.html